D1789166

MAX AUB

Campo abierto

punto de lectura

Título: Campo abierto
© 1951, 1998, Herederos de Max Aub
© Santillana Ediciones Generales, S.L.
© De esta edición: abril 2003, Suma de Letras, S.L.
Juan Bravo, 38. 28006 Madrid (España) www.puntodelectura.com

ISBN: 84-663-1078-9
Depósito legal: B-40.214-2004
Impreso en España – Printed in Spain

Diseño de cubierta: Sdl_b
Fotografía de cubierta: © Escena de la Guerra Civil española / AISA
Diseño de colección: Suma de Letras

Impreso por Litografía Rosés, S.A.

Segunda edición: octubre 2004

342 / 02

MAX AUB

Campo abierto

INDICE

PRIMERA PARTE:
VALENCIA

Gabriel Rojas

24 de julio de 1936

¿Cómo te encuentras?

Gabriel Rojas se despatarra ante su mujer, las manos en la cintura.

Angela contesta cerrando los ojos: —Bien.

—¿Quieres que vaya a buscar al médico?

—No.

Angela vuelve lentamente la cabeza buscando entre sus párpados entrecerrados la figura ya un poco rechoncha de su marido. Intenta sonreír, intenta sonreír débilmente, intenta que Gabriel comprenda que intenta sonreír.

—¿De qué te ríes?

—De tu facha.

Angela está tumbada en una mecedora de la sala, perniabierta, enorme, con su bata de flores celestes y rosas. Gabriel, en mangas de camisa, la mira con amor. Angela vuelve a dejar caer su cabeza, que enderezó para sonreír.

—¿Dolores? —la mujer asiente con la cabeza.

—¿Y tu madre?

—Se fue a casa. Tenía que hacer la cena de los chicos.

—¿Y Adelina?

—Fue a la tienda.

—Estará con el novio.

—Es lo más probable.

Una mueca desfigura la cara dulce y apacible de la mujer.

—¿Qué hago? —pregunta un tanto desamparado el hombre.

—Anda, anda a buscar a Renán. (Ya no le llama doctor, médico o don. El dolor abate distancias y allana tratamientos.)

—¿Cómo te voy a dejar sola?

—Llama por teléfono.

Gabriel da media vuelta, sale al recibidor, llama a casa del médico. Le contestan que no está, toman el recado: seguramente telefoneará de un momento a otro: —Lo dejó dicho.

—Tome el recado: que venga corriendo.

—¡Gabriel!

Vuelve rápidamente a la sala.

—Llévame a la cama.

Con precaución el hombre pasa su brazo por la cintura de la mujer y la lleva hacia el dormitorio. Silencio en la calle, silencio en la ciudad, como si el tiempo no existiera. Angela jadea; lleva un pañuelo a la boca, se lo pone entre los dientes. Párase a cada medio paso, echada hacia adelante, se apoya un momento en la mesa cubierta con un hule, fondo verde, flores rosadas.

—¿Cómo te encuentras?

La mujer dirige una rápida mirada iracunda a su marido. Gabriel siente la puñalada. Obliga sus dedos a oprimir un poco la cintura de Angela.

—Vamos —dice el hombre.

—Espera.

La voz sale ronca y entorpecida por el pañuelo. Pasan tres segundos interminables.

—¿No puedes?

La mujer vuelve a mirar a su marido con las pupilas empañadas. Gabriel Rojas no sabe qué hacer. (¡Si me coge solo, si me coge solo!) No puede pensar en otra cosa. (Si me coge solo, ¿qué hago?)

Angela, con un movimiento imperativo de la barbilla indica que quiere volver a caminar.

(Por lo menos que llegue hasta la cama —piensa Gabriel—, por lo menos hasta la cama.) Sin darse cuenta alarga el paso. Su mujer le retiene con el peso de su cuerpo. Se para.

—¿No puedes? ¿Te duele? ¿Qué...?

Los ojos de Angela matan la pregunta. Llegan a la puerta. Nunca le pareció tan grande la habitación. Aún hay que atravesar el pasillo.

(¿Dónde estará mi suegra? ¿Dónde estará la criada?)

Gabriel no tiene tiempo de tener miedo. Tiene ganas de huir, de correr, de gritar, de abandonar a su mujer en medio del pasillo brillante, estucado hasta la altura del hombro. Llaman a la puerta. Los dos seres se miran angustiados.

—¿Será Renán? —dice Gabriel.

Y antes que su mujer apruebe se lanza hacia la puerta, abandonándola. Abre, es el portero.

—Que enciendan en la habitación de delante y abran las ventanas. En seguida. La patrulla está abajo. ¿Cómo está la señorita?

—Mal. Espero al médico. Voy a dejar la puerta abierta. O mejor pase usted y encienda. No puedo dejar sola a mi mujer.

El portero entra.

—Sí —dice—, es mejor, porque no se andan con chiquitas y si no encienden empezarán a tiros, y mire que es manía...

Ya no le oye Gabriel que ha vuelto al lado de Angela, apoyada en el quicio de la puerta del cuarto de baño.

—Era el portero.

Angela hace señas de que lo sabe.

—¿Podrás aguantar hasta que llegue el doctor?

La mujer ya no tiene fuerza para girar la cabeza. Rechina los dientes y desgarra el pañuelo. Da tres pasos, jadeando entre cada uno de ellos. El dolor la destroza. A fuerza de meter las uñas en la palma de la mano y apretar las muelas, no grita. No ha gritado nunca; no lo va a hacer ahora que Gabriel está delante. El cuarto de baño brilla, blanco, aséptico. Le da rabia. Como puerto aparece la entrada del dormitorio. Hay que llegar allá, pase lo que pase. ¿Qué le corre por las piernas? La puerta. ¡Dios! ¡La puerta! Apoya una mano en la jamba. Desde allí, como lago, aparece la cama preparada, el embozo deshecho. Angela siente cómo se resquebraja. Mira, agonizante, a su marido, como si se quisiera asir de su cuello con la mirada. Dan un paso a través de la estancia con la sensación de haber perdido la seguridad que les daba las maderas de la puerta; como si se enmarzaran en un océano todavía furioso, tras una arribada forzosa. La cama está ahí, a dos metros. Pero entre ella y la puerta que acaban de abandonar el espacio es inmenso, y son, todavía, los pies, los solos pies, con su borde, como un acantilado. Hay que darle la vuelta, pisar la alfombra que corre a su lado derecho, regalo del año antepasado, gris y anaranjado: venció el gusto del marido, que mujer y suegra preferían un color pardo. Gabriel suda. Las gotas le corren por las mejillas mal afeitadas y se le meten por el cuello.

Angela arrastra su pierna derecha, han llegado a los pies del lecho. Angela se agarra al grueso barrote del mismo, se esparranca, mira despavorida a Gabriel, abre horriblemente la boca —el pañuelo cae al suelo—, grita terrífica, con una voz de adentro; con una voz desconocida:

—¡Ya! ¡Ya! ¡Anda! ¡Imbécil!

Gabriel se arrodilla. Levanta el faldón de la bata y de la camisa de noche que, sin saber cómo, Angela recoge; Gabriel tiende las manos al tiempo justo de recibir en ellas el paquete pegajoso —¡qué asco!— de su nuevo retoño.

Entran la suegra y la criada. Gabriel traspasa el paquete a su madre política. Se levanta despavorido y huye al cuarto de baño a lavarse las manos. Vuelve secándoselas con una toalla.

—Voy a buscar al médico —grita a las mujeres.

—Telefonea —grita la suegra.

—Más rápido será si lo busco —grita desaforado.

Y sin oír más se lanza a la calle. Sobre las rayas del sudor, por la prisa, le parece que corre ventolina fresca. Aspira hondo. Todos los balcones de la ciudad están iluminados. Todas las ventanas están abiertas. Nunca hubo tanta luz en Valencia, ni en los Viveros cuando hay verbena, ni en la Alameda por la feria.

Y los terrados —piensa Gabriel—, no se dan cuenta de que con tanta luz favorecen a los «pacos» apostados en las azoteas. Marcha rápido.

¿Cuánto hay hasta casa del médico? ¿Trescientos, cuatrocientos, quinientos metros? ¡Me olvidé la pistola! Gabriel se palpa el bolsillo trasero del pantalón. ¡Menos mal!: Lleva el carnet del Sindicato. Ahora al pasar por los Dominicos pediré el santo y seña. Bueno ya no se llama santo y seña, sino la consigna. Gabriel se para y se seca el sudor. Quiere correr, llegar lo antes posible, y, por otra parte, no quisiera llegar nunca. Gabriel quiere a Angela, pero le repugna el peso blandengue del feto. De pronto tiene miedo de que muera por su culpa. Piensa en el golpe, brusco. Pero no, ¿qué más podía haber hecho? Si no se llega a arrodillar a tiempo, el niño hubiese caído al suelo. Niño, no: niña. Se alegra. Gabriel pasa frente a los Dominicos sin darse cuenta, sin acordarse de que se proponía entrar para que le soplaran la palabra mágica. Pasa ante la fábrica de luz, el colegio, atraviesa la calle de Colón, solitaria. Entra en la calle del doctor Romagosa. Sube jadeante la escalera del médico. La criada le ataja el paso.

—El doctor no está. Creo que fue a su casa, Llamó por teléfono.

Gabriel se tranquiliza. De pronto, como si le ligaran todos los miembros, se siente impotente para el menor esfuerzo. No podría alzar una mano. La criada:

—Siéntese.

Gabriel se deja caer. Sopla. Se lleva la mano a la frente. Piensa: —¿No te da vergüenza? ¿Es esto de lo que eres capaz?

Se levanta, sale. Todavía las escurriduras del sudor.

—¡Qué paquete! Porque era un verdadero paquete. Así se viene al mundo. ¡En qué tiempos naces, hija! Está bonita la ciudad así, iluminada; si los rebeldes tuvieran aviones, ¡qué blanco! Que eso de los pacos, cuentos... Lo que sucede es que es divertido tirar tiros.

La ciudad iluminada. No hay posibilidad, en la mente de Gabriel Rojas, que se dé cuenta del retintín volandero que la palabra hubiese, tal vez, despertado en otros.

Un ruido seco, un golpe. Negro. Gabriel Rojas cae al suelo, como un saco. Le dieron por detrás, en medio de la cabeza, donde empezaba a clarearle el pelo, en calva de zapatero.

Acuden policías y milicianos y se generaliza el tiroteo, de acera a azotea.

La calle cobra vida, suben por todas las escaleras. Registran pisos, terrados. No dan con el agresor. Pasan las sombras por las ventanas abiertas, a correr fantasmales por las fachadas fronteras.

Cuatro personas alrededor del cadáver:

—Tiraron desde allí arriba.

—Yo le conocía, era un tipógrafo de *El Pueblo*.

Vicente Dalmases

I

—¡Reparten los teatros!

Entró Julián, agitadísimo.

—¿Qué?

—Entre la U. G. T. y la C. N. T.

Todos los que no estaban de pie se levantaron.

—¿Y nosotros?

—Tenemos que ir a hablar con ellos en seguida.

Julián Jover —alto, espigado, con el pelo crespo y la voz aguda, largos brazos, largas piernas, desgalichado— se movía en todos sentidos, pura aspa y ascua.

—¡El Ruzafa!

—¡El Apolo!

—¡El Principal!

—¡El Eslava!

—Aunque sea el Serrano.

Ya se veían actuando como profesionales.

Santiago Peñafiel —fuerte, más bien alto, luciente, moreno, alegre y con largas pestañas, su único orgullo; que por lo demás, lo mismo hacía de barba que de comparsa, de traspunte o de carpintero— daba saltitos:

—¿Te das cuenta? ¡«El Retablo» en un teatro de veras, en un escenario de verdad!

Asunción Meliá —rubia, delgada, con enormes ojos azules de mujer mayor, perdidos en una cara de adolescente, los labios finos y apenas rosados— se abrazaba alborozada a Josefina Camargo —de cara irregular, picada de viruelas, la boca hija de un mandoble—, primera actriz del grupo. Fea con ganas, con voz que removía las entrañas, razón de su éxito con los muchachos, y del desconcierto de las mozas que se hacían cruces. (—¿Qué le ven?)

—Vámonos al Sindicato.

—¿Todos?

—No. Todos no: una delegación.

—¿Quién va?

Luis Sanchís —la frente abombada, anteojos, voz de ultratumba, cantante inficionado de zarzuela, rimbombante, gracioso en su chocarrería y mala educación, estudiante de derecho— decide:

—Que vayan Julián y Josefina.

—¿Dos sólo? No son bastantes. Cinco por lo menos.

—No nos darán nada.

—Ya habló quien tenía que hablar.

Era Manuel Rivelles —alto como un palo de telégrafo, por lo que le solían llamar el «Farol» (y a Luis Sanchís, su inseparable, el «Farolero»), tímido, pesimista, humilde, mal cómico, pero ¡con tanta afición! Con la espina clavada de que la gente se reía con sólo verlo aparecer en escena. Estudia historia y padece —casi siempre— enfermedades vergonzosas. Sin suerte, pero tesonero.

Diez más forman entre todos *El Retablo*, teatro universitario. Los dirige Santiago Peñafiel, que no es estudiante, no por falta de ganas, sino de medios: en-

cargado de un almacén de maderas del camino del
Grao, mantiene su casa: madre y dos hermanillos;
tiene, además, pujos literarios, colaborador de algunas
revistas de «Joven Poesía». Conocido —él dice amigo— de Federico García Lorca y Alejandro Casona.
Desde luego es el único del grupo que ha visto actuar «La Barraca» y el teatro de las Misiones Pedagó-
gicas.

Están reunidos en casa de Jover —de Jover y
sus hermanos, que son cuatro, tres varones y una
hembra, aunque de esta última no se habla, que salió
pinta—. La casa es vieja, de las de chocolate en man-
cerina. Llena de viejitos y viejitas por todos los rin-
cones, muy amables, muy finos, retraídos y admira-
dores de sus sobrinos, a los que recogieron al morir
sus padres. José, Julio, Julián —amargados con lo de
Julieta, ida con un comicastro—. Los tres del «Retablo»: José, un papalote con pápulas para quien los
sellos son el *summum* y razón de ser. Acaba la carrera
este año, sin que nadie se entere, ni él, por supuesto.
Heredará el bufete del tío con quien trabaja. Hace
versos, sin decírselo a nadie. Es parado, y todos lo
tienen por tonto: no hace nada para desengañarlos,
tal vez porque no se da cuenta, o porque, quién sabe,
lo cree también. Le gusta pasear por la huerta y cortar flores. Luego se las queda mirando horas y horas,
oliéndolas:

—¿De dónde les vendrá el olor?

Las deshoja. Los tíos y las tías lo adoran, todos
solteros.

Pajarilla era la niña. Vive en Madrid y todos
piensan en ella. Guapa de veras y con un genio atroz.
Fundó «El Retablo» y fue su gran figura. Quería hacer teatro de veras; la caterva de tíos se opuso. Ella

saltó por encima. En el fondo todos esperan que llegue a gran cómica. Por el momento no se sabe mucho de su vida.

La rebelión militar ha derrumbado todas las puertas: ya no son estudiantes, sino actores. Fueron anteayer a ver al gobernador: se han puesto al servicio del pueblo. Duermen menos. Les dieron vales para conseguir madera, telas, pinceles, colores. Les han prometido un camión. Pensaban ir por los pueblos, haciendo sus sainetes, pero ahora entró Julián y se les encandila la imaginación: ¡«El Retablo» era un teatro de Valencia! ¡Qué revolución!

—Habrá que montar obras más importantes.

—Lo primero es conseguir un teatro.

—No nos lo darán.

—Nos haremos con él.

—Quizá sería mejor ir al Eslava y quedarnos con él, así por las buenas; luego hablaremos con los del Sindicato.

Se oponen los timoratos.

Luis Sanchís: —Vámonos, abajo tengo el coche.

Su padre es de Izquierda Republicana y no se lo han requisado. Entra Vicente Dalmases.

—Me he retrasado porque tuvimos una reunión.

Le dice Santiago Peñafiel, burlón:

—Sí, ¿y qué tienes que decir?

Vicente Dalmases pertenece a las Juventudes Comunistas.

Reparten los teatros.

—Ya lo sé. ¿Qué pensáis hacer?

Es delgado, vivo, rápido, nervioso, de nariz larga, e inteligente. Pero cerrado a la ironía. Le molestan las burlas. Serio, lo toma todo como él es. Estudia comercio, sin ganas, pero con el ahínco que pone en todo.

—¿Qué te parece, vamos primero a por el teatro y luego a hablar con los Sindicatos del Espectáculo, o al revés?

—Podemos hacer las dos cosas a la vez.

La aprobación es general e inmediata. Los Jover, Rivelles y Asunción irán al Eslava. Peñafiel, Josefina —porque conviene que vaya una mujer—, Sanchís y Dalmases, a entenderse con el Comité Ejecutivo de Espectáculos Públicos U. G. T. - C. N. T.

El comité está reunido en sesión permanente. Son doce. Preside un acomodador. Le dicen «el Fallero». Viejo socialista. Pero las miradas, directas o solapadas, van hacia Slovak, un mozacón de cabeza rapada que nadie sabe de dónde ha salido. Lo han traído los de la C. N. T. Dicen que lo mandan de Barcelona. Habla Santiago Vilches, un actor de zarzuela, masón y republicano: habla siempre, lo dejan. Siempre engolado, como con corsé. Dicen que duerme con una mano en el pecho, desde que representó al Greco, hace años.

—Camaradas, nuestro país vive en estos momentos el proceso revolucionario más hondo que registra la historia del progreso humano...

Ambrosio Villegas mira una mosca que corre por la pared. ¿Cuándo echará a volar? Está ahí en representación de los autores. Lo han aceptado a regañadientes. Los trabajadores del teatro no creen tener que contar con los escritores. Todavía los músicos...

—Se derrumba un sistema, y sobre las ruinas del pasado tenemos la obligación de estructurar la vida económica de nuestro país recogiendo el anhelo de la clase trabajadora...

La mosca vuela. El teatro en manos de sus trabajadores. Villegas no se hace ilusiones: se hablará de sueldos.

—... Y estableciendo unas normas justas y equitativas para la convivencia humana.

Claro —piensa Villegas—, tenía que surgir la palabra «humano». ¿Qué quieren todos estos que están alrededor de esta mesa? El Fallero dice lo que piensa; quiere mandar; pero no directamente, tiene alma de cacique. A Rigoberto Salvá, tramoyista, no le importa nada de nada, como no sea dormir. Luis, el apuntador, tiene sus «puntas y collar de poeta», querrá estrenar y estrenará. ¿Y el checo o yugoslavo ese? ¿De dónde ha salido? El se ha opuesto, más que nadie, a que formara yo parte del comité.

Villegas había hablado antes con él, mientras comían un tentempié. ¿Sabe más de lo que aparenta? Así de buenas a primeras parece muy bruto y fía mucho de su pistola, muy brillante y muy visible. Siempre vuelve a lo mismo:

—Hay que hacer la revolución...

No dice cómo. ¿Quitar los teatros a sus dueños? Ya está. ¿Socializar la industria? En eso estamos. Pero, ¿y después? ¿Vamos de verdad a hacer un teatro decente?

—Nadie tiene derecho a desertar de su puesto —dice ahora el Fallero—, necesitamos la colaboración de todos. Estando todos los trabajadores del espectáculo enmarcados en las sindicales U. G. T. y C. N. T. no sería mucho esperar de vosotros aquella disciplina sindical a que estamos obligados...

Villegas tiene su carnet, nuevecito, de «Oficios Varios» que ha conseguido en la U. G. T. Hubo sus más o menos al tratar el asunto en la Sociedad de Autores. Algunos se resistían, con bastantes buenas razones, a afiliarse a un sindicato. Prevaleció la opinión de que nada se perdía, y era útil para con las patrullas. Que cada cual se afiliara al sindicato que más le gustara.

—... Y la solidaridad que debe existir entre todos los trabajadores. (La solidaridad. Sí. Aquí está la palabra: solidaridad, o solidariedad, como se debiera decir. ¿No se dice contrariedad o arbitrariedad? ¡Qué más da! Su continua manía purista... ¿De qué le había servido?)

Archivero del museo de San Carlos, sí, archivero, mueble arrinconado al que se consultaba impersonalmente de muy tarde en tarde. Villegas vivía solo, dando clases. Había publicado un libro de versos de quien nadie se acordaba, y estrenado unas comedias, al paso de algunas compañías de segundo orden, hacía muchos años. Tenía cuarenta y cinco, aparentando diez años más.

Solidaridad o solidariedad es una palabra relativamente nueva —pensaba— y hasta cierto punto es posible que el sentimiento que refleja también lo sea. ¿Adhesión a una obra común? Los latinos decían *in solidum*: solidariamente. Pero no se refieren a esa emoción que surge de la masa. Villegas se recuerda del mitin de Mestalla. El sentimiento conjunto, regado, machihembrado de cien mil personas. Lloró al oír hablar a Azaña. No era la oratoria: era el deseo de aquella masa, su ilusión idealmente solidificada, la seguridad de un mundo mejor a la vuelta de unas semanas, por carisma. La ayuda, la comunión, la composición indivisa del aire que respiraba; sentirse parte de un todo conocido y amado. Intervenir, comunicar, interesarse mancomunadamente. Sí, era eso: de mancomún. Mejor que solidaridad, que sonaba a catalán.

—Hay que hacer la revolución —decía Slovak, por quinta vez.

Villegas, impacientado, levantó la mano pidiendo la palabra. No tenía idea de lo que iba a decir.

—Tiene la palabra el compañero Villegas.

—Señores...

—Aquí no hay señores, todos somos camaradas —interrumpió Slovak.

—Bueno, no tiene importancia.

—Sí, la tiene.

—Como ustedes quieran.

—Aquí todos nos hablamos de tú.

—Como vosotros queráis. Sólo quería hacer notar que... si la revolución va a consistir en socializar los teatros no será una verdadera revolución teatral.

Hizo una pausa y se oyó la mosca que fue a posarse en el cráneo rapado de Slovak, que la espantó impaciente.

—No. Lo que hay que socializar es «el» teatro.

Villegas se calló, quedó una interrogación en la mirada de todos.

—Nada más.

—Mire compañero —dijo el Fallero—, eixó estará muy bien: pero no le veo la punta.

—Como que no la tiene —recalcó Lloréns, un actor de la C. N. T.

Intervino Slovak:

—No, sí la tiene. Es una gracia de intelectual partidario de Azaña.

Dijo Azaña, con el mismo desprecio que si hubiese dicho Sanjurjo.

—Creo que don Manuel Azaña sigue siendo Presidente de la República.

—Y tú le dedicaste una serie de artículos, acerca de Rivera y de Ribalta.

Todos se miraron extrañados. No les sorprendía ignorarlo, sino que lo supiera aquel hombre.

—¿Tiene algo de malo?

—No, nada. Pero como yo decía: los intelectuales de tu tipo no tienen nada que hacer aquí. No creas que no te entiendo. El compañero Villegas quiere que se representen sus comedias.

Villegas no era hombre de arrestos, y ya había dado de sí cuanto podía. Prefirió callar, se sentía molesto. Más que nada por el acento extranjero de aquel tipo.

El Fallero puso a discusión el salario de las mujeres de limpieza, y las del water con jabón y toalla por su cuenta. En ese momento, por las buenas, entraron en el cuarto —destartalado y sucio— Dalmases y los demás.

—¡Ché! —dijo el Fallero—, ¿qué manera de entrar es esa? ¿Qué queréis?

Slovak tenía la mano en las cachas de su pistola.

—Un teatro.

—¡Hombre! ¿Y tú quién eres?

Peñafiel saludaba a Villegas. Este los presentó.

—Son los del Teatro Universitario.

—¿Qué tienen que hacer aquí unos aficionados? —preguntó Lloréns—. El teatro es cosa de profesionales. Todas esas perenganadas de aficionados no hacen más que dañar a la industria. Hay que acabar con ellos. Si quieren hacer comedias, que ingresen como meritorios.

No había nadie en la puerta del teatro Eslava. Las puertas que daban al vestíbulo estaban cerradas. Los muchachos tocaron sin resultado. Julián Jover, moviendo sus brazos en aspa, se acercó a la puerta del escenario. Estaba abierta. Llamó a sus compañeros y entraron. No parecía haber nadie.

—Fantástico.

Para la mayoría de ellos era la primera vez que penetraban en un escenario de verdad.

Viniendo de la calle, horneada por el calor de agosto, el pasadizo parecía una gruta misteriosa. Viviendo en un mundo nuevo, sin peso, como el que los embargaba desde hacía quince días, el penetrar como invasores legítimos en un teatro, les daba, además, la sensación maravillosa de piratas. Piratas de verdad, generosos y caballerescos; aventureros llevados en alas de su gusto, en busca o captura del instrumento mágico que les iba a permitir establecerse en la vida según el trabajo que libremente habían escogido. El fresco y el silencio —delicioso a pesar del olor muerto— les sobrecogía con fruición. De todos modos Julio Jover le dio la mano a Asunción. Ella sonrió, agradecida. No se veía. La luz venía de muy alto, escasa, filtrándose por las rendijas del telar.

José y Julián se quedaron husmeando por los camerinos, los demás penetraron en el escenario. Santiago Peñafiel gritó, ahuecando la voz:

—¡Ah, de la casa!

No contestó nadie. En la penumbra, las butacas se alineaban sin valla, como olas sucesivas y quietas. Todos estaban sobrecogidos: por la penumbra, la temperatura y la soledad.

Casi no podían creerlo: estaban en un teatro, en un teatro que casi podían considerar suyo. Julio dio unas patadas en las tablas, que resonaron. A los lados empezaban a vislumbrar unos bastidores apoyados contra las paredes.

—¿Dónde se dará la luz?

—¿No habrá nadie?

—¿Dónde estáis?

Lo preguntaba José Jover, asomándose al escenario. La embocadura se divisaba como la entrada de un mundo nuevo al que llegaban desde adentro.

—Estupendo...

Se le llenaba la boca. Adelantando, casi tropezó con las candilejas. No acababa de creerlo. La fauce negra de la concha del apuntador le imponía cierto respeto. De pronto resonó la voz de falsete de Julián:

> Yo sueño que estoy aquí
> destas prisiones cargado,
> y sueño que en otro estado
> más lisonjero me vi.
> ¿Qué es la vida? un frenesí:
> ¿Qué es la vida? una ilusión,
> una sombra, una ficción,
> y el mayor bien es pequeño;
> que toda la vida es sueño,
> y los sueños, sueños son.

—¡Ijujú!, ¡qué sueños ni qué carambolas!

Asunción se soltó de la mano de Julio. Se atrevió a dar unos pasos. Empezó a decir con voz insegura que inmediatamente se le volvió grave y cálida:

> ¿No es breve luz aquella
> caduca exaltación, pálida estrella,
> que en trémulos desmayos,
> pulsando ardores y latiendo rayos,
> hace mas tenebrosa
> la oscura habitación con luz dudosa?
> Sí, pues esos reflejos
> puedo determinar (aunque de lejos)
> una prisión oscura,
> que es de un vivo cadáver sepultura...

—¡Aquí está la luz! —gritó Rivelles.
—Dala.

Se encendió un foco colocado en medio del escenario vacío. Asunción dio un grito terrible: de un palco pendía ahorcado el cuerpo de un hombre.

Los muchachos bajaron como pudieron del escenario y subieron corriendo al palco. Al fondo del pasillo había un espejo donde se vieron, llegando, desencajados.

—Calma, calma —gritaba descompuesto Rivelles.

—¿Lo subimos?

—Lo que hay que hacer es cortar la cuerda.

—Caerá al patio.

—¿Y si vive todavía?

Asunción sollozaba en medio del escenario.

—Que lo levanten unos desde abajo. Venga, tú y tú.

Nadie lo esperaba, pero el que se había puesto a mandar era el gordinflón bobo de José Jover.

Bajaron corriendo Manuel y Julio. Este último se torció un pie, pero siguió adelante. Aupándose en una platea, lograron asir las piernas del colgado y lo levantaron, mordiéndose los labios. A ambos les daba un asco horrible la carne molleda que sentían entre sus dedos.

—¡Venga!, ¡más!, ¡más!, ¡un poco más!

José seguía mandando. José se inclinó sobre la baranda del teatro y logró alcanzar el sobaco del muerto, porque eso sí, ninguno dudaba —a pesar de todo— de que aquello fuese ya un cadáver.

Su movimiento hizo caer una carta al patio. Cayó lenta, en zig-zag, como una flecha de las que acostumbran lanzar los niños, desde el paraíso.

—¡Venga! ¡Ayuda tú!

Julián estaba a punto de perder los sentidos.

—¿Yo?

—¡Tú! ¡Va a ser el aire! Bueno, venga. Tira.

Alzaron al hombre que pesaba toneladas. Se les cayó para atrás.

—¡Una navaja!

Ninguno tenía. Ya estaban de vuelta Julio y Manuel.

—Dejémosle en el suelo.

—Está más muerto que... —empezó a decir Rivelles, pero se le quedó la frase en el aire.

—¿Más muerto que qué...?

—¿Ninguno tiene una navaja?

—... que carracuca.

—¿Qué hacemos?

—Avisa a la policía, mira tú éste.

—Aquí hay una sierra —dijo como venida de otro mundo Asunción.

Los jóvenes se habían olvidado de ella. Se asomó José:

—Tráela.

—No puedo.

No se atrevía a saltar del escenario al patio de butacas.

—Ahora voy.

Bajó Julián.

—Avisa a la policía.

—¿Cómo?

—¡Gritando! ¡Pareces tonta! ¿Has pensado alguna vez para qué sirven los teléfonos?

Cortaron la cuerda con la sierra. No fue fácil ni agradable. El hombre estaba muerto, sin remedio.

—¿Quién será?

—El conserje.

—¿Cómo lo sabes?

—Lo he visto algunas veces.

—Recoge ese papel.

—A ver.

Era una sencilla hoja de «tablilla», doblada en cuatro. Bajo el membrete y a la altura de la hora del ensayo se leía, escrito con mala letra:

«Cúlpese de mi muerte a los bandidos».

Los cuatro se miraron.

—Aquí hay una carta.

Estaba en el suelo. La habían hecho caer en su ir y venir.

—¿La leemos?

—¿Para qué?

Asunción les llamaba desde el escenario:

—Ya vienen.

En el comité seguía la discusión. Habían rogado a los jóvenes de «El Retablo» que esperaran afuera mientras ellos dilucidaban qué se resolvía. La mayoría se mostraba francamente adversa, aunque sólo fuese a considerar el asunto. Lloréns se mostraba el más intransigente:

—¿Cómo vamos a entregar a esos desgraciados una fuente de trabajo? ¡Eso nos faltaba! ¿Es que somos amas de cría? Que se vayan al frente o a una fábrica, para eso son jóvenes. Aún no tienen veinte años.

—¿Y qué? A lo mejor hacen algo que valga la pena.

—¿Sí o no, hemos acordado crear una escuela de artes y oficios del teatro, donde los hijos de nuestros trabajadores tendrán preferencia?

—Nadie lo niega.

—¿Entonces? ¿Vamos a entregar un teatro a esa caterva de señoritos?

Discutían Villegas y Lloréns. Intervino Slovak:

—Podríamos dejarles el teatro para que hicieran dos o tres representaciones... dentro de algún tiempo. Mientras tanto que vayan por los pueblos... Si pueden.

Todos estuvieron de acuerdo. Sonó el teléfono: les daban la noticia del suicidio del conserje.

—¡Fill de la mare de Deu! —exclamó el Fallero—. ¡Ya lo podíamos buscar! Allí escondido, en el foso, seguramente... era de lo peor. Un chivato beato indecente... Oye tú, que no se entere nadie.

¡Un muerto en el teatro, y así, colgado! La revolución era la revolución, pero lo que es sentarse en la concha del apuntador, darle vueltas a una silla, sacar un ataúd a escena, era otra cosa.

Lloréns insinuó, inseguro, refiriéndose a los de «El Retablo».

—Que empiecen ellos —y, dirigiéndose a Villegas, sin mirarlo, añadió:

—No quiero que creas que soy un sectario.

—¿Dónde?

—Allí, en el Eslava. Ya que lo tienen, que se queden con él, por unos días... [1]

---

[1] Como ese muerto no ha de volver a salir, si alguien se interesa por él, doy a continuación alguna noticia de su vida:

Cacoquimio y negro, escuchimizado y constipado, la barba cerrada y sin afeitar más que de uvas a peras, los ojos ribeteados de rojo, y beato. Nació así, a la sombra de los altares, sacristán de vocación, que no cura: monumento que le ocultaba el horizonte. Cerradillo de mollera, pero tan amigo de cirios, comulgatorios, lamparines, cepos, santos, inciensos, faldistorios, flores de nácar y telas aprestadas, exvotos, silencios, éxtasis, murmullos, largas misas, rezos y rosarios, que se le iba la vida en las baldosas de la iglesia, correteando de aquí para allá —aun niño. Niño negro, con mugre de la buena, incrustada. Ayudaba a todo, con tal que le dejaran embobarse ante las llamitas de los altares.

No salió en treinta años de la sombra de su parroquia. La conocía como nadie, ni hubo hora canónica que se le escapase, calendario eclesiástico vivo y quincuagésima andando. Resolvía cualquier duda sobre responsorios, homilías, completas, tercias, sextas o colores vestimentales. Nunca se le ocurrió preguntar el porqué de las diversas fases del culto, tanto le

II

Sí. La quería. Y Vicente Dalmases se envolvía en la reflexión de su sentimiento como en una larga capa, idéntica a la de su tío Santiago, el santero.

daba: las cosas eran intangibles y el santoral regía el mundo. Sacristán de San Nicolás y cerrado a todo lo demás.

Así, hasta que le tentó Belcebú, encarnado —y con creces, por donde más gusto daba— en Vicenteta —muy ligada a su nombre, sobre todo en lo referente a las dos últimas sílabas de su patronímico, que parecía descolgarse, si no del apellido paterno, sí de las ubres maternas— que en la suegra estuvo el quid: no paró hasta casarlos. Pero el impulso soberano que empujaba al sacristán se convirtió pronto en asco y conciencia de su falta, sobre todo, hacia la Virgen y colaterales, y su otra debilidad: Santa Teresita del Niño Jesús. Y ya no pudo vivir, sintiéndose, dos o tres veces a la semana, en pecado mortal, pese a que sus confesores le hacían ver la inanidad de sus prejuicios. Se vio perdido, perseguido; cada sombra, cada rincón se le representó caverna gitánica desde la que auténticos diablos de tridente, orejudos y con cola le amenazaban con las llamas eternas. Le dolió el estómago y le diagnosticaron úlceras. Pero él sabía de lo que se trataba: la sangre que defecaba era —aunque sólo fuese por el color— anticipación del fuego eterno.

De cómo se deshizo de Vicenteta, envenenándola poco a poco, no es cosa de esta historia. La cosa es que murió y la enterraron sin pompa. Creyó el sacristán volver a gozar de su prebenda. Pero no hubo tal. Confesóse, y sin que trascendiera su delito, el cabildo se las arregló para prescindir de él. Sin embargo, un canónigo, que tenía sus relaciones, lo colocó de portero en el teatro Eslava.

A veces —acabada la función— el ex sacristán se hacía ilusiones, allí en el escenario vacío, nave por nave, recordando su perdida iglesia. No tenía amigos. Vivía en un rincón, allá en los altares, y le traían la comida de un bodegón cercano. A misa iba todos los días temprano, y, sentado a la puerta del escenario, a todas horas, callado, seguía los oficios, según las luces.

La quema de algunas iglesias lo trastornó profundamente. No le mataron, de milagro, cuando se quiso oponer, en cruz, a que la gente invadiera el palacio arzobispal.

Cuando oyó, por la radio del café de la esquina, que la República había reconquistado Albacete, se colgó.

La quería —y la luz, el polvo, los adoquines, los escaparates, las casas bajas de la Plaza de la Reina, los tranvías amarillos con sus trolleys a cuestas, el mantón de manila rojo con flores blancas y verdes que pendía desgarbadamente de los hombros de un vieja maniquí de «La Isla de Cuba», le parecían andadores puestos por el momento para ayudarle a caminar por la ciudad, sin sentir sus pies.

La veía por todas partes sin atinar con el recuerdo exacto de su figura: en la luna del café, en el cielo cruzado por los cables de la electricidad, en el verde lejano de la Plaza Wilson —antes Príncipe Alfonso—, por el asfalto gris y mate de la calle de la Paz— antes Peris y Valero (que las nomenclaturas cambian según el color del ayuntamiento elegido)—, por los raíles brillantes y en el pasar testudíneo de jovencitos deseosos de perder el tiempo. Se paró frente al cristal de una vitrina de «El Aguila». Se vio reflejado, transparente, y el tráfico de la calle corriendo a sus espaldas.

—¿Soy yo? —se preguntó.

—Sí, soy yo. Yo. Vicente Dalmases. Y la quiero.

La contestación le envolvía, emanada de todas partes: de las letras doradas pegadas a la luna, de los reflejos irisados de la luz en el bisel, de una hilera de maletines aburridos, en fila, frente a la posible curiosidad de un supuesto comprador; del tintineo insistente de la campana de los tranvías, con su jardinera a rastras; que era verano y los coches motores llevaban a remolque otros con cortinas rayadas que revoloteaban por la velocidad, banderines de enganche, hacia las playas del Cabañal.

Alegres tranvías amarillos de quince céntimos; Glorieta: cero, diez y la perrera, a perro chico; con su olor acre de las trabajadoras de la fábrica de tabacos. Los billetes morados, blancos y rojos. Los trajes grises, de rayadillo, de los empleados de la compañía, con el saín por el cuello, en los hombros, en los bordes desflecados de las mangas; y los dedos amarillos, de los cigarros, el entrechocar de las cadenas que une los remolques al coche motor y el balanceo del carromato lanzado a toda velocidad; ¡clac!, la manivela a todo dar, y el subeibaja brusco y ruidoso producido por el desnivel de los raíles. ¡A aguileta!, ¡a aguileta!, el agua fresca.

Todo le estaba diciendo: «Me quiere». Y el calor, y la luz sin mella.

«Sí. Me quiere, me quiere a mí, y a nadie más que a mí. Y hay guerra y hay revolución, todo para demostrarme que me quiere.»

Vicente tiene veinte años y siente todo el mundo amontonado alrededor de su pecho: es feliz.

—¿Qué haces ahí parado, como un tonto?

Vicente ve, en el escaparate, la figura de Gabriel Romañá, medio palmo más alto que él. Compañero suyo de clase.

—¿Vas a comprar una maleta?

—No.

—¿Dónde vas?

Vicente miente:

—A casa. ¿Y tú?

—A tomar café al Ideal. ¿Vienes?

—No.

—¿Qué mosca te ha picado desde hace una semana?

—¿A mí?

—Pareces bobo.

—Es que lo soy.

—Enhorabuena.

Vicente deja a su amigo y sube a un tranvía. Saluda afectuosamente al cobrador. Hubiese podido ir a pie. Pero, ¿y si se le hace tarde? Le sobra tiempo. Pero, ¿y si se le hace tarde? Prefiere esperar. El tiempo vuela. A la edad de Vicente no se tiene idea de lo que es el tiempo, que por algo lo pintan viejo. Además, ella es puntual. Encuentra sitio a las tres y cuarto. Asunción llega diez minutos más tarde, cinco antes de los señalados.

El local está repleto. Los veladores de mármol lechoso, el piso de baldosines blancos y negros, los espejos que recubren las paredes, los ventiladores que cuelgan del techo y se esfuerzan en vano en refrescar a los que toman helados (horchata, blanca; leche merengada, espolvoreada de canela; mantecados, amarillentos; café, moreno oscuro). Todos sudan a la luz esplendente que devuelven las piedras picadas de la plaza Emilio Castelar; restalla el resol que dispara el edificio de Correos; el hálito caliente del asfalto seco y gris de la calle y las aceras penetra por todas partes, por todos los poros, mientras ciega la luz del verano. Vicente saluda indiferente a Jorge Mustieles, que pasa.

—¿Quién es?

—Jorge no sé cuántos, un abogado radical-socialista. (Sabe muy bien cómo se llama, pero no quiere distraer su atención.)

Vuelven a callarse. Vicente da vueltas a la cucharilla dentro de la copa de grueso cristal que contuvo su helado. No sabe qué decir.

Hace dos años que para él todo es política. Se han resentido sus estudios. No que no apruebe y pase los cursos, pero lo hace sin brillantez, cuando si se dedicara un poco más a ello podría ser sobresaliente. Pertenece a una familia absurda y numerosa donde cada quien tira por su lado: todos inteligentes y un tanto desperdigados. Su padre es registrador de la propiedad; su hermano mayor, a más de músico, es catedrático de latín en un Instituto de nueva creación —de esos que la República se ha empeñado en formar, morada de tantos profesores, que creen en el espíritu de la letra—; el segundo, ingeniero de caminos y poeta; el tercero estudia para veterinario y, en sus ratos perdidos, que son bastantes, griego; el cuarto, Vicente, a más de estar inscrito en la escuela de comercio, es actor; le sigue una muchacha que quiere ser bailarina y estudia en la Normal de maestras. Hay tres más, todavía sin definir, pero desde luego, ninguno quiere estudiar derecho, como desearía el padre: los tres hacen versos, para empezar, y el benjamín asegura que quiere ser aviador, y el que le antecede habla vagamente de ingeniería, y el anterior ha dado a entender, categóricamente, que no quiere hacer nada: tiene bastantes hermanos para poder vivir tranquilo: quiere ser compositor, pero sin estudiar música. Todos son liberales, menos Vicente, que es comunista: nació así.

La gran nariz separa dos ojos enormes, oscuros, profundos. A cada momento pasa su mano por una crencha de pelo rebelde que cae sobre la frente. Es puro hueso y fuma seguido, sin saber: chupetea el cigarro y enciende otro con la colilla.

Asunción es hija de un tranviario catalán. En su familia todos son rubios, ninguno como ella, albina todavía hace pocos años. Tiene diecisiete, y parece quince. Casi no habla. Ahora es de las Juventudes Comunistas. Ha ido allí llevada por Vicente. Se conocieron en «El Retablo». Nunca han hablado de otra cosa que no sea el trabajo: teatro o política. Algún día tendrán que decirse que se quieren. Todos los consideran novios, menos ellos. Ni siquiera se ha atrevido él a retenerle la mano más tiempo del debido al cordial saludo o a la despedida. Están seguros el uno del otro, pero les detiene el pudor, la **pureza.**

Algún día tendré que besarla —piensa Vicente, pero no se atreve.

Les une una absoluta limpieza de ánimo, el convencimiento de que siguen el único camino que ofrece la vida. Se entregan a su trabajo sin miramientos de ninguna especie; carecen de segundas intenciones.

Hasta hace quince días, Asunción ignoraba lo que era la muerte. Descubrió el primer cadáver en una permanencia que le tocó hacer en un cuartel improvisado, en el barrio de Jesús. Los últimos días de julio —como todos los compañeros— anduvo haciendo guardia frente a los cuarteles. Un viento de deberes les sobrecogía a todos, un hálito de sacrificio natural, una alegría de lo desconocido. Allí, en Monteolivete, metidos en un bar, acechando, dando parte de quien entraba o salía. Y, después de los cambios de guardias, acercándose a la garita del centinela para entablar conversación. Lo logró con dos: no pasaba nada de particular; los oficiales estaban reunidos, indecisos al parecer. Los soldados querían noticias:

—Por ahí dicen que el gobierno ha dado la orden a todos los soldados de que se vuelvan a su casa...

Y ella, como quien no quiere la cosa:

—En Victoria Eugenia ya no queda ninguno...

Esperaba, pero el carimoreno no dijo más y se cuadró: pasaba un mozuelo encorsetado, teniente que se escurría quién sabe a dónde.

Dos jóvenes lo siguieron.

Así, noche a día, sin dormir.

—Vete a descansar.

—No tengo sueño.

Nadie tenía sueño. De pronto, nadie dormía: se vivía más y por adelantado, como suspendidos de las noticias.

—¿Qué sucede?

—¿Qué pasa?

—¿Qué sabes?

—¿Qué dices?

Todo se amalgamaba.

—Tomamos Albacete.

Y la radio. Todos los discursos parecían buenos. Era muy sencillo: había llegado la hora. Nadie dudaba de la victoria: Prieto lo había dicho, lo teníamos todo: el dinero y la marina. ¡A ver qué hacía Aranda en Oviedo!

Cuando lo de los cuarteles se liquidó, abandonados por oficiales y soldados, los unos vencidos, los otros devueltos, de uno en uno, de dos en dos, a sus lares, Asunción tuvo que ir, de permanencia, a un cuartel de la barriada de Sagunto, donde la pusieron a escribir a máquina toda clase de circulares, permisos, avales y bonos. Tuvo que porfiar personalmente Peñafiel para conseguir que la dejaran libre durante unas horas diarias para ensayar.

Una noche, en el patio del cuartel, vio su primer muerto. Se lo quedó mirando largo rato, incapaz de hacer nada, como no fuera estarse quieta; los dientes al descubierto, la sangre ya seca por las comisuras de los labios la persiguió días enteros. Era la guerra.

Acabó su leche merengada, tan suave.

—¿Quieres otra?

—No, gracias. Tengo que irme.

—Te acompaño.

Pagó Vicente y salieron a la calle.

¿Por qué no le hablo? —se preguntaba él. Iban andando sin prisa, detenidos por el bochorno. Se pararon frente al escaparate de una librería. Se veían reflejados en el cristal. Se sonrieron y siguieron adelante. Al llegar al Puente de Madera les salió al encuentro una mujerona jamona, más ancha que alta, los pechos como enormes badajos apenas sostenidos por una blusa de tantos años como su dueña, ya muy pasada.

—¡Al fin te encontré!

—¿Qué pasa, tía?

—¡Detuvieron a tu padre esta mañana!

—¿A mi padre? ¿Y por qué?

—Ve tú a saber. Pero como ya no apareces por casa...

—Entro de guardia a las cinco.

La vieja la miró con hondo reproche. Suspiró, dio media vuelta, y se fue.

Vicente resolvió.

—Anda. Yo iré y avisaré. Alcánzala y que te dé detalles. Luego voy a casa de los Jover. Llámame por teléfono y dime lo que hay. ¿Qué supones?

—No sé.

—Corre, que si no, no la alcanzas.

—Estoy que no sé qué me pasa.

—Anda.

Asunción se reunió, corriendo, sin dificultad, a la cigarrera —que lo era de oficio como lo fue su madre— y se emparejó con ella.

—¿Cómo ha sido eso, tía Concha? ¿Cuándo?

—A las seis y media. El salía. Como tú ya no apareces por allí...

Había un hondo reproche en la voz baja, grave de aquella balumba temblona.

—Usted sabe que tengo que hacer...

—¡Que hacer! ¡Que hacer! Esas son cosas de hombres. No sé qué bicho os ha picado... Las mujeres a parir o a trabajar y no perder el tiempo en cosas de hombres.

—Bueno, tía, pero ¿quién se lo llevó?

—Yo qué sé, una patrulla de esas.

—¿No dijo...?

—Nada. Hablaba y hablaba.

—¿No le dijo que me avisara?

—No le dejaron hablar conmigo.

—¿Eran de la C. N. T.? ¿Policía?

—No, milicianos.

—¿Y Amparo?

—Se vistió y se fue.

—¿Pero mi padre no la avisó?

—No t'he dit que en el mateix moment en que surtía...! Per lo vist el varen esperar.

—¿Y ella? ¿No te dijo a dónde iba?

—¿Yo? ¿Hablar con esa? ¡Vamos!

Asunción decidió ir a la Juventud, para que la ayudaran.

—¿Per que no vas a vore a Chimet?

—El no puede nada... pero, vaya usted, tía, vaya a verle, por si acaso. Y véngase luego a la Juventud. Si no estoy, me deja el recado. Y si vuelve Amparo dígale que pase por allá.

Rectificó:

—Le manda recado por Visantet.

—¿Y eixos amics teus del treatre...?

—Luego los veré. Váyase ahora a ver a Chimo.

Llegaba el tranvía y Asunción se encaramó en él. El cobrador la saludó. Ella contestó indiferente.

¿Qué podía haber pasado? Su padre pertenecía al Sindicato de Tranviarios desde hacía años mil. Todos sabían que era hombre de izquierdas.

Pensó Asunción:

—¿Tendré también que ir a la U. G. T.? No, llamaré por teléfono.

Se acercó al cobrador:

—¿Y tu padre?

—Bien, gracias —contestó mecánicamente.

¿Qué le podía haber pasado?

Alfredo Meliá era tranviario por gusto, que nació masovero y rubio, allá en Lérida. Vino a servir al rey a Valencia, se enamoró de los tranvías, y se quedó. Le encantaba hablar —charra que te charra— y el ser cobrador le permitía no darle reposo a la desosada, que tenía mucha. Con el tiempo le quisieron ascender a conductor, pero no quiso. Más le valía el gusto, y por la pequeña diferencia de salario no era cosa de dejar de meter baza, ya que una pequeña herencia le puso a cubierto de cuidados y no era nada ambicioso. Vivió bien hasta que se le murió la mujer, allá por los años veinte, dejándole a Asunción apenas destetada. Diez años después se le metió entre ceja y ceja conseguir a la hija de un mercero que vivía enfrente de su casa. El asunto no parecía muy difícil: él era amigo de los padres y pasaban sus buenas horas sentados en sillas bajas en la puerta de la tiendecilla, tomando el fresco en las noches de primavera y verano. Había visto crecer a Amparo y las dificultades económicas de sus engendradores, debidos a sencilla impericia y cierta dejadez. Los botiqueros se dieron pronta cuenta de cómo se le iban los ojos a «Don Alfredo» tras la joya de la casa.

Amparo era buena moza, quizá un poco demasiado: grande de talla, grandes las ancas, grandes las teticas que le quitaban el sueño y a veces la palabra al consecuente tranviario, que, dentro de doce años, cobraría su retiro, el cual, unido a lo que le producía su papel del Estado, llegaría a una vejez a la que se podía enfrentar sin cuidados. Grandes los ojos, bien proporcionada la recta nariz, pequeña la boca, graciosa la barbilla, a la joven no le faltaban pretendientes en el barrio: todos dependientes, quién de la carnicería, quién de la botica, quién de la droguería, quién de sus padres; ya que la mala situación económica de los dueños de la perla —no muy fina— era moneda corriente y valladar decisivo para los hijos de los comerciantes del barrio.

Amparo tenía veintidós años, y no se le conocía novio oficial. Al verla tan anchota, tan grande y ya de esa edad, que en Levante no es poca para virgen, sus padres se preocuparon y fueron allanando caminos al bueno del viudo, que acababa de perder a su asistenta en todo, muchacha de poca alzada y menos peso, pero de mucha lengua, ida como fue —y es costumbre— a casarse a su pueblo; muy sabedora de toda clase de administraciones, limpiezas y cocinas.

Hablaron muy en serio a la niña, que se les revolvió con más aspereza de la prevista. Sin que lo supieran los buenos merceros ella tenía novio, señorito con los mismos gustos que Alfredo: las prefería de peso y medidas con largueza. De nombre, Luis Romero. Lo malo que no veía el modo de satisfacer del todo sus anhelos, ya que la coyunda con todas las de la ley no parecía factible. Estudiaba, poco, pero estudiaba, medicina para mayor precisión, y vivía del poco dinero que le enviaban sus padres desde Teruel. Llevaban el noviazgo muy secretamente, para permitir los tientos sin testigos, que no hubieran faltado si algo hubiesen olisqueado los papás. Lo cierto: que la niña se negó en redondo a corresponder, aunque fuese a medias, al buen cobrador. Intervinieron entonces los argumentos de mayor monta: las cuentas, las deudas, los libros mayores. La joven siguió en sus trece y Alfredo ardiendo de impaciencia. Sucedió lo inesperado: el mozo la incitó a aceptar, única manera de satisfacer sin riesgo lo que ambos apetecían con vehemencia. Hízose la boda a gusto de todos.

Amparo —ya lo había demostrado— era mujer taimada, muy dueña de sí y capaz de engañar a medio mundo con la otra mitad. Alfredo no sospechó nunca que compartía las abundantes gracias de su esposa. Las relaciones entre Asunción y su madrastra carecían de calor pero eran, hasta cierto punto, normales. Ocho años de diferencia eran muchos o pocos para que se estableciera una intimidad verdadera que, por otra parte, ninguna deseaba. Concha, la vecina de abajo, era la única que no podía tragar a la que, para ella, era una intrusa, tía que había sido de la primera mujer de Alfredo. No se hablaban desde hacía tres años por el grave motivo de si la una sabía o no purgar los caracoles.

Bajó Asunción del tranvía y subió al local de la Juventud. Nadie de los que buscaba estaban. Sólo Lisa, una muchacha judía, alemana, que tratabaja allí desde los primeros días del alzamiento de los militares. Le contó lo que sucedía; llamaron por teléfono, dieron con algunos dirigentes que prometieron hacer lo que pudieran —es decir, enterarse. Mientras tanto Vicente hacía lo mismo con Jorge Mustieles, de quien se acordó por haberle visto al paso, desde el café. Asunción llamó al teatro Eslava, donde ensayaban los del «Retablo» y refirió su cuita a Peñafiel. Este era amigo de Ricardo Ferrer, el jefe de policía y fue en seguida al Gobierno Civil. Nadie sabía nada de la detención de Alfredo Meliá.

Vicente se reunió con Asunción en la Juventud y decidieron ir a ver a Lloréns, el representante de la C. N. T., en el Comité de Espectáculos, para ver si su organización sabía el paradero del bueno del tranviario. Dieron con él en el teatro Apolo, donde organizaba una temporada de ópera popular. El cómico los miró con desconfianza, más por aficionados que como comunistas. Pero prometió enterarse.

—No te preocupes —insistía Vicente.

—Si no me preocupo —contestaba la muchacha.

Pero ninguno de los dos las tenía todas consigo.

Llamó Asunción al cuartel para decir que no la esperaran y fue para su casa. Encontró a Amparo tranquila. Ella también había acudido a varios sitios y en ninguno le dieron razón de su marido.

Por la noche, ya tarde, Vicente se decidió a ir al local de la C. N. T., contra el parecer de sus compañeros. Lo vieron entrar con desconfianza y extrañeza.

—¿Qué buscas tú por aquí?

—Busco a Lloréns.

—No está.

—Me dijo que lo encontraría aquí a estas horas.

—Pues no está.

—Le esperaré un rato.

—No creo que venga.

—Es urgente.

—Espera si quieres.

Vicente se sentó, se cansó de estar sentado, miró los carteles pegados a las paredes, se acercó a la ventana, se entretuvo mirando el ir y venir de los coches por la plaza de Emilio Castelar. Oyó el parte de guerra, sin cambios ni novedades. Echó una ojeada al periódico de la C. N. T.

—¿No has visto nunca un carnet de Falange?

Vicente se volvió. Hablaban dos hombres: el que despachaba los vales de gasolina y otro que acababa de entrar, alto y cetrino él, revestido de un cuero flamante. Vicente se acercó, curioso.

—Mira.

En el carnet, una fotografía: la del padre de Asunción.

—¿Me permites?

—Sí, hombre, cómo no. ¿Es el primero que ves?

—Sí. ¿Cómo diste con él?

—¡Mira éste!

—Es que yo buscaba a... ese tipo.

—¡No me digas! Pues diles a tus compañeros que no se preocupen más.

—¿No me dejas el carnet?

—¡Vamos!

—Nos interesaría sacar una fotografía.

Lo miraron con sorna.

—¿Sí? Pues lo sentimos mucho.

Ese odio de partido a partido... Ahora lo resentía Vicente, como algo insalvable, sin remedio. Y, sin embargo, debía haberlo.

—Y diles a los tuyos que no anden haciendo tonterías.

El recién llegado se desentendió de Vicente y le preguntó al que volvía a sellar vales:

—¿Y el Uruguayo?

—No sé, no le he visto en toda la tarde.

—Ya pica en oscuro —dijo el otro, rascándose el cogote, y, dirigiéndose a Vicente:

—¿Y tú? ¿Qué esperas?

—Yo, nada. A Lloréns...

Las relaciones entre la C. N. T., la F. A. I. y el Partido Comunista se habían agriado mucho los últimos días. Decían que la Columna de Hierro —un tanque y dos mil hombres— estaba lista para entrar en Valencia para establecer el dominio de los anarquistas.

Saludó y se fue. Bajó hacia la plaza de Tetuán, al Partido. Estaba hondamente desorientado: ¡falangista el padre de Asunción!

Había tres dirigentes del Partido sentados en un tresillo del salón. Vicente les contó cuanto sabía. Pensaba decírselo todo a la muchacha.

—Yo creo que harías mal.

—¿Por qué? ¿No vais a dudar de ella?

—Tampoco dudabas del padre...

—Pero os aseguro que ella no sabía, no sabe nada.

—Es posible. Pero tú eres un compañero responsable, y sabes tan bien como yo que no podemos fiarnos de nadie.

Recalcó otro:

—Estamos en guerra, camarada.

Volvió a engarzar el de más edad:

—Aunque no lo estuviéramos.

Hizo una pausa.

—¿Es tu compañera?

—No. Todavía no.

—Pues ándate con cuidado. Procura sonsacarla.

—¿Pensáis detenerla?

—No. Pero tienes que informarnos exactamente de la vida, de lo que hacía su padre. A quién veía. Dónde iba. ¿Te está esperando?

—En la Juventud.

—No pierdas tiempo.

—¿Qué hay del Uruguayo?

—No te preocupes.

Vicente, con las manos en los bolsillos, atraviesa lentamente el Parterre, envuelto en el olor pesado de las magnolias. Se detiene, se sienta en un banco.

No, se dice. Engañarla. Apostaría su vida por
Asunción, por su absoluta inocencia. Intenta justificar
a sus dirigentes. Se pone en su lugar. Los justifica.
Bien, ¿y qué? El no es ellos. Pero le han dado una
orden. Ellos no la conocen. No saben del color de sus
ojos. De su limpieza, de su candidez, de su total entrega a cuanto dice. Es porque la quiero. ¿Me ciega
mi amor? No. ¿Quién puede dudar de ella? ¿Y si
fuese perversa?

Vicente no tiene bastante imaginación para
dejarse arrastrar por el folletín. Se resiste.

No. No es posible. Ella es y está limpia.

Ve surgir su deseo: decírselo todo. Confiarse
a ella. Pero el Partido se lo ha prohibido. No puede
hacerlo. Es imposible.

Con la suela del zapato empuja una guija y
hace una raya en el suelo. Más allá corre una hilera
de hormigas. Una tras otra, incansablemente. Es de
noche, tarde, y las hormigas corren, corren. Le entran
ganas de aplastarlas, de despistarlas, de hacer que
pierdan el camino. No sería la primera vez, pero sabe
que sobre los muertos volverán a formar su cadena.
Levantarán y arrastrarán los cadáveres de los difuntos
al interior del hormiguero. Unos muertos más o
menos...

¿Quién es él para oponerse a la voluntad del
Partido? No le dirá nada. Ni ahora, ni nunca. No le
será difícil —con lo preocupada que está— sonsacarle
cuanto sepa acerca de la vida que hacía su padre. Pero
la que debe saber cosas es Amparo. No lo había pensado antes, cegado por su interés por Asunción. Sí,
Amparo..., habrá que dar con ella.

Vicente se levanta y camina ligero hacia el
local de la Juventud.

Apoyada en una mesa, Asunción duerme. Lisa
le sugiere, por lo bajo:

—¡Déjala tranquila! Está deshecha. ¿Sabes algo?

—Nada. ¿No salió de aquí?

Fue un momento hasta su casa. Nadie sabe nada.

—¿Has visto el número?

La joven tiende el periódico de la Juventud —Lisa es voluble y pasa sin dificultad de un tema a otro—, cógelo Vicente y le echa un vistazo, distraído.

—Está bien.

—Pues estos grabados deberían estar en la última página... Yo sé lo que es estar así. Cuando se llevaron a mi padre... (Allá, en Alemania, hace siglos.)

—¿No llamó nadie por teléfono?

—Sí.

—¿A quién?

—No sé.

Piensa Vicente: ¡Qué absurdo! Si tenía que avisar a alguien no le hablaría desde aquí. Asunción se despierta sobresaltada, los ojos inmensos, dilatadas de pronto las pupilas por la luz violenta de una perilla que pende sobre la mesa donde dormía.

—¿Qué? ¿Sabes algo?

—No.

—¿Hace mucho que estás aquí?

—No.

Asunción se pone en pie.

—Tú sabes algo.

—¿No te digo que no?

—¿Qué hora es?

Mira su reloj.

—Las tres.

—¿Viste a Ricardo?

—Sí, no sabe nada.

—¿Y los de la C. N. T.?

—Tampoco.

Asunción no duda, le cree. Lisa interrumpe:

—Hijos, yo me voy a dormir. Ahora le toca a Ruiz, voy a despertarle. Hasta mañana.

Lisa sale. Asunción se acerca a Vicente, desamparada.

—¿Qué hacemos?

—Vamos a recapitular. A ver: ¿quién iba por tu casa?

—¿Por casa?

—Sí.

—Lo sabes tan bien como yo: La tía Concha, cuando Amparo no estaba. La madre. Don Esteban, casi nunca.

—¿Y así, de fuera?

—Nadie. Algún compeñaro de papá: dos o tres revisores, compañeros... Alguna vez Luis Romero, tú le conoces.

—¿El médico ese de Teruel?

—Sí.

—¿De qué partido es?

—No sé. Me parece que de ninguno.

—¿Le has visto desde que empezó el jaleo?

—No.

—¿No ha ido por tu casa?

—La que no ha ido casi, tú lo sabes, soy yo.

—Pero ése: ¿era de derechas o de izquierdas?

—Ya te he dicho que no sé. No me es nada simpático. ¿Qué? ¿Crees que puede tener algo que ver con lo de mi padre?

—No sé.

—Tú sabes algo.

—No. Nada.

—¿Qué te figuras, entonces? Porque esos hombres que se lo llevaron... no se lo puede haber tragado la tierra...

Lo mira fija, en los ojos, y Vicente se da cuenta —turbándosele el entendimiento— cómo se van formando unos lagrimones en los párpados inferiores de los ojos de Asunción. Cómo se le vela la mirada. Nunca ha visto algo que se asemeje a tan callado dolor, y se estremece al notar cómo la angustia se transforma en agua de sal. Resbalan, primero lentas, las lágrimas por las mejillas de la muchacha. La rapaza le echa los brazos al cuello y llora desconsolada, sin palabras, abrazándosele.

Vicente cierra los ojos. Nota el calor de la juventud de Asunción contra su torso, y, a través de su camisa —que no lleva chaqueta— la humedad de las lágrimas. Levanta lentamente los brazos y oprime con suavidad los hombros de la mocita. Por primera vez en su vida —desde que leyera, a los doce años la muerte de Athos en *Veinte años después*— Vicente nota, en sus ojos, el hondo cosquilleo de unas lágrimas formándose. Lucha y las desvanece. La quiere, la quiere más que todo. La aparta un tanto de sí.

—No llores. No llores. Todo saldrá bien.

La niña lo niega, con la voz preñada de amargura:

—Tú sabes que no. Lo han matado. ¿Por qué?

Lo mira fijo a través del agua de su llanto.

—¿Por qué? Tú sabes algo.

Es la tercera vez que se lo dice. Vicente lo abandona todo y cuenta su verdad. Más sorprende a Asunción lo del «carnet» que la confirmada muerte. Sin embargo, lo primero que se pregunta es dónde está el cuerpo. Vicente lo ignora. Se reprocha no haber pensado en ello.

—Mañana daremos con él. Pero, ¿tu padre era de Falange?

Lo clava Asunción, con la mirada.

—¿Crees que si lo hubiera sido no te lo habría dicho?

—¿Entonces?

—No sé. ¿Tú estás seguro de que era él?

—No hay duda posible.

—Vamos a casa.

Se fueron, cuando entraba Ruiz, el jorobado.

—Que descanséis.

Les abrió el vigilante y salieron sin decirse una palabra. Empezaba a amanecer y todo, por la calle, parecía bañado en ajenjo. Cantaba un gallo y el airecillo de la madrugada arrastraba un papel por la acera con un ruido suave.

Entraron de puntillas. Sin embargo, les oyó Amparo que tenía el sueño ligero. Alzó la voz:

—¿Eres tú, Asunción?

—Sí.

—¿Sabes algo?

Vicente le hizo una desesperada seña negativa a la joven.

—No.

—¿Qué hora es?

—Cerca de las cinco.

Amparo salió en camisa. Dio un respingo al ver a Vicente.

—¡Ya podías haber avisado!

Se volvió a meter en la alcoba. Salió a poco, liando el cinturón de una bata.

—Hola.

—Buenos días.

La sala era fresca, calendarios y cromos por las paredes encaladas. Una mesa redonda y muebles de Viena.

—Yo espero verle llegar de un momento a otro.

Asunción la miró con rencor. Vicente temió que dijera la verdad, pero la muchacha calló por el momento. Dos segundos más tarde preguntó:

—¿No registraron nada?

—Si aquí no llegaron a entrar. Lo detuvieron cuando salía.

—Vamos a ver si hay algún papel...

—El no guardaba nada.

—No importa.

Entraron en el dormitorio y Asunción se dirigió, decidida, a la cómoda y empezó a revolver los cajones. Amparo se quedó en la puerta, mirando. Vicente, entre las dos, no sabía qué hacer.

Salieron a relucir facturas de todas clases, algunas cartas de la familia, los recibos de la U. G. T.... Nada entre dos platos.

Amparo preguntó indiferente:

—¿Qué buscáis?

—No lo sé. Algo que nos pudiera informar.

Asunción se volvió de repente, decidida y se se enfrentó con su madrastra.

—¿El nunca te hablaba de política?

—¿Conmigo?

—Sí, contigo.

—No.

—¿Tú crees posible que fuera de Falange?

—¿De Falange?

Lo preguntó sin sobresaltarse.

—Sí, de Falange.

—No.

Vicente se reprendía interiormente. Ahora todo se divulgaría: por su culpa. ¿Cómo se justificaría ante el Partido? Todo por sensiblería. Pero era evidente que Asunción estaba libre de culpa. ¿O mentía? El gusano de la desconfianza...

«No te fíes de nadie, de nadie.» Pero era imposible.

—¿Quién os ha dicho que era de Falange?

Vicente recapitulaba rápidamente: era imposible que aquella mujer no supiera nada.

—Vamos a ver, señora: ¿Quién venía por aquí?

—Usted.

La contestación, un poco a lo chulo, desconcertó al joven.

—¿Y quién más?

—La puerta de casa nunca se cerró para nadie.

Vicente se dio cuenta de que se perdía en vericuetos inútiles. Atajó: —Lo mataron.

La expresión de Amparo fue del asombro a la pena.

—¡No es verdad!

Se dejó caer en una mecedora y empezó a llorar.

Los dos jóvenes salieron a la sala.

—No le digas a nadie lo de Falange. Si te preguntan cállate que lo dije.

Asunción lo miró con una ligera extrañeza.

—Prometí no decírtelo. Y procura que tampoco esa lo cuente.

—Descuida.

Algo se había roto entre los dos.

Vicente pasó la mañana en la redacción del periódico del Partido. Por la tarde fue al ensayo, en el teatro Eslava. Vicente se hizo el distraído cuando le preguntaron el porqué de la ausencia de Asunción. Estaba ido. En el escenario, a la sola luz de una bombilla colgada en el centro y a los gritos desaforados de Peñafiel, siempre enfadado, ensayaban el tercer acto de «Fuenteovejuna». Vicente hacía de Esteban; Josefina Camargo, la Laurencia.

—¿Conoceisme?

      —¡Santo cielo!

—¿No es mi hija?

—¿No conoces a Laurencia?

      —Vengo tal,
que mi diferencia os pone
en contingencia quién soy.

    —¡Hija mía!

—No me nombres
tu hija.

      —¿Por qué, mis ojos?
¿Por qué?

      —Por muchas razones,
y sean las principales:
porque dejas que me roben
tiranos sin que me vengues,
traidores sin que me cobres.
Aun no era yo de Frondoso...

Entró José Jover, con la cara más llena de granos que nunca, por la poca luz que caía.

—Oye tú, Vicente: te llaman por teléfono.

Peñafiel se desesperó.

—¡No, no y no! ¡He dicho una y mil veces que no hay teléfono mientras ensayamos! ¡Así no puede ser! Os vais a paseo... ¡Que talle otro!

Nadie lo tomaba en serio.

—¡Di que no está!

—Lo llaman del Partido.

—¡Qué Partido, ni qué narices!

Santiago Peñafiel no pertenecía a ninguno.

—Ahora vengo —dijo Vicente.

Mientras iba hacia la contaduría sentía subirle el reconcomio de que iban a echarle una filípica muy seria. Perdió la serenidad.

—Sí. Ahora voy para allá.

Encargó a José que lo disculpara y salió a la calle.

Bonifacio Alvarez había sido obrero, en los Altos Hornos de Bilbao. Una huelga le llevó a Sagunto, y en aquella factoría trabajó años. Ahora era dirigente del P.C.; más bien pequeño, cuadrado, la frente estrecha, las manos recias, no dudaba un momento de su verdad. No iban muy lejos sus pensamientos, y, si parecían querer desbocarse, él los volvía violentamente a lo preciso e inmediato. Duro y satisfecho de serlo, no admitía más bromas que en los momentos en los que decidía que estaba bien el divertirse, que no eran muchos, pero algunos. Tenía buena voz, y entonces, le gustaba entonar viejas canciones populares de su tierra.

Consultaba unos papeles cuando entró Vicente; no levantó la cabeza.

—Siéntate.

Pasaron unos minutos. Dejó lo que estaba revisando en una carpeta. No sabía mirar a la gente a la cara más que en los momentos embarazosos para su interlocutor.

—¿No tienes nada que decirme?

—No.

—¡Vaya! Camarada Dalmases, yerras el camino.

Como siempre, iba derecho a la meta.

—Anoche te recomendaron que no dijeses a nadie…

Levantó la cabeza y miró a su interlocutor.

—Lo hice porque no tuve más remedio.

Vicente no se podía dominar. Sentía la culpa.

—Siempre lo hay si se quiere y sobre todo si se piensa en el Partido. Camarada: mucho vale una compañera, pero para un comunista, hay otras cosas que cuentan primero.

Hizo una pequeña pausa, se pasó la mano por el pelo, que tenía erizado y corto.

—O no se es comunista.

Volvió a mirar a Vicente; éste miraba el suelo: una hormiga sola corría perdida.

—¿Qué tienes que decir?

—Nada. Tienes razón.

—Has tenido suerte: la camarada Meliá está libre de culpa.

Vicente levantó la vista.

—Lo dije.

—Sí, pero no tenías pruebas.

—¿Las tenéis ahora?

—Sí. Pero tú, solo, no las hubieses conseguido nunca.

—Ella ignoraba que su padre fuese de Falange.

—No lo era. Hay que atar cabos, camarada, hay que atar cabos. Y no dejarse llevar por los sentimientos.

—¿Quién es el responsable?

—Un tal Luis Romero. ¿Le conoces?

—Creo que lo vi una vez allí.

—Sí, y querindongo de tu ex futura suegrastra. No pongas esa cara, que no vale la pena. El era falangista, la tal cambió las fotos de los carnets sin que el tranviario se diera cuenta. Y lo denunció.

—¿Cómo disteis con el enredo?

—A él, hace tiempo que lo teníamos fichado. Teníamos el número de su carnet…

—¿Qué debo hacer?

—Tú dirás.

—Lo que digáis. ¿Ya lo sabe ella?

—Supongo.

No sabía que cuando se llevaron detenida a Amparo, Asunción estaba en el cuartel. Lo supo después, por la tía Concha, que ignoraba las razones de la detención de Amparo. Fue Vicente a la casa, no había nadie. Al salir, se las encontró en la calle. —¿Ya sabéis?

—Sí.

—¿Qué será?

—Ahora os lo cuento.

De buenas a primeras no lo querían creer. Luego los ajos e insultos que Concha fue soltando, les hizo patente la realidad.

Asunción permaneció largo rato sin decir palabra y luego se echó a llorar a moco tendido, recordando a su padre.

La discusión vino luego, cuando la tía le propuso vestirse de luto. La muchacha se resistía:

—Eso estaba bien antes.

—¿Antes? ¿Qué es eso de antes? —gritaba la vieja, y se le meneaban todas las grasas—. ¿O es que crees tú que esto de ahora no se ha visto nunca? ¿O crees que tu abuelo murió en un lecho de rosas? ¿O no has oído hablar nunca de los carlistas?

No era exactamente su abuelo materno, sino un tío a quien Cucala había fusilado después de quemarle las plantas de los pies. Este hecho heroico lo había transformado en abuelo de todas las ramas de la familia:

—El abuelo Curret, el de Cucala.

Llegaron a un acuerdo: Asunción se vestiría de negro durante una semana. Lo que no pudo lograr la balumbona fue que no saliera de casa «aunque fuese dos o tres días». La chica volvió a la «permanencia». La acompañó Vicente.

No se atrevía a hablarle. Ni se atrevió. A los tres días lo mandaron al frente.

Manuel Rivelles

—¿Crees que no sé que el día de mañana tenemos que rompernos la crisma?

—Tú lo dices: el día de mañana. La cuestión es saber si lo habrá para nosotros.

José Jover habla con Manuel Rivelles, «El Farol», que pertenece a las juventudes anarquistas sólo por llevar la contraria. Por eso, en vez de estar con los suyos anda siempre metido —a gusto— entre muchachos que se tienen por marxistas (alguno lo es, con medio conocimiento de su causa). Todos están satisfechos, porque gracias a Rivelles el Retablo es buena muestra del Frente Popular:

—Hasta tenemos a algunos de la C. N. T.

Exageran con el plural. Rivelles está contento porque así goza de una posición privilegiada, que le permite decir que no a todo, aunque luego haga lo que acuerden los demás. Es hijo de un periodista valenciano y valencianista.

A mediados de agosto se presentó, muy serio, en un ensayo. Dijo, plantándose en jarras, al desgaire:

—Me voy al frente.

Y se pasó la mano por el pelo rebelde. Le miraron todos. Luis Sanchís se puso lívido: Manuel no le había dicho nada; se enteraba con los demás. Lo resintió como una traición.

—¿Con quién?

—Con Casas Sala.

—¿A dónde?

—A Teruel.

—¿Es nuestro o de ellos?

—Ni de los unos, ni de los otros. Pasa igual que pasó aquí: los militares no se deciden. Al llegar nosotros se arreglará todo.

—¿Cuándo sales?

—Esta tarde.

—¿Vais muchos?

—*Un fum*...

—¿Tenéis armas?

—Vienen más de cincuenta guardias civiles con nosotros. Al mando de un capitán, de Bonifayó, republicano.

—¿Un capitán de la guardia civil republicano? Gonzalo Peñafiel, que lo pregunta, no lo puede creer.

—Son hombres como otros cualquiera. También los hay decentes. Pero la columna la manda Casas Sala.

—¿En qué vais?

—En camiones.

No había nada que decir: les había ganado. Era el primero que iba a luchar de verdad. Se callaron hasta que Vicente Dalmases dijo:

—Eso está bien. Me das envidia.

—Vente.

—Son todos de la C. N. T.

—¿Y eso qué importa?

Para él, nada, evidentemente, pensó Vicente; bajó la vista, y dijo:

—Iré cuando me manden.

—¡Mandarria!

Intervino Peñafiel:

—No vais a volver a empezar.

Algunos llevaban pistola al cinto, ninguno había tenido —todavía— un máuser entre las manos. Ahí radicaba la envidia de buena ley.

—Vamos a celebrarlo.

Corría un aire ligero y cegaron al subir a la calle. Se sentaron en la terraza de un café, a tomar horchata, «por el triunfo de la Confederación...»

—Tú, ríete.

—¿Quién es Casas Sala? —preguntó Asunción.

—Un diputado.

—Voy contigo —dijo Sanchís.

—No —le atajó Rivelles—, no eres de la C. N. T.

Tres coches, seis camiones, más coches. Doblan antes de llegar a Sagunto y siguen carretera adelante y arriba hacia Torres Torres. Duermen en Segorbe. Rivelles pasea por la catedral abierta y solitaria. Falta algún santo. Algunos pobres están cobijados a los pies de los altares. Pasa al obispado. Un pequeñarro de barba cerrada está echado en la cama del pastor de almas, pistola en mano.

—Aquí no entra nadie.

—¿Pues?

—Está intervenido.

—¿Me dejas dormir en este sillón?

—¿De qué partido eres?

—C. N. T.

—Bueno.

Se descalza y se estira.

—¿Qué tal se está en la cama del obispo?

—¿Comprendes? Yo, de niño, ayudé a decir misa...

—Mi madre quería que fuese arzobispo.

Ríe. Rivelles se da cuenta de que pase lo que pase, a ése ya no le importará nada en el mundo.

Duermen. A la mañana siguiente, el de la cama ha desaparecido. Manuel se asoma a la ventana: los coches y los camiones ya están dispuestos para la marcha. Se despereza. Tiene hambre.

Almorzaron en Viver. Manuel Rivelles entró en casa de Rafael López Serrador. Atrás corría el agua platera. Descubrió Manuel —en busca de un palanganero y toalla—, una camioneta en el corralillo.

—No anda, le falta una pieza. La he pedido a Castellón, pero no quedan. Ahora...

El viejo, que hacía el ir y venir de la estación al pueblo, teme que le requisen la camioneta.

—Si me la quitan, ¿de qué voy a vivir? Mi hijo mayor está en Barcelona. Los demás sólo sirven para comer.

Arriba ya, en la meseta, la vegetación se vuelve rala. Por la noche hará fresco; ya corre el viento. Aragón duro y escaso de pan llevar. Montes míseros sin grandes entrañas: carbón pobre, minerales mezquinos, tierra fría. Cantueso, cizaña, manzanilla, tomillo, poleo, piedras, algún lentisco. Rastrojo ralo de tierra secana. Un hombre, un hombre solo, recoge patatas, mosca en la llanura. Kilómetros más allá, otro escarifica las tierras del centeno.

Llegaron a media tarde a la Puebla de Valverde. Hasta ahí la curiosidad había sido el sentimiento dominante de cuantos les rodeaban al parar en los pueblos. Los jefes hablaban con los del comité, tras los parlamentos con los todavía escasos controles. Y los niños, muy alborozados. Se les habían sumado cuantos cabían en los vehículos. Todos iban contentos. Casas Sala y el capitán de la guardia civil iban en el segundo coche, haciendo planes para la entrada en Teruel. En los camiones no faltaba vino en botas, ni jamón entre el pan. Las telas atadas a los costados de los coches agitaban al viento su rojo y negro, y las letras blancas de la Confederación. ¡España para la C. N. T. y la F. A. I!

Antes de llegar a las primeras casas de la Puebla, el capitán de la guardia civil decidió que convenía hacer un recuento de fuerzas, y aun pasarles revista. Asintió Casas Sala, sintiéndose importante: se paró la caravana y bajaron todos, cerca de una tapia. Alineó el capitán a sus uniformados, de espaldas al campo, llano enorme, y a los milicianos contra la pared, frente a frente.

—¡Descansen, armas!

Protestaba uno:

—¡No, aquí cada uno debe hacer lo que le da la gana! Los confederales no admitimos órdenes de nadie.

Casas Sala se le acercó.

—En la guerra, compañero...

—¡Apunten!

El jefe de la columna se volvió, sorprendido.

Los guardias civiles apuntaban a los hombres adosados a la tapia.

—¿Qué pasa, capitán?

—¡Fuego!

Cayeron cerca de cincuenta. Los demás echaron a correr. Los uniformados cazaron todavía a unos cuantos.

Herido en el vientre, Manuel Rivelles se retorcía en la cuneta, sin querer comprender la traición. Lo remataron sin que tuviera tiempo de darse cuenta.

Y, en seguida, las moscas. Las moscas pegajosas de agosto, que ya presienten las lluvias.

El capitán de la guardia civil pide órdenes y da cuenta de su hazaña por telégrafo. Felicítanle desde Teruel.

Todavía se distiende el miembro de un muerto. Un vecino asoma la cabeza.

Vicente Farnals

I

Vicente Farnals es socialista y jugador de fútbol. La filiación política le viene de casta, lo otro de la calle: mejor dicho, de los solares de la Avenida Victoria Eugenia, casi fronteros a la carpintería de su padre. Tenía diez años cuando el «Valencia Fútbol Club» fue por primera vez a jugar a Barcelona contra el equipo titular y le encajó tres goles, aunque a su vez le metieron cinco; alta gloria debida a Montes —delantero centro—, y a Cubells —interior derecho—, que él conocía. Eso era durante la dictadura de Primo de Rivera. Vicente jugaba en el infantil del «C. D. Rufaza», de extremo derecha, para más señas.

El campo de sus hazañas estaba cerca, sin una mala brizna de hierba, circundado por una valla de maderas grises, hechas coladera para permitir a los mirones de todas alzadas lanzar la vista al interior, los domingos de partido. (A un lado del campo corren dos bancos con más clavos al aire que otra cosa. Las porterías tienen un arco curvado por la intemperie, el tiempo y las dificultades económicas de la tesorería del club.) Los domingos por la mañana Vicente y su amigo Ramón —el medio centro— llegan antes que los demás y pintan las rayas blancas sobre la tierra dura; alternativamente uno se ocupa del cubo y el otro de la brocha gorda.

El campo es duro: ni una brizna de hierba. La hierba para los vascos, aquí la pelota salta más. La controlamos mejor. Y el portero. Bueno, el que juega de portero casi no es jugador. Es un futbolista aparte. Solo, ligado al equipo con los dos defensas, pero aparte, encerrado, encuadrado. El portero está solo y espera que jueguen los demás. No corre. O si corre parece hacerlo atado a la puerta, con un elástico que le vuelve a su marco, automáticamente. ¡Pero darle a la pelota, lo que se llama darle con la punta o con el empeine, qué va! Cogerla de lleno. Darle bien, con el efecto que se quiera, para que vaya a dar a donde se ha pensado: en el centro del larguero para que el compañero salte lo que tiene que saltar y la desvíe con la cabeza al ángulo. ¡Qué saben de eso los mirones! Corres la línea que parece que te vas a caer y no caes. Sabes que la pelota te llega por detrás, que va a surgir tres, cuatro, cinco metros adelante. Lo notas por la cara del defensa que llega corriendo a cortarte. Saltas, corres tres metros más con la pelota pegada al pie y ¡zas! con el empeine y al centro: medida. El peso exacto del balón: hecho para la fuerza de la pierna.

Internarse, internarse y chutar a gol. Sentir cómo la vista se te va con el pie. Buscar el ángulo exacto. Darle al pie la fuerza y la velocidad que manda el impulso que te llena el pecho, para colocarla fuera del alcance del portero contrario. Ese desgarrar lo desconocido que es un gol. Ese disparo feroz a la red. ¡Zas! Un pez, un pez gordo que se incrusta en la red. Esa colocación del pie, de la voluntad, de uno mismo, que es un gol. Con la cabeza es otra cosa. Con la cabeza te das menos cuenta. El salto es más aventurado, gozas menos.

A los ocho, a los diez, a los quince años, la vida
—para Vicente Farnals— se dividía claramente en
cuatro cuartos, al igual que los puntos cardinales:
Norte, comer. Sur, dormir. Este, jugar al fútbol en
el solar, y Oeste, ir a la escuela. Todo esto presidido
por Pablo Iglesias, «El Abuelo», cuyo retrato está en
la habitación de su padre, dedicado y todo: A Vicente
Farnals, su compañero, Pablo Iglesias. Una cinta roja,
ajada, en una de las esquinas del marco negro.

No lo tenía en el taller porque, como es natural, le podía perjudicar. Tenía éste el ancho de la
puerta. Se bajaban dos escalones, oliendo a madera
buena. El banco a la derecha, las tablas y las chapas
adosadas contra la pared izquierda. En medio y al
fondo, muebles sin terminar. El bote de la cola y los
instrumentos. (Cepillos, garlopas, formones, escoplos.
Las limas, las sierras de acero negro y gris, taladros,
martillos, escuadras, el papel de lija, las delicadas mues-
cas para machiembrar el cedro con el ciprés, mientras
se espigan el ébano y el roble para ensamblarlos en
inglete o en cola de milano por medio de finas mor-
tajas. El olor del serrín y de las virutas retorcidas
como caracoles, o colas de cerdo.)

Vicente Farnals, el padre, era ebanista de pro,
mejor dicho, lo fue. El artesanado daba poco y los
muebles bien acabados, en una época en la cual vencía el objeto en serie del nuevo rico, no alcanzaban
aprecio. El trabajo fino no daba ya lo necesario para
el bienestar de la familia, que en casa de Vicente Farnals se comía bien y mucho a todas horas; desde la
mañana, con su copa de aguardiente, al almuerzo
—morena pataqueta bien rellena con una tortilla de
patatas o una chuleta de cordero con tomate frito,
o atún y pimiento aderezado con piñones y tomate;
al arroz de mediodía, caldoso o seco, con cualquiera
de las mil cosas que la tierra produce: acelgas, alcacho-

fas, cerdo o mero; al hervido de la noche, las patatas
tiernas, las judías verdes, el buen aceite y algún huevo
restallante, amarillo, blanco y dorado.

Vino a ser socialista por su amor al trabajo. Le
dolía tener que cambiar sus obras por dinero. Y que
le regatearan. Se dio cuenta de qué manera tan dis-
tinta consideraban la madera él y sus compradores.
Faltábales el amor por la caoba bien pulida, o por el
vulgar pino vencido por su afán de perfección. Le
hería que comparasen su trabajo —a él mismo— con
el de otros, por el solo precio. Así le entró el odio a
la burguesía y al capitalismo. El que se transformaran,
a ojos vistas, sus mesas, sus sillas en reales, pesetas
y duros, en objetos de comercio; esa trasmutación era
superior a su entendimiento y despertaba su furia.
Veía en cada tabla la posibilidad de algo útil y hermoso y no concebía que se le regatearan sus milagros.
Entonces el ebanista decidió dedicarse a trabajos menos delicados e inteligentes, más rápidos y productivos y vino así de ebanista a carpintero, para mayor
bien de su bolsa y particular contento del estómago
propio y el de su prole. Era viudo, magro y de bastante mal genio. Decía que se le había avinagrado el
carácter desde la muerte de su santa mujer, que le
tenía en un puño. Al quedarse sin ella no supo dónde
apoyarse y perdió su equilibrio. Ni siquiera se le ocurrió sustituirla. La difunta fue hija de su maestro,
ebanista de gran nombre y no pocas ínfulas en el
gremio. A raíz de su soledad fue cuando se decidió
a rebajar su categoría, cosa que su cónyuge no le hubiese permitido. Nadie le dijo «esa boca es mía» lo
que, en el fondo, no dejó de molestarle, preparados
como tenía dos o tres discursitos de su solera para
explicar el caso. Porque, eso sí, labia no le faltaba, y
en las noches de comité si no soltaba su perorata no
podía dormir tranquilo. Era intransigente en tiquis-

miquis y dimes y diretes administrativos y sindicalistas, y partidario de respetar los estatutos cual si fuesen mandamientos de una ley incontrovertible, amigo de poner los puntos sobre las íes. Tardo en la exposición, diserto y agarrándose a los lugares comunes y a los latiguillos cuando se hallaba sin salida, y aun con ella. Esponjándose con su:

—Esta es mi opinión personal, particular e intransferible —con que solía acabar sus intervenciones.

Querido de todos y de ninguno: una institución; tesorero de la agrupación desde siempre, honrado, bastante puntual en la entrega del trabajo y amigo de parlotear sin fin con los clientes, lo cual no le favorecía. Crió a sus hijos con la misma medicina, con lo que le respetaron y crecieron cada uno a su manera. Fueron a la Escuela Moderna, única escuela laica existente entonces en Valencia, que fundó un tal Samuel Torner, que según decían había sido secretario de Francisco Ferrer.

Los chicos bajaban por la mañana por la calle de Ruzafa, cruzaban ante la plaza de toros —el padre odiaba la fiesta nacional—, tenían cuidado al pasar las vías de la Estación, rodeaban el Instituto, seguían la calle del Arzobispo Mayoral hasta la de la Sangre, luego por la de Garrigues, mirando a hurtadillas, a derecha e izquierda, por la de Gracia donde están las «casas malas», hasta la plaza de Pellicer, término del viaje y principio de los pupitres. A veces cruzaban por delante de la Estación, por la plaza de Emilio Castelar y se sentaban en la fuente del Marqués de Campos para mirar —ávidos— la actividad bullanguera y comercial de la bajada de San Francisco, o se largaban a contemplar y discutir las fotografías clavadas en la entrada del cine «El Cid», donde daban películas de episodios. Allí fue sorprendido Vicente por el primer tiroteo de su vida —el año 17—. Siempre recordará la pareja de la guardia civil metiendo los caballos por la acera. El se escurrió hasta el Ateneo Mercantil, de donde le echaron. Se metió en una tienda de ropa. Luego, sin miedo, atravesó la calle de las Barcas —solo— frente a los guardias, tercerola terciada, en hilera, viéndole pasar. Al llegar a su casa la encontró cerrada. Habían venido a buscar a su padre. Así fue a la cárcel, por vez primera, a visitar al carpintero, encantado de que tomaran tan en serio su condición de revolucionario y, sobre todo, su incontrovertible republicanismo.

Olor del serrín y de las virutas. Olor de la resina del pino, traslúcido rosa. Olor de azahar. Capas lentas, prodigiosas, de olor de azahar llegando a ras de tierra, con el atardecer, manto del sol y prenda de luna llena. Olor oleaginoso y lento del naranjo cargado de flor, cuajado de fruto. Naranjo verde negro, perenne. Naranjas amargas y dulces, pesadas como senos, primaveras. No mondarlas: exprimirlas y chuparlas hasta la última gota de jugo, y tirar luego la corteza, de repente vieja, arrugada, deshecha y desecho. La boca pringosa y las manos pegajosas. La tierra removida y el andar lento. Entre los mojones crecen las plantas inútiles con sus florecillas blancuzcas, sin mañana.

Llega el olor sumergiendo la ciudad voluptuosamente, con premeditación: presencia y venganza de la huerta. Los hombres desean las mujeres envueltas en el olor del azahar. Respiran más hondo, sintiendo su cuerpo, viendo lo que nunca vieron. Cada naranjo alarga su cuerpo indefinidamente, enlazando la ciudad. Ya la cubre. Ya la tiene y retiene y revuelca. Valencia cubierta de olor de azahar, Valencia en la mano del naranjo. Valencia blanca y blanda con peso de pecho limonar. La naranja entre la mandarina y el limón.

Valencia granada, Valencia honda, Valencia borracha de olor de azahar.

Vicente se para, huele —solo— por primera vez, dándose cuenta, descubriendo el azahar. No hay aire. No hay tierra, ni calor, ni frío, ni luz, ni oscuridad, ni peso. Está él solo, en una luz violada de noche nueva, trasvelada. Ni día, ni noche. Ni frío, ni calor. ¿Existe una temperatura? ¿Existe Vicente? ¿O sólo existe el olor de azahar y la Primavera? La Primavera. Vicente descubre la Primavera. Hasta entonces, en su primera juventud, sólo había existido el frío y el calor, el Verano y el Invierno. De pronto se da cuenta de que existe la Primavera. Un baño universal de cálido amor —¡cálido, no! 36.8— 36.8 —36.8. Y Vicente Farnals, al asombro de algunos transeúntes, ensaya unos pasos de baile en la acera de Correos, en la plaza de Emilio Castelar. Y piensa en Teresa, la hija de «Barbas de Santo», el herbolario de la calle de Sevilla, allá detrás del taller. No podrá nunca separar el olor de azahar de su pubertad: una cosa trajo la otra, ligadas hasta la muerte.

Don Vicente Farnals, el padre, murió el año 31, feliz con el advenimiento del régimen soñado, siendo, ya, concejal. Había conocido el paraíso y no pedía más.

Dos años antes Vicente se había casado con Teresa.

Teresa no tenía nada de inteligente, pero era mujer, mujer de arriba abajo. Vicente le hablaba de sus inquietudes políticas, de sus deseos de intervenir en la vida pública, de sus pujos de rebelión, de su seguridad en un mundo mejor, más justo (las ideas de Vicente eran muy sencillas, los remedios que proponía, de una claridad meridiana). Teresa oía todo como quien oye llover, segura de que las cosas estaban bien como estaban, gracias a personajes desconocidos que velan por el bien y el bienestar general. Sus padres no pusieron reparo alguno al noviazgo; la futura situación del muchacho parecía desahogada y Teresa no traía dote.

Vicente hubiese deseado un amor más tormentoso, más difícil de llevar a buen término, pero atado por el cuerpo joven y los buenos ojos de la muchacha, se convencía fácilmente de que la grandeza de cada quien reside en el pensamiento y sus deseos, y no en los avatares de la vida. (La política era otra cosa.)

Durante el noviazgo no se produjo ningún hecho capaz de poner las cosas en claro. El deseo lo borraba todo, en volandas. Se casaron. Grande fue la sorpresa de Teresa al advertir que Vicente no renunciaba, a pesar del himeneo, a sus entusiasmos políticos.

—Ahora que estamos casados —venía a decirle—, ¿qué te puede importar cómo se maneja o cómo manejan el mundo?

Vicente optó —¡qué remedio!— por callar y dejarla completamente en ayunas acerca de sus actividades. Alguna vez, que intentó explicarle un retraso por ese motivo, se encorajinaba viéndola caer en los celos. Escogió mentir, cosa que Teresa aceptó mejor, acostumbrada desde siempre a considerar a su marido como el amo.

Una vida hecha de guiones: Teresa y la modista, Teresa y el carnicero, Teresa y sus padres, Teresa y los domingos, Teresa y Vicente. Serie de apartes y vida en forma de collar —de cuentas—, un asunto tras otro, sin que la suma de todos formaran una suma o un total. Una vida sin explicación, sin resumen, sin interés. Zigzag de puntos sin que las cien preocupaciones del día fueran una sola preocupación. Y un día tras otro: que si la lavandera, que si el del ultramarinos, que si la portera, que si el cine, que si el organdí, que si el agua caliente, que si el carbón, que si las medias, que si la faja, que si el reloj, que si el periódico, que si el crimen.

Teresa era preciosa y dulce, y metida en carnes. Vicente se las componía pensando que las mujeres, si no debían ser así, eran así. Y que estaba bien que así fuera.

(Teresa era rubia, con ojos grises que se le tornasolaban, el cutis suave y sonrosado que en las mejillas subía a encendido.

Se arrebolaba con facilidad, dejándose vencer por cualquier emoción. Sabiéndolo, ese sentimiento la llevaba, a veces, a aparecer brusca y enemiga de ternuras. Encogida de sus sentimientos, corta sin ser pusilánime, retraída en decir lo que sentía, tal vez porque era un poco vulgar en sus expresiones, no habiendo tenido donde afinarlas, y sintiéndolo instintivamente, prefería callar.

Bonita y aun más, pero fría, fuera por contenerse o por vergüenza, o por haber sido educada por monjas que, al verla tan maja, debieron pintarle el infierno con más vehemencia que a otras. Había perdido la fe a medias, como tantas, pero, sin embargo, le quedaba el caparazón y cierto hondo temor que la detenía en todo, menos en reñir con muchos, entre los cuales, como es natural, no se contaba a Vicente, mundo aparte, amo y señor.)

El negocio había prosperado. Ahora tenía una fábrica de muebles en Almusafes: quince obreros. No por eso había dejado de pertenecer al partido socialista, donde se le veía con cierta reserva por aquello de que se había convertido en patrono. Pero cuando hacía falta dinero para una cosa u otra recurrían a él sabiendo que daría, prudencialmente, lo que pudiera.

Vicente Farnals leyó lo que creyó necesario para entender el mundo: Eliseo Reclus, Blasco Ibáñez, Max Nordau, Baroja, Valles, los hermanos Margueritte, Barbusse, Flammarión, Insúa, Felipe Trigo, literatura vagamente humanitaria que concordaba con su filantrópico liberalismo. Su mayor admiración, Galdós.

El alzamiento no modificó en nada su vivir. No recurrieron a él, ni podía ofrecer nada que sus compañeros no tuviesen. Además ahora, en el partido, mangoneaban los partidarios de Largo Caballero, y él era de Prieto.

Hacia el 15 de agosto recibió una carta de Jaime Salas. Hacía años que no sabía nada de él. Salas fue defensa derecho, en los tiempos de gloria del Ruzafa F. C. Era, por entonces, aprendiz de tintorero. Con él vio Vicente «Los misterios de Nueva York», en el teatro Ruzafa, convertido en cine, y «La moneda rota», en el Romea; acurrucados en general, conteniendo la respiración. *El conde Hugo, La Mano que Aprieta*...

Salas vivió después en Tarragona y allí se casó con una viuda rica. Se supo, y motivó comentarios jocosos e indecentes entre sus antiguos compañeros.

—Siempre fue listo...

—No hay como el braguetazo.

Y el olvido se lo fue comiendo.

Era un muchacho guapo, alto, morenísimo, un tanto amoral. Pero ¡qué defensa derecho! Una vez, jugando contra el Club Deportivo Cabañal, metió un gol desde la línea de defensa.

Apenas tenía memoria de él cuando llegó la carta. Pedía socorro: un salvoconducto para llegar a Valencia. Vicente no lo pensó mucho, fue al partido y, sin entrar en detalles, obtuvo que se le llamara.

Lo vio un momento, en la estación. Pasearon cerca de la reja, al atardecer. Hacía mucho calor. Jaime Salas se asombraba del nuevo aspecto de la ciudad. Fue circunspecto: por lo que advirtió Vicente, era de la Lliga Catalana y tenía enemigos en la Unión de Rabassaires. Conservaba su buen aire, a pesar de una panza más que incipiente.

—¿Y tu mujer?

Jaime hizo un gesto vago.

—¿No tenéis familia?

—No.

—¿Qué piensas hacer?

—Me voy a Alicante.

Y no hablaron más.

II

Entró Vicente Farnals en casa y se encontró con Gaspar Requena que le esperaba. Las ventanas estaban abiertas y encendidas las luces de todas las habitaciones.

—Se conoce que nadie piensa pagar la cuenta a la Electra...

(Es absurdo que empiece así la conversación, piensa Vicente.)

—Mejor es no pagar que recibir dos tiros.

Alvarez había soltado aquella frase sin sentido con un retintín amargo. Tanto montaba que hubiese dicho otra cosa, la intención estaba en el tono. Vicente no se sorprendió, pero dio largas:

—¿Y Teresa?

—No sé. No la he visto. Me hizo pasar la criada.

—Debe estar en casa de su madre.

—Ya supondrás a lo que he venido.

—No.

—¡Vaya, hombre! Defiéndete, pero no niegues. Sabes muy bien de qué se trata.

Vicente y Gaspar eran amigos, lo fueron íntimos antes de que el segundo se marchara a trabajar a Madrid por indicación de la U. G. T., hacía ya cerca de cinco años. Era de Rufaza, aparejador y muy entusiasta del club de fútbol de la barriada. Pasó al partido comunista en 1934, y lo tenían en mucho.

—Sabemos que has hecho todo lo posible para que Salas embarcara en Alicante.

—Sí. ¿Y qué?

—No quisiera dar a esto más importancia de la que tiene.

—El solo hecho de que estés aquí demuestra lo contrario. Te advierto que no pienso justificarme.

—Ni lo podrías.

—Esa es tu opinión.

—La mía y la de muchos.

—Por mí puedes llamarme «traidor al pueblo español».

—Así no nos vamos a entender.

—Es posible.

—No hay nada peor que emperrarse en la equivocación.

—Todo dependerá de lo que tengamos por equivocación. ¿Fumas?

—No, gracias. ¿Ya no crees que hay que obrar en todo como si cualquier cosa fuese tan importante como la que más?

—Depende...

—¡Claro que depende! Pero en otro sentido... Todo está enlazado. No hay más cabos sueltos que los malos. ¿No me dijiste alguna vez que para ganar un partido lo que importaba era jugar los noventa minutos al mismo tren endemoniado?

—Sí. Pero cuando la pelota está del otro lado del campo puedes rascarte la nariz sin que el entrenador ni el público tenga nada que decir.

—Salas es falangista.

—Cuentos. Veis fantasmas por todos lados.

—Si hubieses sabido que era falangista, ¿hubieses obrado igual?

—Es posible.

—¿Tanto has cambiado? ¿Ya no crees en la lucha?

—¿Te parece que hago poco?

—No. Pero, de pronto, por debilidades personales, fallas.

—Lo mío, déjamelo a mí.

—En la lucha no hay nada tuyo ni mío.

—Entonces, ¿por qué te metes en lo que no te importa?

—Te estás mintiendo. Has obrado mal y lo sabes. No quiero sino una cosa: que lo reconozcas.

—Salas era amigo mío. Como lo eres tú... Si aquí hubiesen ganado los rebeldes, y tú hubieses estado en peligro, yo hubiera hecho lo necesario —lo posible— para salvarte.

—No lo dudo; pero no es ésta la cuestión. Salvarme hubiese sido lo justo, salvar a Salas es una falta contra el pueblo, contra ti mismo.

—Es amigo mío y lo fue tuyo, aunque no tanto.

—¿Crees que basta?

—Sí.

Gaspar se levantó, fue hacia el balcón; se volvió de repente.

—Entonces: estás perdido.

—¿Tú crees?

—Si lo dices de verdad, sí. Y no tenemos más que hablar.

Se dirigió hacia la puerta. Vicente no le contestó, seguro, como lo estaba, que no acabaría ahí la cosa. Acertó y se le fue una sonrisa, a su pesar. Se arrellenó en la silla, apoyó los codos en la mesa:

—¿Para vosotros lo primero es el hombre?

—Desde luego.

—El mundo para el hombre, ¿no? Entonces...

—No sigas por ahí. Por el hombre, para el hombre hay que cambiar de todo en todo la actual estructura de la sociedad.

—Hasta ese momento privará la política sobre cualquier otra cosa, y lo justifica todo...

—Sigue.

—¿No has pensado nunca que toda política vencedora, toda revolución triunfante ha determinado una burocracia que acabó ahogándola? Pensáis que el comunismo es un movimiento continuo, que seguirá adelante, con baches, con volteretas, pero sin pasos atrás. Y aunque los tenga. Que llegará a su meta y que, una vez entronizado el socialismo en el mundo ya no habrá sino tumbarse a la bartola. Intentáis convencer de que es posible la existencia del paraíso en la tierra. En eso sois menos listos que los católicos.

—¿De qué estás hablando?

(Vicente se dio cuenta de que se salía por una tangente. ¿Por miedo? Y de que Gaspar lo notaba. Porfió.)

—Yo creo en el progreso. En el progreso, siempre. Tras el comunismo debe haber otra cosa. Y luego otra. No se puede ser tan categórico.

—¿De qué estás hablando? Lo que importa es hoy. Lo que hay que hacer hoy. Ahora. Lo que has hecho. Lo demás... Lo de mañana, mañana se discutirá. Y hoy, lo que has hecho es contribuir a la fuga de un enemigo.

—Amigo mío...

—Eso no tiene nada que ver.

—¡Cómo que no! Además, si te hubieses visto en el mismo caso que yo, tú también...

—No. Puedes tener la seguridad de que no. Tengo otra conciencia que tú.

—¿Por qué quieres hacerte más inflexible de lo que eres?

—Estamos perdiendo el tiempo. Y sabes que no son las discusiones las que me molestan.

—Mira, Gaspar, para vosotros sólo existe la política. Para mí, no. Para mí la política es una parte integrante del hombre, no todo.

—Para nosotros, también.

—Si quieres, pero la política priva y determina el resto, los sentimientos por ejemplo. Dejaste de saludar a Landín cuando abandonó el Partido.

—Lo expulsamos.

—¡Qué remedio! Para vosotros no hay alternativas. Además, eso es lo que está bien, es vuestra fuerza. Habéis hecho desaparecer la duda de vuestro mapa. Pero reconoce, por lo menos, que todos no son, no pueden ser, comunistas. Landín no es un bandido, no es una mala persona. Sencillamente, con honradez —¿oyes?, con honradez—, no estaba de acuerdo con la táctica del Partido, le pareció que eso del Frente Popular era una equivocación fundamental —me consta que sigue pensándolo—. Dejó el Partido. Lo expulsasteis. Hasta ahí no hay nada que decir. Correcto, a pesar de la nota infamante con que lo adornasteis. Pero tú, tú, su fraternal amigo, dejaste de saludarle. Como si hubiese muerto.

—Es lo justo.

—No, Gaspar, no. Por cuenta de la política ahogáis toda una porción del hombre que os proponéis salvar. Sois capaces de forjar una humanidad nueva donde todos sean iguales: todos cojos.

—¿Y tú eres socialista?

—Sí.

—No me hagas reír. Laborista o fabiano, y gracias. Hacéis más daño al pueblo que el más reaccionario de los reaccionarios.

—No hagas frases.

Vicente se arrepintió: Gaspar no hacía frases, era sincero.

—Perdona. Pero si enterráis durante generaciones y generaciones todo sentimiento espontáneo...

—¡Qué sentimiento espontáneo, ni qué ocho cuartos! Lo que tú tomas por sentimientos no son más que residuos burgueses...

—No me vas a negar que te costó dejar de saludar, dejar de hablar con Landín. Si machacáis, en pro del deber, toda simpatía y regís vuestros sentimientos por lo que el Partido, o tus ideas políticas, impone, ¿no crees que corréis el riesgo de atrofiar toda una parte natural del hombre? Despertaros, un día, vueltos máquinas, burócratas. Sin clases, pero sin razón de vivir. Porque el día en que se implantara así un socialismo aséptico, científico, como decís enjuagándoos la boca, perfecto si quieres, tras haber pisoteado todas vuestras inclinaciones incontrastables, ¿qué quedaría del hombre?

Gaspar le oyó sin chistar, frío, despegado.

—Todo eso son suposiciones tuyas, falsas de arriba abajo. ¿Qué quieres? ¿Favorecer, en nombre de lo que tú llamas buenos sentimientos, a nuestros enemigos? ¿Perder la guerra con tal de pasar por filántropos? ¿Que alaben eternamente nuestros buenos corazones de idiotas, de esclavos?

—¿Tú crees que el haber ayudado a Salas influirá en el curso de los acontecimientos?

—¡Naturalmente que lo creo!

—Un futbolista...

—Sí: un futbolista, tú; y un capitán, el vecino de enfrente; y un cura, el del ultramarinos de al lado; y un espía, la tía de la esquina...

—¿Dónde está vuestro respeto por la vida humana?

Vicente sentía que Gaspar tenía razón. Y, sin embargo, porfiaba, sinceramente, con el profundo deseo de ver claro. Había algo, indefinible, que le mandaba no abandonar su posición. No era la negra honrilla, ni la posible vergüenza del «mea culpa», sino algo de adentro que nada tenía que ver con la razón.

—Lo malo es que lo juzgáis todo con el mismo rasero. Técnicos sois y especialistas encarrilados y con anteojeras que sólo os dejan ver un camino estrecho. Para el trabajo no cabe duda que tiene sus ventajas. Pero hay otras cosas.

—Sí. Por ejemplo: tu refrán de esta noche: la amistad. ¿Pero es que no puedes tener amigos en tu partido? ¿No los tienes? Los amigos ¿no se escogen? Y lo que escoges, ¿tiene que ser para toda la vida? ¿No te puedes equivocar? ¿Eres infalible?

—La única diferencia está en que yo creo que mis amigos pueden tener opiniones políticas distintas a las mías, y tú, no.

—Desde luego.

—Y eso, ¿entra en la categoría del progreso?

—Desde luego. Un fascista no puede ser amigo mío.

—Porque para ti la política es la base de la humanidad. Te basta que un cualquiera comulgue con tus ideas políticas para que sea tu amigo.

—Es posible.

—Le llamas compañero, camarada.

—Y lo es.

—Pero no amigo. La amistad es otra cosa. Una ligazón más vital. No sólo una persona con quien se habla mal de los enemigos, de los problemas del momento. A menos que ya hayas llegado a no tener otros. Aflojar las riendas de la lengua. Quizá no te haga falta. Sois más duros. Yo soy un hombre blando y necesito amigos para sentirme vivo. Yo sé, tanto como tú, lo que es un compañero; porque yo he jugado al fútbol, y tú, no. Un balón bien o mal pasado une más de lo que te figuras. Por algo se llama a aquello un equipo.

—Sí, ya sé: Salas fue defensa derecho, en tu tiempo.

—En el nuestro.

El tono de Gaspar se había vuelto un poco más cordial. Hubo un silencio. Luego siguió:

—¿Piensas, como todos, que somos unos sectarios?

—No, sectarios, no. Porque el comunismo no es una secta. Sectarios, no. Hay otra palabra que os cuadra mejor, si no te enfadas.

—¿Más? ¿Cuál?

—Fanáticos. Os ciega el fin y no escogéis los medios. Y, sin embargo, lo que más me atrae de vosotros es la pasión. No os importa un comino la moral.

—¿Nos crees capaces, como tú, por lo que sea, de ayudar al enemigo?

—Si os conviniera, sí.

—Si nos conviniera... ¿Es que a ti te convenía hacer escapar a ése?

—No. Y ahí está la diferencia. Para vosotros no existen los sentimientos morales como no sean aprovechables para vuestra justa política. Y para mí, sí. Sois capaces de entenderos con los fascistas si veis en ello una ventaja.

—Si la revolución fuese a ese precio, ¿no la aceptarías?

—Aceptarla, seguramente sí. Pero participar en su advenimiento, a ese precio, como tú dices, no. Si conviene, sois capaces de cambiar de postura cada veinticuatro horas; yo no. Os admiro, pero no puedo compartir vuestros trabajos.

—¿Es ese tu materialismo histórico?

—Sí.

—No te felicito.

—¿Vais a detenerme?

—No, hombre, no.

—No me vas a hacer creer que viniste a verme así, por las buenas, porque eres... amigo mío. Si de veras eres consecuente, debes denunciarme. Debes prenderme y...

Gaspar sonrió:

—Ahí, me cogiste, viejo.

—¿Todavía no os sentís bastante fuertes?

—Tal vez.

Gaspar había bajado la voz.

—¿Te marchas?

Entraba Teresa.

—¿Cómo está usted?

Y, después:

—¿Qué quería?

—Nada. Nada, pasaba por aquí y subió. ¿Ya has cenado?

Luego se reprochaba no haber dicho a Gaspar todo su sentir: El cómo —para él— daban demasiada importancia a lo nimio, a lo inmediato. El cómo le molestaba su desprecio de lo que no fuera útil a su causa, el verlo todo bajo la sola luz de su organización, su falta absoluta de interés por lo que no fuera su estrecho círculo. Recordaba la elección de libros que había hecho Juan Redondo —un muchacho inteligente, de las juventudes— cuando se le ofreció la biblioteca de los Dominicos:

—Aquí no hay nada que nos sirva.

Escogió unos cuantos libros de texto.

—¿Fray Luis de Granada? ¿Para qué? Todo esto en latín... ¿Menéndez y Pelayo? Era un reaccionario. ¿No querrás que me lleve éstos de Vázquez de Mella?

El ser tan de partido, a brazo partido, partidos, seres incompletos, cerrados; faltos de amor.

Porque apreciaba de veras a Gaspar, le quería. El haber ido juntos a clase —la memoria de la niñez es más fuerte que cualquiera— le parecía una razón suficiente para no reñir con él, de la misma manera que el haber jugado juntos durante tres temporadas con Salas habían bastado para que no dudara en hacer lo posible por ayudarle.

—Mañana me detendrán.

Se acercó al balcón abierto y se asomó a la calle desierta. Lo había hecho muchas veces antes, cuando la calle era de todos. De todos y de ninguno, de cualquiera. Ahora, no. Ahora, por el hecho de la guerra, de la revolución, se sentía atado a la calle —las llaman arterias—, sentía cómo su sangre corría por ella, por ella y las demás. Sentía que Valencia era suya. Suya y de todos, conjuntamente: porque la defendían. ¿Había traicionado? Las piedras, el asfalto, las luces, el gas, la electricidad, la casa de enfrente, el aparato de luz que allí colgaba, todo era suyo. Suyo y de todos, y había que defenderlo. Por solidaridad. Porque él era el pueblo, y el pueblo era él. Se sentía envuelto, protegido. Pasaba un hombre, un hombre desconocido, que era él mismo. ¿De la C. N. T., republicano a secas, socialista, comunista? Un hombre que iba a una tarea que serviría para defender la ciudad, su tierra, su país, su patria.

Un mes antes era la misma calle, la misma España, y no la sentía. ¿La sentía ahora porque era España o porque era la lucha? ¿O por ambas cosas a la vez? Si la guerra fuese en Italia, sentiría lo mismo? No. Si la guerra me hubiese sorprendido allí, entre italianos que se entremataran, ¿me sentiría igual? Sentir, sentimientos... ¿Qué tiene que ver la razón con todo esto? ¿Tendrá razón Gaspar? ¿A dónde fue a parar mi materialismo?

Llegaba el olor de las magnolias; como siempre, le conmovía. La nariz era la fuente más sensitiva de su organismo. Levantó la vista y se extrañó de la luz perdida de dos o tres estrellas.

—¿Que no vienes a cenar, hoy?

Se volvió y sonrió a Teresa, que estaba de mal humor.

—Ahora voy.

—¿Vas a salir?

—Sí. Me acercaré un momento al Partido.

Jorge Mustieles

I

Llevaba una pistola al cinto. Sentía cómo le pesaba en la cadera derecha, y no podía creerlo. Deslizó lentamente su mano hacia las cachas, con miedo de que no fuera verdad. Sí, estaba ahí. Iba vestido de *mono,* y la Revolución era un hecho. El peso del revólver le demostraba que todo era cierto: que había llegado la hora. Caída del cielo: sin que él hubiese hecho nada para que aconteciese. Los militares, la reacción, se había encargado de darle una vuelta al mundo. Como una tortilla lanzada al aire. (La vieja Angeles, allí, en el pueblo, frente a un fogón, la sartén por el mango.)

Apretó el paso, sacando un poco el pecho: Era un revolucionario, y la Revolución había triunfado. Ahora iba al Comité. Saludó, con la mayor dignidad, puño en alto, al portero del Instituto. No le pareció decoroso cambiar de acera para resguardarse del sol. Se sentía más fuerte, más seguro, más entero. Sin fallas, de una pieza.

(Su padre. Estaba seguro de que su padre iba a causarle trastornos. De pronto deseó que hubiese muerto años atrás, en vez de su madre. Entonces, no tendría problemas. Lo cierto era que el viejo iba a atravesársele —lo sentía en la garganta, como una espina— de eso estaba seguro. Por de pronto iba a obligarle a mostrarse más intransigente, más extremado: para que no dijeran. Le molestaba, con dolor: no, a dolor no llegaba: un estorbo: un zapato estrecho, un forúnculo. Tendría que aparentar estar más seguro de sí, sin dudas, sin vacilaciones, con ese quiste. Como si su padre fuese un barranco que había que ladear por una senda estrecha e insegura. Sin duda, sin vacilaciones: desprendido de su niñez, de su adolescencia. Otro.

Su padre, y toda su familia, tan de derechas, tan católicos, tan de luto, tan seguros, tan respetables, tan callados, tan en penumbra —las cortinas corridas, los muebles enfundados, las lámparas protegidas por tarlatanas, la sala silenciosa, los pocos libros bien encuadernados, proscrito el polvo por manos de Vicenta y Asunción; el señor por aquí, el señor por allá: Don Pedro, Don Segundo, Don Jesús, todos tan serios, sobre todo cuando jugaban al chamelo. Blusa negra, naranjeros de pro. Eso es en casa, en el casino, que fuera, ¿quién sabía?

Jorge se quedó atónito: efectivamente, su padre era una persona seria, pero, viudo hacía años... Las idas y venidas a Valencia: seguramente se correría sus juergas. Se reprochó el pensarlo. Pero algo se le representaba seguro: su padre iba a causarle disgustos. Lo sentía. No había razón de que se lo hiciera suponer. Ni un mal recado. Claro está que él podía abstenerse, quedarse en casa. ¿Quién le metía? Pero, ¿qué dirían?

—Ya decía yo...

—De casta le viene al galgo.

—Pueden más los dineros del viejo que las ideas.

—¡Ya decía yo!...

—Mucha boquilla, pero cuando hay que dar el pecho...

—¡Ya decía yo!...

Su padre estaría ahora callado y furioso, sentado en el despacho, allá, en el pueblo, las manos descansando en la madera lucida del sillón frailuno; aquel cuero viejo y sobado, oscuro y brillante. O haciendo sonsonete con la plegaria filipina que trajo el tío Luis. Por lo menos ése había muerto; borracho, pero había muerto.)

Jorge Mustieles ha cumplido los veinticinco años hace unos meses. Abogado, y radical socialista. Casi recién casado. Le gustan las novelas de Pío Baroja, los mariscos, el arroz con pescado; pocas cosas más. Discute en el café. Tiene amigos. Hace una vida modesta. Tiene ambiciones que no van mucho más lejos —por ahora— de una concejalía.

(Su padre vive en Puebla Larga. Tiene su dinero, algo así como el cacique de las derechas, y tierras de las buenas buenas. Le parece bien que su hijo se dedique a la política. Y, aunque refunfuña, no le parece mal que pertenezca a un partido de izquierdas. El también empezó así: de republicano; hace un tercio de siglo, más o menos, cuando lo de Soriano y Blasco Ibáñez. Luego fue desplazándose, sin sentir y sin sentirlo, hacia los liberales; romanonista que fue. Después, sin darse cuenta, se encontró, naturalmente, en las filas de la Derecha Nacional Valenciana, ya destacado en el pueblo. Sucedió a raíz de la muerte de su mujer, hace diez años. Doña Amparo: una señora de su casa que influyó algo, muy poco, en su evolución. Aunque muy laico por aquellos tiempos, don Pedro se había casado por la iglesia —y si no, ¿cómo?—, bautizó a sus hijos, Jorge y Asunción; don Vicente, el cura, era visita de casa.

Las judías verdes de don Pedro Mustieles, eran las más tiernas del pueblo. Renombrados sus tomates, no digamos de sus naranjas «navel»: gloria pura. Se movió mucho y bien, a su manera, para que triunfaran sus candidatos el año 33. Sabía cómo arreglárselas para ganar votos, antes y después de la elección. Los diputados de la provincia le trataban con respeto. El, personalmente, nunca quiso ser nada, ni alcalde siquiera. No le gustaba figurar. Mandar, sí: que se hiciera lo que dispusiera; pero nada más.)

A pesar de su decisión, Jorge cruzó la calle y se refugió en la sombra. El local del Partido estaba todavía a más de doscientos metros y era absurdo achicharrarse. Sol valenciano, plomo veraniego. El asfalto se reblandecía bajo las suelas de los zapatos. Los coches pasaban con sus letrerotes pintarrajeados en blanco: C. N. T. - F. A. I. - U. G. T. - U. H. P. - Médico.

Vocal de la Comisión de Seguridad. Se sentía importante. Nunca había conseguido un sobresaliente en la carrera. Miento, tuvo uno en Derecho Natural. Tampoco lo suspendieron más que en Canónico. Y eso porque un día, sin querer, le pisó el pie al catedrático y las cosas se fueron enredando, y no entró más en clase. Fue el único momento en el que gozó de cierta popularidad, que le llevó de la mano al Partido Radical-Socialista.

Le gustaba el ideario de su partido: tan liberal —tan poco socialista—, tan lleno de buenas intenciones, tan bullanguero, con tal de discutir: Marcelino Domingo, Alvaro de Albornoz, Fernando Valera y una multitud de periodistas, todos apóstoles y habla que te habla: El hombre es bueno y la culpa es de los demás. Hay que ser honrado y consecuente: los políticos deben morir pobres, y no transigir.

Cruzó, otra vez, la calle de las Barcas, frente a la ferretería de Ernesto Ferrer, echó un vistazo a la zapatería Boston —también de Ernesto Ferrer—, (¡qué miedo debe pasar el tal!... amigo de su padre...). Abombó el pecho al darle otra vez el sol. La plaza Emilio Castelar, tan horrible ahora, convertida en mausoleo por un imbécil arquitecto municipal, relucía de tanta piedra picada y desnuda, caliente al blanco feroz del sol. En la puerta del local del Partido, el cine «Actualidades», socializado, le recordó su niñez —entonces se llamaba «El Cid»— («El Cid», y ahora «Actualidades»; así va el mundo: las siete llaves, bonito para meter en un discurso), tenía entonces —hace quince años— un timbre constante que sonaba entre sesión y sesión. Lo oyó. Saludó, con un gesto, a un dependiente de la sastrería, que daba al otro lado del portal.

—Te estábamos esperando.

Julio Reina, Alfonso Ortiz y Guillermo Segalá. La gente se apretujaba frente a una mesa, donde Jaime Luque despachaba vales para gasolina.

—Vente.

Se fueron para adentro: a la cocina. Allí podían hablar. La casa era antigua y los bordes de las baldosas, rojas y oscuras, habían perdido su color, dando en gris y pardo. Hasta media altura, azulejos de Alcora, flores y lacerías —azules, blancos y amarillos vidriados— despedían —con su brillo— una sensación de frescura. Del sol a la sombra, los ojos se empequeñecen y ven menos.

Julio Reina se quitó la chaqueta y se encaramó en lo que fuera banco de la cocina.

—No te vayas a quemar...

—Está más fresco.

Y se acomodó: las posaderas en el agujero del desaparecido fogón.

—¿Qué hay de nuevo?

Guillermo Segalá se sentó en la única silla disponible. Había otra, patas arriba, medio rota, en un rincón.

—Los socialistas, los comunistas, y los de la F. A. I., tienen su propia policía. Nosotros no hemos de ser menos. Lo que importa es mantener limpia la retaguardia.

Una pausa dio la contestación.

—Tenemos unos cuantos detenidos.

—¿Qué vamos a hacer con ellos? —pregunta Jorge.

—Juzgarlos.

Jorge se calla la pregunta que asoma a sus labios: —¿Con qué derecho? Se contestó a sí mismo con celeridad: —Con el mismo que los otros. Para defender el pueblo.— Sin embargo, habló:

—¿Y los Tribunales Populares que el Gobierno acaba de crear?...

Le miraron los demás.

—¡Hasta que funcionen!...

Jorge se reprendió. Había protestado, si es que su pregunta se podía juzgar así, por el miedo de que, entre los detenidos, estuviese su padre.

(Había estado, a fines de julio, en Puebla Larga. Todo estaba tranquilo. La iglesia iba a ser convertida en almacén. El cura había desaparecido. Jorge fue a ver al Presidente del Comité del pueblo.

—No tengas cuidado: a tu padre no le pasa nada.

Llegaron las primeras noticias de los asesinatos en masa que los sublevados llevaban a cabo en Andalucía, en Castilla, en todas partes. Nacieron las patrullas de control, al ejemplo de los catalanes. Justo y Vicente Sánchez aparecieron muertos en la carretera.

Nadie se extrañó: Eran los organizadores del Sindicato Blanco de Puebla Larga.)

—¿Y dónde?

Lo preguntaba Julio Reina.

—Hemos requisado el Colegio Notarial. Es bastante grande. Hay cuatro habitaciones para los detenidos, y otra para nosotros. Estuve esta mañana.

—¿Cuándo empezamos?

—Esta tarde.

—¿A qué hora?

—A las cinco, si os parece. Nos vemos en el café. Luego nos vamos para allá.

—¿Habrá que interrogarles?

—Hombre... yo creo que a los que... a los que tienen el asunto muy claro, no. A los demás, desde luego.

—Habrá que pedir antecedentes. Lo que sea...

—Vendrán con sus fichas...

—Puede tratarse de venganzas personales...

—Si nos los traen, no creo... Los que tienen que pagar por algo que hicieron a algún conocido, esos ya...

—Yo no estoy conforme.

Lo dijo, con voz segura, Alfonso Ortiz.

—¿Por qué?

—Para eso están...

—¿Quién? —atajó Segalá—. ¿O vamos a dejar que nos frían por la espalda?

Era el de más edad: veintiocho años. Luego seguía Jorge, los otros dos eran barbilampiños.

—Vamos a ganar, ¿o no?

—La legalidad...

—Si la hubiesen respetado ellos...

—¿A las cinco?

—A las cinco.

—¿Tomamos una cerveza?

II

Era evidente que habían cambiado los límites del mundo. Pensó que así como para él habían derribado barreras, para otros la impresión debía ser contraria, hasta de encajonamiento. Pero eso era lo que estaba bien. Todos aquellos que, hasta aquel momento, habían deambulado por la vida como si todo fuese suyo estaban ahora recluidos en un corral. En un inmenso corral: acorralados. Y para él todo era llano: podían pasar de un campo a otro, de una casa a otra, de una calle a otra, de una huerta al camino, de fuera adentro, o al revés, sin necesidad del permiso de nadie, con su sola presencia. Con el solo permiso, con el solo carnet. Ya todo estaba llano. Las ventanas debían permanecer abiertas por mor de los «pacos». Sólo los que debían temer por su pasado le tenían miedo a las patrullas de control; además, era lo justo: había que asegurar la retaguardia. Evidentemente: las calles eran más anchas. Andaba más seguro.

Vino a visitarle Fernando para pedirle un aval para su suegro.

—No. Lo siento.

Era la primera vez que negaba algo. Si, ocho días antes, alguien le hubiese dicho: —Fernando te va a pedir algo, y se lo vas a negar estando en tu mano concedérselo, y sin que medie enfado; se hubiera reído, sin alcanzar a comprender: —¿Por qué? ¿A qué santo?

La verdad es que ahora era de la Comisión de Seguridad.

Don Luis Montesinos era hombre de derechas, muy a la antigua, y nunca le había hecho el menor caso. Pero no era porque le hubiese mirado por encima del hombro. ¡Qué va! No: sencillamente era un significado hombre de derechas. Ex alcalde de la monarquía, para más señas. De «La Agricultura», ese casino de la *aristocracia,* oscuro y rancio, de señores y señoritos, pero en el que nunca ponía los pies. Ahora estaba incautado por quién sabe qué Juventud.

Ahí estaba Fernando, el yerno de don Luis, para pedirle un aval. Pues no. Por nada, pero ¿por qué había de dárselo? Primero, ¿por qué se lo pedía a él? ¿Quién era él? ¿Valía algo un aval firmado por Jorge Mustieles? Fernando aseguraba que sí.

—¿Quién soy yo?

—Radical socialista.

—Dicen que los buenos —se sobreentendía los avales— son los de la C. N. T. y los de la U. G. T., a los nuestros nadie les hace caso.

—No importa.

—¿O quiere hacer colección? Porque no me vas a decir que don Luis no se ha agenciado algunos aquí y allá…

—No lo sé. Me pidió que si tú…

—¿El?

—Sí.

Don Luis Montesinos, ¡quién lo había de decir! A él. Se lo contaría a su padre. Don Luis Montesinos era un personaje muy importante, para su progenitor: De la «Electra», de los «Tranvías», de los «Abonos Químicos, S. A.», del «Central de Aragón». Todos los días en «La Agricultura», siempre de luto. Un poco porque el negro da importancia y demuestra la limpieza de quien lo lleva. Las manchas se ven en seguida, y la caspa. Abstemio y fumador de un solo puro diario, pero, eso sí, habano. Lo apuraba en boquilla de ámbar. Gordo y cano. De veras, un hombre importante.

—Pues no, lo siento. No. No puedo. (Las negaciones sucesivas borraban su indecisión.)

—Pero... ¿es que mi suegro no es persona de fiar? ¿Qué tiene que ver ahora con la política? Vino la República y se retiró. Sólo se ocupa de sus negocios.

—Ni siquiera es republicano.

—¡Claro que lo es! ¿No has leído las declaraciones de Luis Lucía?

—¿Quién lo cree?

Fernando se dio cuenta de que no sacaría nada y se marchó.

—Gracias. Ya encontraré quien fíe.

—No lo dudo. Y... no me lo tomes a mal. Pero no puede ser.

—No te preocupes. Tan amigos.

—Oye, ¿por qué no se lo haces tú?

—¿Yo?

—¿No eres de la U. G. T.?

—Sí, desde hace unos días. Pero... ¿y el sello?

—Te lo pone cualquiera.

—Entonces, ¿por qué te niegas?

—Por principio. No avalo a nadie.

(No era cierto. Pero desde ahora lo haría así. Su padre: claro está. Si su padre le pedía un aval, ¿se lo conseguiría? Sí. Desde luego. Entonces, ¿por qué se lo negaba a don Luis Montesinos? Era su padre, pero, sin duda alguna, era persona más significada, de los que no tenían vuelta de hoja. El presidente del Comité le había asegurado que no le molestarían. Jorge se daba cuenta del poco valor real de aquella afirmación y, sin embargo, se aferraba a ella para impedir caminos a su imaginación. Sin embargo, ésta se filtraba por todas las fisuras.

Desde luego, si le detenían él haría todo lo posible para que le soltaran. Aquí y allá. Se veían hablando con López, o con Cerrillo. Los convencería.

Si lo apresaba la policía oficial sería otra cosa. ¿Dónde le llevarían? Tendría que ir de la Ceca a la Meca. Negarían. Posiblemente le ayudarían algunos capitostes de su partido: varios eran amigos de don Pedro. Habían estado en su casa. ¡Aquella paella del año 35! ¡Cómo habían comido! Allí, en la huerta. Pero, ¿y si lo traían para que ellos decidiesen su suerte? Ellos, es decir, él. Era absurdo. ¿Por qué? Lo mejor sería que su padre se marchara. Los del pueblo no le iban a dejar. Eso, ni pensarlo. Huir. Que llegara a Valencia, con un salvoconducto cualquiera. Embarcarlo. Samper lo había conseguido. Su dinero le costó. Los de la C. N. T. controlaban el puerto. A base de dinero se podía uno entender con ellos; a los que no eran anarquistas les parecían vergonzosos esos tratos. Pero a ellos no: con lo que le sacaban a un fascistoide podían comprar armas en Francia, en Bélgica, en donde fuera, para combatir contra cientos.

Si lo tenía que juzgar él, ¿qué haría? Era absurdo pensar en ello.)

—Estás preocupado.

—¿Yo?

Emilia le miraba.

—¿Quieres más arroz?

—No, gracias. ¿Hay ensalada?

—Ahora la sacan. ¡Adela!

La criada trajo la ensalada. Escarola rizada, floridísima crestería, amarilla, verdeante, asesinada por el rojo feroz de los tomates. Rojo sangre.

Recordó el cementerio. Los muertos alineados en el depósito. Unos días antes, cuando fue a rescatar el cadáver de uno del partido, muerto, quién sabe por qué, posiblemente por equivocación. La boca abierta, color ceniza, en el limón sin color de las mejillas carcomidas por la sangre seca.

Pero él defendía la verdad, la lealtad, la educación del pueblo, la libertad.

Se sirvió la ensalada. Su lejano amargor, las duras pencas con gotas de aceite, brillantes; un grano de sal sin deshacer. La blanda molla gustosa del tomate.

—Está buena.

—Es lo que apetece ahora, en verano. ¿Crees que va a seguir mucho esto?

—Ya oíste el discurso de Prieto.

—Vino mi hermano. Van a hacer teatro en el «Eslava».

—Sí. Me encontré ayer con él, ¿no te lo dijo? Y en Santa Catalina.

—¡Mira que hacer teatro en las iglesias!

—La C. N. T. no les deja escoger.

—De todas maneras, a mí no me parece bien.

—¿Por qué no? Vuelve el teatro a donde salió.

—Aquello sería en tiempo de María Castaña. Pero, ¿y si ganan los otros?

—¡Qué van a ganar, mujer! Ya oíste a Prieto. Tenemos el dinero, la escuadra, el pueblo. Ellos: los moros y el tercio.

—Y los italianos.

—¿Y qué? ¿Es que nos vamos a dejar ganar por unos fascistas de más o menos? Somos millones. Francia nos ayudará. No puede dejar que Alemania se haga con los Pirineos. Enviará armas, aviones, tropas, si hace falta.

—Tú, fíate.

—¿Qué quieres que haga?

—Nada.

Entró en el café. Hacía un calor pegajoso, del diablo. Los ventiladores aspeaban su impotencia. En la mesa de la peña era centro de atención un hombre al que no conocía.

—Pedro Carratalá.

Le estrecharon las manos. Hablaba en catalán.

—Es de Acció Catalana.

Era un mozanco cetrino, de mucho pelo y poca frente. Fuerte y satisfecho de haber nacido. Contaba lo de todos:

—Salimos a las tres de la mañana y fuimos hacia Pedralbes. (Su 18 de julio, su gloria, su entrada en el Nuevo Mundo.) Todos los partidos habían tomado posiciones. A las cuatro y media sonaron los primeros tiros. (Los tiros, una humanidad desconocida, rayada, con falsilla, una realidad inesperada, pero a la cual se adapta uno en seguida. Nadie se pregunta: «¿Cuándo acabará esto?» Los que así se interrogan, no cuentan ahora.) Teníamos gente en el cuartel y sabíamos lo que se esperaba. Nuestro enlace era el hijo del Marqués de Fornís, de Estat Catalá... (Un separatista. A Jorge, como buen valenciano, le molesta la superioridad con que los catalanes, quiéranlo o no, tratan a sus vecinos, juzgándolos un poco de arriba abajo.) Teníamos una Winchester y pistolas. (Los demás, los sublevados, de uniforme, con sus ametralladoras, sus máusers, sus cañones.) La Winchester la tenía yo en la cajuela del coche, desde el 6 de octubre... Luego nos apoderamos de las pistolas de los vigilantes y de los serenos. Fue una carrera en pelo. No se resistieron. ¡Qué cara ponían! Allí se quedaban, con el chuzo. A algunos, se lo quitamos. En seguida se entregaron cosa de cuatrocientos soldados. Los mandaba Llovet, un amigo mío... Parte de ellos se fueron al Gobierno Civil y luego asaltaron los cuarteles de Pueblo Nuevo. El capitán Romagosa asaltó San Andrés, cogió allí una ametralladora que emplazó en la plaza de Cataluña, en nuestro local...

—¿Qué local? —pregunta Julio Reina, que acaba de llegar.

—El de Acció Catalana. Lo habían cogido los fascistas a las nueve, lo soltaron a las once.

—¿El local?

—No, hombre, no. A Romagosa. Contó una historia de parto. Se la creyó un coronel, a quien le habían explicado mal las cosas. Además, Romagosa es listo. De Arenys de Mar.

—Tú, ¿de dónde eres?

—De Arenys de Mar.

El muchacho se ríe. Ríen casi todos. Casi todos, menos Jorge. El no ha hecho nada. No tomó parte en lo de los cuarteles. Además, todos cuentan lo mismo.

—Al coronel ese le detuvimos con su hijo, ocho días después, era el jefe de Falange de Horta. El viejo murió muy bien. Pero ¡el hijo! Teníais que haberle visto. Dijo que comprendía perfectamente que matáramos a su padre —¡cabrito!— pero, ¡a él!

—Le venía de casta.

—¿La casta? ¿Qué es eso? ¿O es que vas a creer en eso de que los hijos son responsables de las barbaridades de sus padres? A lo sumo, lo contrario.

—Sigue.

—Iban en dos coches distintos. Insistía el señorito: —Soy muy joven para que me matéis. Así siguió hasta la tapia del Cementerio Nuevo. El viejo estaba avergonzado. —Hijo mío —le dijo—, te perdono.

—Los hay bragados.

—A las tres me incorporé al Partido. A las cuatro ya estaba en la Generalidad. Allí estuve unas cuantas horas, mientras los partidos tomaban el acuerdo de formar el Comité Central de las Milicias Antifascistas de Cataluña. Me encontré con Tomás Fábregas, yo le conocía del Partido, pero no tenía mucha relación con él. (¿Qué le importa a Jorge todo esto? ¿Por qué está perdiendo el tiempo en el café? El charlatán le es antipático: le molestan las personas tan peludas, vello corriendo vivo por sobre las manos, cejas cerradas, frente estrecha.) Fábregas venía de San Cugat, fue al local del Partido, y, al encontrarlo cerrado se vino a la Generalidad: a ver qué pasaba. Llegó Torrens, el de los Rabassaires y nos fuimos al Gobierno Civil. Nos dieron un papelito y allí nos teníais, sentados en una esquina, esperando. Hasta que salió García Oliver: —¿Qué hacéis aquí?

—Pues mira, aquí estamos los de Acció Catalana y éste de los Rabassaires.

—Bueno, esperarse.

A Jorge le regurgita de pronto la escena del coronel y su hijo. Se le representa el militar con la cara de su padre. Se ve en el espejo frontero del café, y aparta la vista. Saca el pañuelo y se enjuga la frente. Su padre frente al paredón: —Hijo mío, te perdono.

—De todo hay —seguía Carratalá—. Se discutió dónde podíamos meternos.

(¿Qué habrá dicho? En qué estaba yo pensando?)

—El comandante Guarner nos indicó la escuela de Náutica. Allí fuimos: en la Plaza Palacio. Entraban los tiros como Pedro por su casa... Por poco le da uno a Durruti: no hizo más que apartarse un poco. Nombramos diferentes comisiones. («Nombramos», cómo se nota lo orgulloso que está, «Delegado Suplente de Acció Catalana en...») Y a nosotros nos tocó las patrullas de control: Fábregas por los partidos republicanos, Asens por la C. N. T. y Salvador González por la U. G. T. Convertimos aquello en cárcel.

(Ha venido a ver cómo andan las cosas por aquí —se dice Jorge.)

—Los comités de barrio empezaron a traer monjas. Nuestro cometido era claro —como supongo que lo es el vuestro: crear una fuerza a disposición del comité y controlar los incontrolables.

(¿Quién es controlable? Jorge recuerda a Villegas, furioso por eso del «control», purista que es. Pero podía más el pueblo. Control estaba en todas las conversaciones. Control, controlar.)

—Imponer un orden revolucionario en la calle. Al principio éramos setecientos once, después mil ochocientos, distribuidos en once secciones. Tuvimos que tomar otro local; en el paseo de San Juan, la llamamos la Casa Central. Aurelio Fernández y Portela han formado un servicio de investigación, aparte. Aquello funciona muy bien: cada organización tiene la suya.

—Nosotros también —adujo Reina.

—No lo sabía, me alegro.

—¿Cuánto cobráis?

—Doce pesetas. Hablan de refundirlo todo en una Junta de Seguridad. Nosotros creemos que no debe hacerse. La autonomía ante todo. Lo que se le escapa a uno, no se le escapa a otro. Hay que tener respeto para los demás.

(Este ha venido aquí para que nos opongamos a la unificación de los servicios...)

—Al principio aquello fue un caos. Como nadie conocía a nadie, cualquiera podía circular por allí. Los fachas no se hicieron de rogar. Cogimos unos cuantos. Uno de ellos se puso a morder el fusil del patrullero, por cierto que era el que mató al verdugo de Barcelona. Aquello estaba siempre lleno de gente. Una cosa fantástica.

(Aquello, cosa, uno... La indeterminación del lenguaje, y, sin embargo, en aquella boca, tan preciso.)

—Salvador se presentó un día con tres monjas y catorce mil duros. No podía con su alma. Llevaba tres días sin comer, y no quiso aceptar ni tres pesetas.

(El bullicio, la agitación, la tensión nerviosa, el gentío, el trabajo a realizar, la concurrencia, la confusión, la mezcla, lo túrbido, las tinieblas de la preñez, Dédalo y laberinto, revuelto. Los corredores llenos de gente. El va y ven. Llamadas, prisas, timbres, todo se hace hoy. Estamos en guerra. La revolución. La importancia de ser esto o lo otro. Trabajo nuevo y vida nueva. La ciudad desconocida, los coches a toda velocidad. C. N. T. U. G. T. U. H. P.)

—Las monjas pasaban a nuestra habitación. Algunas coqueteaban con los del Comité Central. ¡Palabra! Las íbamos repartiendo en casas de confianza. ¿Qué habéis hecho vosotros?

—Aquí, como hubo más tiempo, ellas mismas hicieron igual, sin encomendarse a Dios ni al Diablo.

—Salvador es un tipo fantástico.

—Yo le conozco —dijo un hombrón con el cráneo pelado al cero.

Pedro Carratalá era chófer de taxi. De Acció Catalana, pero anarquista porque sí. Había sido monedero falso por convicción. Le llevó a ello, de la mano, un tal Aguayo, gran teórico del grupo, allá por el año 30. Le parecía la manera más directa de acabar con el capitalismo.

—¿Te das cuenta de lo que sucedería si, de pronto, en el mundo, resultara que todo el dinero fuese falso?

También había vivido algo de las mujeres. Ahora era feliz. Le faltó reaños para ser de un grupo de acción. (Tampoco iba a contar cómo se encontró una mañana con Segundo Durán, un compañero suyo, catolicón, del Instituto de Manresa —porque él había estudiado el bachillerato, hijo que era de una familia

modesta, pero con posibles— y le había molido a puñetazos y bofetadas para dar una impresión de violencia:

—A ese me lo cargo yo.

Se lo llevó hasta la vía Layetana, y allí lo había soltado:

—Corre, y no vuelvas.)

Seguía hablando de Salvador:

—El y el Mahón buscaban sitios poéticos para
las ejecuciones: donde hubiese flores. Primero en el
paseo de Pedralbes, allí, entre los tilos. Luego, en
el Cementerio Nuevo. Tenía una frase sacramental:

—Yo os perdono en el nombre de la Revolución. Y se los cargaba.

(Otra vez: el coronel y su hijo: —Yo te perdono...)

—Aquí, ¿no casáis?

—No.

—En Barcelona, si no los casa el Comité Central parece que no están casados. Es una lata. Y los
avales, os aseguro que hay colas de mil o dos mil
personas.

—¿Y los dais?

—¿Por qué no? Hay que tener la manga ancha para los que quieren ayudar y comprender.

—Oye, tú, ya son las cinco.

—Vamos allá.

Se despidieron.

—¿Dónde vais?

—Si te lo preguntan contestas que no lo sabes
—que así era de seco Guillermo Segalá.

Subieron al coche de Ortiz y se fueron al Colegio Notarial.

—Tenemos tres.

—Sí —dijo Segalá, y, dirigiéndose a Jorge—,
uno de ellos es tu padre.

Lo sabían desde antes y no le habían dicho nada.

—Lo trajeron a mediodía.

(Lo llevaba en la sangre, ahora en la garganta. No hay cosa mala que me figure y no se cumpla. ¿Qué hago? ¿Renuncio? ¿Me voy? ¿Qué dirán?)

—Tú dirás.

—¿Yo?

(Quizá no sea cierto, lo hacen para probarme.)

—¿Quién lo trajo?

—Tres del Comité de Puebla Larga.

—¿De qué le acusan?

—Han encontrado armas escondidas en la bodega.

—No puede ser.

—Tres fusiles.

—Escopetas de caza...

—No, máusers, y doce Astras del 9 largo.

—Y munición.

(Me engañan, me engañan. ¿Qué hago?)

—¿Dónde está?

—Ahí, incomunicado.

—El, ¿qué dice?

—Que no sabe. Que se los dejó un amigo suyo, en un cajón. Lo de siempre.

(¿Será verdad? O, sabiendo de quién soy hijo, se vengan?)

—Como broma, puede pasar.

—¿Broma? ¿Nos crees capaces?... Pasa y lo verás.

(¿Qué hago? ¡Dios! ¿Qué hago?)

Le temblaban las piernas, sentía idos los molledos de sus pantorrillas.

—Mira.

Habían perforado una pequeña abertura en el tabique. Echó el ojo. Ahí estaba su padre, sentado en un taburete. Disimuladamente, Jorge se apoyó en la pared.

—Cuando queráis.

(¿Con qué voz he dicho esto? ¿De dónde me ha salido? ¿Qué voy a hacer? ¿Qué debo hacer?)

Se sentaron alrededor de una mesa. Era una habitación enorme, con seis sitiales góticos, nuevos, de madera oscura. Tras ellos pendía un paño de damasco rojo, brillante en su rameado. Las tres ventanas que daban a la calle, dejaban pasar la luz a través de unas vidrieras modernas. Los emplomados cristales —rojo, verde, amarillo— formaban alrededor de un escudo y reflejaban sus luces en el entarimado de marquetería. Los diversos colores de la madera se recubrían de las manchas del sol, rojo, verde y amarillo, según el cristal herido.

—El primero es un capitán —dijo Segalá, que, sin pedir permiso, se instaló presidente de la comisión.

—¿Cómo se llama?

—Pedro González Ramos. ¿Le conocéis alguno de vosotros?

—No.

—¿De qué arma?

—Caballería. Del regimiento de Victoria Eugenia.

—Señorito clavado, entonces.

Lo vieron de azul celeste y plumero.

—Lo trajeron del Grao. Estaba escondido en casa de Chávez, el director de la fábrica de abonos.

—Con tal que sea militar, basta —dijo Julio Reina.

—No —adujo secamente Segalá—. Así, ¿a dónde íbamos a parar?

—Curas y militares... Si los dejamos libres acabarán con nosotros.

—¿Y con qué ejército vamos a luchar contra los sublevados?

—Bastará el pueblo, las milicias. ¿Quién puede contra eso?

Segalá miró a Julio Reina con conmiseración. Intervino Ortiz:

—Si vamos a discutir cosas de ese tipo, no acabaremos nunca.

—Así, porque sí, ¿vamos a condenar...?

—No así porque sí, Segalá. ¿Quién se ha sublevado contra la República? Los militares, ¿no?

—Sí, pero no todos.

—Es posible. Pero el hecho de serlo, basta. Estamos en guerra.

—¿Así que tú votas por su eliminación?

—Sí.

—¿Y tú? —pregunta Segalá a Ortiz.

(Ahora me preguntará a mí. ¿Qué contesto? Si lo absuelvo, pensarán que prejuzgo en favor de mi padre.)

—Yo creo —dice Ortiz— que podríamos informarnos.

—Pulgar hacia abajo, muerte. Hacia arriba, libertad.

(Como los romanos. Tienen miedo de las palabras, pero no de los hechos. Si ellos tuviesen que ejecutarlos, ¿qué dirían? Estaría bien que los jueces tuvieran que ejercer como verdugos. Se darían cuenta.)

—¿Sólo libertad o muerte?

—A menos que queramos pedir rescates o convertir esto en un penal.

—¿Y tú?

(Es a mí. ¿Qué dijo Ortiz?)

Jorge levanta el pulgar de su mano derecha y lo vuelve hacia abajo. Se abre la puerta y entra el portero.

—¿Qué pasa? No queremos que nadie nos moleste.

—Dicen que es urgente.

Penetran tres hombres.

—Salud.

—Salud.

—Somos del Comité de la C. N. T. ¿Tenéis aquí a un tal Santiago Carceller?

—No.

—Mira que nos lo han asegurado. Es el secretario del Sindicato católico de Requena. A ese le queremos nosotros.

—No. ¿Conocéis a un capitán que se llama Pedro González Ramos?

—¿Pedro González? No. Bueno, salud.

—Salud.

—Salud.

—Dos votos en favor, dos en contra.

—¿Quién lo trajo aquí?

—Si se escondía, algo malo ha hecho.

—¿Por qué no le interrogamos?

—¿Para qué? Dirá que no se ha sublevado, que es leal a la República.

—Que lo pruebe.

—¿Cómo?

—Tú estudias Derecho.

—Yo propongo —dice Jorge, y se calla.

—¿Qué propones?

—Que lo lleven a la Capitanía, o a la cárcel. Ya se las entenderán con él.

—¿Es que no quieres entender las cosas? —ataja Reina—. ¿Para qué estamos aquí? Este es un Comité de Salud Pública. Aquí estamos para salvar el régimen. Si andamos con contemplaciones, acabarán con nosotros.

—¿Quién preside?

—Tú, Segalá.

—Pues entonces mi voto es de calidad, en caso de empate.

—¿Qué vamos a hacer? ¿Soltarlo?

—Sí.

—Así no iremos a ninguna parte.

—Eso dices tú.

—Pidamos informes.

Al fin y al cabo acordaron eso. Jorge respiró, interesado inconscientemente en el caminar del sol sobre la marquetería.

—Ahora, el padre de éste.

—No. Déjalo para el final.

—Como queráis. Luis Romaguera.

—¿Está aquí?

—Así parece.

—Entonces, ni discutir.

—¿De acuerdo?

—De acuerdo.

—¿Cómo lo pescaron?

—Por lo visto se creyó muy listo. Andaba sin corbata y con gafas oscuras.

(Ahora tratarán del caso de mi padre. ¿Qué hago? ¿Me levanto y me voy, diciendo que no puedo ser imparcial?)

—Oye, Mustieles. Comprendemos que, en este caso... Si tú no quieres intervenir...

—Yo creo que debe quedarse —dice Reina, mirándole fijo.

—Tú dirás.

—Me quedo. (Debí haberme ido. Pero, si lo hubiese hecho, ¿cómo sabría lo que van a decidir?)

—Hay un informe.

Estaba bastante bien hecho: con la trayectoria política de don Pedro, sus ligazones con la reacción, su actitud durante el bienio negro, su actuación durante una huelga en la que trajo trabajadores de Carcagente. Era, evidentemente, el hombre señalado para alcalde o delegado gubernativo si la sublevación hubiese triunfado, a menos que pusiera, otra vez, a uno de los suyos. Y el hallazgo de las armas. Según el escrito debía de haber tenido más, y bien repartidas, porque se encontró, en casa del boticario, un fusil del mismo tipo.

Jorge escuchaba con atención, ahora le parecía que se trataba de otro. Tuvo que volver atrás en sus pensamientos para decirse: Hablan de mi padre... de mi padre.

Segalá: —La cosa está clara. ¿Qué opinas tú?

El aludido era Ortiz.

—Sí.

—¿Y tú?

Reina giró su pulgar hacia el suelo.

Jorge, con la cabeza vacía, hizo otro tanto. Eres un cerdo, pensó. Los demás debían pensar lo mismo.

Se fue al excusado, y devolvió hasta las heces.

III

—¿No vienes con nosotros?

—No.

Sin insistir lo dejaron marchar, solo, calle abajo.

—Debieras ir con él.

—Déjalo.

—Se ha portado.

—¿Y qué remedio le quedaba? ¿Qué hubieras hecho tú?

—No sé.

Jorge iba con las manos en los bolsillos, Pascual y Genís abajo. Cuando se dio cuenta, caminaba por las orillas del río entre los enormes eucaliptos. El Hospital Militar allá enfrente, ya tinto de atardecer. El ancho cauce del Turia, todo arena, con una veta de agua y sus festones de hierba. El puente del Real atrás, con sus casilicios triangulares. Se sentó a ver morir la tarde. Una tarde blanda de calor, cansada, sin ángulos, de una pieza. Se sentía desollado, sin nervios, sin epidermis. Le sacudió un escalofrío. Unas hojas secas, en forma de yatagán, yacían en el suelo, pardas y verdes, sucias. El rosa se tornasolaba hacia los azules. Tras él pasaba, de cuando en cuando, haciéndole daño, algún tranvía con ruido de hierros y frenos. Y el timbre para parar y arrancar. El Gobierno Civil a su espalda, todavía con sacos terreros en las ventanas: Si se levanta aire, gritaré del dolor.

Los troncos de los eucaliptos, desollados, con la piel arrancada a tiras. Ya está ahí un ligero aire, se estremeció: no tenía epidermis; estaba en carne viva, pero no sangraba. Se miró las manos. Le parecieron extrañas; tan llenas de arrugas. Las frotó una contra otra, se las apretó, entrecruzó los dedos y se puso a pensar. Pensó que se ponía a pensar. Esta noche, a lo más tardar al amanecer, sacarían a su padre en un auto —con el otro, o solo—, lo llevarían allá enfrente —tras el palacio del Conde de Ripalda: ahí donde empezaba la huerta y la noche, lo harían bajar y le pegarían un tiro en la nuca. Quedaría tirado hasta que lo recogieran y llevaran al depósito del cementerio.

Los labios descoloridos, color ceniza, un ojo saltado por el orificio de salida de la bala.

Sintió el peso de su pistola. Le molestaba. No se atrevió a echársela más atrás, con tal de no tocarla.

¿Qué hubiese hecho su padre en su lugar? Seguramente lo hubiera salvado. El no, él había condenado a su padre. ¿Qué podía haber hecho? De todos modos su intervención no hubiese servido de nada.

¿Seguro? ¿De verdad se hubiesen negado sus compañeros a favorecerle? Era su padre. ¿Quién era su padre? Le parecía un ser lejano. Quizá fuese todavía hora de hacer algo. De ir de aquí para allá. Le contestarían que la Comisión era todopoderosa. Que hablara con Julio, con los demás. Con él mismo. Se veía yendo de uno a otro. ¿Quién iba a ejecutar la sentencia? El Grauero y sus gentes. Podía ir a ver al Grauero y decirle que habían decidido no llevar a cabo la ejecución. Sí. Eso era posible. ¿Y luego? ¿Cómo explicarles? ¿Dónde estarían ahora Alfonso, Guillermo y Julio? ¿En el local del Partido? Guillermo estaría con la novia. Julio había quedado en ir a Almusafes a arreglar no sé qué. ¿Qué era lo que tenía que arreglar Julio en Almusafes? El color se transformaba y un airecillo empezó a temblar con ruido suave entre las hojas en forma de puñal curvo. Rojas, verdes, plata, y amarillas. —Tengo que hacer algo.

Se levantó y fue a acodarse en el pretil. A través de sus arcos, las espadañas daban más luz al cielo. La cúpula de San Pío V, relucía con el poder milagroso de sus azulejos, al sol poniente.

¿Qué le comía de pronto? ¿De qué oscura fuerza se sentía preso? ¡He matado a mi padre! Todo, menos remordimientos. Ganas de salir gritándolo. ¿Para que le admiraran? No, y cien veces no. ¡Libre! Libre en un mundo nuevo, sin límites. ¡Menuda preocupación echada al pozo negro! ¿Qué se estremece a mis pies? El puñal retorcido de una hoja de eucalipto, muerta. Todo se mueve. Aire, airecillo del crepúsculo. El agua sucia que allá corre. Una rana —no, un sapo— que croa. ¿Qué se mueve, o qué se muere? Los sapos no croan, silban.

Cuando lo sepan los demás, ¿qué dirán? Los que dirán que sí, los que dirán que no. ¡Que no se entere nadie! Los tres lo prometieron. Lo cumplirán.

¿Se lo diré a Emilia? No, no se lo diré a Emilia. Me coseré los labios. Se los mordió, hasta el dolor.

La República ante todo. Soy un cerdo. Un espantoso cerdo repugnante. Un cerdo cochino y sucio que hocea y mueve y remueve el lodo con su hocico horrendo. Lleno de fango. Tengo las manos encenagadas.

Del río, con el atardecer, sube un olor de tierra removida, siena claro. El cauce parece más ancho a medida que falta la luz.

Mi padre espera que yo le salve. Mi padre está convencido de que yo voy a hacer todo cuanto esté en mi mano para salvarle. Mi padre espera, frente a la puerta, que ésta se abra, se le nombre, y que yo le esté esperando.

Tenía armas. Si él pudiese, ¿qué haría?, ¿qué hubiese hecho? Acabaría con todos con tal de entronizar la reacción.

¿Qué quiero? ¿Qué espero de la vida? Va a vencer la revolución. Mundo nuevo. Tiene que morir. Pero, ¿te das cuenta, Jorge, de lo horrible que seas tú el que lo condenes, que seas tú el que lo haya condenado? Porque, date cuenta, recapacita, no pienses en lo que vas a hacer, sino que recuerda, piensa: Pon en fila lo sucedido. Empieza por el principio. Pasa un tranvía, con su remolino sonoro y amarillo.

Se está haciendo la noche. Todo se está haciendo de plomo. No te puedes mover. La falta de luz, te ata. Te funde. Te vacía. Se está haciendo de noche, el día se va. Fíjate, Jorge, se va para no volver. Tu padre está encerrado, tal vez hambriento. ¿Qué vas a hacer?

Los grandes árboles desollados empiezan a susurrar. Del mar viene el aire, del mar, por la ancha boca del río. Sobre la ciudad, a tus espaldas, todavía vaga la luz. Mar de tejados. Encienden las luces. ¿Y si me muriera? ¡Levántate, anda, grita! ¿Vas a dejar que lo asesinen, como un conejo? Le pegarán en la nuca, y, ¡zas!, caerá muerto. Despatarrado. Como una rana, como una rana no, como un sapo. Ahora croan cientos. Y atan la noche sobre el río.

La revolución. Ya no hay familia que valga.

Levántate. Habla con el gobernador.

—¿Qué le digo?

Habló en voz alta y se sobresaltó.

«Señor gobernador, hemos condenado a muerte a mi padre porque era un cacique de derechas. Está en el Colegio Notarial. Lo sacarán esta noche para pegarle un tiro en la nuca. Usted ha prohibido que la gente se tome la justicia por su mano, mande la policía para impedir que esta barbaridad se lleve a cabo. Llévenlo a la Audiencia, a la Cárcel Modelo. A donde sea.»

Sí. Era el camino más corto: No tenía sino atravesar la plaza.

Pasó otro tranvía, ya con las luces encendidas, arrastrando su fulgor. El ruido lo decidió. Fue hacia el Gobierno Civil.

Entró sin dificultad y subió al primer piso del caserón. Escalones de madera y azulejo. Mucha gente en la antesala.

—Hola. Hola. Hola.

—No está el gobernador.

—¿Volverá pronto?

—No creo. Tuvo que ir a Játiva.

—¿Qué pasa?

—No sé. ¿Quería algo? Si quiere yo le daré el recado.

—No. Nada.

Atravesó un ala y fue a ver al jefe de policía.

—Salud. ¿Quieres ver a Luis?

—Sí.

—Está ocupado.

—Es urgente.

—Espera un momento.

El corredor está lleno de gente que viene y va.

—Que ahora no puede. Que vengas mañana.

—Tiene que ser ahora. Dile que es muy importante.

La gente que va y viene. Chaquetas de cuero, a pesar del agosto.

—Pasa.

—¿Qué hay?

—Han detenido a mi padre.

—¿Por qué?

—No sé. Es hombre de derechas.

—¿Dónde está?

—En Pascual y Genís.

—¿Eso es vuestro, no?

—Sí.

—Entonces, ¿por qué no se lo dices a los tuyos?

—Preferiría que fueses tú el que lo sacaras esta noche.

—¿Esta noche?

—Sí.

—Mañana.

—Sería tarde.

—Te puedo dar un papel.

—No. Quiero que vayas a sacarlo tú.

—¿Quién es tu padre? ¿Vivía aquí?

—No. En Puebla Larga.

—¿Muy conocido?

—Bastante.

—Se hará lo que se pueda.

—Voy contigo.

—Ahora es imposible. Tengo que hacer.

—¿A qué hora puedes ir?

—¿Yo? Yo, no puedo. Mandaré a Alcocer.

—¿Y si no le hacen caso?

—¿Quieres que entre a tiros?

—Por eso es mejor que vayas tú.

—Vuelve a las diez.

—De acuerdo. Y gracias.

Son las ocho. Voy a ir a casa. Sin darse cuenta, está frente al portal. ¿En qué ha pensado viniendo del Gobierno Civil hasta el Molino de la Robella? Por mucho que porfíe no recuerda. ¿Qué dirán los demás? Emilia le echa una mirada, extrañada.

—¿Estás malo?

—No.

—¿Ha pasado algo?

—No.

—¿Estás preocupado?

—Déjame en paz. No me preguntes.

—Pero...

—No me atosigues. Ya te contaré.

—¿Quieres cenar?

—Dame agua.

—¿Vas a salir?

—Sí.

—¿Tenéis reunión?

—Sí.

—Vino Guillermo.

—¿Qué quería?

—No sé. Te dejó un recado. Sobre la mesa lo tienes.

¡Otro aval! ¡A freír espárragos!

Las nueve menos cuarto. Las nueve menos cuarto. Las nueve menos cuarto. Las nueve menos cuarto. Siempre, las nueve menos cuarto.

Llaman a la puerta. ¡Las luces! ¡Hay que encender las luces!

—¿Usted, quién es?

Enseña el carnet.

—Está bien, compañero. Pero no se olvide de encender las luces y de abrir el balcón.

—¿Hay pacos todavía?

—Sí, bastantes.

—Salud.

—Salud.

—Vino Josefina.

—Por favor, déjame en paz.

—¿Qué bicho te ha picado?

Las nueve menos doce, las nueve menos doce.

—No te preocupes si vuelvo tarde.

Otra vez andando. La Lonja. El mercado. La calle de San Fernando. La calle de San Vicente, la plaza de la Reina, la calle del Mar, la calle del Gobernador Viejo, el Gobierno Civil.

Las nueve y diez.

—No está.

—Me citó a las diez.

—No creo que vuelva.

—Me citó a las diez.

—Si quieres esperar, espera. Pero se fue con el Manco.

—¿Y?

—Quién sabe si volverá. Ahí está Ricardo, si quieres verle.

—Sí.

—Pasa.

—¿Tú, quién eres?

—Jorge Mustieles. Me dijo que viniera a las diez. Debemos ir juntos a un servicio. ¿Volverá?

—No son más que las nueve y cuarto.

—Ese me dijo...

—¿Qué sabe ése? Espera. Siéntate ahí fuera. Y perdona, pero tengo que hacer. ¿Un cigarro?

—No, gracias. No fumo.

El salón es amplio. La luz mediocre. Un cuadro de historia cubre una pared. Reyes y reinas, pajes, reverencias, almohadones de terciopelo de color de sangre muerta, trono gótico dorado. ¿De José Benlliure? Cualquiera sabe... En un diván se mueve un hombre, que allí duerme. ¿Qué hacer? Las nueve y veinte. Las nueve y veinte. ¿Qué dirá a los demás? ¿Cómo se explicará? ¿Lo dejarán explicarse? Está traicionando la causa. Estás traicionando la República. Quisiera fumar: le molesta hacerlo, le pica la lengua, carraspea, pero a pesar de todo, ahora, quisiera fumar. ¿Vendrá? No. Seguramente no vendrá. Dijo lo de las diez para librarse de mí. Tengo hambre.

Ellos comprenderán. No tendrán más remedio que comprender. ¿Qué soy? Un ser despreciable. Pero, ¿y si dejo que lo maten?, ¿por qué lo permití?, ¿por qué bajé el pulgar? Entonces fue. Debí hablar. Soy un cobarde. Siempre hago las cosas diez minutos demasiado tarde. Se me ocurren las contestaciones oportunas cuando ya no lo son. Si hubiese hecho esto, si hubiese hecho lo otro. Soy un hombre que retrasa. Una vulpeja, un residuo, una piltrafa. Y ahora empieza una vida nueva. Ahora puedo ser otro. Soy otro. No tengo más que decidirme. Dar el salto. Todo me favorece. Si por lo menos hubiese aquí más luz. Ser fiel. Ser fiel a sí mismo: a pesar de todo. A pesar de todos. A pesar de mí mismo. Estar por encima de uno mismo; mandar en mis sentimientos. Ser fiel, pero, ¿de verdad soy un revolucionario? ¿Quiero que manden los obreros? No. Quiero que haya más justicia, más instrucción, más igualdad. Si matan a mi padre, ¿se conseguirá algo de eso? Desde luego, no. Si mataran a todos los que son como mi padre, tal vez. Pero a este precio, ¿vale la pena? Si los mataran a todos es posible que no se enteraran de mi gestión con Luis. A lo mejor ni se acuerda. Tiene otras cosas que hacer. Todos tienen otras cosas que hacer, menos yo.

Miró el reloj: las diez menos veinte. Entraban y salían coches del patio del palacio. Los ruidos le parecían lejanísimos.

¿Qué es? Sonaba un teléfono. ¿Por qué no contestan? A lo mejor es algo importante. Si no viene, ¿qué hago? ¿Dejarme ir en brazos de la casualidad? Cobardía. Soy un cobarde. Tengo que salvarlo. ¿Cómo? Ir allá. Sería lo mejor. Luis no vendrá, lo hizo para quitárseme de encima. Y este hombre que está ahí, durmiendo, ¿quién será? ¿Un agente? ¿Un confidente?

Jorge salió de nuevo al corredor.

—¿Qué?

—Me dijeron que vendrá.

—Bueno. Espera. Pero yo creo que no. ¿Quieres un pito?

—No, gracias.

Apretaba los puños, se hincaba las uñas en las palmas de las manos. ¿Qué hacer? Perplejo, irresoluto, despreciándose a sí mismo, con dolor, titubeando, se asomó al ventanal que daba al patio. Entraban y salían autos, subían y bajaban gentes, cuchicheos, oscuridad. De pronto se refugió en la idea de que estaba durmiendo, soñando, atormentado por la perplejidad. Llegaron cinco hombres armando barullo.

—Queremos ver a Luis.

—No está.

—¿Dónde se le puede encontrar?

—No lo sé.

—¿Quién está ahí adentro?

—Ricardo.

—Vamos.

Entraron. Las diez menos cinco. ¿Qué hacer? ¿Irme? ¿Y si viene? ¿Quedarme? ¿Y si es en balde?

Empezó a subirle, de las entrañas al pecho, una rabia caliente. Se le anudó en la garganta. Murmulló una blasfemia.

—Oiga usted...

—Ya son las diez.

—¿Qué quieres que le haga?

—¿Vendrá?

—Espera y lo sabrás.

Anduvo y desanduvo tres veces el corredor. Las diez y diez.

Se le acercó de nuevo el hombre de la puerta.

—Ya te lo dije. No vendrá. Vuelve mañana.

Volvió a sonar el teléfono. Se abrió una puerta y se oyó el tecleo de una máquina de escribir. Jorge se fue a la calle.

La noche tibia; allá enfrente, verdes de luz eléctrica, los eucaliptos. Y un ligero viento. Plaza de Tetuán. El Partido Comunista. La Capitanía General. La Glorieta. Las palmeras. El Parterre. El olor pastoso, pesado, oleaginoso de las magnolias. Lo percibió por la boca, por la nariz, por la epidermis; le dio rabia y apretó el paso. Pero le seguía envolviendo la fragancia aterciopelada, oleaginosa, intolerable, imposible de equilibrar con su inquietud. Luchaba con su propio tufo, con su natural hedor. La furia ascendió, de pronto, contra él.

La magnolia blanca, carnosa, enorme, horrible como una serpiente brillante. Gorda, y destilando perfume de mujerzuela barata. Le subió un abominable gusto a la boca, de tripa mal lavada, acre, amargo, ácido. De prisa, más de prisa: voy a llegar tarde.

Todas las ventanas abiertas, y con luz, por la calle de las Barcas. Asfalto todavía tibio, del muerto día de verano.

Llegó al Colegio Notarial a las diez y veinte. Acababan de llevarse al capitán.

—¿Quién se lo llevó?

—Vinieron con una orden del Comité Central.

—¿Se lo llevó el Grauero?

—No.

—¿Dónde está?

—¿Quién?

—El Grauero.

—Creo que se fue un rato al Ruzafa. Dijo que volvería después de las doce.

Tuvo ganas de subir a ver a su padre. Pero, ¿para qué? ¿Qué le diría? Todo le parecía inestable. ¿Dónde acogerse? ¿El comité? ¿Se habrían enterado? Lo mejor era ir allá, a ver qué pasaba. Tal vez le andaban buscando. Llamó por teléfono a su casa. Tardaron mucho en contestar, ya se figuraba que se habían llevado a Emilia, detenida:

—No. No ha llamado nadie. No, no ha venido nadie. Ya estaba durmiendo. ¿Para eso me sacas de la cama? ¿Vas a venir pronto?

Fue al Partido. Jaime Luque seguía entregando vales para gasolina, tomando café.

—Hola. ¿Quién hay por aquí?

—Nadie, se fueron todos.

Le pareció que había cierto retintín en el tono.

—¿No preguntó nadie por mí?

—Que yo sepa, no.

La inseguridad, la duda, el no saber qué hacer. ¿Se lo contaba todo? Al fin y al cabo, Jaime era del Partido. No, lo mejor era callar. Volvió a la calle. ¿Se habrían enterado otras organizaciones y pedido que se lo entregaran? Allá enfrente el Ayuntamiento y el Gran Teatro, en un edificio nuevo la sede de la C. N. T. ¿Ir allá? ¿Ver a López? Era absurdo. No le harían el menor caso.

El Grauero. Sí. Buscarlo, dar con él. Tenía
que saber algo. Además... Se fue rápidamente hacia
la calle de Ruzafa. Los cafés estaban llenos: Barrachi-
na, Lauria, Martí. Mucha luz y mucha horchata, mucha leche merengada, y café. Blanco y negro. Un
blanco y negro, un café ruso. ¿Y si comiera algo? Además, ahora se daba cuenta, tenía una sed atroz. Pero,
¿y si por comer o beber algo perdía tiempo? A lo peor
el Grauero se había ido. No: ya tomaría algo más tarde. Le saludaron tres o cuatro, desde lejos. Llegó a
la entrada del teatro. Sólo quedaban entradas de palco. Pagó y entró.

El teatro estaba repleto y olía. Sudor y música,
tufo y entusiasmo callado. Todo en sombras, menos
el escenario. Papel, pero papel pintado y todos atraí-
dos por él. Los actores pintarrajeados: este es Fulano,
aquel es Zutano. Los conocía de sobra, la compañía
trabajaba allí hacía meses, y, sin embargo, aquel era
Julián, aquel era el Tabernero y aquella la señá Rita.

—¡*Vengan copas!*

Jorge adelantó a duras penas por la preferencia —gentes apiñadas de pie— a colocarse lo más
cerca posible del escenario para poder ver las caras
de los espectadores. ¿Dónde estará el Grauero? ¿Dónde se habrá metido? ¿En butacas? No es probable.
Hubiese debido sacarla antes. A menos que fuese
amigo de un revendedor. Eso era posible. ¿En general? Ahora ganaba sus buenas quince pesetas. Preferencia. Sí, debía estar en preferencia. Además, así
podía entrar y salir más fácilmente. Pero era lo más
difícil de ver.

—*¡Pero, no me queme usted la sangre, señá*
Rita! Pues no sabe usté que la he dicho a esa bribo-
na, hoy, hoy mismito, esta tarde, sin ir más lejos...
¿Qué le dije? No dije nada. Sólo que sí, volviendo
el pulgar hacia abajo. Creo que les pareció bien. Pero

es una vergüenza, una falta de hombría que me perseguirá siempre. Guzmán el Bueno. O... Es una vergüenza, ha sido una vergüenza, pero, una vez hecho, ¿no es peor esto que intento ahora?

Le apartó un mozo violentamente.

—No moleste.

—Perdona.

—*Pero, ¿no vienen esas copas?*

(Copas. Tengo sed. No estaría de más que me emborrachara para acabar de hundirme. El teatro. Un teatro viejo, popular, cochambroso, y la guerra, y la revolución, y todos ahí atentos, sabiendo de antemano lo que va a pasar. Luego cantará don Hilarión y luego lo del *Mantón de la China-na*. No, eso es antes. Ya pasó. Se saben *La Verbena* de memoria y, sin embargo, ahí están, alelados.)

—*Mire usted*, señá *Rita*, no he querido decirle a usté lo que he visto esta mañana, ¿sabe usted? Porque no quisiera haberlo visto, y quisiera no acordarme de ello: ¡por éstas! Y en fin, que quisiera no haberlo visto.* (Yo también, tampoco quisiera haberlo visto. Pero a quien debo ver, a quien necesito ver, es al Grauero.)

Jorge aguza la vista, gira despacio la cabeza siguiendo la hilera de enfrente. Nadie conocido, entre tantas cabezas. Ninguno de éstos ha condenado a su padre. No está.

—*Hago así para contener el caballo, lo malo que el animal se espanta...*

(¡Qué mal lo dice! Voy a ir del otro lado, para ver si anda por ahí.)

Otra vez el olor, al salir del apretujamiento, porque el aire más fresco de la entrada hace notar hasta qué punto está viciado el ambiente.

—Cacaus, tramusos.

Sed. Voy a tomarme una cerveza. Desde aquí no se me puede escapar.

Hay un bar pegado a la entrada.

El vaso se empaña del frío de la bebida clara, los dedos se marcan en el vaso. ¡Qué maravilla! Pica, refresca, amargo sedante.

—*A él no le vi, pero lo sentí aquí dentro, aquí. Como si lo llevara sentado encima de los pulmones, quitándome el aire para respirar. Sí,* señá *Rita.* (En todo hay referencias a uno. En lo más inesperado. ¡Quién había de decir que en *La Verbena…*! Cada personaje recoge del mundo lo que le atañe. Lo demás se queda suelto. Pasa.)

Pagó y se fue hacia la izquierda. Había menos gente. ¡El Grauero, Dios, el Grauero! ¿Dónde se habría metido? A lo mejor, se fue al acabar *La Revoltosa.* No. No.

—*¡Ahora, dígame si no tengo razón para quemarme y repudiarme, y para que este año sea* soná *la Verbena de la Paloma!*

Aplaudieron. Julián saludó. La *señá* Rita dio un paso adelante.

—*Julián.*

¡Ahí está! ¡Qué suerte! ¡Ahí está!

Enfrente, con su mondadientes, el Grauero. Jorge se zafó de la gente que le rodeaba, fuése rápidamente por el pasillo hasta la altura donde había visto a su hombre. A codazos logró acercarse a su lado.

—Hola.

—Hola. ¿Volies alguna cosa?

—Sí.

—¿Tens molta presa?

—Sí.

—Ché, espera que se acabe.

—¿No tienes que hacer?

—Mes tard.

—¿Cuántos?

—M'han dit que dos.

—¿A qué hora irás para allá?

—A les dotze.

—¿Te quedarás aquí hasta entonces?

—¿Quina hora es?

—Las once y media.

—Espera que s'acabe este cuadro.

—Com vullgues.

—¿Per qué no parles valenciá si u saps?

—En casa siempre hemos hablado castellano.

—Eres un siñoret.

El Grauero lo mira por encima del hombro, removiendo el palillo.

La música empezaba.

> Tiene razón don Sebastián,
> Tiene muchísima razón.

—Anemsen, este tió no m'agrá. ¡Si l'ageres vist al Valeriano León...! Aquell si que feia ruire.

Fueron saliendo, volviéndose de cuando en cuando, con remordimiento.

—*¡Qué paseíto tan delicioso nos dimos esta mañana mis niñas y yo en el coche de punto...*

El Grauero se echó a reír.

—¡Menudo paseo...!

Le chistaron y se calló.

(Dar el paseo, darles el paseo: éste también ha encontrado aquí su reflejillo.)

—Anem a prendre un café. Tinc temps.

Entraron en el Café Colón. Había mucha gente, y les costó encontrar mesa.

¿Qué aire extraño tenía aquello? Hasta los espejos... Todos vivían fuera de sí. La guerra... Todos exaltados, tensos.

—Tú dirás.

—De los dos, hay uno que me interesa.

—¿El vols pasetjar tú mateix?

—Sí... y no.

—¿Qui es?

—U del meu poble.

—¿De Puebla Larga?

—Sí.

(Ahí lo tienes, tanto como lo has buscado. Y ahora, ¿qué le vas a decir? ¿Cómo te las vas a arreglar? Parece fácil. ¿Tienes idea de cómo se soborna a un hombre de esta calaña? Me mira, me está mirando, con sus ojillos ladinos. ¿Sabrá de lo que se trata? ¿Ya se lo habrán dicho? No es posible... O, ¿quién sabe...?)

—Dicen que los de la C. N. T. dejan escapar algunos por dinero.

El hombre se le enfrentó:

—Escolta, ¿t'envía el comité?

—No, ¿por qué?

—Si no tenen confiansa... Yo no tinc cap interés. Eu fas per que no trobaren a ningú...

—No, hombre, no. Hablaba por hablar.

Era un descargador del puerto, había perdido a su hijo —único— en Barcelona, el 18 de julio. Lo mataron en la Plaza de Cataluña. Había jurado acabar con más fascistas que nadie. Y hacía lo que podía. Fríamente.

—Si tu hijo hubiese sido un fascista, ¿qué hubieras hecho con él?

(No hago más que decir tonterías. No sirvo para nada.)

—Ché, tú estás borracho. ¿Q'et pasa?

—¿Vámonos?

Estaban a dos pasos del Colegio Notarial. Llamaron.

—¿Hay algo nuevo?

—Sí. Vinieron a por el viejo.

—¿Cuál?

—Ese de Puebla Larga.

—¿Quién vino?

—Santiago ·Segura y otro de la directiva del Partido.

El Grauero se rio.

—No tens sort.

(La directiva... ¿Qué querrán? ¿Interrogarle? Sacarle el jugo...)

—Hasta mañana.

(¿A dónde voy? ¿Al Partido? Sí.)

Ya no había nadie. ¿Dónde andará Segura? La duda, el vacilar, el no saber qué hacer, ni hacia dónde tomar. Lo incierto es redondo y sin salida, remolino sin fondo. ¿A quién acudir? ¿Para arriba, para abajo? ¿Al Gobierno Civil? (¿Otra vez?) ¿A la Audiencia? (¿Lo habrán sacado los de otra organización?) La Marcha de Riego: las doce. Se acabó la emisión. Vámonos a casa. Sí, es lo más sensato. Se acabó. Ya veremos. ¿Dar vueltas? Vueltas y más vueltas. ¡Qué rabia! Soy un pelele, una astilla, menos que una piedra. ¡A casa! ¡A casa! Y no decirle nada a Emilia. ¿Con la cara que debo tener? Está durmiendo. Dormir. No saber.

IV

Dio de bruces con Vicente Farnals. Eran amigos, aunque no mucho. Ahora se daba cuenta de lo que le separaba de todos los demás. ¿Lo suyo, a quién le interesaba? En este momento lo de los demás le tenía sin cuidado. Farnals estaba radiante.

—¿Vas a casa?

—Sí.

—Te acompaño. Y Vicente le tomó del brazo.

—Salgo mañana para el frente.

—Feliz tú.

—¿Por qué no vienes?

—No me dejan los del Partido. ¿Dónde vais?

—No lo sé.

Es feliz. ¿Por qué no salir para el frente? Es una solución, y Jorge Mustieles siente, por vez primera, en medio de las horas que le están ahogando, un respiro, un poco de aire claro. Se nota algo más limpio, sin tanta roña que le va carcomiendo al correr de la noche inacabable.

—Ché, esto es vivir.

Se le escapa la vida por todos los poros, por la boca, y los ojos, en el paso rápido.

—Ahora verán lo que es el pueblo. Ahora verán lo que es España.

Jorge Mustieles mira de reojo a su acompañante. Ha resuelto su problema. ¿Qué problema? El que tuviera, fuese el que fuese. No sabe pero siente que Vicente Farnals se ha quitado un peso de encima. (De verdad, no lo mandan al frente, sino a Madrid, a hablar con Pascual Tomás.)

Están cerrando los cafés. De pronto se enfrentan con Segura y sus adláteres reverenciales.

El tribuno radical socialista gasta melena, y si abandonó las sandalias fue por respeto a su ascendiente autoridad sobre las masas: que la cursilería también es una fuerza, si de buenas a primeras sirve para encandilar campesinos que nunca oyeron hablar de la «bóveda de los mundos y los clavos rutilantes que la sostienen», ni del «atardecer rojo y morado que cubre la huerta con su manto de armiño sangriento», ni de «las libertades eternas de la Revolución Francesa», ni, tampoco, «de la fuerza prodigiosa del fecundo suelo de la huerta valenciana». Todo ello aderezado con una ensalada panteísta de voz cálida y gesto rotundo, con su sal de ¡Ahs! y su pimienta de silencios. Santiago Segura tuvo, muy rápidamente, un auditorio boquiabierto de lo más entusiasta, que lo reputaba nuevo Castelar de la nueva República. Luego se desinfló, al penetrar en las Cortes, porque los tiempos no se prestaban a imaginaciones panteístas, y le entró miedo del ridículo; se apagó su facundia y sus partidarios, desencantados, le fueron olvidando, menos un puñado de teósofos, que se decían en el secreto, y era éste de condición decisiva: el imperio teosófico sobre todo el mundo, y Santiago Segura su profeta español. Por eso, quizá, ahora, estudia árabe.

Jorge se lo lleva aparte.

—¿Y mi padre?

—¿Tu padre? —el tribuno se hace el sueco, que es de buenos políticos no darse por enterado de lo que se sabe, y ver venir.

—Fuisteis vosotros a por él esta noche.

—Sabes más que yo.

—Pero...

—Calma, hombre, calma —el tribuno sonríe, mefistofélico—. Hasta mañana.

Se marchan. Jorge se queda de piedra. ¿Qué habrá querido decir? ¿Intervendrá Segalá? ¿Lo habrían soltado?

—A mí me carga este tipo, no sabes tú cómo me carga... Es un cursi.

—¿Segura?

—Sí.

—Habla muy bien.

—Para no decir nada.

—Tiene talento.

—¿Qué me vas a decir si es de tu partido? Pero tipos así son los que han traído esto.

—¿Qué querías que hiciesen?

Jorge habla por inercia. Quisiera echar a correr. Vicente Farnals habla con ímpetu:

—Acabar con los traidores. ¿A quién se le ocurre dejar en sus puestos, dar mando a generales monárquicos, a reaccionarios? No quisieron hacer la revolución el treinta y uno, ahora nos va a costar más sangre. Pero si éstos —los tuyos— creen que van a seguir mandando, están frescos: Prieto acabará con ellos.

Habla por hablar. Inventa. Le da cierta vergüenza, piensa que lo hace como si Gaspar Requena le estuviera oyendo. Está hablando para él. Aceptó el ir a Madrid por la misma razón. Siente la quemazón de su mentira a medias.

Cruzan la calle de San Vicente. Jorge le oye como si estuviese a cien leguas, hace cien años. ¿Dónde estará su padre?

—Estuve esta tarde en Sagunto. El poder está, ahora sí, de veras, en manos del pueblo. Ahora habrá igualdad para todos. Y mis hijos podrán ser ingenieros...

—¿Por qué ingenieros?

—A mí me hubiese gustado serlo.

—A lo mejor quieren ser otra cosa.

—Pues podrán ser otra cosa. ¡Qué bien huele la noche!

(El olor del teatro Ruzafa, los forillos de papel. Y sí, la noche huele, lejanamente, a magnolia —ya no le molesta su olor—, huele a dulce, a suave, a blando, a capa de estrellas; a siempreviva, si olieran; a sin fin. Su padre debe estar a salvo, y él también. Sin comerlo, ni beberlo. Calles solitarias e iluminadas. Pasos largos y sonoros.)

—La verdad es que, hasta ahora, no se daba uno cuenta de que vivía. Una buena pistola en la mano sirve para muchas cosas, aunque sólo sea para acariciarla.

(Mi padre debe pensar otra cosa. ¿Cómo no ha de haber guerra si hay pensamientos tan distintos?)

Mienten los dos, o ni siquiera llegan a eso: procuran engañarse escudándose con frases medio vacías, donde cabría algo de verdad. Sienten la falta que les une. No se atreven a despegarse el uno del otro.

—Tu casa queda por ahí.

—No, te acompaño. Tengo ganas de andar.

La Lonja y San Juan. El gótico isabelino del palacio recortaba los dentellones de sus almenas coronadas en el cielo de la noche clara. Optimismo. ¿Por qué no hemos de ganar?

—Que tengas suerte.

—¿Quién no la va a tener?

A pesar de lo simpático que le era a todos Vicente, le dieron ganas de acabar con él a puñetazos.

—Buenas noches.

—Salud.

Si Segura es un cursi, él ¿qué es? Lo ve alejarse, doblar la esquina.

Vio sombras en el balcón y subió corriendo. Su padre estaba allí, esperándole. Se abrazaron. Emilia le reconvino:

—Podías haberme dicho algo.

—¿Para qué?

—¿Cuándo le soltaron?

—Hace un par de horas.

—¿Quién fue?

—Segura y otro que no conozco. Supongo que te has movido lo que has podido. Como es natural ellos no me dijeron nada. Cuando supe que me habían detenido gente de tu partido respiré un tanto. ¡Cabrones!

Jorge y Emilia se quedaron de piedra. Era la primera vez que oían palabrotas en boca de don Pedro.

—No me miréis así. Pero me la van a pagar. A mí, y a tantos otros como yo. No perderán nada por esperar. Ganaron en Barcelona y aquí, y en Madrid. Pero van a ver lo que es bueno. Mataron a Calvo Sotelo, se murió Sanjurjo. Pero quedamos miles que harán entrar en razón a esa ralea. ¿Qué se han creído? ¿Que había llegado la suya? ¡Pues van aviados! Somos muchos, y más de los que se creen. ¿Hay alguna gente decente entre ellos? ¡Cuatro pelagatos que no tienen media bofetada! ¡A lo que hemos llegado! ¡La Rapública! ¡Me chincho en tu cochina República! Aunque supongo que ya habrás cambiado de opinión. Mamarrachos. Cuatro chulos y miles de canallas... ¡Me la pagarán, vaya si me la pagarán! Y antes de lo que se suponen. El aire de superioridad que tenía ese idiota de Segura. ¿Pero qué se habrá creído? Que porque era tu padre... ¡Hábráse visto! Que si tenía armas... ¡Claro que las tenía, y bastantes más que no han encontrado, ni encontrarán nunca como no sea enfrente y apuntando... Badulaques. Ahora esto es el reino de los descamisados, de la chusma, de los que no tienen dónde caerse muertos, ¡y se hacen la ilusión de que van a mandar! ¡Que se aprovechen pronto! Golfos. Ahora se sabrá lo que es el orden, así haya que acabar con media España. ¡Ahora sabrán lo que es bueno! ¡Marranos! Figúrate que el tío Candela tuvo la osadía de detenerme, ¡a mí!, en el pueblo. Y ni Dios chistó. De eso también me encargo yo. Cobardes. Rateros. Puercos.

—¡Chist! —bisbiseó Emilia—. ¡Que le pueden oír!

—¿Y qué? ¿No estoy en casa de un radical socialista? ¡Granujas! Ya me oirán, no os preocupéis.

Y pueden correr en espera de una amnistía... ¿Tú sabes cómo han puesto al pueblo? ¡Han convertido la iglesia en hospital y la capilla en almacén! ¡Para qué te voy a contar! Detuvieron a don Crisanto y a don Luis Moya. Pero la pagarán, ¡la pagarán! Se llevaron los cuadros para el museo... ya les daremos museos, que no se preocupen...

Se le atragantaban las palabras. Rojo de furia. Andando de aquí para allá, poseso.

—A punto estuvo de que la pagaran antes. Si no es porque aquí se acobardaron en los cuarteles... Que eso también habrá que ponerlo en claro. No todos los militares tienen bien puestos los pantalones.

Alto de color, muy cerrada la barba salpimentada, el traje negro, sin corbata, la camisa blanca, sucia en el cuello y los puños; el vientre de buen ver, el pelo corto y todavía abundante. Le temblaban las manos, al sacar la petaca. Manos cortas y anchas, los dedos tintos de nicotina, pardos.

—Ya verán lo que es bueno... no van a perder nada por esperar, ¡ya les daremos revoluciones! Os aseguro que no les van a quedar ganas.

—Pero, padre, le han soltado...

—¿A mí? ¿Y qué? ¡Pues sí que estaríamos aviados si íbamos a hacer caso...! ... Pero, ¿es que no te das cuenta de lo que está pasando? Están salidos. Salidos de su madriguera cochina y maloliente, y se han creído que el mundo es suyo, ¡chusma indecente! ¿Pero desde cuándo son hombres? Todo porque se les ha dado alas. Ya cogeremos a tu Azaña. Ya le daremos estatutos, y semanas de cuarenta horas cobrando cuarenta y ocho, y vacaciones pagadas.

Se revolvió furioso y asentó, categórico:

—Toda la culpa la tiene Romanones.

Era curioso: desde el día en que, hacía años, el viejo político liberal y cojo no atendiera una petición suya, sin mayor importancia; todo lo malo, para don Pedro, era fruto del pícaro político monárquico.

—¿Usted cree que va a acabar pronto?

—Cómo no, hija. Mola se planta en Madrid en ocho días, si es que antes no llegan Queipo y Franco.

—¿Y aquí?

—No te preocupes. A lo sumo en quince días... tenemos el ejército y los amigotes de Jorge no tienen dónde —dudó un momento y repitió una frase anterior—... dónde caerse muertos —se rio—: Pero que no se preocupen, ya les encontraremos lugar: tierra no ha de faltar.

(¿Qué le digo? ¿Qué contesto? No estoy de acuerdo con él. Pero, ¿vale la pena? Lo mejor es callar, seguirle la corriente: que se marche.)

—¿Qué piensas hacer?

—Irme del otro lado, cuanto antes. Irnos. Comprenderás que no voy a volver a Puebla Larga.

—Tal vez no va a ser tan fácil.

—¡Cómo no, hijo! Ya verás. Tengo mis informes. Los viejos sabemos mucho, y aún tengo que dar guerra. Mañana vas a ir a ver a don Saturnino.

(¿Con qué cara me presento mañana a don Saturnino?)

—Bueno, y ahora me voy a dormir. Que vosotros también necesitáis descansar. Hasta mañana. Oye, hija. ¿Tienes granos de linaza? Y un vaso de agua.

Que don Pedro es hombre de intestino perezoso.

Jorge y Emilia se desnudan sin hablar, ella se pone sus bigudís. A él le cuesta trabajo quitarse los zapatos. De tanto andar se le ha roto el calcetín derecho, y su pulgar aparece blanco y ridículo. Se acuesta en calzoncillos y camiseta. Ella gasta pijama, colmo de modernidad. Él está temiendo la pregunta. Pero sabe que no puede esquivarla. La soslayará: por algo tiene sueño. Ya llega, ya revienta en los labios de la cónyuge:

—¿Qué piensas hacer?

—No sé. Ya veremos.

—Pero, ¿piensas que nos marchemos con él?

—No.

—¿Qué le vas a decir?

—No lo sé.

—¿No estaríamos mejor del otro lado?

—¿Y si pierden?

—También es verdad. Lo mejor sería...

—¿Qué?

—Esperar y ver.

(¿Cómo le digo que tengo confianza en la victoria de la República, que la deseo? Debí contestarle al viejo. Debí haberle dicho... Sí, sí, como siempre: dos horas demasiado tarde.)

—Déjame dormir. Estoy reventado.

Le tienta las nalgas. Se dan un beso. Se vuelven de espaldas. Apaga la luz.

—Buenas noches.

(Ahora el Grauero subirá al coche con el fascistón aquél. ¿Dónde irán? Le pegará un tiro en la nuca. Podía haber sido mi padre. Hubiese sido justo. Hay luna. Quizá vayan al Palmar. Los álamos se recortarán en el cielo, las hojas plateadas y las estrellas. El ruido del agua de las acequias que bordean la carretera. Las casuchas, las barracas, los puentecillos. Los geranios, de noche, parecen negros. Los perros. Todo tan quieto y el croar de las ranas. Llegarán al bosquecillo aquel de pinos, se les hundirán los pies en la arena de la playa...)

Se duerme, muerto.

Don Saturnino es amigo del cónsul de Francia. En su puerta hay pegado un oficio donde se lee que aquel piso está bajo la salvaguardia del gobierno francés.

—Sería mejor que embarcara en Alicante. Es más fácil.

—Mi padre prefiere hacerlo aquí.

—Sale un buque dentro de ocho días, para Sete. Este no es el problema, sino la F. A. I. que controla el puerto. Es posible que con dinero se pueda arreglar.

Don Saturnino tiene siete hijas, y todas casaderas. Cinco han acogido la revolución con alegría. Las otras dos iban para monjas, y ahora están en casa. Don Saturnino habla bastante bien el francés, estuvo en París cinco años, vendiendo naranjas. Ahora hace traducciones y escribe novelas por entregas. Le pagan relativamente bien porque es amigo de don Luis del Val. (Jorge conoce al famoso folletinista, que vive en el último piso en una casa de la calle de Garrigues. Es hombre cincuentón y vive con una mozuela. Se cree tan buen escritor como Cervantes: lo dice echándolo a broma, pero, en el fondo, no lo duda.) Don Saturnino, que ha vivido en el extranjero, fue algo volteriano. Ahora es muy beato, y redacta, también, la *Hoja Parroquial*. A veces condena sus propias obras.

—Hay que vivir.

Y vive, pero mal. Ahora su amistad con el cónsul francés le permite ganar algún dinero más. Le confían documentos, valores, joyas. En el fondo bendice la situación. Lo único que desea es que dure. El cónsul francés emplea su valija diplomática para enviar fortunas al extranjero; y su influencia para ha-

cer embarcar algún que otro enemigo de la República. Sobre todo si es rico. El cónsul francés, es francés de recuerdo. Hace cincuenta años que vive en
Valencia.

—Si quiere, yo puedo hacer una gestión. Costará lo suyo, como es natural.

—Pero, ¿habrá sitio para mi padre en ese
barco?

—¿Para él solo?

(Llegó el momento. ¿Qué hago? ¿Qué digo?
Bueno, pido sitio para Emilia y para mí, y a última
hora, no embarco.)

—Tres pasajes. ¿Qué costará?

—No lo sé. Pero... peor es perderlo todo.
¿O no?

—¿Y los de la vigilancia del puerto?

—Vuelva usted pasado mañana.

Don Saturnino es feliz: le dan los folletines
hechos. Se siente personaje: personaje de sus propias
novelas. En el recibidor, asoman dos de las hijas de
don Saturnino.

—Jorge, ¿qué tal?

—¿Y Emilia?

—¿No hay novedad?

(Esta es otra: un año casado, y sin familia. En
provincia y entre católicos, por muy radical socialista que uno sea, es una vergüenza.)

Una vez en la calle, Jorge duda un momento. Son las diez de la mañana. A la derecha las Torres de Cuarte, a la izquierda el Tros Alt. ¿Qué hacer? ¿Por qué no pasar por el despacho? Al fin y
al cabo es abogado, trabaja con don Celestino Cruz,
criminalista famoso, hoy en San Sebastián. No por
nada, sino que, huyendo de la feria de Julio, le sorprendió la rebelión veraneando. No hay noticias su-
yas, pero nadie se preocupa, sabe guardarse solo.

(Si paso por el despacho, a lo mejor hay alguna carta.) Lo que no hay son clientes, se vaciaron las cárceles, y los litigantes civiles no aparecen. La justicia ha tomado otros derroteros. Los códigos descansan.

(Si me voy con mi padre lo peor será que tendrán que darle la razón a *Mapamundi*. Pero, ¿por qué me tengo que marchar? Que se vaya mi padre... y Emilia. Haré vida de soltero.) Sonríe. El mercado, como si tal cosa. No hay quien mueva la tierra: ahí están las lechugas, las coles, las berzas, los tomates, las berenjenas. La gente se apretuja, regatea, compra nabos, compra carne, compra pescado. Bajo San Juan, las hileras de cubos de zinc, brillantes. Los toldos resguardan del sol y recogen el calor. Todo está blanco, amarillo y verde. Regaderas, heladoras, jaulas, moldes para el horno, sartenes y paellas, trébedes de hierro negro. El ladrillo rojo oscuro del mercado nuevo, no está ahí más que para contraste. Los escalones de la Lonja; entrevé las finas, esbeltas y retorcidas columnas. La bolsa está desierta, los corredores tienen otras cosas en qué ocuparse y los sindicatos han intervenido las cosechas. Las droguerías abiertas huelen a color fresco. La gente se apretuja alrededor de los puestos de confitura. Avellanas, cacahuetes... Todos los días, cuando pasa por el mercado, frente a aquella droguería, se acuerda de *Arroz y Tartana;* por lo menos durante la primavera y el verano. Se le borra al llegar a la calle de San Fernando.

—¿Aon vas?... —Ya saps... —Anemsen... —Repalleta...

Todos altos de color para poder compaginarse con lo que da el sol a cada objeto, a cada piedra, a cada hierro. Los rieles del tranvía deslumbran. Y la grasa, hija de la buena tierra: las mujeres sobradas y orgullosas de sus mollas. Sorolla: se lo trae a la memoria las lonas de los toldos, velas rosadas de las parejas del bou, hinchadas, como las blusas que sostienen los amplios pechos de las bien asentadas matronas.

Nada en el despacho de don Celestino. El teléfono y su tentación. Llama a Segalá, está en la redacción del «Mercantil Valenciano», nombre propio, porque Valencia es, ante todo, eso: mercantil. Produce y vende, su cultura se recata, buen pueblo de eruditos callados, de no mucha monta. Quedan los pintores y Blasco-Ibáñez para la gloria fachendosa, no por ello sin base. Valencia, llena, sobrada por todas partes, brillante y olorosa, gritona. Verde y con su gente vestida de negro, ignorando el luto y el invierno. (¿Por qué pienso ahora en ello? ¿La voy a dejar?)

—Espere, ahora le llamo.

¿Qué le voy a decir? ¿Por qué le voy a hablar? Siempre me meto donde no me llaman.

—¿Qué quieres?

—Después de lo que ha pasado, comprenderás que yo no puedo seguir formando parte de la comisión.

—¿Por qué no, hombre? Te portaste.

—No. No estaría bien.

—¿Y por qué me planteas eso a mí?

—Hombre, como tú...

—Habla con el ejecutivo.

—Prefiero que lo hagas tú.

—Como quieras, pero estás en un error.

(¿Por qué dimito? ¿Es que ya me considero fuera, a medio viaje? Si no me voy a ir...)

—No puede llevarse nada. Tenéis que ir hasta el puerto en tranvía, para no llamar la atención. Supongo que tú les acompañarás.

—Sí, desde luego: por si pasa algo. Y una vez allí, ¿por quién pregunto?

—Por Santiago Piferrer.

—¿Usted le conoce?

—Sí.

—¿Está de acuerdo?

Don Saturnino mira a Jorge con cierta ironía.

—¿Traes dinero?

Jorge se queda indeciso, un momento. No respira a gusto. Algo le oprime.

—¿Se lo doy a usted?

—Tú dirás...

—Es que...

—Si no te fías, con volverte atrás está todo hecho.

—¿Sabe que se trata de mi padre?

—No.

—¿Entonces?

—No te preocupes. Todo saldrá bien.

—Quisiera consultar antes con mi padre.

—Eres muy dueño.

El viejito está feliz. Nunca había supuesto poder desempeñar un papel importante en la vida. Ahora, cuenta; y le cuentan, y de las diez mil pesetas hay un buen pico para él.

Don Pedro le echa una filípica a su hijo: cuando se juega hay que jugar limpio:

—¡A entregar ese dinero en seguida!

—Pero, ¿si se quedan con él y no nos dejan embarcar?

—No te preocupes. Se sabría en seguida y se les agotaría la mina. Se trata de un barco frutero francés, que viene a cargar cebolla.

—¿No se lo decimos a nadie?

—A nadie. Bueno, a la madre de Emilia.

—¿Me puedo llevar el aderezo?

—Mejor, no.

—Lo puedo esconder entre el sujetador y la faja.

—¿Y si te registran?

—Déjalo con tu madre.

—¿Y si se lo quitan?

—A tu madre no la molestarán.

—Yo no estoy tan segura.

—Haremos que nos lo mande.

—¿Cómo?

—Eso es cosa mía.

Don Pedro está muy seguro de sí. Emilia tiembla. Jorge está decidido a quedarse. Su padre, su mujer, creen que se marcha con ellos, pero él lo tiene resuelto: les acompañará hasta el barco y, en el último momento desembarcará. No tendrán tiempo de intentar convencerle. Ya tiene pensado despedir a una de las dos criadas, y no comer en casa. Se siente libre, feliz. El Partido le señalará un trabajo importante. Su papel subirá como la espuma. Tal vez llegue a director general. Tendrá libertad de movimientos. Su suegro está del otro lado. Por casualidad, pero del otro lado: fue a examinar unas minas cerca de León. La marcha de su mujer se puede justificar sin demasiado trabajo. Se quedará en el café hasta última hora. Vendrá a dormir al hilo de las tres de la mañana. Nadie le podrá regañar, nadie le preguntará:

—¿De dónde vienes? ¿Con quién has estado?

Podrá ir, tranquilamente, a casa de la Lola, al chalet del camino del Grao.

—¿Nos vamos?

Emilia echa una mirada húmeda al piso, a través de lagrimones retenidos.

—No seas tonta.

—No te preocupes —dice el suegro—, antes de un mes estaremos de vuelta. Ya están en Talavera.

(Sí. Ya están en Talavera. ¿Qué ha pasado? ¿Y las milicias? ¿Y el ejército? ¿Por qué no los detienen? ¿Por qué no les cortan arriba o abajo de Badajoz? Con llegar a la frontera portuguesa está todo hecho. Supongo que lo han pensado. Se le ocurre a cualquiera que vea el mapa. Un empujón, y ya está.)

—Y, una vez en Francia, ¿qué haremos?

—Tú, no te preocupes. Es cuestión mía.

Hizo una pausa.

—Hemos entrado en Irún.

—¿Cómo lo sabes?

—Pareces tonto.

—¿La radio?

—¿Pues, qué?

(Irún... ¿será verdad? ¿Será verdad que los franceses no nos ayudan? Pero el pueblo. El pueblo...)

No podía comprender cómo iban a arrancar al pueblo la ciudad de Valencia. Llegarían un día, así de repente, y desfilarían los fascistas por la calle y la gente aplaudiría y el gobernador volvería a ser el gobernador, con chaqué y botines... No era posible. Las piedras se levantarían... No iba más allá su imaginación.

(Todos esos milicianos que parecen capitanes, como dice Machado... ¿Los voy a dejar? ¿Voy a abandonar esta esperanza, este mundo lanzado hacia adelante, por obedecer a mi padre que nada me manda, a mi mujer, que hará lo que yo diga? ¿Tan nada soy? Ya sé, del otro lado viviré tranquilo, a la sombra de mi padre. Aquí, ¡quién sabe lo que puede pasar! El problema es saber si el entusiasmo podrá con la disciplina. Si la buena voluntad basta para ganar una guerra. Si la razón es suficiente... Si el empuje de todo un pueblo le podrá a un puñado de reaccionarios. ¡Cómo no ha de poder!)

Jorge se quería convencer, y se convencía.

(Pero, ¿cómo le digo a mi padre que me quedo? Sí, en el último momento, en la pasarela, me cerraré en banda y echaré a correr.)

Subieron a tranvías distintos. Eran las diez de la noche y había poca gente. Don Pedro volvió el asiento, para sentarse de espaldas a los demás. Se había puesto una blusa negra, de huertano. No necesitó pedirla, se la trajeron del pueblo, de la casa. Que allí se había quedado el aperador y nadie se preocupaba ya de su suerte.

Olía a magnolias. Pasó el tranvía por el puente, sobre el cauce seco del Turia. Todo eran luces en la noche y el silencio mecido por el ruido monótono del tranvía. (Daba bandazos, como los daría el barco, dentro de nada. El camino del Grao. La casa de citas, ahí a la entrada. Los árboles. Clok, clok, clok... Subirán primero: —Yo me quedo... La fábrica del gas. El paso a nivel. ¿Ya llegamos? ¡Qué fácil de decir y de pensar es todo!, pero, luego, cuando hay que hacerlo... ¿No te vas a atrever? Claro que te atreverás... ¿Y qué? No van a salir corriendo detrás de mí. Yo no puedo dejar esto; sin mi padre, ya será otra cosa. Subiré por... subir. Claro. El paso a nivel. ¿Pero, no lo habíamos pasado ya? El Grao. Ancha calle. Los cines. El puerto. Hay que bajar.)

Debían reunirse en el café del puerto y esperar. Allí estaban ya don Ramón y Emilia.

—Siéntate.

(¿Y si nos detienen ahora?)

Entró un hombre bajo y gordezuelo, con una mancha avinagrada que le cortaba brutalmente la cara.

—Vengan.

Fueron hacia Caro. Entraron en un despacho bajo: el de la compañía naviera.

—A ver sus pasajes.

De pronto, una sirena. Una sirena del barco que remueve las entrañas. Empezaron a temblarle las piernas, quería mandar en los molledos de sus pantorrillas, y no podía.

—Vamos.

Cruzaron la calle y siguieron la verja de hierro que cierra el puerto. Del otro lado, a lo lejos, cerca de los tinglados, en el muelle, gentes iban y venían, apareciendo y desapareciendo según las altas luces. Y otra vez la sirena que ahoga, que corta la respiración.

—¿No iremos a perder el barco?

(¿Iremos? No: irán.)

Penetran sin dificultad en el recinto del puerto. Atraviesan las vías.

(No se le vayan a enganchar los tacones a Emilia. Sería absurdo llegar al barco con un zapato, coja. Se acercan a los tinglados. El hombre gordo y con la cara horrenda va delante. Todos callados. Ruidos de cadenas. El motor de una gasolinera. Cajas de cebollas. Cajas, montones de cajas. Olor podrido. El mar oscuro que lame la piedra lisa, trabajada por el hombre. Guardias, milicianos de la F. A. I. ¿Qué va a pasar? Y, de pronto, Carratalá. Carratalá que lo mira, que lo está mirando como si no lo conociera, y que, sin embargo, le dice, impersonal:

—Hola.

Jorge contesta, tan bajo que él sólo se oye. El gordo de la cara cortada —no cortada, no, empastelada de vino, como si fuera una carúncula morada, toda ella jaspeada de granos más oscuros— habla con

Carratalá, le enseña unos papeles. Pasan. Carratalá le mira:

—Buen viaje.

Jorge quiere decirle que no, que él no se va, que ahora mismo vuelve, que va a dejar a esos —así, impersonalmente también—, a esos, a bordo del barco que se ve ahí cerca, atracado de costado, negro, enorme, con seis o siete luces que penden del cielo; pero no puede abrir la boca, porque le siguen temblando las piernas.

(Luego, se lo explicará.)

Siguen adelante, en fila, que las pacas y las cajas no dan para más. El mar huele a mar y a desconocido, un olor profundo y sucio. Y el ruido de su vaivén.

—Cuidado.

Un cabo suelto. Los bolardos.

(Si tropezara y cayese al agua... no sé nadar. Aquí, en Valencia, la gente no sabe nadar. Valencia es una ciudad de tierra adentro, más campesina que marítima: mercantil. Así se llama el Ateneo y el periódico más leído. ¿Qué diría Segalá si me viera ahora aquí?)

La gente va y viene, indiferente. Indiferencia del otro mundo, que es el mar. La pasarela, puente de aquí al más allá, sube y baja lentamente, dando a entender su inseguridad. Dos guardias a la entrada. Y otro. Es, de nuevo, Carratalá. Cargan, todavía, unas cajas. El motor, la grúa y sus chirridos. El capitán, debe de ser el capitán, ahí, en el puente. Cae agua por el costado del barco, como sangre por una herida, como si un toro le hubiese corneado el flanco. El ruido del agua cayendo y que lo llena todo. La noche es un gran toro negro que lleva al barco en sus cuernos. ¿Por qué está Carratalá ahí? ¿Cómo ha venido?

(Aquellos dos que salen por la escotilla y vienen por el puente: los conozco. ¿Quiénes son? No, no los conozco. Es absurdo. ¿Qué me pasa? ¿Por qué estoy tan nervioso? Aquella cara que se asoma por esa portilla, ese sí tiene cara de francés. ¿Por qué me fijo en lo que no quiero fijarme, en lo que no me importa?)

Jorge no quiere pensar en que dentro de veinte segundos tendrá que decir a su padre que se queda. Ya llegan a la pasarela. Luz amarilla de los focos altos. (Todos tenemos caras amarillas. Carratalá ahí, plantado. ¿Cómo se lo diré? ¿Me quedaré en tierra por las buenas? El hombre gordo de la cara manchada de vino habla de nuevo con Carratalá. Nos miran, los dos guardias nos miran.)

Emilia se le acerca, se le pega.

—Calla...

—Pasen.

Don Pedro sube por la pasarela.

—Anda.

Emilia se suelta y pone un pie inseguro en el puentecillo inclinado. Don Pedro ha llegado a la cubierta. Habla con un oficial francés. Se vuelve. Emilia está ya llegando, el francés le tiende la mano.

(Ahora. Ahora.)

—¿Qué esperas?

Es Carratalá.

—Yo me quedo. (Habla en voz baja.)

—¿Dónde?

—Aquí.

—¿Lo dices de veras?

(Parece que se ríe, tan serio. Todo está lleno de carcajadas. Se lo contará a todos. ¿Cómo voy a justificarme? ¿Con qué palabras? La lengua se le hincha horriblemente. Ya no la puede mover. Ya no se puede mover. Todos le acusan.

Ayudaste a que huyeran. Y no puede hablar, materialmente: no puede. Pero aunque pudiera: ¿qué diría?)

Don Pedro: —¿Qué esperas?

Emilia le está mirando. Las barandillas de las pasarelas se mueven lentamente, suben y bajan mecidas por el mar inmóvil y negro. Y, de pronto, todo se conmueve, todo se abre, todo se rasga: la sirena ulula.

El brazo de Carratalá le empuja hacia adelante. Ya está a bordo.

—Vamos...

Su padre lo mira frío, fijo, a los ojos.

—¿Qué quería ése?

—Nada.

Pasan entre las luces verde y rojas de la bocana.

(¿Qué soy? Un cobarde. Un asco. Un estropajo. Nada. No sirvo para nada, para que frieguen conmigo los suelos.)

Llora, encuentra consuelo en sus lágrimas, llegan a la boca, están saladas. Boca. Bocana y mar. El aire está frío y azota.

—Vamos. Te vas a enfriar.

No se puede mover. Sus músculos no le obedecen.

V

Se quedaron tres días en Bayona, descansando. Hacía una temperatura ideal. Septiembre entraba con buen tiempo. Aire dorado de las márgenes del Adour.

—Te veo muy caviloso —le dice don Pedro a su hijo.

—No.

—¿Para qué niegas la evidencia?

—¿Cuándo piensa entrar?

—¿En España?

—Sí.

—Mañana. Pero, ¿por qué has dicho «piensa»?

—Yo me quisiera quedar aquí.

—¿Con qué dinero?

—No sé.

—¡Ah! Siempre serás igual. ¿Y se puede saber a qué se debe esta ventolera?

—La verdad es que yo vine para acompañarle, no creo que tenga nada que hacer con los nacionales.

Don Pedro cae del cielo, es de esos hombres que no pueden sospechar que personas de su familia piensen de modo distinto al suyo.

—¿Qué estás diciendo?

—La verdad.

—Podías haberlo dicho antes. ¿Así que tú apruebas todo lo que están haciendo los rojos?

—No, todo no. Pero la legalidad...

—¿Me vas a salir, ahora, con esas triquiñuelas? Bueno, hijo, bueno. Si te quieres quedar, te quedas. Yo entro mañana por Irún, veremos cómo te desenvuelves entre tanto francés. Por lo menos aprenderás a «parlarlo». ¿Tienes dinero? A lo mejor te contratan como hombre «sanviche», de esos que anuncian por ahí los aperitivos. ¿Quieres tomar uno? No te preocupes. Yo convido.

Jorge no podía aguantar a su padre en ese tono de vulgar ironía. Además se sentía culpable e indigno. El viejo, cachazudo, le miraba con una llamita de desprecio.

—¿Quieres otro vermouth? Ese también te lo pago yo. No te conocía bajo este aspecto. ¿Conque rojillo, no? ¡Quién lo iba a decir! Creí que eras más listo. No pareces hijo mío. Les van a dar pocas. Nunca servirás para nada.

—Usted también fue republicano.

—¡Uy! ¿Y tú crees que la República que yo quería, en tiempos de Maricastaña, se parece en algo a la vuestra? ¿De veras puedes pensar que ese infierno que habéis inventado puede durar un mes más? Lo veo y no lo creo: ¡tú!

Don Pedro empezaba a sulfurarse, que así era él echando energía a su propia máquina.

—¿Lo sabe Emilia?

—No.

—Ya me parecía a mí. Bueno, tú dirás, escoge: si quieres, puedes volver a Valencia... con tus amigos. Para mí, como si hubieras muerto. Mejor harías en hacerle un chico a tu mujer.

(Estar muerto: ¡no vivir!, ¡no oír!, ¡no volver a ver nada! Soy un cobarde, un cobarde, un cobarde. No sirvo para maldita la cosa. Bajaré la cabeza y me revolcaré. ¡Me revolcaré hasta no ser nada!)

En San Sebastián fueron a vivir en un hotel de segundo orden. Don Pedro encontró amigos de su calaña y se pasaba el tiempo en el café. Jorge se dedicaba a pasear, solo, porque Emilia no se encontraba bien. Daba grandes caminatas por el rompeolas, o alrededor de la Concha. Se sentía abatido. Miraba a las mujeres con ganas de enamorarse, por hacer algo. Siguió tardes enteras a una moza que no le hizo el menor caso. Lo detuvieron a los ocho días. Lo llevaron al Gobierno Civil y luego a la cárcel de Ondarreta. Se sentía más tranquilo. Pagaba. Le preguntaron si se trataba efectivamente de él. Conocían perfectamente sus andanzas. No negó su filiación. Descansaba, sin preocuparse por su suerte. En lo más oscuro, en la base, en las heces, fiaba en su padre. Además, todo le era indiferente. Eso, mientras lo tuvieron incomunicado. Al tercer día le pusieron en una celda con seis más. El cuchitril era para ·uno. Había un francés, tres vascos, uno de Valladolid y un muchachito de Melilla.

—¿Tú, de dónde eres?

—De Valencia.

—¿Cuándo te cogieron?

—Hace tres días.

—¿Dónde?

—Aquí.

Lo miraron con desconfianza, su indiferencia les pareció ofensiva. Se quedó aparte, abúlico.

—Ayer sacaron a dieciocho.

—¿Para qué?

La pregunta se le había escapado en su despreocupación; prefirió hacerse el tonto. A través de la reja, aupándose, se veía la bahía y la isla de Santa Clara.

Los tres vascos eran hermanos, de un pueblecito de al lado. Católicos y nacionalistas. El francés, del norte, se había batido en Irún; creyó haber vuelto a pasar la frontera, la noche en que entraron los rebeldes se tendió, rendido, en tierra y se durmió. Así le cogieron. Aún le duraba la cólera. El de Valladolid no hablaba, el jovenzuelo de Melilla se moría por fumar.

—¿Dónde te cogió el movimiento?

—¿A mí?

—Si no quieres decirlo, eres muy dueño.

Jorge mintió, por vergüenza.

—En Segovia.

—¿En Segovia?

—¿Y no pudiste escapar?

—Creí que era cuestión de días.

—Para quien es cuestión de días es para nosotros.

Jorge no apartaba la vista del excusado, redondo, en una esquina.

—¿Qué miras?

—¿No os sacan para...?

Los tres hermanos se pusieron a reír, con
ganas.

Todos tenían barbas viejas de quince días.
Cayó la noche.

—¿No dan de comer?

—A las cinco. Cuando te trajeron, acabába-
mos de hincharnos...

—¿Dan bastante?

Lo volvieron a mirar con extrañeza. Aquella
noche les tocaba dormir en el catre al de Valladolid
y al de Melilla. Los otros se tendieron en el suelo.
Jorge se aguantaba los retortijones de vientre, incapaz
de desahogarse, todavía, frente a gente extraña. A las
tres de la mañana se oyeron unos pasos.

—Ya están ahí.

—¿Quién?

Entró un falangista, de uniforme. Otros dos
se quedaron de guardia, en el pasillo.

—Belaustegoitia.

—Presente. Contestaron los tres.

—¡Uno sólo! Belaustegoitia Goiri.

El que leía hizo una pausa. Se regodeaba. Le
divertía pensar que los tres que tenía al frente, mo-
zancones altos y fuertes, estaban pensando que no
les iba a tocar a ellos, sino a sus hermanos. Los miró,
uno tras el otro, acariciándose la barbilla, que tenía
hundida. Luego alejó el papel que traía en la mano,
como si necesitara de la distancia para ver mejor.

—Juan —dijo despaciosamente.

—Quisiera confesarme.

—¿Tú?

—Sí, yo.

—No me digas, lo siento.

—Quiero un confesor.

—Oye, tú, aquí hay uno que quiere un cura.

Se lo dijo a uno que esperaba en el corredor. Se oyó una risa.

—Haberlo pensado antes. Pero no es mala idea, por ahí, creo que en la veintiocho, debe haber alguno, sácalo.

—Ramírez.

—Puede leerlo de una vez: Julio Ramírez Prendes.

—Aquí no pone Prendes. A ver, pues sí, Prendes. ¡Afuera!

Era el de Valladolid. El falangista se volvió como si fuese a salir. Lo interpeló otro de los hermanos.

—¿Nosotros no?

—¿Quién te ha dado permiso para hablarme? Cállate la boca, si no quieres que te la rompa.

Hizo como que salía, pero volvió.

—¡Ah!, se me olvidaba uno: Jorge Mustieles Tarbó.

—¿Yo? Es imposible. No me llamo Tarbó, sino Carbó. No puede ser, yo llegué hace ocho días, pasé de la zona roja, mi padre...

—¡Afuera!

El falangista lo dijo bajito, satisfecho de su juego.

—¡Pero si yo vine aquí por mi propio gusto! Mi padre es reaccionario a más no poder. Yo escapé de Valencia...

—Ya se ve que eres un cobarde. ¿Quieres confesarte tú también?

—Déjenme telefonear.

El falangista se rio.

—Oye, tú, eso sí que está bueno esta noche. Uno que pide confesión, y otro un teléfono. ¡Afuera he dicho!

Jorge salió. El mozancón de Valladolid hablaba con otro falangista y volvió para la celda. Se interpuso el lector de la lista.

—Déjalo —le dijeron.

Entró el campesino, fue a un rincón y sacó un pedazo de pan.

—Que tengáis más suerte que yo —dijo a los que quedaban.

El francés blasfemaba en su idioma. El hombre volvió a la fila, que le esperaba en el corredor, comiendo a boca llena. Jorge seguía implorando. Le rompieron la cara de un culatazo. Miró al castellano. Pero era tal el desprecio con que éste le vio, que ni siquiera sintió el dolor de sus cuatro muelas rotas. Los fusilaron cerca del cementerio. Aún no apuntaba el alba. Las estrellas sólo.

A los otros dos hermanos vascos los mataron con una semana de intervalo. El francés murió en el curso de un interrogatorio, rotos brazos y piernas. El chiquillo de Melilla se suicidó con una cuchara, que se hundió en la garganta. Lo había denunciado su cuñado, un catolicón que no le podía ver. Su hermana estaba a punto de conseguir su libertad. La verdad es que el muchacho nunca se había metido en nada.

El Uruguayo

En la casa del Porquero, el Uruguayo roncaba tranquilamente. (Le dicen la casa «del porquero» porque su dueño hizo sus dineros a base de tan simpáticos y abundantes animales; es un edificio de muchos pisos, en la esquina de la calle de San Vicente y María Cristina, en el centro mismo de la ciudad.) Sus pistoleros juegan al mus. La noche había sido pesada: tres servicios son muchos servicios. Menos mal que dos de ellos fueron productivos.

El piso es amplio y lujoso, de un lujo poco lujoso, pero lujo al fin y al cabo: nevera eléctrica, espejos biselados, alfombras de un dedo de grueso, butacones que más que para uno, parecen para dos; porcelanas grandes, reloj de figuritas, radio de doce bulbos, cortinas de damasco. Los cristos de marfil han desaparecido. Todo nuevo y sucio.

El Uruguayo, que no es uruguayo, pero que estuvo por América en su vieja juventud, pertenece a la F. A. I. En 1932 asaltó el Banco de Castellón, y pudo huir. Luego se dedicó a estafador, sin pasar del timo del sobre, lo que le llevó, en volandas, a San Miguel de los Reyes, de donde lo sacaron los militares, es decir su traición. Vio el mundo abierto y organizó su banda, al margen. Bien armada, porque fueron los primeros en entrar en el cuartel de Paterna, hay que reconocer que sin grandes riesgos aunque, si los hubiese habido, también hubieran participado en el asalto. Se incautó del piso donde ahora vivía y su cuadrilla pernoctaba, por turnos, tumbándose donde mejor les acomodaba. Unicamente la alcoba del jefe, y su cuarto de baño adyacente, era terreno vedado. Dentro, no faltaban nunca dos o tres mujeres. Tenía tres coches, que le bastaban para sus depredaciones: robaba, asesinaba y vendía favores. En total, eran quince o dieciséis. El no salía nunca con menos de diez o doce, todos armados con fusiles ametralladoras. Pagaba bien las denuncias, aunque, a última hora se había hecho con el protocolo de una notaría, que le ayudaba a escoger sobre seguro sus víctimas.

—¿Habéis visto?

Salía de su dormitorio, en pijama de seda natural, con una pistola ametralladora nuevecita, en la mano. Era un hombre cetrino, en la flor de la edad del tahúr, que es hacia los cuarenta.

—Americana.

Los hombres se acercaron para admirar el arma.

—¿De dónde la sacaste?

—¿Y a ti, qué te importa?

Se rieron.

—Quiero comer.

Todos se precipitaron, mientras dos mujeres salían de la alcoba.

—Vosotras, adentro...

Eran dos pindongas descoloridas.

—Nosotras, también tenemos hambre.

—Después. Ahora, adentro. ¿No habéis oído?

Se volvía hacia ellas, pistola en mano. Las rabizas no se lo hicieron repetir. El Uruguayo le hablaba a uno:

—Vete al Gobierno Civil, a ver qué servicios hay.

Entró otro, pequeñarro y gordo, naranjero al hombro.

—Tienes un recado de Juan López.

—Si quiere, que venga a verme.

Y guiñó el ojo. López era uno de los dirigentes de la Confederación. ¡Qué tío!, pensaban los demás. Así son los hombres, mira que decirle eso a López... Pero el pequeñarro porfiaba:

—Parece que no están muy contentos con nosotros.

El Uruguayo, derrumbado en un sillón, lo miró de reojo.

—A mí, López me la...

Sustituyó la palabra con un gesto procaz.

—Oye, tú, de todas maneras...

—Tú, te callas. ¿Quién tiene la lista de hoy? La nuestra.

Porque había dos listas: la oficial, que le proporcionaban en el Gobierno Civil, y de la que había que rendir cuentas; y la suya.

—Este la tiene.

—A ver. Estas viejas no tienen más que cuadros y muebles viejos. Ya las conozco. Estos, a la noche. He dicho que tengo hambre...

—El chato te está poniendo unos huevos. Ahí tienes jamón y chorizos.

El Uruguayo quería alhajas y dinero.

En el Gobierno Civil, Ricardo habla con González Cantos, a punto de volver a Barcelona.

—¿Sabes que el Uruguayo está gestionando un pasaporte?

—No lo creo.

—Pregunta arriba.

—Lo que pasa es que le tenéis manía.

—Y tú, ¿por qué no quieres aceptar que es un vulgar ladrón, un asesino? Con hombres así en la Confederación, ¿dónde vais a parar?

—Mejor son esos que los comunistas.

González Cantos ha venido con una comisión, y ya se marcha. Muy bruto lo es, pero, además, alardea de serlo. De tonto no tiene un pelo. Viejo luchador sindicalista ha estado en todas partes, y en Bata. Trípudo, en camiseta, lleva su pistolón enfundado en un suspensorio. Es un «puro» y lucha, de veras, por el pueblo. Claro está que, para él, el pueblo es la C. N. T. y, aun comprendiendo que Ricardo tiene razón, no se la hubiese dado por nada del mundo: El Uruguayo pertenece a la Organización. Y si hay que acabar con él, acabarán ellos: no tienen por qué reconocer otra autoridad: —Y no lo toques.

—Porque no puedo por las buenas.

—Eso tienen los valientes.

—Ha sacado a Samper.

—¿Y qué? ¿Es más importante ese viejo chalao inservible que el dinero que se le habrá cobrado?

—¿Os lo ha entregado?

—Sí.

Mentía. Pero, ¿qué remedio le quedaba? Se prometía averiguarlo, y, si de veras aquel tipo —que le repugnaba— les engañaba, ya habría manera de hacerle entrar en razón; pero desde adentro: Ricardo era socialista.

—Bueno, tú, pero es que la Organización...

El Uruguayo le ataja, como siempre, con su manía de estar al cabo de la calle, donde nadie tiene nada que enseñarle:

—La Organización soy yo.

Sabe que esa farolería alardera, teniendo en cuenta que no se le va la fuerza por la boca, ni escupe sangre, hace mella en el ánimo de los demás y refuerza el de su cuadrilla. Goza de su fachenda, sin hacerse ilusiones. Lo del pasaporte es verdad: sabe que están hartos de él y huele que su tiempo está contado. La Revolución, tal como la entiende está dando las boqueadas. Ha llegado el momento de largarse.

Entra el Juanete, su segundo de a bordo, que fue algún tiempo picador de toros.

—¿Ya? —le pregunta nuestro hombre.

—¡Cá, hombre! El marica del Segura lo ha sacado hace dos o tres días.

Se le revuelve la sangre al Uruguayo, que le tenía echado el ojo a don Ramón Mustieles.

—Nos la tiene que pagar ese capón radical socialista. ¿Así cómo quieren ganar?

Interviene el Doblado:

—¿Nos lo cargamos?

El Uruguayo lo mira con sus ojillos de lince:

—¿Qué ganamos? *(Siempre la palabra ganar.)* Si no es ese, será otro compasivo cualquiera el que nos haga la puñeta. Nosotros, a lo nuestro.

Que el Uruguayo sabe rectificar a tiempo y sus enojos duran poco: capaz de matar a cualquiera en un arrebato, pero, si se domina, perdona rápidamente; lo que le da la mejor opinión de su buen fondo.

Ricardo acompañó a González Cantos hasta la antecámara y subió luego a la oficina de pasaportes. Efectivamente, el Uruguayo había pedido uno con nombre supuesto: al parecer para ir a comprar armas a Bélgica.

Ricardo planteó a la máxima autoridad de la provincia sus sospechas de que aquel jefe de pandilla se las iba a pirar con el producto de sus latrocinios. El señor Gobernador no quiso saber nada de aquello. Al fin y al cabo era cosa de Apellanis y suya, de Ricardo.

—¿Lo deja en mis manos?

El Gobernador lo miró indeciso y no contestó. Ricardo se despidió. Una vez de vuelta en su despacho se comunicó con Juan López para preguntarle si la C. N. T. o la F. A. I. autorizaba el viaje del Uruguayo. López no lo sabía, pero suponía que no. Pidió detalles, pero Ricardo no se los dio. Al fin y al cabo, el asunto ya estaba en sus manos y lo tenía resuelto. Además, en este preciso momento, entraba en su despacho uno de los de la cuadrilla, en busca de órdenes.

—Hombre, dile al Uruguayo que se pase por aquí. Tiene que recoger un papel allá arriba.

—¿No me lo puedes dar?

—No, es un asunto personal. Ni tampoco es cosa mía, sino de Ruano.

Cuando le dieron el recado al interfecto, éste lo pensó un momento. Luego se le ocurrió que era normal: seguramente necesitaban sus huellas digitales. Para él no hubiese sido problema llegar a la frontera con los avales de la Confederación, pero quería entrar en Francia con todas las de la ley: para que no le molestaran una vez establecido allí. Decidió ir al Gobierno Civil con uno solo de sus hombres. Todos se extrañaron, nadie chistó.

Lo hicieron pasar a una sala y, de pronto, se vio rodeado por seis guardias de asalto. Lo encerraron en una celda, mientras despachaban a su acompañante, que se había quedado en el automóvil:

—Dice que tiene para rato, que ya avisará.

El Uruguayo no había querido que subiese: su fuga era estrictamente personal.

Aun sabiendo lo inútil de la entrevista, y aun reprochándosela, Ricardo no se la quiso perder. Caía la noche cuando entró en el calabozo. El primero en hablar fue el Uruguayo.

—¿Te las prometes muy felices, no? Pues no sabes la que te espera.

—¿A mí?

—A ti, y a ese hijo de puta de Ruano. Le di cinco mil pesetas para que se callara la boca. Me las pagará.

—Es posible.

Es fantástica la seguridad que da tener una pistola al alcance de la mano, pensaba Ricardo. Ese es el Uruguayo: igual que cualquiera.

—A estas horas ya deben estar buscándome.

—No les vamos a negar que estás aquí, detenido. Y sabrán el porqué.

—No lo creerán.

—Es posible.

—Nadie sabe mi nombre verdadero, el que está ahí, en ese pasaporte. Si les digo que todo fue una invención tuya, me creerán.

—Y hasta eres capaz de ofrecerme dinero.

Ricardo se pregunta a qué ha venido. ¿Unicamente a regodearse de su triunfo?

—Si te hace falta, ¿por qué no?

—Entonces, ¿por qué no me sueltas? Te aseguro que no te pasará nada. Tan amigos.

—Es lo más probable.

—¿No comprendes que deshonras nuestra causa?

El Uruguayo le mira con verdadero asombro. Luego, se ríe.

—¿De veras es eso lo que venías a preguntarme? Creí que querías saber dónde guardo lo mío.

—Ya lo encontraremos.

—No estés tan seguro.

—Por ahora lo tienes en una maleta, en uno de tus roperos.

El Uruguayo soltó una blasfemia: era verdad. ¿Y dónde mejor?

—¿Quién de los míos es vuestro?

—¿Qué más te da?

—Hombre, no puede ser; tal vez alguna de esas putas...

—Ve a saber...

No había necesidad de tal. El propio Uruguayo lo había dicho en una de sus borracheras, y aun lo había enseñado a algunos de sus hombres, haciéndoles creer que era para todos. La afirmación de Ricardo hizo nacer en el magín del bandolero una niebla de sospecha de que aquello podía no sólo acabar mal sino de una vez con él. Hasta ese momento tenía la seguridad que la F. A. I. no le iba a dejar en la estacada. Ahora, de pronto, empezaba a creer que sus propios hombres le habían vendido, con tal de repartirse el botín. Desechó la idea, mas, de todos modos, le quedó la duda. Y planteó la cuestión de frente:

—¿Qué pensáis hacer conmigo?

—Tú dirás.

—¿Cuánto quieres?

—¿Yo? Ni cinco.

—¿No pensarás pegarme dos tiros?

—Con uno sobra.

—¿Te das cuenta de la que se armaría?

—Más o menos. Pero no tanto como te figuras. Dejando aparte los que se iban a alegrar.

—Sí, claro: Todos los fascistas de Valencia.

—Y de sus alrededores...

—¿O no soy un luchador como otro cualquiera?

—¿No tienes nada más que decirme?

—¿Yo a ti? ¿Esto es a todo lo que has venido? ¿Puedo avisar a alguien de que estoy aquí?

—No.

Y Ricardo salió, echando pestes de sí mismo. Ya estaban tres de la Confederación esperándole en su despacho: El Gobernador no sabía nada. Ricardo se hizo el inocente. Ellos estaban enterados de que el Uruguayo había estado allí, hacía unas horas.

—Yo no le he visto.

No le creyeron, pero se marcharon dándose cuenta de la inutilidad de la gestión.

—Cuidado con lo que hacéis.

Ricardo les miró un momento, luego asomó una sonrisa a flor de labio y contestó, como quien no quiere la cosa:

—Lo mismo digo, compañeros.

En su bartolina, el Uruguayo, a oscuras, sentía cómo se le revolvía la bilis por todo el cuerpo. Se acercó a la puerta y empezó a golpearla con puños y pies. Pero nadie se asomó. Estaba frenético, pero procuró dominarse. No le molestaba el encierro, ya estaba acostumbrado, sino que empezó a temer que lo mataran, como un perro. Ahora, cuando mandaban los suyos y bajo el régimen que había soñado, y con una maleta repleta de oro y joyas. Que los billetes los repartía con los suyos.

Había nacido en Almansa, hijo de un ferroviario. Toda la niñez la había pasado entre rieles y locomotoras. Viendo pasar los trenes, único sitio donde las clases —y así se llaman— andan no sólo señaladas, sino numéricamente pintadas en las portezuelas de los vagones, para que no haya equívocos ni equivocaciones. Y, por si fuera poco, su padre llegó a revisor, ángel guardián de las formas y del respeto al dinero invertido. (Dinero invertido, también aquello le había llamado la atención la primera vez que lo oyó —dinero al revés, lo de los pobres para los ricos.) Hombres de primera, de segunda y de tercera... Su padre quiso colocarlo: ferroviario, hijo de ferroviario, pero Saturnino González llevaba los viajes en la sangre, de ver tantos trenes llegar y marcharse. Amaneció en Barcelona, justo antes de la guerra europea, duró poco allí: embarcó para la Argentina, luego pasó al Paraguay. Trabajó seis meses en unas minas, y se volvió al estuario del Plata, a ver qué pasaba. Tenía metido en el alma aquello de las clases de los trenes y, por las buenas, se dedicó al robo. En su primera cárcel conoció a unos anarquistas; no vio en la teoría más que la etiqueta que lo avalaba. Volvió a España durante la dictadura de Primo de Rivera, se confabuló con los grupos de acción de la F. A. I. Pero aquello no le convenía: jugarse el pellejo para alcanzar dinero y entregarlo a la causa le pareció idiota. No creía que el proletariado pudiese alcanzar jamás el poder. Empezó a trabajar por su cuenta, haciendo pequeñas estafas, sin dejar de tener relaciones con los anarquistas. Intentó, sin gran éxito, la trata de blancas; carecía del capital necesario. Vivió después, cuando la de malas, algún tiempo a costa de sus padres. Sitiado por el hambre se abocó de nuevo con la organización y asaltó dos bancos: con suerte, no le tocó ninguna china, pero se asustó y desapareció. Fue revendedor en Valencia; recayó, al poco tiempo, en sus timos fáciles, y lo agarraron. De la cárcel lo sacó el pueblo y vio el mundo abierto. Audacia, cuando no había peligro, no le faltaba. Reunió su botín y, cuando ya soñaba viajar en primera el resto de su vida se encontraba enchiquerado y con la muerte rondando. Matar, no había matado a muchos, para eso estaba su gente, pero ver morir a unos cuantos, sí los había visto. Y, de pronto, esas imágenes se le amontonaban, royéndole el entendimiento. Ahora, las blasfemias no le servían de nada. Palmar, no le importaba demasiado, lo que le sacaba de quicio era la maleta, su tesoro. ¡Ahora que se las prometía felices! Y toda la corte celestial salía revolcada, a media voz. ¡Quedarse así, en la estacada! Todos los ajos, las interjecciones contra ese hijo de puta de Ricardo. Sacarle los tuétanos, machacarlo... Y ese Ruano del demonio. ¿Por qué no se había ido, por las buenas, a Barcelona, y haber sacado allí el pasaporte? O haber pasado la frontera de extrangis. ¡Por una vez que había querido hacer las cosas en debida forma! Por lo visto la posesión del dinero le había impelido a sentirse respetable... ¡Puñetero mundo! Al recapacitar, y examinar la situación desde todos los ángulos recobró cierta tranquilidad: Sus compañeros no iban a dejar que lo pasearan. Al fin y al cabo era uno de ellos. Total, había sacado dinero para él, pero eso no es crimen. Los que había escabechado eran todos de derecha. Y aun aquel tranviario, Alfredo Meliá, lo había enviado al otro barrio convencido de que era falangista. Parece que fue una equivocación. Pero él no tenía la culpa. Nadie se lo había echado en cara. Claro está que entre los desaparecidos había unos cuantos de Izquierda Republicana, pero ¿quién los mandaba resistirse o ser ricos? Por lo menos los de derecha apoquinaban sin demasiadas dificultades: Así se salvaban. ¿Era o no la revolución? Si le dejaran... Cochinos socialistas. Y eran capaces de eliminarlo. Los de la F. A. I. lo sabían. Y eso le daba cierta esperanza. Y si le mataban, al fin y al cabo, ¿qué? ¡Cómo, qué! Vivir en París con los bolsillos llenos... Las francesas. Si me matan se acabó el gusto. También tiene eso sus bemoles. ¿Qué podía hacer? Ni siquiera entreabren la mirilla. Como les coja, me los cargo. No dejo a uno. De todos modos, si me sacan, me han fastidiado. Saldrá a relucir lo de la maleta, y la tendré que entregar. O, a lo mejor, no. Seguro que, a estas horas, López ha visto a Doporto. Y Ricardo no tendrá más remedio que soltarme. Mañana, cuando salga de su casa, lo agarro. También se necesita valor para detenerme... Quizá fuera bueno que saliera de Valencia, puedo irme algún tiempo al frente de Aragón, con Ortiz. ¿Qué hora será? Ni una cochina cerilla me han dejado. Ya les daré yo...

Y, de nuevo, empieza a patear la puerta. Lo sacaron a las tres de la mañana, entre cuatro.

Los otros no chistaron.

—Ahora verán lo que es bueno. Ya estoy libre.

Llegaron al patio. Había allí un piquete de guardias de asalto.

—Sube.

Era un coche negro.

—No.

Y se revolvió, cayendo al suelo.

—¡No!

Lo levantaron en vilo y lo metieron adentro, a empujones.

—¿A dónde me llevan?

Y el silencio. El automóvil arrancó. El Uruguayo no conocía a ninguno de sus acompañantes.

—¿A dónde me llevan, compañeros? ¿No saben quién soy?

Ya estaban en medio del Puente del Real, veía las copas de los árboles de la Alameda.

—Quiero hablar con Ricardo. Tengo que decirle cosas importantes. ¿Dónde vamos?

Uno de ellos se impacientó:

—¡Cállate la boca!

—¿Pensáis que me vais a despachar, así como así?

Pasaron frente a la Alameda y enfilaron hacia el palacio de Ripalda. Al Uruguayo ya no le podía caber ninguna duda. Era cuestión de cinco minutos:

tan pronto como llegaran a la carretera, entre las primeras huertas.

—Os doy diez mil pesetas a cada uno. ¿No? ¿Sabéis lo que son diez mil pesetas? Y todo lo que tengo. ¡No vais a matar a un antifascista…! Bien está que paseeis a los enemigos. Pero, yo…

Un culatazo en la boca, lo hizo callar. No sintió el dolor, sino el fracaso, que le roía, oscureciéndolo todo.

—Baja.

El Uruguayo no se movió.

—¿Estás sordo? ¡Baja! ¡O te sacamos a rastrones! ¡Demuestra que eres un hombre!

No lo demostró. Le dispararon cabeza abajo, en el estribo. Y lo dejaron allí, tumbado.

Antes de que lo recogieran le vieron los muchachos de «El Retablo», hacinados en un camión, que les había costado Dios y ayuda conseguir; sostenían como podían algunos trastos necesarios para la representación que iban a dar por la tarde, en Sagunto. El armatoste hizo un esguince violento para no pisarle las piernas al cadáver y siguió adelante, a meterse por la carretera de Barcelona. Amanecía.

Santiago Peñafiel había apartado la cara de Asunción impidiendo el movimiento que la llevaba, con la natural curiosidad, a enterarse de la razón del brusco vaivén.

—No mires.

Pasan Tabernes Blanques. Todo son afueras, los pueblos están unidos por sus alijares pero la huerta asoma por todas partes. Todavía se arrastra la bruma. Un labrador arrejaca su cuartón, otro entrecava sembrados, ahuecando la tierra. Por la acequia, en la orilla de la carretera, corre el agua mansa y cienosa, lento rebalaje. A lo lejos se siente el mar. Rosas, jazmines, geranios, madreselvas, heliotropos, algunas clavellineras, dompedros, en tiestos, macetones, arriates, en los mismos balates y quijeros. Iban todos, Vicente Dalmases y Manuel Rivelles habían sido sustituidos por dos estudiantes de la Normal de Maestros, los dos de Murcia. Cantan a coro, llevan la voz los Jover:

Cuatro pañuelucos tengo,
olé, olá,
y los cuatro son de seda
que me los ha regalado,
olé, olá,
una mozuca morena.
¿Qué hay de particulillo?
¿Qué hay de particular?
Que si ella me quiere mucho
yo la quiero mucho más.

Albalat dels Sorells. Los de los controles ni siquiera les miran los salvoconductos. Fábricas, fincas, calles anchas, casas blancas, la gente yendo y viniendo como si no pasara nada.

Tres hojitas, madre
tiene el arbolé,
la una en la rama,
las dos en el pie,
las dos en el pie,
las dos en el pie.

Inés, Inés, Inesita, Inés
ábreme la puerta
que te vengo a ver,
que te vengo a ver,
que te vengo a ver.

Los naranjales verdes en la tierra rojal, cacahuetes y altramuces, alfalfa, coles, patatales. El aire letifica los adentros. Ya verbenean las moscas. Josefina Camargo entona con su voz grave:

Ya se van los pastores,
ya se van marchando,
más de cuatro zagalas
se quedan llorando.

Los Jover se sienten aludidos en su regionalismo y cantan, voz en cuello:

Visanteta, filla meua,
no tires aigua al carrer,
no tires aigua al carrer
perque pasará el teu novio
y se embrutará el calser.

Un hombre, inclinado, levanta el tablero de la rafa, en el quijero cortado de una acequia. Masamagrell, Puebla de Farnals. Siguen cantando.

En el portal de Belén
Rin, rin.
Yo me remendaba,
yo me remendé,
yo me hice el remiendo,
yo me lo quité.
Han entrado los ladrones
y al bueno de San José
le han quitado los calzones.

Ríen felices.

Los cordones que tú me dabas
no eran de seda, ni eran de lana,
no eran de lana, ni eran de seda.
Todos me dicen que no te quiera,
que no te quiera,
mozo embustero,
que mis amores son de un minero.

> Eres buena moza sí
> cuando por la calle vas.
> Eres buena moza sí
> pero no te casarás,
> pero no te casarás,
> carita de serafín,
> pero no te casarás
> porque me lo han dicho a mí.

Santiago mira a Asunción más de lo que deseara Josefina. Esta vuelve a su grave solo castellano, con cierto reconcomio celoso:

> A la puerta de León
> hay una inmensa laguna
> donde se bañan las guapas
> porque fea no hay ninguna...

Ya pasaron El Puig y van camino de Puzol. A lo lejos se dibuja, morado, el crestón de Sagunto.

—¿Qué, vosotros no cantáis? —pregunta Julián Jover a los recién ingresados en el grupo.

Los dos murcianos se miran, sonríen y salen con el canto de los labradores de la huerta cuando cogen la hoja de morera:

> No me diga usted, morena,
> porque le diré ladrón,
> el ser ladrón es bajeza
> y el ser morenita, no.
> Y el ser morenita, no.
> No me diga usted, morena.
>
> Y ayer tarde vi a la morena
> que estaba peinada,
> Jesús, qué rebuena...

Ya todos quieren aprenderla, ya la cantan a coro. ¿Qué tiene la música que así les une? Empieza a apretar el sol cuando suben la cuestecilla de entrada a Sagunto.

SEGUNDA PARTE:
DEL OTRO LADO

Claudio Luna

I

—Se lo cargan, y no se hable más del asunto.

Y se puso a hojear unos papeles. Claudio Luna saludó, dio media vuelta, titubeó, venció sus ganas de decir algo y salió.

... Y no se hable más del asunto... Eran las doce, tenía unas horas por delante, y ningunas ganas de tumbarse en el catre del cuartel. La noche estaba tibia y quiso ir a dar unas vueltas, pero no le dejaron salir. Entró en el cuarto de banderas y se puso a jugar al tute subastado con Gracián y Sindulfo.

—¿Qué?

—Nada.

—¿Te toca paseo?

—Sí.

—¿El Maño?

Claudio no contestó y se puso a barajar concienzudamente.

—Anoche me tocó a mí.

—¿Dónde fuisteis?

—Allá, por el cerro de San Miguel.

Hijo de buena familia, de Falange porque era amigo de Luisillo Nenclares y éste le presentó a José Antonio, una noche, en Madrid, con los Peláez. En

Burgos, y por todo, eran doce, o, mejor dicho, fueron, porque ahora, al mes del alzamiento, son ya cerca del centenar, y se dedican con ahínco a la buena obra de limpiar la retaguardia de republicanos, marxistas, masones y otras gentes de la misma despreciable ralea. Las listas fueron establecidas de antemano y no ofreció dificultad encarcelarlos e irlos sacando, de diez en doce o quince, cada madrugada y fusilarlos, por las buenas, con ayuda de los cuerpos organizados.

Decir que aquello le gustaba a Claudio sería mentir, pero tampoco protestaba. Oía el entusiasmo de los demás sin participar de él. Decían que era necesario. Bueno. Gracián y Sindulfo reían, nunca se habían sentido tan importantes. Les embriagaba las armas en la mano. Además estaban ganando, al tute, se entiende, pero ganaban. Los tres estudiaban derecho, y estaban de vacaciones, y ¡qué vacaciones! Gracián se había cargado personalmente a veintiocho, lo que era una hazaña por aquellas fechas. El mundo se les abría glorioso: no dudaban de nada. Sus padres les miraban con respeto. Héroes: no se quitaban la pistola ni para dormir, con ella siempre al alcance de la mano.

—Mira que tocarte a ti el Maño...

Sindulfo se mordía el labio inferior para sonreír. Fumaban por lo menos el triple de lo que solían.

El Maño era un pasante del padre de Claudio, que tenía su bufete en la calle de la Paloma.

—Tener que ir hasta el cerro, estando tan cerca el cementerio...

La cárcel está casi enfrente del camposanto.

—Si pudiésemos ir a dar una vuelta por el Espolón... —dijo Sindulfo.

—Estamos de guardia.

—¡Qué guardia, ni qué narices! Le dije a Rosario... Sesenta y cinco.

—Ochenta.

—Yo no juego más.

Claudio se levantó.

—¿Qué mosca te ha picado?

—Hace demasiado calor. Voy a pedir que nos traigan unas cervezas.

—¿A estas horas?

—A ver quién te las va a buscar...

—Allá, por el arco de San Nicolás.

—Tú, sueñas.

Claudio salió al patio y se sentó en un banco. La noche estaba clara, todas las estrellas guiñoteaban.

(Claro, el Maño. No había duda. Ni remedio. Su padre se lo había advertido muchas veces. Lo aguantaba porque era un trabajador del demonio. Eso es: del demonio. ¿A quién se le ocurre ser radical socialista en Burgos? Se lo carga, y no se hable más del asunto.)

Por las buenas, había ido a pedirle al capitán que lo sustituyeran.

—No es la primera vez que intenta escabullirse, Luna.

—Es que, mi capitán...

—Ya sé.

—Otro servicio...

—Se lo carga, y no se hable más del asunto.

Podía pedirle a cualquiera que ocupase su lugar: no faltarían voluntarios; ni soplones que fueran con el cuento. Y la disciplina era la disciplina. Ellos estaban militarizados. Era una lata.

(Bueno, pero a mí ¿qué más me da? Si hubiesen ganado los rojos, yo... La verdad es que un mes antes mandaban ellos y yo andaba tan tranquilo por la calle. Bien: no me importa pegarle un tiro al Maño. Entonces, ¿por qué me preocupo o de qué me preocupo? Tú dices, habla: Le conoces. No, no le conoces mucho. Mentira: le conoces hace la mar de años. No ibas mucho por el bufete de tu padre, pero, al fin y al cabo, allí siempre estaba el Maño. ¿Qué pensará mi padre de todo esto? ¡Ay, Dios! ¿Ahora vas a enternecerte?)

Pasaron unos presos, mustios. No conocía a ninguno, gente de la clase baja, obreros y vagos.

(Ahora sí que España va a surgir, y se nos va a hacer caso en todas partes. Las cosas no fueron todo lo bien que se había supuesto, pero ya verían. Los italianos ya estaban en Marruecos, y en Andalucía. Y llegarían alemanes. Las cosas no podían seguir así. Ese reptil viscoso de Azaña. «España ha dejado de ser católica.» Ahora lo veremos. Claro que ahí estaba el Maño, y «no se hable más del asunto». La culpa era suya, ¿por qué se metía donde no le llamaban?)

El Maño era hombre de treinta años, ya un viejo a los ojos de Claudio. Feo como una cucaracha, narigón, bizquillo, enjuto, hundido de pecho, de manotas y pies grandes, bastante alto. El pelo siempre enmarañado y la sonrisa a flor de bocaza, que la tenía enorme, del tamaño de sus tragaderas. Nada difícil, por otra parte, en preferencias gastronómicas: lo mismo engullía vaca, que pescado, verduras frescas o secas, fruta verde o de sartén; aunque se conocía su flaco por el cordero asado: razón de su permanencia en Burgos, a lo que decían las malas lenguas que nunca faltan en provincias, dadas a un mismo tema, que es lo que las diferencia de las de la capital, donde hay más que ver.

Las gracias eran siempre las mismas, o de parecido gusto:

—¿Dónde metes tanta comida...?

—Aquí hay gato encerrado.

—Maño, ¡qué manera de tragar!

Eso le daba —aunque parezca mentira— cierta categoría.

—Ayer el Maño se comió dos docenas de chuletas...

Empleado en el bufete de don Claudio Luna y Alcocer, notario de la ciudad. Había estudiado dos años en la Facultad de Derecho de Zaragoza, y no pudo más: venció la gazuza. No le bastaba lo que ganaba trabajando de noche en una tahona. Labor que escogió por si acaso le fallaban otras entradas. Pero, sin ser melindroso, gustaba acompañar al buen pan del buen chorizo, o del buen jamón purpúreo, duro como piedra y transparente como algunos rojos vitrales de la Seo; de queso manchego bien aceitoso y de fruta de la Ribera, melocotones y ciruelas como no los había sino en la Rioja. De eso había mucho que hablar, y no lo dejaba para mañana.

Le llevó a Burgos la pura casualidad, y la notoria popularidad e influencia celestial de Nuestra Señora del Pilar: Doña Juana Bolaños de Luna, legítima de don Claudio, fue, en compañía de su esposo, a Zaragoza en cumplimiento de una promesa, hija de una enfermedad de Juanita, vástaga de ambos y hermana mayor de quien nos ocupa, pulmonía doble. El viaje sería, además, de rechazo, para ir unos días al balneario de Panticosa, donde el médico de cabecera creía que la niña se habría de reponer sin mayores males. No acertó; pero Juanita no entra ni sale en esta historia, ni su insignificancia, ni su color perdido, ni su amor por Sindulfo, ni su muerte, acaecida en 1934. Lo que importa es decir cómo, un año antes, saliendo Jaime Oliete —nombre y apellido del luego más conocido por «El Maño»— de la panadería donde prestaba sus buenos servicios, allá por el final del Coso, cerca de la Universidad, y yendo tranquilamente por la calle de Palafox hacia la Seo, camino de la casa de huéspedes donde vivía, en la plaza, frente al Seminario, doña Juana se torció un pie, el derecho, si queremos ser exactos —lo que es, por otra parte, nuestro único deseo—, saliendo de confesarse cayó en sus brazos. Jaime la atendió y llevó al hotel Arana, donde se hospedaba la familia burgalesa, al negarse la buena señora a recibir otra clase de auxilios. Como es natural, don Claudio se lo agradeció y cruzaron unas palabras. La señora se hizo lenguas de la gentileza del joven. El Maño vio tan blanca a la niña, que le impresionó. Volvió por aquello de saber del estado del pie. Y así se decidió su ida a la capital castellana. Allí se acomodó sin dificultades.

Claudio, el hijo, recurrió a él, más de una vez, en mal de exámenes y para encubrir pecadillos, los más, cometidos en una casa de mal ver y excelente vista, ya que, en brazos de cualquier pindonguilla, se descubría las torres de la Catedral.

Jaime Oliete era un pasante utilísimo y sin pretensiones de ninguna clase. Sabía tanto como el que más y no ofrecía peligro de competencia futura. Lo malo: que era radical socialista.

Doña Juana, justo es decirlo, al tiempo que rezaba con todo fervor por el triunfo de las armas del Santo Alzamiento, por el alma de Sanjurjo, le pedía también a Dios que no le sucediera nada al Maño. Se lo rogó a todos los santos encapillados en la Catedral: a San Juan de Sahagún, a San Enrique, a San Gregorio, a San Nicolás, sin olvidar al Santísimo Cristo. Y, si no lo hizo a Santa Tecla y a Santa Ana, fue porque aquello era cosa de hombres.

Mientras tanto, por lo menos aquella noche, Claudio, su hijo, no sabía a qué santo encomendarse.

Como se tenía al Maño por personaje político importante —que la perspectiva la inventaron los pintores del Renacimiento sin darse cuenta de la curvatura del espacio y que todo depende del punto donde se coloque el que mira— y era conocido del Gobernador republicano y amigo de hacer favores, no podía esperar perdón por sus ideas liberales. Hace días que esperaba el tiro en la nuca y sólo se asombraba de la tardanza. Entróle, a los diez días de su detención, la absurda idea esperanzadora de que su patrón, tan bien visto en el arzobispado y amigo de militares de la guarnición, había gestionado su perdón. Con lo que, naturalmente, se equivocaba de medio a medio. No estaba el horno para bollos y cada quien hacía lo que podía con tal de rebajarse y adular a las nuevas autoridades, no tan nuevas, por otra parte.

Así que no se sobresaltó demasiado cuando lo sacaron, a las tres de la madrugada del 21 de agosto y lo metieron en un «Chevrolet» de bastante buena apariencia.

Miró con curiosidad a sus acompañantes y se quedó asombrado al reconocer a Claudito, a pesar de la oscuridad. La familia Luna fabricaba su propia colonia y ésta hedía inconfundiblemente. El retoño notarial no le saludó, mitad porque tenía la boca seca y mitad porque no le pareció conveniente. Pero el Maño no tenía impedimentos, como no fueran las esposas, que le molestaban en las muñecas.

—¿No podría uno fumar un cigarrillo?

Claudio sacó su paquete de uno diez.

—Si me hace el favor de hacerlo.

El joven falangista cambió el papel.

—Péguelo, si es tan amable.

El cigarrillo quedó hecho una piltrafa: se le había caído la mitad del tabaco.

Claudio se lo puso en la boca y le ofreció lumbre. A la luz de la cerilla, la cara del Maño, quince días sin afeitar, se le apareció como la de un muerto. La mano del joven temblaba, lo que, aunado al traqueteo del coche, hizo que no acertara el fuego con el extremo del cigarrillo.

—No se preocupe. Al fin y al cabo prefiero que sea un conocido. Aunque comprendo su estado de ánimo. Todavía si fuera yo el que le llevara a donde vamos... se comprendería. Un empleado, un dependiente que escabecha a su amo. O al hijo del amo. Eso entra en lo normal... de las situaciones anormales. Pero así, desde luego, no debe ser muy agradable...

—¡Cállate!

—¿Por qué? ¿O es que no os basta con pegarme un tiro?

Claudio Luna tenía la cabeza vacía.

—Oiga usted, Claudio. Si por casualidad va alguna vez a Madrid, cuando ustedes hayan perdido...

El que estaba sentado a la derecha del prisionero le atizó un puñetazo, de revés, que le deshizo el cigarrillo contra la mejilla y le hizo sangrar la nariz, lo que no se vio porque todo era oscuridad, menos la carretera que alumbraban tibiamente los faros del coche. Sólo unas chispas del fuego del tabaco maltrecho cayeron sobre las rodillas del condenado y las de Claudio, sentado del lado contrario, formando unos juegos artificiales en miniatura. Siguió hablando el Maño, como si tal cosa.

—Vaya usted a la calle de Don Ramón de la Cruz, en el 18, pregunta por Enrique Guzmán, allí sirve mi hermana Pepita.

Era la primera vez que Jaime Oliete hablaba de su familia.

—Dígale... lo que quiera. Y que avise a los viejos.

Claudio creyó que se desmayaba. Hasta lo deseó. Matar al Maño, bueno: era una especie de expósito. Se acababa con él, y no había más. Pero, ahora, resultaba que estaba atado a la vida por varios cordones umbilicales, que no estaba solo. Las relaciones de amistad o políticas no contaban mucho para el joven burgalés, pero los familiares sí. Que ese era su mundo. Musitó:

—Descuida.

—Y saludas atentamente a tus padres.

En esa última frase tal vez había cierta mala intención. Pero nadie le contestó: Claudio porque no podía, los demás porque no les pareció mal esa manera de molestar a un compañero.

Y no hubo más que lo de siempre. El Maño quedó tirado en cruz, comiendo tierra.

II

Corrió la voz entre los conocidos y, por lo visto, a nadie le pareció mal, ya que todos siguieron saludando al caballerito, como si tal cosa. No faltaron amigos que le vinieron con el chisme —si a tanto puede llegar la palabra— a doña Juana. No se lo creyó, pero, para confirmar su seguridad y afirmarse en su convencimiento de la mala sangre de quien le vino con el soplo, le preguntó a su hijo lo que hubiera de cierto en aquello. El muchacho no negó. La madre no le dijo ni pío y se fue a rezar. Se había roto por dentro. Murió a los ocho días, sin abrir boca: sólo con su confesor, que salió haciéndose cruces, dándola por ida: la buena señora blasfemaba.

—¿Para eso eduqué a mis hijos? La una murió del pecho. ¿Por qué? El otro es un asesino, ¿por qué? Eh, padre, ¿por qué? ¿Por qué me castiga Dios? ¿Qué hicimos Claudio y yo? ¡Conteste!

El confesor procuraba calmarla, pero todo eran paños calientes.

—¿Sí o no sirven, los mandamientos? Yo nunca miré a un hombre, yo no robé, yo no maté. ¿Por qué mató mi hijo?

—Las necesidades, la guerra...

—¡Que maten otros! ¡Bonito mundo organizó el Señor!

—Dios está por encima de estas cosas.

—¡Pues que baje! —y, de ahí en adelante, a doña Juana, que en su vida había dicho una grosería, se le hinchó la boca de veneno.

—El delirio, el delirio —aducía el buen clérigo, que no las tenía todas consigo—. La absolvió, porque, de otra manera, ¿qué hubiesen dicho en Burgos?

El entierro fue de mucha ceremonia y copete. Claudio, de uniforme, veía, más allá del panteón familiar, la fosa común, enormemente abierta, con gusanos del tamaño de culebras.

Pidió ir al frente, y no se hicieron de rogar. Llegó al Guadarrama y pasó miedos de muerte, pero todos lo tenían por un dechado de valentía. Se emborrachaba con la idea de que la muerte no era nada. Que no importaba. Que qué más daba uno más o menos. Morirían tantos, que al Maño ni se le alcanzaría a ver.

No hubo misión para la que no se presentara voluntario. Pasó una noche, agazapado en una zanja, al lado de un muerto, bajo la luz de una luna insospechada. Había salido de patrulla con el cielo cubierto y, de pronto, se rompieron las nubes y nuestro hombre se encontró sin posibilidad de salir de su agujero. Por encima de su cabeza se armó una ensalada de tiros. El muerto empezaba a heder. No era gran cosa, pero el olor era insistente; tenue, pero seguido.

La cosa tenía gracia, pero la verdad es que Claudio empezó a tener miedo del muerto. No le asustaban tanto las balas que silbaban —a morir mates— a su alrededor, sino el cadáver. No se lo explicaba, aunque intentaba razonar: —Es un fiambre. Está muerto. El olorcillo no bastaba para explicar su sentimiento. Empezó a figurarse la vida del difunto. Era joven, mal afeitado, flaco. Flaco. Claro. El Maño. A, o.

Y la sangre manó por el cogote. El tiro de gracia. ¡Qué hombre! A éste debieron darle cuando miraba para atrás. ¿Quién sería? Arrastrándose podría, sin peligro, llegar hasta él, ver su documentación. Nada se lo impedía, como no fuese el miedo. El asco. A, o: El Maño.

El olorcillo tenue. ¿Hasta cuándo estaría metido allí? ¿No vendría una nube? La luna parecía ahuyentarlas. Un conejo. Era un conejo. Lo habían cazado como un conejo. Y ese joven, ahí, a su lado, muerto. Seguramente había muerto el día anterior. ¿Dónde estaría su alma? El cielo, el purgatorio, el infierno. ¿Creía de verdad en todo eso? El padre Rigoberto le había absuelto. Además, había comulgado el día anterior, en Segovia. Si moría, podría ir al cielo, cuando mucho al purgatorio. En cambio, el alma del Maño debía estar en el infierno. Sabía que no. Procuró huir de esa idea y concentrarse en el muerto que tenía al lado. ¿Cuántos años tendría? ¿Veinte? ¿Veinticinco? ¿Andaluz, gallego? Decidió que era bilbaíno, por la boina. Había muerto en defensa del orden y de la religión. De pronto, le asaltó una duda: ¿y si fuese un rojo?

Se sintió desgraciado, miserable, pequeño. Iba a morir, y no le importaba. Entonces, ¿por qué tenía miedo? Iría al cielo. No, no iría al cielo, ni al infierno, ni a ninguna parte. Moriría, y no habría más. Se quedaría como ése, hediendo. Y llovería, y nevaría, y se desharía. Y no habría más. Por eso tenía miedo. Veía su mano, enorme, apretando el gatillo para que saltaran en trozos los sesos del Maño, la luz redonda de la linterna, súbitamente apagada. El traquido y, luego, nada. Ahora, por lo menos, las balas silbaban. No, hacía rato que ya nadie disparaba. La luna sola, allí arriba, y a lo lejos, holanda, tenues nubes. El silencio. La tierra, los pedruscos, que le dolían. Se atrevió a moverse un poco. Una guija desprendida le atenazó de pavor. Se quedó encogido, las manos agarrotadas en el fusil. «Con el alma en un hilo.» Un hilo de sangre. «No le quedaba una gota de sangre en el cuerpo.» Se ciscaba de miedo. No pudo más, y, convulsivamente, se bajó los pantalones. Así le agarraron prisionero.

—Yo siempre he sido de izquierdas.

—¿Te querías pasar?

—Sí.

El capitán Calvo se le quedó mirando, la nariz entre el pulgar y el índice, que era el gesto natural, en busca de algún pelo que le saliera de uno de los orificios.

—Todos dicen lo mismo.

—Yo estaba de vacaciones en Burgos. Pero pueden preguntar a algunos compañeros míos de la Universidad.

—Echale un galgo.

—Pregúntele a don Nicasio Gómez de Urganda.

El nombre del ilustre civilista impresionó tanto al capitán que, aunque lego, había oído nombrar repetidamente al famoso catedrático, gloria del foro madrileño y diputado socialista.

—He sido discípulo suyo.

Era cierto, y Claudio Luna se dio cuenta de que jugaba sobre seguro. Hacía tres años de ello, y, aunque no se distinguió entonces por nada, tampoco era carca. Cambió, por mor de sus amistades, allá por el 34, sin bullanguería alguna.

El capitán logró agarrar un pelo, lo arrancó, el dolorcillo le produjo satisfacción. Además, era joven y optimista. Decidió enviar el prisionero a Madrid. Que resolviesen allá. Claudio levantó el puño con el mayor entusiasmo.

—Viva la República, compañero.

—Viva.

—Salud.

—Salud.

Entró en la capital con un convoy de abastecimiento, después de haber dado al capitán y a un teniente, llamado al efecto, todos los informes que le pidieron y otros más que adujo voluntariamente. El Maño se lo agradecería, o, por lo menos, así se lo figuraba, aunque no muy claramente.

Don Nicasio Gómez de Urganda vivía, con su barba, en la calle de Velázquez. Era hombre de peso y seso, buen orador como se puede suponer y bastante satisfecho de sí y de su ciencia. No dudaba de gran cosa y menos de sus dotes políticas, por la sencilla razón de que carecía de ellas, aunque, eso sí, tenía grandes facultades de cacique. Lo cual explicaba el equívoco.

Contaba, ante todo, con el rendimiento de sus discípulos, que le rodeaban de una corte donde nada faltaba, del lamezancajos al bufón, todos ellos bien colocados en prebendas gubernativas desde el advenimiento de la República, a cuya traída tanto había contribuido el ilustre tribuno. El, desde luego, no aceptó ningún cargo público. Era un intelectual, nada más que un intelectual. Algún consejo de administración más —que no los despreció bajo el ominoso dictado de la monarquía—, algún cargo bien retribuido en cosas tan de su competencia como la Tabacalera, los petróleos, o el Banco de España, pero, eso sí, ninguna cartera, ninguna subsecretaría —y no porque no se los ofreciesen en las numerosas crisis sucesivas. Tenía su peña, donde criticar; y sonreía, en el secreto.

Con la guerra prestó sus servicios profesionales al Gobierno y se hablaba, por aquellos días, de su marcha al extranjero, al frente de una Legación. El negaba: Mi sitio es Madrid, al lado del Gobierno.

Tras no pocas indagaciones lograron alcanzarle por teléfono.

—¿Claudio Luna? Sí. Desde luego. No. Que yo sepa, nunca fue de derechas. Discípulo mío, desde luego. Tráiganlo. Sí, respondo por él.

Bastó aquello, y Claudio Luna se vio libre por las calles de Madrid.

III

Lo primero que hizo fue entrar en una peluquería y hacerse afeitar el bigote. Con ligeros retoques, el uniforme le servía. Madrid era, naturalmente, el mismo, pero cambiado. La mayoría de los coches, más veloces que meses atrás, llevaban anagramas pintados en blanco, según los sindicatos, partidos y agrupaciones a que pertenecían. Milicianos de *mono* azul. Fusiles. Pero, superficialmente, las cosas parecían seguir su curso normal: las tiendas estaban abiertas, la gente tomaba el sol. Las patrullas recorrían las calles. Se oían algunos disparos. La soledad señoreaba manzanas enteras.

Claudio, que no era ningún portento de inteligencia, pensó que le convenía huir de sus amistades de los últimos meses y acogerse a las que tuviera años atrás, cuando todavía no frecuentaba los cafés donde se reunían los Sánchez Mazas, Alfaros, Mourlanes, Peláez y otros Sánchez, núcleo intelectual de Falange. Por otra parte —pensó—, no deben de andar sueltos. Consideró, un momento, la conveniencia de acogerse al asilo de una Embajada. Pero eso era declararse beligerante y, lo que él quería, y suponía posible, era desligarse de todo y que le dejaran en paz. Para eso, necesitaba dinero, y no lo tenía. Tendría que pedírselo a algún amigo de su padre. Y avisar a su familia que, sin duda, a esas horas, llevaría su luto.

Le habían devuelto las veinticinco pesetas que llevaba encima. Entró en un café de la calle de Alcalá para poder pasar revista, con tranquilidad, a quién podía recurrir.

Con los Cifuentes no había que pensar. El viejo, seguramente, estaría en París. Igual sucedería con la familia de Rigoberto Martínez. Eran las dos familias más amigas de la suya. Tal vez pudiera probar llamando por teléfono... Pero, ¿si estaban intervenidos, como seguramente lo estarían? ¡Gentes de izquierda! —se atosigaba—. ¡Gentes de izquierda! ¿Los Torner? Sí, ¿por qué no? Don José Torner era un pintor célebre, viejo liberal, con sus ribetillos republicanos por aquello de ser oriundo de Valencia. Y, ya se sabía: Blasco Ibáñez, Sorolla, el propio Benlliure, conservaban, para la gente —quién sabe por qué—, un cierto tinte democrático, quizá nacido de la condición humilde que los arropó en sus comienzos.

Fuese a la calle de Valverde, donde vivían. Le abrió una criada vieja, a la que recordaba vagamente. Don José había muerto y su familia estaba en Valencia.

Subió hacia la Gran Vía y, al llegar a la Telefónica se acordó de Dorita Quintana. ¿Cómo no había pensado antes en ella?

Lo reunía todo: era argentina y amiga íntima de toda clase de políticos de izquierda. Tuvo ganas de empezar a bailar. ¿Estaría en Madrid? ¿O ya en San Sebastián el 18 de julio? Entró precipitadamente en un café, consultó el listín de teléfonos y marcó el número. Jadeaba. La llamada, intermitente, se le hizo eterna. Telégrafo Morse que le parecía marcar su destino.

—¿La señorita Dora?

—Acaba de salir.

—¿Tardará mucho en volver?

—No lo sé. ¿Quiere dejar algún recado?

—No. ¿A qué hora volverá?

—¿De parte de quién?

—De Claudio Luna.

Se volvió al pronunciar su nombre, como si hubiese cometido una imprudencia.

—La señorita no dejó dicho nada.

—¿Irá a comer? Es urgente.

(¿Qué tontería acabo de decir? ¿Por qué urgente? ¿Cómo se lo explicaré?)

—No creo que vuelva hasta la noche. No dejó dicho nada. ¿Quiere usted que le diga algo?

—No, nada. Ya volveré a llamar.

Las cosas no salen nunca exactamente como uno quisiera. Pero está en Madrid. Estoy salvado. ¿Qué hago hasta la noche? ¿A quién más puedo buscar? Lo mejor sería meterme en un sitio donde no me vieran. Un hotel. Pero no tengo dinero.

Claudio Luna es de esos incapaces de pedir una habitación como no tenga, en el bolsillo, lo necesario para pagar una semana de hospedaje. Salió a la calle, el sol restallaba en las fachadas. La primera persona con quien tropezó fue con Dorita Quintana.

Lo de Dorita es un decir, que la moza es alta y con carnes abundosas que explaya con ganas, amiga, como lo es, de no pasar desapercibida. Altas piernas, alto pecho, anchas pantorrillas, anchas caderas sueltas. Los hombres se vuelven y ella se queja, encantada. Dorita escribe, pinta, esculpe, estudia griego, filosofía, psicoanálisis, medicina, toca el piano, cocina, baila como nadie, va, viene, no pierde conferencia, cock-

tail —cuando los había—, recepciones, hija como es
de un diplomático fallecido, pero de todos bien recor-
dado. Vive de una corta pensión, que se gasta los
primeros días del mes y luego, sin saber cómo. Tiene
amores desgraciados y es adorada por don Ceferino,
hombre casado y de buena posición, que pasa por todo
y responde de lo que sea. Dora es sentimental, buena
y capaz de cualquier cosa. Se interesa por todo y habla
de lo que sabe e ignora. Miente sin darse cuenta y sin
que le importe. Los ojos saltones, la boca ancha y
húmeda. Veintitantos años, no tantos como dice la
gente. El corazón grande, albergue propicio de penas
ajenas. Se desvive por ayudar a la gente. Va y viene,
arregla esto y aquello. Y fulano, y fulana, y la comedia
de Pepito, y el retrato que acaba de hacerle Gabrie-
lito. Todo son diminutivos, todos hijos suyos, todos
buenos y mejores.

—¡Dora!

—Hombre, Claudio. ¡Tantos años sin vernos!
¿Dónde te habías metido? No supe más de ti después
de lo de Anita. ¿Qué ha sido de Anita? ¿La sigues
viendo? ¿Dónde vives? ¿Qué haces? ¿Militar? Te
sienta bien el uniforme. ¿Con quién estás? ¿Sabes
que Luis está con Mangada? Alfonso anda con Sarabia.
¡Buena la han armado! Pero no saben lo que les espera. Yo trabajo en Marina. Con Prieto. Traduzco.
Es fantástico. Eso sí que es vivir, y no lo que hacíamos
antes. Pero, chico, di algo. ¿Me convidas a tomar una
copa? ¿No vas por la Alianza de Escritores Antifascistas?

—Acabo de llegar.

—Vas a ver, aquello está fantástico. Estamos
todos. Todos trabajan. Bergamín, Gustavo Durán,
Díez-Canedo, acaban de llegar los Alberti, Prieto, Cha-
bás, Farías, no tienes idea. Da gusto. Tú, ¿dónde
estabas?

—En Burgos.

—¡No me digas! ¡Qué bárbaro! ¿Y te has escapado? ¡Eres un hacha!

—No tengo un céntimo, ni dónde ir.

—No te preocupes. El mundo es nuestro. Es fantástico. Te darán un cuarto en cualquier palacio de los incautados. ¿Qué piensas hacer?

—No sé.

—¿Quieres trabajar en Instrucción Pública? Están organizando unos grupos para hacer teatro para los pueblos. ¿O te gustaría más en lo de la Protección Artística? ¿Hablas inglés o alemán? Porque ahora sería el momento. Necesitan traductores. No lo digas, pero en el Palace hay una misión soviética. Gustavo va a trabajar con ellos.

—Ya sabes, yo, un poco de francés y gracias.

—Es una lástima. Pero no te preocupes. ¿Tú eras de Izquierda Republicana, no?

—No. Nunca he pertenecido a ningún partido.

—No importa. Podemos ir a ver a Rosales. El te colocará en Hacienda. Hacen falta ingenieros.

—Yo estudio Derecho.

—Mejor. Hace falta gente en los Bancos. ¿Quieres que vayamos allá? O mejor le llamo por teléfono. No, quédate. Yo hablo con él. A mí no me puede negar nada. Y viniendo tú fugado del otro lado, menos.

Dorita se levantó y fue, majestuosa como siempre, a llamar por teléfono a Damián Rosales. Claudio no daba crédito a lo que veía. Daba gracias a Dios, con quien se reconciliaba a favor de la tercera copa de manzanilla que paladeaba, sintiéndose nacer. Todo cobraba color y calor.

—Hecho. ¿No te lo decía yo? Vas manaña a verle, a las once. Hoy no puede. Tiene no sé cuántas juntas.

Rosales le había preguntado si ella respondía de él. No quedó atrás la generosidad de la exuberante y entusiasta argentina.

—¡La de cosas que va a hacer el Gobierno! ¡Ya verás! La reforma agraria, las nuevas escuelas, los nuevos maestros, el nuevo teatro, los museos acrecidos, las bibliotecas populares, el arte para el pueblo...

El entusiasmo de Dora Quintana era sincero y convincente. Claudio se dejó ganar, deseoso, ante todo, de olvidar. Para esconderse, lo principal era cambiar de caparazón. Realizaba su muda con facilidad. Sin darse cuenta de que quería, ante todo, esconderse a sus propios ojos, convencido de que así nadie iba a reconocerle.

—¿Y cómo están las cosas del otro lado? ¿No se dan cuenta que están perdidos? La marina, el dinero, todo lo tenemos nosotros. Las noticias que tenemos son tremendas, han fusilado a no quieras tú saber cuántos. Bueno, tú lo sabrás mejor que yo.

Claudio pensó, un segundo, que aquella mujer estaba jugando con él, que lo sabía todo. Le ardieron los adentros, estuvo a punto de echar a correr.

—¿Te acuerdas de Adela? Se casó con el tercer Secretario de la Legación del Brasil. ¡Figúrate, pobrecito! Vamos andando hasta la Alianza. ¡Ya verás qué biblioteca! ¡Y la tenían cerrada como una cueva! Por mucho que se destruya con lo que está saliendo de cuadros y de libros saldremos ganando. Vamos.

Claudio pretextó un vago quehacer. No quería meterse entre estudiantes e intelectuales que seguramente sabrían de su amistad con los falangistas, de su asistencia a sus peñas y, tal vez, de su ingreso en el Partido, aunque eso era más difícil. Mientras todo se redujera a Dora y a su grupo de íntimos todo iría bien: Había dejado de verlos desde hacía tres años y no era él persona de quien se hablara. Por otra parte, nadie tomaba muy en serio a la Falange por aquel entonces.

Dorita se fue, Gran Vía abajo, meneando los adornos que Dios le había generosamente otorgado.

Se verían a la caída de la tarde, en casa de la joven.

—Verás, chico, te presentaré a una cubanita, que... ya verás.

Madrid. Estaba en Madrid. Las ventanas cuadriculadas le parecían páginas enormes de un libro. No lo lograba creer. Madrid y el Maño. Pero, ¿fue él quien lo remató? Empezaba a dudarlo.

La luz redonda de la lámpara de bolsillo. El Maño tirado en tierra —tirado de tirar, de tirar a matar— y él, él con su pistola en la punta de su brazo, como si el cañón de la misma fuese un índice prolongado, terrible, vomitando, acusador. Sí, no había duda. El sol parecía plomo, pesaba. Se dejó caer en una silla y le limpiaron los zapatos.

¿Qué haría hasta la noche? Huir de los que le pudieran reconocer, hasta orientarse y tener un escondrijo seguro. Y luego, si era posible, a Barcelona, o a donde fuera, donde no le conocieran. Pero, ¿qué hacer hasta las seis de la tarde, expuesto como estaba a que alguien se fijara en él y recordara sus últimos antecedentes?

Se metió en un cine de actualidades. Vio tres veces el programa, no aguantó·más y salió a la calle a las tres de la tarde.

Sí, naturalmente, podía ir a ver a la hermana del Maño. Eso lo sabía desde el principio. Pero no quería hacerlo. ¿Por qué, qué necesidad tenía de ir a verla? ¿Qué le contaría? ¿Qué más daba? Ya lo tenía planeado, sin haber pensado siquiera en ello. Pero, ¿por qué meterse en la boca del lobo? Era absurdo. ¿Qué había visto en el cine? Un corto acerca de Islandia. Sí. Dos dibujos animados de Walt Disney. Actualidades norteamericanas. Una cosa de cómo limpiar los cristales y un señor de Kentucky que fafricaba conchas de madera. Y vistas de Barcelona, retahílas de camiones repletos de combatientes que salían hacia Aragón. El presidente Roosevelt, los últimos trajes de baño. Aquellos muslos, aquellos pechos cínicos, cilíndricos, perfectos, aquellas sonrisas a tanto el segundo. Al fin y al cabo, ¿por qué no ir a ver a la hermana del Maño?

Sin querer, ya estaba en Las Salesas, bajó hasta la Castellana. Aquel traje de baño blanco, brillante... Cruzó el paseo y, sin darse cuenta, ya estaba rondando el 18 de Ramón de la Cruz.

—Arriba, principal derecha.

La portera lo miró con desconfianza. Tardaron muchísimo en abrir, tuvo que llamar tres veces, y contar luego hasta veinte. Ya se marchaba cuando entreabrieron.

—¿Qué deseaba?

—¿Sirve aquí una tal Pepita Oliete?

La vieja lo miró con curiosidad.

—¿Servir?

—Le traigo noticias de su familia.

—¿De su familia?

La vieja entrecerró los ojos, para ver mejor. Dudó un momento. Luego se apartó y dijo, con cierta chanza:

—Pase usted.

El recibidor, un tanto recargado, era buena muestra de una casa burguesa en su apogeo de hacía cincuenta años: perchero, columnas salomónicas con estatuillas de negros venecianos, palmeras artificiales, cortinas de terciopelo carmesí.

—Pase usted.

A la derecha, el salón. Una sillería Luis XV, dorada, tapicería ajada; un juego de espejos, en marcos dorados muy envolutados de oro; mesillas, tapices. Cojines.

La vieja se asomó a otra habitación.

—Diana, aquí hay un señor que pregunta por ti.

Y, volviéndose hacia Claudio:

—¿Quién le dio la dirección?

—Su hermano.

—¿De veras?

El hombre estaba desconcertado. Evidentemente la vieja —pequeña, insignificante, con un bigotillo— le miraba con cierta malicia.

—No sabíamos que Pepita tuviera un hermano... Aquí la llamamos Diana. Por casualidad sé que se llama Pepita.

—¿Con quién tengo el gusto de hablar?

—Teresa Revilla, para servir a Dios y a usted.

Hubo una pequeña pausa, la vieja prosiguió, amable.

—¿Usted no es de aquí?

—No, señora.

—¿Nunca había venido aquí, a la casa?

Un busto del Dante, de mármol blanco, y grandes cuadros de flores en anchos marcos dorados. Gruesos cortinones de tapicería, y otras blancas, de tul, con lazos azules. Una luz amable, una temperatura templada.

—Siéntese, hágame el favor. No tarda.

Un suspiro.

—¡Qué tiempos, Dios mío, qué tiempos! ¿Usted es militar?

—No.

—¿De la policía?

—Tampoco.

—¿Cuándo cree usted que acabará todo esto?

—No lo sé.

—¿Pronto?

—Es de suponer.

Claudio, en las dudas, empezaba a darse cuenta, y a tranquilizarse. Se sentó.

—Con su permiso.

—Está usted en su casa. Tendrá que perdonarnos: esto no es sombra de lo que era antes. ¿Cree usted que volverán los buenos tiempos? Esto, antes, daba gloria. Ahora ya no hay gente decente.

—¿Qué le importa a este señor lo que pienses? ¿Cuántas veces hay que decirte que te calles?

—Es que el señor tiene cara de persona decente.

La que había entrado era una mujer morena, alta, de frente un tanto estrecha, cejas pobladas, nariz aguileña, boca bien dibujada, con las comisuras cortadas por dos graciosos pliegues que le formaban las mejillas, la barbilla voluntariosa.

—Usted perdone. No sabe lo que dice.

—¡Que no sé lo que me digo! Ya quisieran más de cuatro...

Y salió.

—¿Viene a ver a Pepita? No tarda, estaba arreglándose. Su hermano, ¿está en Burgos?

—Sí. Estaba...

—¿Dónde anda ahora?

—Ha muerto.

—Ah...

—Antes de morir me encargó que avisara a su hermana, para que ella, a su vez, lo hiciera saber a sus padres.

Entró una joven.

—Buenos días.

—Un momento. ¿Quieres esperar un momento? Quiero decirle dos palabras al señor.

—Con permiso.

La joven se retiró, llevando tras sí la mirada desconcertada de Claudio.

—¿Es ella?

—No. Yo soy la hermana de Jaime. El no supo nunca... mi manera de vivir. Perdone el engaño, en estos tiempos no se sabe nunca. ¿Dónde murió?

—En Burgos.

—¿De qué?

—Una pulmonía doble que se lo llevó así, de pronto.

—Y usted, ¿viene de allá?

—Sí.

—¿Cómo es eso?

—Pues...

—Dispense la curiosidad.

—Es muy natural.

—¿Estaba bien? Quiero decir, contento. ¿Se casó?

—No.

—Hacía mucho tiempo que no sabía nada de él.

A aquella mujer parecía no importarle mucho la muerte de su hermano.

—¿Dejó algo?

—No creo. Estaba de pasante en casa de...

—Eso sí lo sabía.

Cayó la conversación en un pozo. La mujer pasó su mano por la frente.

—¡Qué le vamos a hacer! Así es la vida.

Así es la vida, pensó Claudio. Es curioso: dicen así es la vida, cuando se trata de la muerte.

—¿Le gustó la valencianita?

—¿Quién?

—La chica que entró antes.

—Sí.

—Ahora se la mando.

—Es que no tengo dinero, ahora.

—No importa. Ya pagará otro día. Es lo menos que puedo hacer para pagarle su molestia.

—Muchas gracias.

Claudio se sintió inundado de una profunda alegría. ¿Qué más podía pedir? Se marcharía a las seis menos cuarto. Para colmo de bienes, Dora no vivía lejos.

—¡Julieta!

Entró la moza.

—¿Vuelvo a llamarme Julieta?

—Sí. El señor es un amigo. Habíamos preparado un pequeño «qui pro quo» —dijo la Oliete, dando en entender su cultura, y cómo había calado la condición señoritil del visitante—. Podéis ir al cuarto azul. El señor es mi invitado.

Julieta es joven y bien metida en carnes, los ojos grandes, la ojeras moradas, la nariz pequeña y redonda, la boca chica, la barbilla suave, con una ligera papada, dulce, que llevaba a un corto cuello y a un pecho abundante y firmemente sostenido sobre una cintura estrecha, caliente, que cabe en el hueco de dos manos. Las piernas cortas, los pies pequeños. Dulce. La piel como pelusilla de melocotón, blanda, como ciruela madura.

—Me gustas.

—Y tú, a mí.

¿Quién lo decía?

—¿Volverás?

—Cada vez que pueda —un silencio y el largo deslizar de la mano por el perfil suave de todo el cuerpo, del dedo gordo a la frente.

—¿No podríamos vernos fuera de aquí?

—¿Para qué? Ahora no viene nadie. No sé cómo te abrieron. ¿De qué conoces tú a doña Josefina?

—¿Yo? De nada.

—¿Entonces?

—Cosas de la vida.

La frase volvió a chocar en los adentros: El Maño, cosas de la vida.

Todo fue a pedir de boca. Damián Rosales le colocó en una dependencia del Banco de España. A imitación de algunos de la C. N. T., en la que ingresó, Claudio Luna empezó a dejarse crecer la barba.

Pensó avisar a sus padres, pero tuvo miedo. Y lo dejó estar, ya habría ocasión: lo primero era su tranquilidad. Además, tenía la sensación de haber roto con su pasado, de ser un hombre nuevo. Dudó si debía cambiarse el apellido. No lo hizo porque Dora le había presentado con el verdadero. Iba todos los días a la calle de Ramón de la Cruz, charlaba —sin pizca de remordimiento— con Pepita y se acostaba con Julieta. Se acoplaban perfectamente. Ella había querido ser actriz, y no lo logró. Se volvía pava en cuanto había que levantar la voz. Se consoló pronto y jugaba al teatro, con el mayor éxito, en cuanto podía musitar las cosas.

Una tarde, cuando, ya anochecido, Claudio iba a salir, lo retuvo Pepita.

—Un amigo quiere hablar contigo.

—¿Un amigo?

—Sí, pasa.

Entró en el salón y se enfrentó con un desconocido, de gafas oscuras. Joven, alto, de nariz aplastada, y, como todos: sin corbata.

—Rafael Sánchez.

—Usted dirá.

Pepita desapareció a una indicación del mozo.

—Te felicito. Todos te daban por muerto. ¿Has hecho alguna gestión para que tus padres sepan que vives?

—No.

—Magnífico. Ahora cuéntame cómo te las has arreglado.

Claudio intentó salir del atolladero callando lo principal. Pero no le valió sino felicitaciones.

—Me doy cuenta, pero no te preocupes. Puedes tener confianza. Tengo datos fidedignos. Sé de tu comportamiento ejemplar, lo mismo en Burgos que en el frente. Y, desde luego, tu actuación aquí ha sido de una habilidad asombrosa. Vas a sernos utilísimo. Como comprenderás, Mola entrará en Madrid antes de un mes. Estos desgraciados no saben lo que les espera. Por ahora no tendrás relación más que conmigo, y eso a través de Pepita. Tu puesto es demasiado bueno para echarlo a perder con una imprudencia.

—Pero, es que yo no quiero meterme en nada.

—¿Lo dices en serio?

—Y tan en serio.

—No lo puedo creer.

—Pues créetelo. Pasé lo mío, y ya basta.

Claudio se daba cuenta de lo falso de su situación, en seguida se le representó que la persona que tenía delante sabía lo necesario para obligarle, pero jugó la carta, por si acaso. Como es natural, no le valió. Se lo reprochó luego y procuró enmendarse, sin gran éxito. Adujo que quería probar a su interlocutor. Este había seguido sin ambages:

—Una de dos: o te denunciamos, o le contamos a Pepita lo de su hermano, puedes escoger. Y, si no, ambas cosas. No queremos demasiado: que nos informes de cuanto puedas saber en el Banco, que no será poco. Y que trabajes unas horas, de noche, en una emisora que tenemos.

—¿Dónde?

—Aquí.

—La descubrirán.

—¡Cá! No tienen con qué.

Era verdad.

Dora le había conseguido una habitación en casa de un amigo cuya familia había medio huido a Francia, dejando una solterona y un sobrinillo, para que no dijeran. Vivía también allí el secretario del Subsecretario de Marina, con su mujer. Así, la casa estaba al cubierto de incautaciones. Solían desayunar juntos.

A la mañana siguiente le encontraron mala cara a nuestro joven. Claudio adujo una pésima noche, lo que era cierto.

¿Qué hacer? Podía denunciar a Pepita, hacer causa común con el Gobierno. No hay duda que se lo agradecerían. Pero, ¿y Julieta? ¿Y sus padres? Además, al fin y al cabo, era de Falange. Harían indagaciones. Se sabría de su posición política inmediatamente anterior a la rebelión. Claro que una buena traición arregla muchas cosas. Pero... Además, al fin y al cabo, aquel hombre auguraba que los suyos iban a llegar pronto a Madrid. Las noticias militares lo abonaban. Podría, quizá, conllevar la situación, traicionar, pero poco: no decir cuanto sabía, sino lo necesario para quedar bien. Se daba cuenta de que, si le descubrían no le iba a servir para maldita la cosa, pero: quedaba bien consigo mismo. A medias, como siempre.

Era evidente que lo de Mallorca había fracasado, Mola estaba en Gredos; Yagüe, en Talavera de la Reina. El 10 de septiembre supo que, el día anterior, habían llegado a Arenas de San Pedro, fusionándose, los ejércitos del Norte y del Sur. En estas condiciones, se aseguraba en su iniquidad: ¿Quién no haría lo que yo?

De ocho a nueve transmitía unos mensajes, en clave, de la que no tenía conocimiento. El aparato estaba metido en la despensa de la casa, bastante bien oculto tras pilas de ropa blanca que habían sido, allí, el pan de cada día. Por otra parte, el jamón, las conservas, las patatas empezaban, si no a escasear, sí a ser atesoradas y no habría de sorprender su falta en los aledaños de cualquier cocina.

El 3 de septiembre Alvarez del Vayo y Araquistáin fueron a sacar a Largo Caballero de la cama y le convencieron de que debía tomar el poder.

—¡Ahora sí!

Madrid empezó a cambiar de fisonomía, parecía que las piedras se tintaban de otro color, menos dorado, más gris, más serio. Corrían menos coches.

Pero el 20 los rebeldes tomaron Santa Olalla, el 21 Maqueda, Torrijos el 22, el 26 estaban a 10 kilómetros de Toledo. El 13 Mola había entrado en San Sebastián, el 22 estaba en Zumaya. En Asturias, el día 14 ocuparon Grado. En Andalucía, el 15, cayó Ronda, el 21 Jerez de los Caballeros, el 22 Torres Cabrera y Arjinarrojo. El 29, en Burgos, Franco fue nombrado jefe del Estado y Generalísimo.

En Comunicaciones sabían, naturalmente, de la emisora facciosa, pero no la podían localizar: faltaban los medios. Gustavo Gómez Arredondo, encargado del servicio, no daba pie con bola.

Las reuniones, en casa de Dora Quintana, habían variado no poco. Primero se habían reducido.

Quién sabe cómo, primero unos cubanos, terceros secretarios de la Legación, luego el canciller de Colombia, después el cónsul general del Brasil, que no solían faltar, de cuando en cuando, a probar el daiquiri de Dorita, habían ido desapareciendo, los unos avisando y los otros sin hacerlo. Dora había intentado cubrir las bajas con otras personas amigas. Estos dieron un aspecto distinto a las reuniones.

Vinieron algunos periodistas de *El Sol* y *La Voz,* cuya redacción estaba cerca, Gustavo Gómez Arredondo y un poeta jorobado, de grandes ojos dulces, muy aficionado a las novelas policíacas. Claudio Luna solía llegar tarde. Iban luego a cenar a cualquier tasca y, algunas veces, recalaban en Martín o cualquier cabaret.

El tono de la conversación solía ser despreocupado, se procuraba no hablar demasiado de la guerra, como no fuera para pedir el parte oficial. Los pesimistas callaban.

Una noche se le escapó a Gómez Arredondo algo referente al problema que le preocupaba. Se interesaron todos, mientras Claudio se puso blanco y a sudar. El jorobadillo aseguró que dar con la emisora era lo más fácil del mundo. Iba a explicar el cómo cuando el funcionario de Comunicaciones le atajó.

—Si de veras se te ocurre algo, ven a verme mañana.

—Hecho.

Claudio dio parte de la conversación. Se encontró con Rafael Sánchez en la Biblioteca Nacional. Este le tranquilizó.

—No te preocupes. Faltan sólo unos días. Luego, ya verás. He avisado a tus padres. Ya llevaban luto. Están orgullosos de ti.

A pesar de todo el joven estaba lejos de tenerlas todas consigo. Adelgazaba. Le dolía el estómago.

—Lo que tú tienes es miedo —le dijo Julieta.

—¿Que tú, en mi lugar, no lo tendrías?

—Pues sí.

—¿Por qué no nos vamos?

—¿A dónde?

—A Valencia. ¿No tienes familia allí?

—¿Y los salvoconductos? A ti no te tiene que ser difícil conseguirlos.

—¿Qué razón doy?

—Cualquiera. Que tu padre está grave.

—Saben que está en Burgos.

—Arréglatelas.

—Es fácil de decir.

—Ahora salen muchas dependencias del Gobierno. A Albacete y a Valencia.

—A Albacete, es verdad, y no sé a qué santo. Es un pueblacho indecente.

—La cuestión es salir de aquí.

Salir de aquí... De donde quería salirse Claudio era de su piel, se encontraba incómodo en ella. Convertirse en mosca. Eso era lo que quería, lo que deseaba. Lo tenía todo muy bien pensado: una vez vuelto mosca se metería en un coche, bajaría hasta Atocha, volaría hasta el rápido de Valencia, se introduciría en un coche cama, con lo que tal vez se aprovecharía para ver desnudarse una mujer de su gusto. En Valencia, iría al Grao y, en un barco, a Francia.

Claro está que tampoco estaría mal meterse en la Presidencia del Consejo y asistir a un Consejo de Ministros para enterarse de la verdad de las cosas.

Gómez Arredondo recibió al jorobeta en su despacho del Ministerio de Comunicaciones.

—Tú dirás.

—Es el huevo de Colón: quizá no es cuestión de un día, pero seguro. ¿Hay posibilidad de cortar la corriente eléctrica por sectores, no?

—Desde luego.

—¿Vosotros oís las transmisiones?

—Sí.

—Bueno. Entonces se corta la corriente, pongamos del barrio de Salamanca. Si la transmisión se interrumpe, pues ya se sabe dónde está, en qué barrio está la emisora, y luego se sigue haciendo lo mismo por calles, si es posible; y luego, de casa en casa. No puede fallar.

Gómez Arredondo se quedó de piedra.

—¡Qué imbecil soy! —exclamó.

—O qué inteligente soy yo —dijo, sonriendo, el poeta.

—¿Quieres ayudarnos?

—Con mil amores.

A los tres días sorprendieron a Claudio Luna.

La detención de Claudio Luna, y su inmediata confesión, obtenida sin dificultad, con todo lujo de detalles necesarios e innecesarios, llevó la policía a casa de Dora Quintana, que se tragó un susto de órdago. Su buena fe evidente la salvó de mayores males, pero no la libró de pasar una noche en la Dirección General de Seguridad. Lo que bastó para que, al día siguiente, hiciera las gestiones necesarias para salir de España, lo que consiguió fácilmente, en horas. Tan pronto como llegó a París se las dio de víctima y habló pestes de la República.

Por pura casualidad no estaba Julieta en el piso de la calle de Ramón de la Cruz al presentarse allí la policía. Volvía del cine. La aglomeración de algunos curiosos ante el patio de la casa le advirtió de que algo anormal sucedía. Se hizo la distraída y vio salir, custodiados, a Pepita y a Claudio. No le costó trabajo hallar acomodo en otra casa. Una vez allí, se puso a pensar. (Julieta Jover era así: decidía las cosas de antemano: ahora voy a divertirme, ahora voy a dormir, ahora voy a pensar, ahora voy a comer, y se divertía, dormía, pensaba y comía sin interferir otras actividades. Por eso, tal vez, sus decisiones eran firmes y nunca se volvía atrás.)

A Julieta la política le tenía sin cuidado, no le importaba lo más mínimo. Cuando escapó de su casa quería ser cómica. Lo intentó y no lo logró. Se dio cuenta de sus fallos y, una noche resolvió dejar las tristes tablas que pisaba, y ser puta rica. No iba por mal camino, cuando se interpuso el alzamiento militar. Dada su condición pensó que más le convenían los rebeldes y no tuvo empacho, aun sin ayudar en nada, en tolerar los tejemanejes de Pepita y Claudio. Se enamoriscó del joven por esa particular e importante condición. Pero, ahora, la cosa variaba. No iba a entremeterse; lo que le convenía era volver a casa en espera de una hora mejor. Había que reconsiderar la situación. Si vencían los republicanos no parecía que el oficio que había elegido últimamente tuviera gran porvenir inmediato. De vencer los otros, sería otra cosa y siempre habría tiempo. Es decir, que le convenía entreabrir un paréntesis. Para llenarlo nada mejor que la familia.

Pero no fue así: al ir a buscar su salvoconducto para dirigirse a Valencia tropezó con Lola Cifuentes; la conocía de cuando quiso ser actriz; al mes estaban en Barcelona.

Un Tribunal Popular, de los de reciente creación, juzgó a Claudio y a Pepita. Los condenaron a muerte, con todas las de la ley. A Pepita, quién sabe por qué —Rivadavia sí lo sabía—, le conmutaron la pena. Don Nicasio Gómez de Urganda intervino para salvar la vida de su antiguo discípulo.

—¡Hombre! ¡Hombre! —decía estirándose la barbichuela—, ha sido discípulo mío...

No le cabía en la cabeza que varón que le hubiese escuchado fuera reaccionario.

—Es un buen chico. Eso de fusilar es una barbaridad.

Logró que se pospusiera la ejecución.

TERCERA PARTE:
MADRID

Asunción Meliá

I

Como siempre, voy a llegar tarde al ensayo.
Quisiera saber por qué me sucede. Y no hay remedio.
Adelanté el reloj media hora, pero lo sabía. Fue
peor. ¡Y cómo me regañaba mi padre por eso! Mi padre... muerto. ¿Qué ha sido de Amparo? Nadie lo
sabe. O no me lo quieren decir. ¿Qué haría con ella,
si se presentara, ahí, en la puerta? La mataría. Pero,
¿cómo? No tengo pistola. Vicente me quería regalar
una, pequeña. Pero no quise... Si la tuviera, y ella
estuviese ahí, ¿qué haría? ¿Matarla? ¿Tendría valor?
No. Gritaría, gritaría para que la arrastraran. La arras-
traría por los pelos, por la calle, hasta matarla. Así,
sí. ¿Podía? ¿Podría matar a alguien? Disparar, sí.
¿Disparar sobre alguien que no conociera? Tal vez.
Pero sin verlo. En una trinchera, sí. En el campo, sí.
Desde una ventana. Pero así, frente a frente, no. Eso
se queda para los hombres. Los hombres, esos salva-
jes... Vicente. Vicente me quiere. Me quiere, pero no
me lo dijo. Pero me lo dirá. Me lo dirá si no le matan, ahora en el frente. Me besará. ¿Qué se siente
cuando la besan a una? Gonzalo lo intentó el otro
día, pero yo le hurté la boca; sinvergüenza. Y luego
me dijo que no tenía importancia. Un beso es una

cosa muy importante. Debe de ser algo muy importante. Sentir los labios de otro sobre los míos. Es
raro. ¿Por qué el amor se manifiesta así? A mí me
gustaría más que me abrazara mucho, mucho tiempo;
y estarnos así quietos, quietos, con mi cabeza recli-
nada en su hombro. Luego cogería mi cabeza con
sus manos y la volvería lentamente hacia él, para que
nos miráramos en los ojos, y me besaría. Si ahora en-
trara Vicente, y me besara... Estoy sola en casa. ¿Qué
haría? ¿Entraría? Tal vez no se atreviese. Sí, ¿por
qué no? No somos novios, ni nada. Sin embargo...
Es raro, nunca me ha dicho nada, pero soy su novia.
¡Cuánto me gustaría que me besara! Estar entre sus
brazos. No es guapo. No tiene nada de guapo. Y, sin
embargo, nunca podré querer a otro. Es tan bueno,
tan recto, tan seguro de sí. Ahora con la guerra, claro... ¿Habrá besado a otra mujer? Padre se volvió a
casar. Ha debido de tener novias. Nadie se las conoce. Nunca me han hablado de ellas, Josefina, que es
tan buena lengua, jamás me insinuó nada. Si hubiese
tenido otras novias ya se me habría declarado. Es tímido, no se atreve porque no sabe cómo hacerlo. Quizá yo debiera darle pie. Pero ¿cómo? Cuando hablamos, hablamos de otras cosas. Me gustaría tanto pa-
sarle mi mano por el pelo. Ese pelo revuelto, que no
se puede peinar. ¡Me daría tanto gusto! ¿Qué dirían
si supiesen que éramos novios? No dirían nada. Ahora
estamos en guerra. Además, nos podríamos casar pronto. ¿Yo, casada? ¡Cómo se iba a poner la tía! La estoy viendo. *¡Esa chiqueta! Estás boixa... ¡Als teus
añs...!* Pero ya voy a cumplir dieciocho. Claro que
dicen que no los parezco. Pero los tengo. Podríamos
vivir aquí, ahora que padre ha faltado. Lo mataron.
¿Qué pensaría? ¡Padre! ¡Padre! Estoy segura de que
pensaste en mí, en mí sólo. En lo sola que me deja-
bas, en qué sería de mí. ¡Padre! Yo te juro que seré

buena, buena siempre: para ti, y por mí. Estoy segura de que aprobarás que me case con Vicente. Te era simpático. Y él te quería bien. Ya viste todo lo que hizo por salvarte. Pero podía poco. El es bueno, sabes. Hoy he estado todo el día en las Juventudes. Tenemos mucho trabajo. Ahora «El Retablo» seguirá por los pueblos, y luego iremos al frente. Me dejan ir. La tía no quiere, pero no me importa. Ya tengo dieciocho años, casi, y haré lo que quiera, por mucho que reniegue. Cuando vayamos al frente tal vez representemos algo en la unidad donde esté Vicente. Y luego, cuando ganemos, ¡todo será tan fácil! Claro que pueden matarlo. Pero no sería justo: ya te mataron a ti, por equivocación, pero te mataron. ¡Padre! Hoy me dijo Uribes que debíamos considerarte como un héroe. Sí, un héroe. Ya sé que eso te sonará un poco extraño. Pero es la verdad: me lo dijo. Gracias a ti han descubierto a unos espías, a unos de Falange. Me dijo que debía estar orgullosa de ti, y lo estoy, papá. Lo estoy. Por eso procuro no llorar. Y, ya ves, no lloro. Y eso que estoy sola en casa. Vamos a ir a Puebla Larga, a Carcagente, a Alcira, y a otros pueblos pequeños. Y luego, al frente, a hacer teatro. Yo creo que hago bastante bien mis papeles. Pero no quiero ser actriz. ¿Qué quiero ser? Cuando me case con Vicente, dejaré «El Retablo» y me dedicaré del todo a las Juventudes. ¡Ya verás qué España vamos a hacer! Quizá sea maestra, porque habrá escuelas en todas partes y faltarán maestras. Me gustaría ser maestra. Y estoy segura que a ti te hubiese gustado que lo fuese. Y Vicente… Bueno, eso de maestra dependerá de lo que haga Vicente. ¿Me ves casada? Yo, no. O sí. No sé. Amparo Gracia se casó ayer con Luis Galván. No la conocías. Ella tiene diecinueve años. El, veinte. Sus padres se oponían, pero se casaron, y cuando se acabó la ceremonia cada uno fue a su trabajo. Luis es responsable de los Salesianos. Vicente no mira ninguna otra chica, siempre va conmigo. Me lo cuenta todo. Su casa es una olla de grillos. ¡Tantos hermanos y hermanas! Y todos hacen lo que les da la gana. No se entienden. El no quiere seguir estudiando comercio. Yo no sé qué aconsejarle. La verdad es que cuando ganemos, ¿para qué quiere saber comercio? Cuando ganemos... ¿Te representas, padre, lo que será España? Todo será de todos. Y todos trabajaremos para los demás, y los demás para uno. Todos sabrán leer y no habrá injusticias. Según lo que trabajes, así serás recompensado. Así, ¿quién no querrá hacer lo mejor que pueda? España se pondrá a la cabeza de las naciones, con Rusia. Ya no habrá ricos ni pobres. Todos saciarán su hambre. Tú no lo verás, pero es lo que querías. Y, donde estés, lo verás con gusto. Si mamá viviera... Si mamá viviera, nada de todo esto hubiese sucedido. Te volviste a casar. ¿Por qué? Parezco tonta. Ya sé, los hombres necesitan mujeres... ¿Tú crees que Vicente...? No, Vicente, no. Vicente me quiere, y yo estoy viva, aquí. Tú..., fue porque mamá faltó. Si te hubieses casado con una buena mujer... Tú no tuviste la culpa. La culpa fue de ella. ¿Por qué mandan a Vicente al frente, si los Jover se quedan aquí? ¿Lo habrá pedido él? Es más hombre que todos, y hay que darlo todo. Pero podría haberme dicho que me quería. Me hubiese besado. Un beso. ¿Qué sentiré cuando me bese? Debe de correrle a una algo por la médula, y entregarse: sentirse del otro, embebida, olvidada de todo, con los ojos cerrados, de noche, fundida... A lo mejor me llevo el gran chasco. Enriqueta dice que soy tonta, que no tiene nada de particular.

Tengo que pasar por casa de Santiago, antes de que se me haga más tarde.

II

Josefina Camargo y Santiago Peñafiel salieron a las afueras del pueblo. Tenían un par de horas libres antes de la función. La huerta se les ofrecía, llana, con sus montes lejanos, azules ya del atardecer. Se metieron por un camino estrecho, bordeado por acequias. Corría el agua con su glú-glú apaciguador. Piaban algunos pájaros. Los últimos moscardones del día susurraban, equivocados, cerca de las orejas antes de enincharse en las flores. La paz era inmensa. Unas barracas, cercanas, parecían desiertas. Sus cruces se recortaban en el cielo, la paja oscura de sus techos y el jaharro blanco de los adobes se dibujaban claros en los verdes y la ligera niebla de la llanura. Santiago tomó la mano de Josefina. Siguieron andando sin decir palabra. El silencio era demasiado grande —en extensión— para que intentaran trocearlo.

Josefina, fea y todo —pero con «personalidad», como solían decir—, sabía mucho del deseo de los hombres. Además no era una niña, con sus veintidós años y una orfandad penosa a cuestas.

(—Dime, ¿qué le ves tú a Josefina?

—Hija, no sé: tiene un algo.

—Es fea.

—Sí. Pero tiene un algo.

—Como no tiene padre ni madre os creéis que será más fácil.

—No.

—Picada de viruelas.

—Pero tiene un algo.

—Picada de viruelas y con una boca donde le cabe la puerta de la Catedral con Tribunal de las Aguas y todo.

—Sí. Pero tiene un algo.)

Santiago la quería, como quería a cualquiera que tuviera a mano, o en el recuerdo. No había mala intención en sus inclinaciones. Tenía dieciocho años, medía un metro ochenta y le gustaban las mujeres. Todas, sin distinción. Era fuerte y las necesitaba, desde los doce años. La verdad es que siempre pareció tres o cuatro años mayor de lo que era. Bueno, sencillote, sin malicia, guapo como la huerta, fecundo. Hijo de un fontanero de la calle de Gracia. Las perindongas de los aledaños de la casa paterna le debían muchos favores de los que no sacaba orgullo alguno. Hasta que falleció su padre, y él aceptó encargarse de aquel almacén de maderas. En «El Retablo» hacía de todo: carpintero, traspunte, apuntador, escenógrafo, mozo de carga, administrador, actor que a todo se acomodaba. Amén de escoger el repertorio, y dirigirlo. Su padre fue republicano, y él también. La madre, pequeña y beata, no se metió nunca en aquellas cosas «de hombres»; y vivieron en paz.

A Josefina le atraía el toroso mozancón, pero hasta ahora no habían tenido ocasión de salir juntos, y solos. Lo de hoy era una casualidad ya que, por otra parte, José Jover tenía el ojo avizor; pero aquella tarde tuvo que ir a Alcira, a preparar la función del día siguiente. Aprovecharon tranquilamente la coyuntura.

Se sentaron en un ribazo, entre la yerba, las piernas en el quijero, casi a ras del agua clara que corría con mesura. Sin más, la besó y Josefina se abandonó. Tumbados en el suelo veían el azul sin nubes, entre los tallos altos. Cuando fue a hablar, ella le puso un dedo sobre los labios. Luego, dijo ella:

—Creí que te gustaba Asunción.

—¿Asunción?

Volvía del otro mundo.

—Tú lo has dicho: me gustaba.

—Aún ayer.

—No te lo puedo explicar, Fina. Me gustaba Asunción, y Manola, y Visantela. Pero, a través de todas ellas, la que yo quería era a ti.

La volvió a besar.

—No te creo, pero me es igual.

La guerra había roto muchos diques.

Montaron su tinglado en la glorieta del pueblo, entre cuatro castaños de Indias. La gente se agolpaba alrededor. Representaron tres entremeses, uno de Cervantes, otro de Torres Villarreal y otro de Alberti. La gente reía. Peñafiel no se cansaba nunca de verles reír. La mayoría no había visto nunca un escenario. Conocían el teatro de oídas. Muchos no habían ido nunca a Valencia.

Por la noche, en la posada, envueltos por el acre olor de estiércol, José Jover les puso al corriente de la situación: los rebeldes —a lo que decían— estaban a las puertas de Madrid, aunque los partes del Gobierno hablaban todavía de Talavera. No lo querían creer.

—Entonces, ¿qué hacemos aquí? —dijo Peñafiel.

—Vámonos a Madrid. Que se vuelvan a Valencia los que sean con los trastos y nosotros nos vamos a Madrid, en el coche.

—Vosotros, ¿quiénes? —preguntó Josefina.

—Pepe, Santiago, Julián, Julio, Luis y yo. Vosotras podéis volver con la camioneta.

—Yo voy también.

—Por de pronto, mañana tenemos que trabajar en Alcira.

—¿Y si están llegando a Madrid te parece decente que vayamos haciendo teatrito por ahí?

—¿Por qué no?

—Pues, porque no. Justamente por eso: porque no.

—¿Crees tú que si vas a Madrid todo se resolverá?

—No lo sé. Pero yo voy allá.

—Yo también voy —dijo Asunción.

Se volvieron todos hacia ella, sumida en la oscuridad de la cocina.

—Sí, hija, tú también...

—¿Y por qué no vamos todos?

—¿Con decorados y todo?

—Con todo y todo.

—Siempre podremos actuar en el frente.

—Si nos dejan.

—Aunque no nos dejen.

Les entró a todos un gran entusiasmo. Hasta a Peñafiel que, con su buen sentido común a cuestas, se lo reprochaba.

—*Ché, anemsen a dormir, y demá será un atre día. Vorem.*

Josefina y Asunción durmieron en la misma cama. Las noches refrescaban y las sábanas parecían húmedas. El cuarto era grande, enladrillado, con contraventanas de madera que mal cerraban. Por bajo de la puerta, viniendo del balcón, se filtraba un vientecillo traidor. Una cómoda coja, una palangana desconchada y una mesa desvencijada por todo ajuar. El crucifijo había desaparecido, dejando su huella en la pared pintoja. Un cromo, con una maja abanicándose, muy a lo Romero de Torres, sabía más del paso de las moscas que del trapo de quitar el polvo.

—¿A ti te gusta Santiago?

—¿A mí? —preguntó sorprendida Asunción—. No, ¿por qué?

Se defendía, como siempre. No contaría nunca, nunca, lo pasado. Además, ¿con qué palabras hubiese sido capaz de hacerlo? Había sucedido hacía un mes apenas. Fue a casa de Santiago a dejarle un recado; le cogía de paso, allí en la calle de Guillén de Castro, cerca de las Torres de Serranos. Llamó, le abrió el mozo y la hizo pasar. Estaba solo en casa, su madre y sus hermanos habían salido.

—Tenemos reunión a las cinco. ¿No está tu madre?

—No. Fue a entregar.

—Bueno, pues ya me voy.

—¿A dónde vas tan de prisa? Tienes tiempo. Siéntate. ¿Sabes algo de Vicente?

—Está por Talavera.

—¿Qué cuenta?

—Nada. Me ha escrito dos postales.

—¿Vas a ir al cine después del ensayo?

—No.

—Si quieres, te llevo.

—Bueno.

Santiago se sentó a su lado y la besó. ¿Qué le sucedió? Asunción no lo sabe ni puede explicarse su dejadez, el repentino reblandecer de sus miembros. Sencillamente, lo dejó hacer. Nunca ha podido concebir por qué no gritó, por qué no se defendió. Huyó. Rehuyó hablar luego con él. El muchacho no insistió. Pero ella no vive desde entonces, rebajada, deshecha, con un dolor que no la abandona. Enflaquece.

—Pero de Vicente sí que estabas enamorada.

—¿Yo?

—Tú. Si no quieres hablar de estas cosas, buenas noches.

—Buenas noches.

La sensación desagradable de las sábanas húmedas y el horror de tropezar con una pierna de Josefina.

(Esta no habla nunca. ¿Qué sentirá? ¡Bah!, es tan flaca que no le deben interesar los hombres. Pero a mí no me engaña Santiago, cómo la miraba ayer, en el coche. Es una hipócrita. Pero lo que es Santiago, a ese le pesco yo. Es demasiado joven, pero parece mayor. Nos casaremos. Iremos al Partido y que nos case Gonzalo, que es juez.)

(Vicente. Debes estar en el frente, quizás estés muerto a estas horas. Y yo estoy aquí, y soy tuya porque te quiero. Tal vez estés muerto. Vicente. Ahora iremos a Madrid. Quizá nos veamos. ¿Cómo te lo contaré? Porque eres el único que lo tiene que saber. Te lo tengo que decir. ¿Para qué? No lo sé, pero te lo tendré que decir. Verás como no me será difícil. Te lo diré así, llanamente, como la cosa más natural del mundo. Al fin y al cabo, nunca me dijiste que me querías. Si me lo hubieses dicho, si me hubieses besado una vez siquiera...)

¿De qué color es la tierra? La piedra es gris y blanca, pero, ¿la tierra? La esconden hierbajos secos, la cortan los cantos rodados, rocas a flor de tierra, algunos arbustos. A lo lejos, los montes cambian de color según la hora y lo claro de la atmósfera.

Vicente Dalmases tiene los pies deshechos en sus botas informes, es lo que más le duele, y eso que los hombros le pesan y tiene una moradura, en el derecho, que cada vez que dispara se le hunde y atraviesa todo.

Está tumbado en un hoyo, bastante bien protegido. A su lado está Esteban Arriaza, un mozo de

Epila a quien le cogió el 18 de julio haciendo el servicio en Madrid.

A lo lejos, Parla, y allá, Valdemoro. Acaba hoy octubre. Llevan quince días retrocediendo. Quince días: Torre de Esteban, el 14; Chapinería, el 15; Valmojado, el 16; Azaña, el 17; Illescas, el 18; Navalcarnero, el 22; Esquivias, el 24; Torrejón de la Calzada, el 26; Batres, anteayer.

A Vicente le regurgitan los nombres ilustres de la historia de España. No se diferencian mucho, en la realidad, de los anónimos. Pero los tienen que dejar. Dicen que contraatacamos, que Caballero ha proclamado «que ahora tenemos aviones y tanques». Pero, ¿dónde están?

Quince días de retirada: desde que llegó al frente. Y no se puede hacer otra cosa aunque se quiera: siempre, siempre, las órdenes de retroceder. Atrás, atrás. Si no, nos copan. Ahí está el quid: si nos quedamos: nos copan. Y atrás, atrás, atrás. A pegarse a la tierra, a disparar y atrás. Ahora, no. Ahora tienen un buen sitio. Un hoyo hecho adrede, que domina la carretera.

¿Cómo han podido llegar hasta aquí? ¿Cómo no han podido librar Toledo? ¿Es que no tenemos nada? ¿Y los discursos de Prieto? El dinero, la Marina... Ni una mala ametralladora. ¿Y los aviones, y los tanques? Solos, defendiendo a España. Hay que morir. Bueno, se morirá. El recuerdo de Asunción. No le hablé, no la besé. Mejor.

¿Será posible que entren en Madrid? ¿Será posible que ganen? Si es así, mejor quedarse aquí, abonando la tierra, para que retoñe.

—Mira qué gurrión más raru.

Un gorrión. ¿A ese qué más le dará que ganen los fachas o nosotros? Pues sí, le tiene que dar. El trigo ha de saber de otra manera. Todo es indivi-

so. Las piedras también serán de otra manera. Quizá
ni el gorrión, ni las piedras, pero sí cómo los vean
las gentes. Y eso es lo que importa.

—Duerme un rato. Luego te despierto.

—Dimpués, ora sería pior.

—No. Ahora no se ve a nadie.

—Está buenu.

Y se queda como muerto.

Pía el gorrión en la soledad del campo castellano. ¡Qué sueño! ¿Dónde está el enemigo? ¿Y si
nos copan? Vicente alza la cabeza tras las piedras que
le protegen. Allá, a la derecha, está un grupo, lo adivina, y tras aquel ribazo, otro.

Vicente deja su fusil, la mano entumecida se
le distiende sin querer, lentamente. Se tumba de espaldas. Ve el cielo a través de una mata de lentisco,
en el tallo brilla una gota de resina medio seca, detenida por una irregularidad del tallo. Si pudiera, la
estrujaría entre los dedos, para olerla y recordar Porta Coeli. Pero no puede. Porta Coeli, los pinos y, a
lo lejos, el mar. El Mediterráneo, azul, como una corteza de naranja. Azul y naranja. Asunción, tus ojos
garzos, tu pelo dorado.

Cochinos piojos, garrapatas endemoniadas. ¡Es-
taos quietos! ¡Quiero quedarme como estoy, no quiero rascarme! Es peor.

Grandes nubes se abullonan allá enfrente. Parla y Valdemoro... Anteayer Batres, y antes Torrejón,
Esquivias, Illescas. La tierra que pisó Cervantes. El
Quijote. Voy a morir sin haber leído entero el Quijote; entero, seguido. La Mancha, ahí detrás, enorme,
llana y después Valencia, allá abajo, verde y roja. Porta Coeli, y el mar. Asunción. Dulce, Dulcinea. El To-
boso. Un pueblo como éstos. Más llano.

Y si perdemos, ¿qué? ¿Cómo hemos de perder? ¿Cómo lo van a conseguir? Los obreros del mun-

do entero se levantarán como un solo hombre. Como un solo hombre...

Hoy por ti, mañana por mí, como dice Esteban. Si ganamos... ¡Qué no hemos de hacer de España! Una España libre y trabajadora, una España nueva, donde cada quien tenga lo que deba de tener. Una España donde los campesinos sean dueños de la tierra que trabajen, una España donde todos sepan leer, una España con agua. Sí, haremos que España tenga agua. Y ¡cómo no la ha de tener si nos ponemos todos a que la tenga! Este secano... Y, sin verlo, cara al cielo, Vicente ve la tierra que lo circunda, la tierra que ha pisado batiéndose en retirada, esa tierra seca, convertida en la que él más conoce, en la huerta de Valencia. Tierra blanda, roja, que tinta pegajosa y no ese polvo que todo lo vuelve amarillo y pardo. Tierra rica, con entraña, que da mil veces lo que le dan, bien cuidada. España, cubierta de espigas. Hojaldre.

Se le despierta el hambre. A los lejos reemprende el cañoneo. El aire se conmueve.

A ver si ahora nos dan. ¿Tengo miedo? Sí, tengo miedo.

Se vuelve, panza abajo, y coge el fusil. Mira entre las piedras. Nada se ha movido. El gorrión se fue. La tierra seca, polvorienta, descolorida de sed. Cuelgan unas vainas secas de una planta que no conoce. Secas también, las semillas se marcan en el exterior, esféricas, más oscuras, como si fuesen lentejas. ¿Serán lentejas? No lo cree. Guisantes, guisantes de olor. Y otra vez Valencia. Guisantes de olor, como mariposas rojas, carmesíes, moradas, blancas, con su suave fragancia deleitosa y sus tirabuzones de fresco verde, su corola grande, en forma de abanico, y su blanca quilla delantera. Y el olor, casi imperceptible, ese olor fresco, vegetal, ligeramente aromado de verde, de tierra buena y bien mojada. Bálsamo. Asunción.

Si estuvieses aquí, a mi lado, tumbada, y yo te pudiese besar los ojos cerrados, temblando como palomas vivas bajo tus párpados leves. ¡Cómo se echaría a volar tu mirada hacia mí, cuando los abrieses!

Están disparando a gusto sobre aquella loma desierta. ¡Cómo se levanta el polvo! Destrozan la tierra, y las piedras. Se despierta Esteban.

—¿Qué pasa?

—Nada. Están arreando allí, a la derecha.

—¿Qué hacemos?

—Esperar.

—Tengo hambre.

—No pueden tardar.

Alargan el tiro. Ahora se quedan bajo el arco de fuego.

¿Por qué no atacamos? ¿Por qué no los arrollamos hasta la frontera portuguesa? ¿Por qué no los echamos al mar? Si nos levantáramos todos gritando... Sí, nos segarían con sus ametralladoras. ¡Qué rabia! Si yo tengo razón... ¡Si yo defiendo el pueblo y la legitimidad! ¿Por qué no nos ayudan a destrozar a los rebeldes? ¿Es que la República no la votó el pueblo? ¿Es que no se levantaron en armas como unos bandidos? ¿No han faltado a su palabra? ¿No leí, hace unos días, que Franco le escribió al ministro de la Guerra, ¡a últimos de junio! *Faltan a la verdad quienes presentan el ejército como desafecto a la República; le engañan quienes simulan complots a la medida de sus turbias pasiones.* Judas desleales, perjuros, mentirosos, deshonrados, traidores, felones, desertores. Y lo sabe el mundo entero. Y deja que nos entierren.

Toma su fusil y dispara, dispara. El hombro le duele horriblemente.

—¿Qué ves? —le pregunta Esteban.

La voz le vuelve a la realidad. No se alcanza más que tierra, y los obuses por arriba, silbando.

Llega la orden, allá, desde la derecha:

—Atrás. Atrás.

Hacia Alcorcón. Madrid se adivina a lo lejos. Ya no hay nada que hacer. Un momento, Vicente Dalmases piensa en abandonar, en marcharse, de una vez por todas, a Valencia, a su casa y taparse la cabeza para no saber nada más. ¿Para qué seguir? Nos han dejado solos. Solos, a cada uno de nosotros, sin remedio.

3 de noviembre

En Valencia no les quisieron dar gasolina para el camión y decidieron ir a Madrid en el coche de Sanchís, para ver a Renau, director de Bellas Artes, y ponerse directamente a sus órdenes con tal que les dejaran actuar en el frente. Todos querían ir. Por fin se acomodaron en el automóvil, además de su dueño, Asunción, Josefina, Santiago Peñafiel y José Jover. No cabían más. Era el 3 de noviembre. Comieron en Minglanilla. Empezaba a hacer frío, y ninguno tenía muchas ganas de hablar. Sanchís, desde la muerte de Manuel Rivelles había cambiado del todo en todo. Se reprochaba no haber ido con él. Estaba seguro de que, si hubiese insistido, le habrían admitido en la columna. Tuvo miedo, y ya no lo tenía. Josefina procuraba atender a Santiago. Este tenía bastante con pensar en los últimos partes de guerra. Asunción dormitaba, soñando que cada kilómetro devorado la acercaba a Vicente. Había relativamente poco tráfico. Caía la noche cuando llegaron a Tarancón. Allí, un remolino de todos los diablos atascaba la carretera. El pueblo estaba en manos de la C. N. T., que ponía toda clase de dificultades a los que no pertenecían a su organización, asegurando que los salvoconductos, así fueran del Gobierno, no servían como no vinieran refrendados por algún comité confederal. Por otra parte, la carretera de Andalucía estaba cortada y todos los coches que venían o iban a Albacete pasaban ahora por Tarancón, yendo o viniendo de Ocaña.

No pudieron pasar adelante, y se quedaron a dormir en el coche. Peñafiel se las agenció para comprar un jamón, que pan no había. Comieron lonja tras lonja, lo que les produjo una sed espantosa. Todas las casas aparecían cerradas a canto y lodo. No había ninguna luz, ni luna. Si algún coche encendía los faros, inmediatamente sonaba un pito y, alguna vez, un disparo. De cuando en cuando un miliciano, poncho y fusil terciado, se asomaba a una ventanilla, y les miraba. Alguno que otro les enfocaba con una lámpara eléctrica. Pasos y silencio. El frío los apretaba los unos contra los otros. Hacia las tres de la mañana la carretera se descongestionó y pudieron seguir adelante. Tras pasar Fuentidueña empezó a amanecer. El Tajo, a la luz de las estrellas tenía un suave color de acero bruñido. Ya el Tajuña era de plata, y el Jarama apareció dorado, entre las brumas moradas de un largo despertar del día. Un avión, que daba vueltas sobre la carretera los inquietó un momento, pero al ver que se trataba de un modelo trasnochado, desecharon todo temor:

—Es nuestro.

Ya estaban en Arganda. Todos los puentes aparecían vigilados. Fue la única tropa que vieron. En Vallecas había barricadas —muros de piedra y cemento—, con dos centinelas. Toda esta tranquilidad les refrescó los ánimos. Llegaron sin más al Ministerio de Instrucción Pública.

Renau los recibió en seguida:

—*Ché, ¿qué feu per así?*

Todos eran amigos. Lo primero que querían saber era la verdad acerca de la situación. Renau no les sacó de dudas.

—Lo único que os digo es que en Madrid no entran.

Desde lo lejos —en aquel quinto piso del caserón de la calle de Alcalá— llegaba un ruido sordo, continuado, oscuro.

—¿Qué es?

—Cañoneo.

Se miraron todos, y luego la cara sonrosada y sonriente de Renau:

—Sí. Pero no entrarán. Bueno, pero ¿qué queréis?

—Hacer teatro.

—¿No lo hacíais? ¿Ha pasado algo?

—No. Pero queremos hacerlo en el frente. Aquí.

Renau los mira con sorpresa, alegre.

—No son actores los que hacen falta ahora.

—¿Tan mal está la cosa?

—No. Si queréis, hablo con Roces. Pero me parece que no está el horno para bollos.

—Tú inténtalo.

—Ya veremos. ¿Dónde estáis?

—Aquí. ¿No nos ves?

—¿No paráis en ningún sitio?

—No. Pensábamos hablarte y volvernos para traer a los demás.

—Lo mejor es que vayáis a la Alianza de Intelectuales. Le decís a Farías o a Bergamín que vais de mi parte. Que os acomoden. Yo hablaré con el subsecretario y veremos qué decide.

Asunción se le acercó.

—¿No has sabido nada de Vicente Dalmases?

—No. ¿Dónde está?

—En el frente.

—¿En qué unidad?

—No lo sé. Lo único que me dijeron es que estaba en el Centro.

—Pues, *filla*...

Interviene Peñafiel:

—Dinos por lo menos dónde andan los fachas.

—¿No los oyes?

—Pero, ¿dónde?

—A equis kilómetros.

Luis Sanchís tenía en Madrid un primo hermano de su madre. Se llamaba Jacinto Bonifaz, y era peluquero, por Embajadores. La vivienda está en el entresuelo, tan bajo de techo como es costumbre, arriba del establecimiento, y se compone de dos cuartos oscuros sin más luz que la artificial, y una sala que da a la calle y en la que no entra nadie. Al fondo, la cocina y por ella hay que pasar para bajar a la barbería. Jacinto Bonifaz, que era gallego, se tenía por el más madrileño de los madrileños y hablaba echando zetas a voleo al final de cuanta palabra podía decentemente soportarla, creyéndose así de las propias Cambroneras. Más bien bajo, pero de buenos bigotes y muy satisfecho de sí. Una institución en el barrio. El señor Jacinto por aquí, el señor Jacinto por allá. Campeón de mus. Más que hijo de sus honrados padres parecía serlo de don Carlos Arniches. Pero no había ni que pensarlo, el sainetero alicantino no había estado en El Ferrol en fecha apropiada. Madrid, para el señor Jacinto, empieza en Cascorro y acaba en el Paseo de las Acacias, con una colonia, isla redonda y de buen cupo: la plaza de toros. Su cónyuge, doña Romualda, era de muy otra parte, de allá por Cuatro Caminos, donde todavía vivían sus padres, porteros en Ríos Rosas. El señor Jacinto entendía de todo, pero principalmente de toros, amigo particular que era de don Vicente Pastor, el torero más serio y más decente que jamás hubo. Y que no le vinieran con las gilipolleces del día: desde que se retiró su ídolo, no volvió a ver una corrida, lo que no le impedía discutir de lunes a sábado la del domingo anterior. Jacinto Bonifaz andaba por los cincuenta, y no había conseguido descendencia de su legítima, lo que le producía ciertos reconcomios que procuraba acallar —de cuando en cuando— en la taberna de su amigo Paco Suárez, dueño del bar Quito, famoso establecimiento de lo más moderno, enclavado un poco más allá de la Inclusa. Eso del bar Quito produjo infinitos chistes, que habían ayudado en algo a redondear el negociejo, no muy brillante de por sí. Fuera de algún que otro disgustillo producido por su más que mediana afición a las faldas, Jacinto Bonifaz había conocido una vida de lo más regular y decente, hasta que le dio por inventar una pomada especial para rizar el pelo. Subiósele ésta a la cabeza, y empezó a darse tono, hasta que un día un buen señor le amenazó con una pistola porque su digna esposa dizque había sacado malos pujos del ungüento, debido a su olor que, según don Bernardo, el agraviado, daba en pensar sin remedio en ciertas hembras innombrables. La *señá* Romualda dio la razón al ofendido, y ahí acabaron las ínfulas de independencia económica del señor Jacinto.

Su gran triunfo vino meses después, cuando consiguió la abolición de las propinas. Le quemaban la sangre. Hacía muchos años, fue el primero en escribir en el espejo que se enfrentaba al modesto sillón que le tocó en una barbería de la calle de Atocha: «No se azmiten propinas». Lo que le costó el empleo, porque el dueño, un asturiano bastante bruto, no lo consintió. Jacinto Bonifaz se hizo el apóstol de aquella causa, que retumbó con gran resonancia en el gremio de camareros. De ahí nació su reputación sindical, y su afecto por don Julián Besteiro, que le felicitó a la salida de un mitin.

—¿Hay que ser o no hay que ser? ¿Semos o no semos? Pos, si semos, hay que tener denidaz. La denidaz es lo primero.

Y a digno, no le ganaba nadie. A menos que se tratara de faldas.

«Porque si no se aceptaran propinas, hace tiempo que el mundo no sería lo que es. Las propinas no sólo envilecen a los que las aceptan, sino que hacen que el que las da desprecie al que las recibe.» Esta frase, que le escribió Salvador García, un mecánico de mucho pesquis, y que se aprendió de memoria el bueno de Bonifaz para soltarla en los momentos precisos, bajando el puño cerrado, con toda su fuerza, sobre lo que se le enfrentara, había despertado grandes entusiasmos.

Cuando el muchacho del almacén donde su mujer compraba lo necesario para el uso del establecimiento traía la mercancía: polvos, brillantina, bandolina, quina, peines, jabón, colonia o lo que fuera, el señor Jacinto miraba la factura, sacaba, con un lápiz, en la misma hoja, un riguroso dos por ciento, y se lo entregaba, prosopopeicamente:

—Toma, chico: el dos por ciento para ti. Conste que no es propina, sino una participación en los beneficios.

Con la guerra, para Jacinto Bonifaz no había dudas: de un lado luchaban los partidarios de las propinas, del otro los que querían suprimirlas de una vez para siempre.

Y era verdad.

Lo único que separaba el matrimonio era la lotería. El señor Jacinto, que se precia de racionalista, se opone a que su digna esposa compre décimos de cualquier número de los que tan profusamente ofrecen voceándolos, los que mal viven de esa falaz industria gubernamental: —Hoy sale, hoy.

—¿Por quién nos han tomado? El Gobierno de la República se dezhonra con no haber suprimido eza indenidaz ...

La *señá* Romualda no opina lo mismo, ella cree en la suerte, por mucho que le razone en contra el peluquero. Cree en la suerte y en la casualidad, Jacinto ha intentado, alguna vez, hacerle ver el origen irracional de su gusto, y lo indecoroso que resulta ganar dinero sin comerlo ni beberlo:

—¿O qué? ¿Es que ya sus vamos a poner a esperar el maná en la puerta de Palacio como si entoavía hubiesen alabarderos? Ya es mucha chirigota.

—¿Me vas a negar que hay quien tiene la negra?

—¿Y qué?

—Pos si hay quien no tié suerte, debe haber quien la tenga. Es lo natural. Y a lo natural no te vas a negar tú. Porque lo natural es lo natural...

—Pero, ¡repringue!, dos y dos son cuatro. Aquí, en Chamartín, en las Vistillas y hasta en Burgos.

—Nadie te dice lo contrario.

—La lotería es el hazmerreír de la sociedaz... La tomadura de pelo organizá.

Y para que voy a contar: puesta la conversación en esa pendiente, no acaba sino con el dormir. Y aunque Romualda sueña, un día sí y otro también, que ha sido «agraciá» con el gordo. Para jugar se sisa a sí misma:

—Por lo que pesa, esa col debía haberme costado veinte céntimos más. Esas medias ya no están para nada, pero si las zurzo me ahorro tres pesetas. Debiera comprar otro trapo pa'la cocina, pero éste

tirará entoavía un mes. El recuelo del café, no será
café... pero sabe lo mismo.

El bueno de su marido protesta de esto último, pero la mujerona asegura que la culpa la tiene
don Evaristo.

—¿Quieres verlo? Es el mismo de siempre.
Lo que sucede es que te vas haciendo más delicao.

Sea como sea, el décimo —y aun los décimos— no le faltan en cada sorteo. Ni las desilusio-
nes. Pero si no ha tocao, ya tocará en el próximo.

—¡Hoy sale, hoy!

—¡Roma, baja! ¡Mira a quién tenemoz aquí!

Eso de llamar Roma a la *señá* Romualda había
producido sus más y sus menos, pero, a la fuerza de
la costumbre ahorcan, y la buena mujer no tuvo más
remedio que apechugar con ello, lo que podía hacer
con facilidad dadas sus voluminosas prominencias
pectorales; el remoquete, eso sí, no había pasado del
umbral figarense. En la calle tenía otro, del que ya
hablaremos.

El efecto que le produjo al barbero la vista
del hijo de su prima Lucía no es para descrito, porque carece de importancia, pero desde luego no fue
cosa del otro jueves.

—¿Y a qué vienes ahora por los Madriles,
chavó?

Luis Sanchís se lo explica. Eso del teatro le
sonó bien al peluquero, que tenía —por extensión—
aprecio por los espectáculos, y gran respeto por la
Plaza de Toros de Valencia.

Con los años Romualda conservaba la perfección de sus facciones, que la hicieron famosa a los
quince. La nariz recta partía perfectamente unos ojos
grandes y negros y cejas abundantes que no desen-

tonaban, por la talla de la moza. Una boca pequeña y carnosa, y un color de rosa, bien equilibrado por sus mejillas, que nunca se marchitó. Una salud a prueba de lo que viniera y pelo, ¡Santo Dios!, ¡qué pelo! Fue su máximo orgullo, y el de la familia. Bien retorcido en un esplendente moño era lo más vistoso de esa mujer vistosa, no por su carácter, que bien le pesaba llamar tanto la atención. De cómo y por qué se casó con Santiago Bonifaz se podría escribir una novela; tal vez lo que más la empujó a ello fue la oposición de su familia, que a terca nadie le ganaba.

Romualda era grande en todo. Talla, circunferencia, voz y ánimo que le sobraban, y lengua. La *señá* Romualda hablaba más que Cicerón, y no traigo aquí al romano a humo de pajas ya que si Roma era el alias cariñoso de su cónyuge, y que al fin y al cabo nada tenía que ver con parte de nuestros antepasados, los vecinos la solían llamar la *Cicerona* sin que tuviera tampoco gran cosa que ver con el apodo el famoso orador, sino por aquello de los *cicerones,* de los que tenían algunas noticias, sobre todo por Anselmo Muñoz, hijo del estuquista del 22, empleado en el Museo del Prado. Desde luego, Romualda no tenía la menor idea de su doble ligazón con el Lacio. Lo de *Cicerona* le vino por el mucho hablar, no ya en sueños, porque caía como un trinco en la ancha y blanda cama matrimonial, y roncaba como el que más, sino porque tan pronto como despertaba dábale a la sin hueso sin parar hasta el momento en que volvía a perder los sentidos, a la noche siguiente. Jamás se había visto cosa igual: a destajo, por codos y coyunturas, a borbotones, rezongaba, murmuraba, barboteaba a solas, y no digamos cuando se le ponía por delante algún interlocutor fuera el que fuese, joven o viejo, hombre o mujer: se exclamaba y pronunciaba con tal facundia, desparpajo y verborrea que el oyente no tenía modo de meter cuchara, y, si alcanzaba a decir algo la hablanchina no le hacía el menor caso y seguía desovillando su verba como si tal cosa. Todo lo explicaba: lo que había hecho, lo que hacía y lo que pensaba hacer, no una vez sino dos o tres. Se repetía sin cesar con tal de no hacerlo. El flujo de palabras inundaba cuanto podía alcanzar, y lo sumergía sin remedio.

—Ahora voy a picar un poco de perejil —decíase a solas, y en voz alta, en su cocina— porque si lo dejo para luego a lo mejor me olvido. Y si me olvido no me acordaré. ¿Dónde puse el cuchillo de punta? Creo que lo tengo que dar a afilar. No. Mejor no lo doy, porque el Agustín es capaz de querer cobrármelo, total por un cuchillito de nada. Los hay desagradecidos. La prueba es cómo trata a la pobre de Angustias. ¿Dónde puse el cazo?

Se asomaba a la escalera, gritando:

—¡Eh!, Jacinto, ¿no has visto el cazo de aluminio? No, ya no me digas nada. Lo dejé en la alcoba. Parece mentira cómo se le va a una la memoria. Y luego dicen... Ese perejil está ya medio granao, se lo tengo que decir a la señá Gloria, porque luego la toman a una por tonta. ¡A mí! Ahora voy a pelar las patatas. ¡Hay que ver la de ojos que tienen! ¿Dónde he dejado el cuchillo? Si lo tenía ahí ahora mismo. A ver si pasa lo mismo que con el destornillador. Porque, ¡hay que ver la de cosas que se pierden y no se comprende cómo! Bueno, pues ya están dándole otra vez, aquí al lado. ¿Qué clavarán? Ayer estuvieron dos horas, dale y dale. A lo mejor es el Eugenio que hace un cajón, porque su ataúd todavía no será. También tiene guasa el viejo. Empeñarse en hacer los féretros de todos sus amigos. ¡Menudo gorigori! Señor, ¡y qué cosas se ven en este Madrid! Si entran los melitares, no va poder con tantos como tendrá que hacer. Lo que parece mentira es que les hayan dejado llegar hasta donde han llegao. Pero si piensan que Madrid es igual que lo demás, están equivocaos, pero que muy equivocaos. Lo que venga no será peor que lo del *año del hambre,* y por muchos Murates que traigan esos condenaos, ahora verán las de Daoiz y Velardes que van a venir.

La Romualda pertenece al sindicato de Oficios Varios, porque no trabaja en nada calificado. Sus padres tienen un retrato de Pablo Iglesias, «rubricao», como dicen.

—Pues, ¿qué se han pensao? —va diciendo— ¿que se lo vamos a dar todo de rositas? Ahora que don Paco es nada menos que presidente del Consejo... Antes debían haberlo hecho.

Jacinto se pirria por Besteiro. ¡Qué le vamos a hacer, de gustos no hay nada escrito! Pero a ella don Julián no le gusta, ni Prieto. Saben mucho, pero, ¿y qué? Por saber no come la gente. Más sabios que los curas... ¡Y ya se ve! Cuanto más sabios más rendivuses a los ricos.

La *señá* Romualda desprecia a los que viven en el barrio de Salamanca; tantas ínfulas, ¿de qué? Ella no tiene muchas ideas, pero las que se le clavaron en la mollera, esas, no hay quien pueda con ellas. Por ejemplo: ¿qué razón hay para que los hijos de los pobres sean pobres y los hijos de los ricos, por el hecho de serlo, nazcan entre sedas? Eso no hay Dios que lo justifique y hasta que no se remedie, el mundo no será mundo. Su única excepción era la Infanta Isabel, le simpatizaba *la Chata*. Pero esa ya la diñó. Y los militares no vienen más que a quitarle al pueblo lo que éste ganó a fuerza de sangre y de trabajo. ¡Que trabajen todos, rediez, que para eso todos tenemos dos manos y salimos desnudos al mundo! Cuando piensa en la desigualdad social la Romualda siente que le hierven las entrañas. Y, por si fuera poco, ahí enfrente está la Inclusa. ¡A ver quién le justifica eso! ¿Por quién nos han tomao? Si yo fuese la señá Gloria, mañana le dejaba al Eugenio hacer tanta caja mortuoria... ¡A cavar trincheras, remoño! Pero ya lo cogeré yo por mi cuenta. De esta tarde no pasa.

No es lo que piense, sino lo que dice. No la oye nadie, pero se oye ella, y es un consuelo. Así no se aburre nunca, y se ahorran de ir al cine, que no le gusta, porque los espectadores vecinos le hacen callar sus continuos comentarios. Además, todo lo que enseñan allí son guarrerías. Que, eso sí, a moral, no hay quien la gane.

Sonó la voz atiplada de Jacinto:

—¡Roma, baja! ¡Mira a quién tenemoz aquí!

Ni corta —que nada tenía de ello— ni perezosa —que tampoco conocía esa virtud— fuese la mujerona para abajo llenando todo el hueco de la escalerilla que daba al establecimiento.

—¿Qué pasa? ¿Quién es?

Ahora no tuvo más remedio que esperar la contestación del cónyuge, que le señaló a Luis Sanchís.

—Es Luis, el hijo de Lucía.

—¿Tu prima? ¡Chico, qué crecido estás!

No había tal, pero a la *señá* Romualda le parecía que era del más fino cumplimiento decirlo, quizá para respaldar su propio volumen.

—¿Y tu madre? ¿Qué pasa por Valencia? ¿Vienes para muchos días? ¿Qué haces? ¿Te has incorporado? Puedes quedarte aquí, porque en los hoteles son todos unos ladrones, y cocido como el de casa, ya puedes correr para comerlo, y si no, que lo diga éste. Hasta se te parece, Jacinto. No me digas que no: hay un aire de familia que no se despinta.

A tu madre hace cerca de diez años que no la veo. Seguirá tan famosa. Este me lleva prometido desde hace quince años llevarme a tomar los baños a Alicante y que si quieres. El bien que fue a la Feria de julio, en Valencia. Y estuvo parando en tu casa. Así que, ni hablar, tú te quedas con nosotros mientras estés en Madrid. ¿No habías estao antes? ¿Qué te parece? Claro, ahora no se puede comparar. Esos cochinos melitares tienen la culpa. Madrid, como hay que verlo es iluminao, esa calle de Alcalá, y esa Gran Vía, de noche, dan gloria.

Lo curioso, que yo recuerde: es que la *señá* Romualda ni siquiera las ha visto de noche. Y aun de día, cuando más, llega a la Plaza Mayor o a la calle de Postas, a un almacén de artículos de peluquería: que ella compra lo que hace falta para el negocio. Que así tiene ocasión de ampliar el radio de acción de su labia. A Cuatro Caminos —a ver a sus padres— suele ir, de mes en mes, en tranvía, en el que entabla sabrosas conversaciones. Podría coger el metro, pero el trayecto es más rápido, y no compensa.

El bueno de Luis no tenía escapatoria y tuvo que alojarse en casa de los fígaros.

—Han entrado en Getafe.

—¡Ay, leñe, eso sí que no! —aseguró la Romualda.

—¿Cómo que no, señá Romualda? —dijo asombrado Federico Alvarez, un chico del ultramarinos de dos puertas más arriba.

—¡Que no! ¡Se levantarán hasta las piedras! ¿O es que vamos a ser menos que los de Zaragoza o los de Gerona, leñe?

Se había educado oyendo leer a su padre los Episodios Nacionales de don Benito, y había soñado, de mozuela, con Salvador Monsalud, que ya la cogió más granada que Gabriel Araceli, cuyas andanzas oyó de viva voz siendo demasiado niña. Luego, con el tiempo, había visto a don Benito. Fue a la única persona a quien no se atrevió a hablar. A quien le chilla, ahora, es a su marido.

—¡Cómo van a entrar ésos en Madrid! ¡Pos no faltaba más! ¡Estaría bueno! ¿Dónde están los reaños? ¿O es que vas a afeitarle el cogote a los moros?

Aunque no iba con él, el bueno de Federico aprovechó la ligera pausa, tras la interrogación, para justificarse:

—Yo hago la instrucción todas las mañanas, en la Casa de Campo.

La buena mole se pasó el dedo índice bajo la nariz, seña de su más honda preocupación, y, mirando a su cónyuge, le preguntó:

—¿Y tú, qué haces?

—Yo, mujer... Pues la verdaz es que no me atrevía a decírtelo, pero en el sindicato hemoz formado un batallón.

—¿Un batallón de peluqueros? —había cierta guasa en la pregunta.

—¿Es que no somos tan hombrez como los que más? Y me han nombrado responsable.

El hombre pasó el dedo índice de su mano zoca bajo el bien retorcido bigote, en toque de orgullo.

—Acuérdate que estuve en Marruecos.

—¡Ah, concho! —exclamó la *señá* Romualda, cayendo de las nubes—. Ni me acordaba. ¿Por qué no me dijiste nada? ¡Claro, una no sirve, una no cuenta, una es un don nadie en su casa! ¿Conque responsable, eh? ¿Y qué estás haciendo aquí, mandarria?

—¡Mujer! ¡Ya avisarán! Por de pronto, mira.

Y el rapabarbas le enseñó, orgullosamente, un letrero donde se leía: «Aquí se afeita de gratis a los soldados del pueblo de Madriz».

—Entonces, ¿no has ido a la tertulia estos días?

—Pues, no.

La tertulia era en casa del boticario. La mujer fulminó a su marido con una de esas miradas de las que tenía el secreto, y se calló. Eso no sucedía más que cuando la Romualda descubría una nueva inclinación femenina en su cónyuge. Y solía reventar, diez minutos más tarde, en unos ternos que alborotaban a toda la vecindad. Porque quererlo, lo que se dice querer a su marido, la jamona no lo quería: lo adoraba.

Jacinto Bonifaz había subido a la sierra los últimos días de julio. Disparó unos tiros y, como hiciera mucho calor y faltaran municiones, se volvió para Embajadores, satisfecho de sí, con la seguridad de que, con su ayuda, la revuelta ya estaba sofocada. Luego, no había querido interferir en su optimismo, hasta que los refugiados, que subían por el puente de Toledo, le habían convencido que las cosas no andaban como las pintaban los partes oficiales. Si no le había dicho nada a su mujer era porque él no comulgaba con aquello del voto femenino y conservaba un viejo achaque de superioridad acerca del sexo débil, que justificaba su gusto por las faldas, entre ellas la de la pomada; que, si aguantó los malos modos del marido, fue porque lo de las sospechas del buen señor, por lo que a él se refería, tenían algo de ciertas, y aun algo más que algo.

4 de noviembre

—¿Qué haces por aquí? ¿No estabas en Barcelona?

—Vine a llevarme a mi padre. Pero no quiere... No hay quien le saque de casa. Prefiere morir mañana en su sala, que pasado en otra parte. Así son los viejos.

—Y algunos más.

—¿Tú, te quedas?

—Gracias a Dios no tengo que escoger, hago lo que me mandan.

El mediodía es hermoso. Los tranvías van y vienen. Todo está tranquilo.

—Están en Móstoles y en Fuenlabrada.

—Tú vives atrasado: eso era anteayer.

José Rivadavia, grande, gordo, pausado, se para un momento y mira a su interlocutor.

—¿No será un bulo?

Hay en la reflexión, más que pregunta, cierto retintín que hace sonreír a Templado. Se conocen, y sabe que no tiene secretos para nadie.

—¿No sabes...?, etc.

Julián Templado no puede callar. Muérese si no lo cuenta. Sea lo que sea. Quiere saber para repetir. Goza de llevar noticias. Jura, a veces, guardár-

selas: no puede. A los cinco minutos de charla con
el amigo:

—¿No sabes que...?

Se reprende, se anatemiza. No le vale: a la
noche cae en otra. Tanto monta noticia cierta, chisme o bulo, todo lo vuelca. Ciertas personas lo huelen y desconfían. Protesta: —¿Yo, por qué? ¡Ah!,
por nada, porque sí. Arguye: ¿Qué más da? ¿Qué
me importa? ¿No te basta saberlo? Sí, sí... Habla
por hablar. Si promete tener la lengua quieta, algo
más potente que su voluntad (¿la tiene?), le hace
arrancar con el chisme y no hay quien le pare. Si no
cuenta lo que sabe le pesa y se inquieta, revuelve,
destempla y hasta que no revienta no descansa. Pregunta siempre: —¿Qué hay? ¿Qué cuentan? ¿Viste
a Fulano? ¿Qué te dijo?

Si alguna vez se lo reprochan, cae en su último bordón:

—Porque me divierte.

Los demás se lo tienen en cuenta. No sabe
guardar, y menos la ropa. Para él lo sabido si callado no da gusto. Curioso, juzga a todos —como todos— a su medida: si no lo cuenta no es dichoso.
Si lee un buen libro no es feliz hasta que lo dice y
recomienda. Si descubre un cuadro, una música, una
muchacha, no para hasta hacer partícipe de cuanto
sabe o se figura al primer perengano salido al azar
de la primera cantonada. Su contento consiste en hacer partícipe a los demás de sus gustos, y, si son iné-
ditos, miel sobre vanidad. Lo da todo: espléndido de
sus sensaciones. Si no explaya lo que sabe y, sobre
todo, lo que acaba de saber se mustia. Odia a los que
no le cuentan lo que saben. Indiscreto, con la incons-
ciencia del agua que corre, del viento que trae y lleva,
de la pesadez de los cuerpos. Se reconviene y regaña

a cada momento, sin resultado. «Ahora me callo.» Y habla.

Habían llegado a la puerta del Ministerio de Justicia. Con su cachaza habitual, Rivadavia preguntó a Templado:

—¿No subes?

—¿Yo? ¿A qué?

—A la toma de posesión de García Oliver. Ver a un anarquista con la cartera de Justicia en el bolsillo es cosa que no se alcanza a ver todos los días.

—Bueno.

Rivadavia era amigo de algunos anarquistas de pro desde los lejanos tiempos en que estudiaba en París, allá por el 23 y 24, ganada una beca por sus buenas prendas y algunas amistades, que es como se consiguen esas cosas.

No había llegado nadie todavía.

—Los anarquistas son una cosa seria. Me extraña que hayan aceptado carteras en el Gobierno. Me habían dicho que la F. A. I. se oponía.

Un rumor les hizo asomarse a la calle. Unos cuantos transeúntes alborozados miraban el cielo. Salieron al balcón. En el cielo de plomo pasaban raudos unos aviones de forma extraña, nunca vista.

—¿Nuestros?

—Sí. Cazas rusos. Cinco.

—¿No hay más?

—Los habrá.

—¿Seguro?

—¿No dices que lo de Móstoles es ya cosa vieja?

Nunca sabe uno a qué carta quedarse con José Rivadavia. Parece gozar apagando entusiasmos, o divertirse inyectando optimismo cuando la gente está decaída.

Se sentaron, esperando. Rivadavia, hombre de tertulia, habló por hablar, puesto en el tranquillo del bulo y de los anarquistas.

—Las cosas son como son y no como quisiéramos que fuesen. Todos le dais demasiada importancia a lo inmediato. Lo que sucede siempre es una cosa sencilla y los folletines sacan su éxito de la complicación, para dar gusto a la gente. En este mundo todo se encadena sin que lo empuje el diablo, basta el hombre suelto. Con la fantasía y el deseo se desbaratan por sí mismos los planes más concienzudos. Treinta hombres puestos de acuerdo se creen suficientes para levantar el mundo. No dudan de nada. Más si tienen pistolas o han leído algo, a troche y moche, a la buena de Dios. Bástales una revista o un atentado. Y el bulo. El bulo es la única cosa seria, lo único que merece estudiarse en una guerra. Nada refleja mejor el ánimo de todos. Vosotros os empeñáis en que si lo económico, etc. Ignoráis la imaginación. Si sois fuertes acabaréis rectificando. Se cree lo que se quiere. El mundo no es más que la imagen del deseo. Nada ayuda a la policía como la imaginación de los demás.

—Y el miedo.

—Concedo: pero el miedo también es imaginación. En todas partes cuecen habas y se ven fantasmas: los fanáticos, victorias; los soldados, copos. El sentido común, la razón, acaban a mano de las suposiciones, de las entelequias: putos que huyen el postre del deseo. Los hombres viven con sus premeditaciones a cuestas y mueren a lo galápago, la cabeza dentro. Lo peor del hombre: la fe, asesina de imaginaciones.

«¿Hasta qué punto chancea?», se pregunta Templado. Vislumbra una amargura insospechada en el acetoso hombre de leyes.

—Se confían vencedores creyendo en albures. Nunca se sienta cabeza más que al margen de los propios sentidos. Contra inteligencia, imaginación: menuda broma del Creador.

De Rivadavia nadie sabía gran cosa. Murciano, al azar de un destino paterno, pero de vieja familia de abolengo, marqueses o aun condes —arruinados—, recluida en un villorrio montañés, rayano de Burgos. Taciturno en sus cosas, no recordaban sus conocidos haberle oído palabras de sí. Despreciativo e inabordable, menos para los cinco o seis que había escogido. Decíanle alto grado en la masonería. Rechazó, desde fines de julio, diez cargos en la Judicatura.

Musculoso y, al mismo tiempo, con algo fláccido e ido. Su adiposidad imponía más por la talla que por el diámetro.

—Un bulo no muere nunca de repente, primo de la calumnia: siempre queda algo.

Gran despreciador del mundo y amigo de los juegos de azar y de las más diversas sortiarias; no se le conocía mujer, ni querida. Quien había oído hablar de él de antiguo, recordaba un noviazgo roto en última instancia, sin explicaciones. Había, bajo su postura despreciativa, un fondo de arenas movedizas bien defendidas por un silencio de siempre.

—¿Y cómo eres tú tan amigo de García Oliver?

—Viví, de lejos, aquel famoso asunto de Vera de Bidasoa. ¿El 24? Baroja ha faroleado, luego, un mal libro sobre el asunto. A la base de aquéllo hubo, como en el fundamento de todo, un bulo. Los hombres cuando tienen un arma en la mano, creen disponer a su antojo del universo cuando, a lo sumo, son dueños de su vida. Y de su palabra. Por no enmendarla he visto muchos crímenes. Añade que un fusil de propiedad, así sea de caza, onubila el juicio. Con un arma ya está el hombre loco, no se creería más teniendo veinte. Todo es cuestión del número de manos que Dios nos ha dado. El suceso empieza en los alrededores de París, en casa de un muy nombrado anarquista francés, para mayor precisión y color, en Villeneuve Saint Georges. Se le ocurrió proponer a unos cuantos españoles que esperaban mejores tiempos, formar un grupo, limitado por el número de fusiles de que se disponía. Así nació el más o menos famoso grupo de los Treinta. No por nada, sino por la existencia y límite del arsenal. Tampoco los fines eran muy claros. Los anarquistas se agrupan y los porqués surgen luego. La cosa es que el grupo fecundó y todo el mundo quería ser de los Treinta. Exito del título: soy de los Treinta. Suena bien. Da la impresión de ser escogido, se siente uno de los elegidos. El orgullo y las condecoraciones las llevan los hombres en los sitios más insospechados. La vanidad es una fuerza oscura, madre de crímenes pequeños. A los tres meses, eran cuatro mil y celebraban reuniones en la Grange aux Belles. Al mismo tiempo funcionaban en París el por entonces famoso comité revolucionario de Marcelino Domingo, Ortega y Gasset, el bueno —que decía Unamuno—. A la C. N. T. la representaba Carbó. Los Treinta se confiaron con él. La cuestión era armarlos. Y se armaba la gorda, y Primo de Rivera al demonio. Se pidió dinero a todas partes, a América en primer lugar: santa vaca, siempre propicia al ordeño. Uno de los Treinta tuvo una idea genial: ir por los viejos campos de batalla: Reims, Laon, la Somme. Efectivamente, los chatarreros tenían grandes cantidades de fusiles, miles, no en muy buen estado que digamos. Pero eran fusiles. Los pagaron a treinta francos —siempre el mismo treinta—, unos con otros. Y a dos francos el kilo de munición, mezcladilla eso sí, pero munición, ¡ah!, y otros

dos francos por cada bomba de mano. Con lo que
se escribió a cada afiliado pidiéndole treinta y cuatro
francos. Todos respondieron. A última hora se rebajó
en dos francos la suma pedida, porque la organización decidió quedarse con las bombas de mano, por
si acaso. Por treinta y dos francos cada quisque recibió su *flingau* y su kilo de casquillos. Los enlaces
iban y venían. El éxito parecía seguro. El movimiento tenía, naturalmente, que empezar en Barcelona.
Y allí, como siempre, la Específica obraba por su
cuenta —y fuera de ella los grupos, sin hacer gran
caso del comité—. La cosa: que decidieron, una vez
más, que el momento de la revolución había llegado.
Viven tan encerrados en sus sueños, tan faltos de visión de lo que es, no ya el mundo, sino el estado real
español, que con los solos puños han supuesto mil
veces llegado el momento de su triunfo. Como siempre, el movimiento empezaría asaltando Atarazanas;
de allí se extendería. ¿Cómo? Eso ya no importaba.
Los Treinta, los cuatro mil, atravesarían los Pirineos.
Pero eso era secundario: en el momento en que se
dominara Atarazanas, para ellos ya no habría problema. ¿Armas? Las que tomaran en Atarazanas. Se pre-
vino a unos quinientos hombres para que estuviesen
al amanecer por los alrededores del cuartel. El plan
no podía ser más sencillo. Unos soldados adictos —tres
o cuatro— más otros cinco o seis de los suyos, vesti-
dos de soldados, abrirían las puertas del cuartel como
si fuese para dejar paso al aprovisionamiento. Una
vez adentro, sería cosa de coser y cantar. Que todo
es cuestión de sorpresa y dominar a pistola limpia.
El que me lo contó —y por ahí anda ya de teniente
coronel miliciano— cuenta haber paralizado seis o
siete mil ciudadanos con dos bombas de mano. Y le
creo. Lo que importa: aquella noche el enlace puso
un telegrama al comité de París, al de los Treinta:

«*Aquesta nit parirá la mare*». Eran las once de la noche cuando se recibió el tal, estando reunidos. Se discutió el caso y se tomó el acuerdo —desconfiados que son, con cierta razón— de silenciar la noticia en espera del día siguiente, y de informaciones complementarias. Además, no podían hacer nada sin órdenes de la organización —eso se llama disciplina—, y la F. A. I. no había dicho nada. Entre los presentes había un joven, muy echado para adelante, muy valiente, novato en esas lides. Al deshacerse la reunión, el niño, con su noticia a cuestas, no podía dormir. De un amigo a otro, bajo promesa del secreto más absoluto, fue dando por ahí la estupenda nueva: aquella noche, en Barcelona, se batía el cobre.

A las siete de la mañana despierta a mi hoy teniente coronel una trinca de buenos elementos:

—¡Hay que reunir a la gente! Nosotros sabemos esto, y esto y lo de más allá! ¡Esta noche ha empezado la revolución en Barcelona!

—Yo no sé nada.

—Que sí, que sí. Seguro. Las comunicaciones están interrumpidas.

—Nosotros no hemos tenido ningún aviso, ni de la Organización, ni de la Específica.

—No se sabe nada. Los periódicos callan. ¡Una prueba más de que las comunicaciones están cortadas! ¿Quieres más pruebas de que aquello hierve?

No hubo manera de convencerles, y se tuvo que convocar a la gente, por la tarde, en la Grange aux Belles. Allí el comité intentó explicarse y dar largas al asunto. Se armó el jollín. Pidió el comité unos minutos para deliberar.

—¡Sois unos cobardes!

—¡Vais a dejar que vuestros hermanos...!, etc.

No había quien les contuviera. Y no pienses en provocaciones. No. Eran compañeros a toda prueba: el hermano de Ascaso, diez como él. Olían a chamusquina y no querían que aquello sucediera sin su presencia. Barcelona ya era suya. Valencia, un mar de sangre. No se esperaba sino su presencia en la frontera, para rematar.

Se reunió el comité y acordó dimitir. Así acabó aquel primer grupo de los Treinta. Volvieron a la sala y dieron cuenta de su acuerdo. Ahora bien: para que vieran que no se rajaban, y que aquello de cobardes ni lo querían, ni lo podían consentir, anunciaron que ellos serían los primeros en cruzar la frontera. Se nombraron las comisiones para el reparto de armas y, a la noche, salieron, los unos para el país vasco, otros hacia Canfranc, los más hacia Puigcerdá. Cuando llegaron a Perpignán, los Treinta, con sus treinta armas, su provisión de bombas de mano, se enteraron de lo sucedido en Atarazanas: de los quinientos avisados, cuatrocientos ochenta y ocho hicieron tarde. Los compañeros de dentro cumplieron con su obligación, se abrió la puerta, entraron cinco o seis, pero el centinela se dio cuenta y cerró la puerta y dio la voz de alarma. Eso fue todo. A pesar de ello los expedicionarios pasaron la frontera, para que no dijeran, y estuvieron hostilizando durante dos días a los carabineros y a la Guardia Civil. En Vera ya sabes lo que pasó. Hasta aquí lo que sucedió. Para eso de las ilusiones tanto montan los comunistas como los anarquistas y hasta, si me apuras mucho, los republicanos. Y basta un grano de arena para ver visiones. La imaginación se dispara al menor soplo y no hay quien la monte. Muere luego como vejiga deshinchada. Aquel movimiento de los Treinta, si lo dejan desarrollarse, pudo haber sido una cosa muy seria. Así, murió en la lactancia sin más intervención que la de la policía que, quizá, en Barcelona —y ya es suponer— lanzó los grupos al asalto del cuartel. Pero, por no intervenir, ni siquiera molestó a los que iban llegando rezagados. Las armas se entregaron, como digno final, al gran anarquista francés de Villeneuve Saint Georges. Eran los buenos tiempos del señor Herriot y del señor Briand. Lo que va de ayer a hoy. Las cosas siempre se bastan a sí mismas. El mundo es una cosa perfectamente seria, y tontos son los que se figuran regirlo. Todos esos mequetrefes que se creen algo y se ven apalancando universos... Si yo hago esto o dejo de hacerlo... Si yo dimito o dejo de dimitir... Imbéciles, se creen capaces de parar el sol, Josués de sombra, alfeñiques y sabandijillas. Las casualidades no pasan de ser pretextos.

—Bueno, pero ¿contra quién apuntas?

Rivadavia le picó con sus ojos bovinos:

—¡Tanto da! Contra ti, si quieres.

Templado saltó, herido.

—¿Por qué dices esto?

—Por nada. Me molesta la humanidad, y esperar tanto. Vámonos.

Rivadavia se levantó y, sin decir más, echó escalera abajo, las manos cruzadas en las espaldas.

En la calle, grupos de hombres armados iban hacia los barrios bajos.

—Eso de los Treinta tuvo su cola. La recogieron Pestaña y Peyró. La llevaron a la política, que es donde querían ir. Acabar en diputados. Pero la masa no los ha seguido; siguen fieles a la F. A. I.

—Cuentan horrores de Ascaso, y su Gobierno aragonés.

—¿Y qué? Un hombre en armas no es un soldado. Eso es, y mucho más. Si este mundo es un asco, no veo por qué haya que reformarlo. Acabar con él y empezar de nuevo. Ahora bien: no le arriendo a nadie las ganancias, y menos a ti.

Había en el tono un amargor espeso que hizo que Templado se callara. Se despidió pretextando cualquier cosa, dio media vuelta y, luego, se quedó viendo alejarse a Rivadavia. No alcanzaba a comprender el resentimiento de su amigo. Se alzó de hombros y fue para su casa. La vida debe haberle marcado con algo que no atisbo —pensó—. ¿Las mujeres? Nunca habla de ellas. Como si no existieran para él. Debe ser eso. Sí. Un cero. Julián Templado se detuvo. ¿Para qué ir ahora a casa? Mejor paso por Pidoux, a ver si encuentro aquella valenciana de hace meses. Fue, pero Pidoux estaba cerrado, los camareros se habían ido a hacer la instrucción.

Y tú, ¿por qué no haces lo mismo? Su cojera no era para tanto. Inútil lo declararon, pero ahora no se trataba del ejército. Claro: es médico, pero su puesto está en Barcelona. Aquí, en Madrid, ni eso. ¿Cuál era su deber? ¿Volverse ahora mismo al hospital de Vallcarca, u ofrecer sus servicios en la capital? ¿Coger un fusil? Le dieron ocho días francos para venir a recoger a su padre. Tiene todavía cinco de vacaciones. ¿Las va a desperdiciar?

Baja por Caballero de Gracia, hacia la calle de Alcalá, frente al 28 se acuerda de que allí vive Roberto Braña, y sube, a ver si por casualidad está en casa y quiere ir a comer con él. Le sorprende el recibimiento:

—Pero, ¿es que no sabes que han matado a mi hermano?

Su hermano Ismael, fabricante de cepillos para dientes.

—¿Quién?

—Nosotros.

—¿Cómo, nosotros?

—Sí, hijo: una equivocación. Es lo más que han dicho: una penosa equivocación. Apareció muerto, una mala mañana, cerca de la Puerta de Hierro.

Era republicano, pero patrón, y de genio vivo.

—¡A dónde vamos a parar!

—No lo sé, pero, por lo menos, tenemos la tranquilidad de saber que no hemos empezado nosotros...

—Para ti, con tal de recetar calmantes, todo está resuelto.

—Es lo que más agradecen los enfermos.

Roberto Braña es escritor. Lo tiene todo, menos personalidad, por lo que nadie le quiere mal. Ha publicado siete u ocho libros: finos, aburridos, decorosos. Colabora en la *Revista de Occidente,* en *El Sol.* Traduce. Tiene unas tierras en Navarra, mujer y dos hijos.

—¡Atajo de bandidos!

Templado se extraña de la vehemencia del comedido escritor. Y se lanza:

—Bueno: éste es un traidor y aquél un asesino, ¿y qué? Este, un hijo de mala madre y aquél vive a salto de mata, estafando el aire, ¿y qué? Aunque los canallas fuesen el doble, ¿qué? ¿Dan ellos la pauta? ¿Marcan el paso del mundo? ¿Desde cuándo? ¿Qué ves de las montañas, las cumbres o las barrancas? ¿De qué te acuerdas?, ¿del dolor o de las alegrías? ¿Qué hace la grandeza de un escritor, sus páginas malas o las buenas? ¿Te importa en la que amas el momento en que hace lo que... todos tenemos que hacer para poder seguir viviendo? ¿De verdad crees que Miguel Angel es grande porque dicen que era invertido? Sí, mucha sangre, muchos asesinatos, muchos perdidos, como moscas verdes y asquerosas sobre el cuerpo de la revolución, ¿y qué? ¿Contará eso el día de mañana, cuando se vea desde más lejos? ¿Entonces? ¿O crees que el 93 todos fueron angelitos? ¿O el 2 de mayo? Residuos y zurullos los hay siempre, sin eso no andaría el mundo. A menos que lo quieras ignorar, lo cual me parece idiota. Tanto como creer que la porquería es lo único que cuenta. La grandeza del tiempo está en el aire, pero no por eso dejamos de tener retortijones de tripas, pero hacer de ellos lo primordial, es de enfermos. Ya la enfermedad es anormal. Mira la gente y olvídate un poco de cómo se llaman. O recuerda los héroes, que es lo que, al fin y al cabo, hace el tiempo.

Braña no cesa de maldecir.

—Lo de tu hermano es lastimoso. Lo lamento. Pero no tiene remedio. No juzgues el mundo por un dolor de tripas. ¿O es que no sientes lo que nos mueve? ¿No has sentido nunca la vida? ¿No te has fijado nunca en cómo se balancea un farol movido por el viento y no te has parado a pensar en el ritmo del mundo? En lo espléndido que es vivir. ¿Cuántas gamas hay en el semen, cuántas huevas en un desove? Y, por la gracia del mundo —la suerte, el azar, la casualidad— has salido adelante; y eres quien eres. Con todos tus defectos, con todos tus pecados, la cabeza grande, los ojos saltones, la mala leche. ¿Y qué? Eres. ¿No es bastante? ¿Que sale un canalla? ¿Y qué? Se muere —lo cual no importa para que haya vivido. Y la vida, la fuerza de la vida puede más que todo. El mar se enfurece, produce calamidades y, sin embargo, sirve como nada para el mundo y su progreso, lleva a los hombres sobre su lomo. Por sus arrebatos de septiembre ¿vamos a estar injuriándole día tras día? No podemos olvidar sus furias, pero, puesto a hablar de él, haz la cuenta. No nos faltan septiembres, y sobran fascistas. ¿Y qué? El sol acaba teniendo razón de los detritus. Hoy no es hoy, sino la semilla de mañana.

—Frase, frase, frase. El escritor pareces tú. ¿Desde cuándo tan valiente? Te matan, ¿y qué?

—Otro.

—Lo matan, ¿y qué?

—Propón otra cosa, galán.

—Vivir callado.

—¿Lo dices de veras?

—Sí. No he nacido para héroe. Me asusta la cárcel, la derrota, los tormentos. Estamos perdidos.

—¿Cómo lo sabes?

—Viendo.

—¿No te da vergüenza?

—Sí. Pero no veo otra salida para mí. Y, al fin y al cabo: yo soy yo. Nada te impide despreciarme.

—¿Y qué haces en Madrid, entonces?

—¿Qué quieres que haga?

—Marcharte.

—¿A dónde? ¿A Valencia? ¿Con esos intelectuales escogidos por los comunistas? Ya vinieron a verme. No quiero. Me quedo.

—Pero, ¿por qué?

—Si entran en Madrid, un día de estos —y entrarán—, ¿cuánto tardarán en llegar a Valencia? Y entonces uno se habrá señalado más todavía...

Templado mira a Braña con lástima.

—¿Lo dices en serio?

—Completamente. Yo soy un escritor. ¡Un gran escritor! Aunque no lo creáis, y no me importa la política, ni tanto así. ¡Que me dejen en paz! Yo escribo para sobrevivir, y para sobrevivir hay que vivir. No lucho por los demás. Cuando escribo, lucho contra los demás escritores: para vencerlos; para hacerlo mejor que ellos. Para ser el primero.

Hizo una pausa.

—Y todos hacen lo mismo. La modestia, en arte, es señal de inferioridad. Un escritor que no se crea capaz de hacerlo mejor que los demás no será nunca nada. Hablo de un escritor, no de un periodista. Ni de los muertos. Con esos no se lucha, pasaron a los ficheros, a la historia. Interesan a los demás, son de los demás. A mí me importa escribir mejor que éste y aquél, mis amigos, a quienes desprecio. No creas que es envidia. Si creo que lo mío es superior a lo que hacen, no puedo sentir envidia.

—A sus éxitos.

—¡Bah!

—A algo que ellos hicieron y que hubieses querido hacer tú. Lo malo es que el mundo no se hizo para eso. La paz hay que ganarla, viejo. Por dentro y por fuera. Y, aunque mañana estuvieran aquí los fachas y la paz de los cementerios, y a ti no te tocara —que lo dudo—, ¿qué paz interior tendrías?

—¡No me vengas con monsergas! Y vete. No quiero ver a nadie. Y menos a insensatos como tú.

Templado no se hizo de rogar. A la altura de Molinero se encontró con dos Servando Aguilar, con su Pascal bajo el brazo. Fueron a comer a un restaurante de la calle de Arlabán.

—Bien. Acepto. Aquí, socialistas; allá, fascistas, ¿y qué? ¿Dejan de ser hombres? No. Ahora bien, ¿qué es un hombre? Lo que sucede es que nunca os habéis parado a pensarlo. ¿De qué estamos hechos? ¿Qué somos? ¿Por qué somos así, y no de otra manera? Comprenderéis que a mí me tiene completamente sin cuidado que os entrematéis —y el porqué.

—¿Y si te matan?

—Para mí, así se resuelve todo. En cuanto a plantearme problemas de con quién o bajo quién me gustaría más vivir, lo mismo me da. A mí no hay quien me aparte de mis estudios más que la destrucción o la muerte.

—Pero, es que ellos —los fascistas— son la destrucción o la muerte.

—No tengo tiempo de luchar, lo que me importa es no perder el tiempo. O si no, contéstame: ¿Qué es el hombre? No quiero tomar partido: la cosa está clara, ¿no? No quiero. No me importa, no me interesa. Lo único que cuenta, para mí, es saber lo que es el hombre.

—¿Y cómo lo vas a averiguar?

—Estudiando a Pascal.

—¿Y Kant?

—¡Bah! Me basta con los pensamientos del francés. Son mi base. De ahí no salgo, y a ellos vuelvo.

Don Servando Aguilar y Béistegui es un hombre alto y flaco, no porque no sea de buen comer, sino porque es de mucho andar. Es filósofo errante. Sale de su casa a las once de la mañana (al fin y al cabo es un señor) y no vuelve a ella hasta el día siguiente, a las dos o tres de la madrugada.

—Para mí lo mismo da que un hombre sea rey o esclavo. Es esencialmente el mismo, un hombre. A mí me tiene sin cuidado la historia, tanto monta el imperio de Gengis Kan o la república de Andorra. ¿Quieres que me preocupe por Alcalá Zamora o por Alfonso XIII? Déjate de historias y ponte a pensar qué es un hombre frente al mundo, frente al universo, frente al infinito.

Don Servando ha seguido haciendo su vida normal. Tiene sus rentitas, corta el cupón, paga su huésped —que es de Canillejas y más fea que picio— y vaga por Madrid y sus cafés más viejos, con los *Pensamientos* de Pascal bajo el brazo.

¡Vaya números que me han tocado!, piensa Templado, por la calle de Cedaceros. ¿Dónde voy? Llama por teléfono a Paulino Cuartero. Le dicen que está en el Museo del Prado. Allá va.

Santiago Peñafiel y Josefina Camargo se cruzaron con él, en la entrada. Habían venido a ver a Ambrosio Villegas, el archivero de San Carlos, adscrito ahora a la Junta de Protección y conservación del Tesoro Artístico.

Por las salas bajas —frente a los cartones de Goya— pasean Villegas y Cuartero, después de la visita de los muchachos de «El Retablo». Hablan de ellos.

—Me dan envidia —dice Villegas—. A los veinte años saben lo que quieren.

—Está contra el orden de las cosas. Por de pronto pierden este curso.

—¿Lo dice usted en serio?

—Y tan en serio.

—Aprenderán más este otoño que yo en cuarenta y tantos años de vida.

—¿De qué les servirá?

—Ya lo verá, ya lo verá; va a ser una generación espléndida.

—Si es que queda alguno para contarlo... Además, ninguna generación cortada en flor por la guerra ha hecho nada de provecho.

—Habla usted por hablar.

—Es posible.

—Pero, ¿no ha visto el entusiasmo que les domina?

—Sí. Novillos permitidos. ¿Con qué ojos mirarán el mundo de mañana? A poco que dure esto, y creo que va para largo, ¿qué va a ser de ellos? Pongamos que salven la vida.

—Harán de España algo insospechado.

—Eso, si ganamos.

—¿Lo duda?

—Entra en la categoría de lo posible. Están en Retamares.

—Y usted, ¿qué piensa hacer?

—Lo que me digan.

—¿Hay junta mañana?

—Sí.

—¿Y qué?

—No sé. Por ahora debemos seguir bajando lo de los pisos altos.

—¿Y si entran?

—Les entregaremos las cosas en el mejor estado posible.

—¿Usted cree que se atrevan a bombardear el Museo?

—Todo es posible.

Se miraron.

—A ellos ¿qué les importa? Gritaron: «¡Viva la muerte y abajo la inteligencia!», sabiendo perfectamente lo que hacían. Además, no es nada nuevo. Y menos en España. Ese respeto por la inteligencia es un sentimiento nórdico, que tiene poco que ver con nosotros. Lo que nos importa es la valentía. No se haga ilusiones. Aquí la palabra intelectual tiene mala fama. Siempre nos mirarán como afrancesados. Y quizá no les falta razón. Nuestro tipo nacional es Don Juan. Yo tengo ciertas ideas acerca de eso. Y lo que debiéramos hacer es coger un fusil. Como lo ha hecho Barral, sin importarle si haría más esculturas o no.

—Pero, ¿y esto?

Señalaba *La Vendimia*.

—Por eso hablé en condicional.

Se sentaron. Tenían el tiempo que tardaran en comer los mozos que les ayudaban.

—Algunos piensan —dijo Cuartero— que el tipo de Don Juan es de origen árabe.

—Tonterías. Si hay una influencia árabe en el mito, es de diversa índole. ¿Cómo puede existir

Don Juan en un pueblo donde se admite la poligamia? No, Villegas, no. Don Juan es la fuerza. Por eso es tan entrañablemente español. Dicen que los alemanes reverencian la fuerza. No, sino la inteligencia; luego la suelen emplear mal, para el dominio o para el demonio, dirá usted, catolicón. Pero éste es otro cantar, otra canción. A nosotros no nos importan los resultados —que es lo que buscan los sajones— sino el esfuerzo en sí. A su máxima creación épica llaman los franceses «Canción» —que es femenino—, y nosotros «Cantar», que es masculino. La canción de Rolando, el Cantar de Mío Cid.

—¿Qué tiene que ver eso con Don Juan?

—Nada, o mucho. En dos palabras: para mí Don Juan es Hércules. Es decir, la continuación, en España, justamente tras el baño árabe, del mito de Hércules. En ninguna parte del imperio romano hubo tal adoración por el semidiós que aquí. Lo cuentan las piedras y los nombres.

Templado dio con ellos tras muchas vueltas. Abrazó a Cuartero, que le presentó a Villegas.

—Aquí tiene usted a don Juan. Cojo y todo, a lo Byron. ¿Qué milagro es éste de que estés en Madrid?

El médico repitió la explicación.

—Hombre —dijo Cuartero—, me alegro que estés aquí. Vamos un momento a mi despacho. Van a venir unos ingleses a ver lo que estamos haciendo. Y me han pedido que les diga algo acerca de nuestra guerra. Pero no me sale. He estado escribiendo, he roto diez cuartillas. No sé qué decirles. Mejor dicho, sí lo sé, pero tengo la seguridad que les diría lo que no hay que decirles. No tengo más consejero que mi indignación.

—A ver.

Templado coge un papel, que le tiende su amigo, y lee el borrador.

«Todos esos que nada tienen y defienden eso mismo que no tienen, contra los que tienen y no tenían nada que perder. Luchan contra el miedo de perder de sus desleales enemigos. Aquéllos no quieren algo, sino no perder lo que sólo su propio miedo les quitaba.

Luchan contra el desprecio. Contra la afrenta. Que pusieran frente a frente a los burgueses y los señoritos contra los milicianos. ¡A ver! Pero no: se tienen que escudar tras otros pobres, que visten con trajes de carnaval, todos iguales. No luchan ellos, cobardes, sino que obligan, con la fuerza de sus dineros, asalariándoles, a otros obreros a enfrentársenos; porque ellos no tienen más fuerza que su mentira, y nosotros somos la verdad. Tan verdad y tan de verdad como esos desgraciados que obligan a pelear contra nosotros, contra lo que son. ¡Enorme farsa bestial! ¡A puro escupitajo los haríamos correr si se atrevieran a ponérsenos enfrente! ¡A puros escupitajos!

¿Cómo se llama al que lanza la piedra y esconde la mano? ¿Cómo llamar entonces al que lanza hombres contra hombres para defender lo que ni siquiera es suyo? ¿Sabéis lo que defendemos en y con Madrid? La dignidad, señores ingleses, la dignidad humana. Somos el terreno de todas las afrentas. Y a nosotros nos negáis las armas, que a ellos regaláis. Y a nosotros nos prohibís —comprar, pagar— las armas a las que tenemos derecho, como Gobierno legítimo que somos, para defender la dignidad humana. Pagamos el precio de vuestro menosprecio. Puras higas para nosotros, y cañones a los traidores. ¿O no es así?

Luego tendréis miedo a la desesperación. ¡Cuidaos, desdeñosos de la verdad! Cuidaos, que del porvenir no responde nadie, y menos vosotros.»

Templado sonríe:

—Desde luego que no.

—¿Por qué no me lo escribes tú?

—Hombre, porque soy médico, y tú escritor.

—¿Y qué? Te tratas con más literatos que yo. Desde que empezó este fregado no he podido escribir dos líneas. No me salen más que insultos...

—A lo mejor no vienen.

—¿Por qué?

—Supongo que ya estarán camino de Valencia, como tantos.

Con lo que se equivocaba. La ilustre comisión liberal y laborista visitaba en esos momentos las casas sajadas por el bombardeo del 30 de octubre. Cinco señores y una señora, un tanto displicentes entre los escombros. Margarita Nelken, que los acompaña, tiene la sensación que los respetables representantes del Parlamento inglés suponen que el Gobierno republicano se ha entretenido en trozar las fachadas para atracción de turistas y prueba facticia de la barbarie de los rebeldes.

A donde no van a ir es al Museo. No tienen tiempo: es la hora de comer, y se vuelven al hotel *Gran Vía*.

Los muchachos de «El Retablo» van al local de las Juventudes Comunistas. Entran, y oyen:

—La raparon, la untaron de miel, la pasearon por el pueblo, la llevaron a la cárcel y, allí mismo, por la noche, la fusilaron.

—¿A quién? —preguntó Asunción.

—A su hermana.

—¿Quién es?

—Hija de Ramalleda, un diputado socialista.

—¿Dónde estaba?

—En un pueblo de la provincia de León, veraneando. Los llevaron a Palencia. El padre era de
allí. Ella pudo escapar, por el monte.

Dolores Ramalleda era una muchacha alta, de
ojos claros, con el pelo corto, rizado. Estaba sentada
en el centro de un círculo formado por veintitantos
jóvenes.

—¿Cuándo fue eso?

—El veinte de julio.

—¿Y tu padre?

Dolores, fija en su idea, musitó:

—La untaron de miel... Pero sé quiénes son.

A todos les ardía la luz de la venganza en
los ojos.

—Las rapan a todas y las pasean por las
calles.

Intervino Lisa:

—Tienes que escribirlo y lo publicaremos en
el periódico.

La contestación fue seca y sin remedio.

—No. Que lo cuenten otros.

Lisa tenía la facultad de decir y hacer cosas a
destiempo, llevada de la mejor intención. Entró Jesús Herrera, grande y con las orejas plantadas verti-
calmente. Lo habían enviado de Madrid para lo de
la unificación de las juventudes. Ahora lo empleaban
como intérprete, cerca de los periodistas extranjeros.
Lisa fue hacia él, con su natural impulso de meterse
en todo.

—¿Ya encontraste a ésos?

—Sí. Esta tarde a las cuatro, reunión aquí.

Se la llevó un poco aparte.

—¿Dónde comes?

—En casa de Pepita.

—¿Quieres comer conmigo?

—Bueno.

—En Valladolid —continúa contando Dolores Ramalleda— cogieron a Felipe Sánchez Colorado. ¿Le conocíais? ¿No? De la F. U. E. Estudiaba derecho, aquí, en Madrid. Estaba de vacaciones, en casa de sus abuelos. Lo metieron en un cuartel. Los de Falange. Allí eran bastantes, y bien organizados, no sé si habéis oído hablar de ellos: los de Onésimo Redondo... Y decir que Saliquet le aseguraba días antes a mi padre que el ejército era leal a la República...

Se queda callada un momento.

—Me lo contaron como os lo cuento.

Vuelve a quedarse sin habla. Nadie rompe el silencio. Se aleja el ruido del paso de un tranvía.

—Se lo oí a uno de ellos, que no sabía quién era yo. Allí, en el cuerpo de guardia, un gimnasio, tenían unos floretes. Todos eran estudiantes, de diecisiete, de dieciocho años. Felipe tenía diecinueve. Cogieron los floretes y lo fueron aculando contra la pared. Se conocían. A lo que dijo, estaba blanco, desencajado, rogando:

—Oye, Fulano... No me mates. Tú me conoces.

Claro que se conocían. Le sacaron los ojos, le pincharon, antes de mecharlo. Los abuelos recogieron el cuerpo. Yo lo vi.

Se levanta, y grita:

—¡Yo lo vi! ¡Y aún queréis que me quede a hacer el periódico! ¡No! Si no queréis que vaya al frente, iré sin vuestro permiso.

—Eso, ni se discute —dice Julio Ríos, que es secretario de Organización—. Vas a la columna de Galán.

Se fija ahora en Asunción, en Peñalver, en Josefina, en Jover, en Sanchís.

—¿Y vosotros?

—Pues, nosotros... —dice Peñalver, cortándose.

—Venimos a alistarnos —acaba Sanchís.

Venían a hablar de «El Retablo», pero a todos les pareció bien la decisión de su compañero.

—Además, tengo un coche.

—¿De dónde sois?

—De Valencia.

—¿Qué hacéis aquí?

Le cuentan lo de su teatro.

—Pues, a lo mejor le hacéis falta a Alberti y a María Teresa.

—Ya hemos hablado con ellos. Vamos a ir a los ensayos de la «Numancia».

—Podéis trabajar en el periódico.

—Sí, pero...

—No os preocupéis, para todo habrá tiempo.

Asunción pregunta por Vicente.

—Estuvo por aquí, hace unos meses. Creo que está con Líster.

Lisa mete cuchara.

—Yo le conozco. Estuve con él.

Asunción mira a la muchacha con sorpresa.

—¿Cuándo?

—Hace cosa de un mes.

Lisa habla con acento extranjero.

—Me habló de vuestro teatro. Vamos a hacer un artículo. Vosotros me dais los datos: escribo para un periódico de Viena.

—Y ayuda en lo que puede —dice Ríos.

Demasiado, piensan algunos a quienes atosiga la desbordante actividad centroeuropea de la joven.

—¿Y estaba bien?

—Perfectamente.

Asunción descubre los celos.

5 *de noviembre*

Están en Alcorcón.

En un solar, Santiago Peñafiel y José Jover acaban de hacer la instrucción. No conocen a nadie. Todos son jóvenes, el que los manda no pasa de los veinte años.

—En su lugar, descansen.

Se habían incorporado a primera hora y llevaban tres de hacer ejercicios.

—Tenéis dos horas libres.

Jover fue a ver si encontraba a su hermana. Peñafiel, un tanto perdido, volvió al convento convertido en cuartel. No tenía quehacer, y se lo reprochaba. Había que esperar. Entró en una gran tarbea que fue refectorio. Se acercó a un grupo en el que le pareció reconocer a Jesús Herrera, que había encontrado el día anterior en las Juventudes. Era él.

—Hola, siéntate con nosotros.

—Un tanque es como una tortuga. Lo tumbas, y ya.

—¿Cómo lo tumbas?

—Con bombas de mano. Lo único que se necesita es no asustarse.

—La tumba de la tumba —dijo Roberto Ferrer, el único del grupo que empezaba a peinar canas.

Entra un desmelenado, y grita:

—Veinte voluntarios.

Todos se precipitan.

—No os hagáis ilusiones: es para el cementerio. Hay que desenterrar todos los ataúdes que se puedan, de zinc y de bronce.

—¿Para qué?

—Para aprovechar el metal.

El entusiasmo decrece. Escogen a los que saben manejar palas y picos.

—Vamos a tomar unas copas —propone Ferrer.

Están en Alcorcón.

Enfrente hay un bar. Se sientan alrededor de dos mesas. En otra, cuatro hombres juegan concienzudamente al dominó. Herrera se despidió en seguida, tenía que acompañar a un periodista soviético a entrevistar a un ministro.

Villegas y Cuartero entraron en la galería principal del Prado, desnuda. En las paredes resaltaban las formas de los cuadros descolgados, rectángulos ligeramente más claros que los ocres y los verdes, como si fuesen ventanas cegadas, o nichos, enormes enterramientos. Cuartero repasaba mentalmente los emplazamientos... «Aquí, ¿qué había? Sí. El Murillo del sueño...» Alguno que otro quedaba todavía, como botón de muestra. No recordaba espectáculo más atroz, sentía algo que le paralizaba los pies. «Se me habrá caído el alma.» Le daba asco y tenía ganas de vomitar.

Villegas, por su parte, le dijo en voz baja:

—Y pensar que si hubiésemos hecho la Reforma Agraria, nada de esto sucedería...

Están en Alcorcón.

Por la sala, donde estuvieron los Goyas, entró Sebastián Ricardos en tromba. Se paró en seco al ver personas desconocidas: un centroamericano, hombre menudo y de ideas, Laparra de apellido, a lo que le dijeron, y un amigo suyo, Servando Santángel, hombre universal, según pregonaba, sin faltar: autor de revistas, dibujante, músico, masón y siempre de buen humor, muy amigo de descubrir las cosas, dizque con exactitud. Los escuchaba Anselmo Muñoz, encargado de la evacuación del Tesoro Artístico.

—Tú, Anselmo —dijo Ricardos—, que vayas con Menéndez a Alcalá. Hay que ir a buscar unos santos que una compañía de campesinos ha traído allí, para el Museo... Dicen que valen mucho: dorados de arriba hasta abajo. Parece que llegaron reventados.

—¿Las esculturas?

Sebastián se encogió de hombros.

—Uno les preguntó que por qué no las habían quemado. «Son del pueblo» —contestaron—. Para que aprendáis.

Anselmo se levantó perezosamente.

—Vamos allá... —se abrochó el cinturón, se ajustó la pistola—. Abur.

Están en Alcorcón.

Cuando hubo salido, la conversación emprendió el camino de las santas imágenes.

—No creáis que son cuentos —dijo Santángel, a quien la llegada de Ricardos había cortado el hilo—, también soy médico. La sublevación me cogió aquí, haciendo oposiciones a una cátedra de dibujo; y esperando estrenar, como siempre. Para andar tranquilo por la calle no tenía más carnet posible que el de mi olvidada profesión. A los fachas se lo debo, como el ser de Izquierda Republicana. La única mañana en que estuve en los locales de «mi Partido» —Puerta del Sol, esquina a Mayor—, tuve la mala pata de coincidir con un campesino que pedía a gritos un médico para un amigo de Azaña. —Don Manuel por aquí y don Manuel por allá—, que el médico del pueblo había desaparecido, etc. Yo no me daba por aludido, ni Cristo que lo fundó, hasta que uno de los escribientes, con mi carnet en la mano, se dio cuenta de mi olvidada profesión. «Usted no se puede negar.» ¿Cómo me iba a negar a algo en aquellos días? Total, que me embarcaron.

—Aviado iba el paciente.

—Peor iba yo. Ahí me tenéis camino de Navalcarnero; no recuerdo el nombre del pueblo: antes de llegar a Almorox. Bajamos en la plaza. Pregunté por mi hombre en el Comité. Y donde esperaba agradecimiento, veo caras agrias; donde confianza, suspicacia:

—¿Quién te manda? A ver el carnet.

Mucho sol, mucho calor, muchas moscas: las tres de la tarde. Nadie por las calles. Polvo.

Yo, en un hilo. ¿Quién me había mandado meterme en eso? Total, nada: conciliábulos, y me indican la casa. La más importante del lugar. Voy para allá. La verdad, esperaba encontrarme con un fiambre. No era tanto.

Entreabren el portillo con desconfianza y yo me escurro. Portalón, zaguán, barricas, volquete, gato, podenco. La sala oscura y fresca, el enladrillado reluciente a media luz, y mi enfermo en un sillón, apagado y carleando. Levantó la cabeza. ¡Una de papandujas!

—¿Es usted el que me manda don Manuel? ¿Usted es de Izquierda Republicana, no? El médico de acá es de la C.N.T. Usted no estará conforme con lo de esta gente, ¿no?

—Papá, calla.

Lo dijo una mujer insignificante, que parecía tan vieja como el hombre aquel.

—Yo soy de Azaña, doctor. Yo soy de Azaña, pero no puedo creer que don Manuel esté de acuerdo con todo lo que pasa aquí.

Tembleuqueaba todo, fofo, blanco de ira.

—He perdido veinte kilos en un mes.

Un mes justo; debía de suceder esto hacia el 20 de agosto.

—Me han requisado todo el vino de la bodega, el que tenía en la estación; hasta los bocoyes... El coche y la camioneta. ¡Y me piden veinte mil pesetas de contribución voluntaria!

El hombre hubiese podido ser grotesco, pero el pelo blanco, las bolsas amarillentas de la epidermis, los vejigones cárdenos de las patas de gallo, la papada, como moco de pavo, sobre un cuello que era puro revoltillo de blandísimos pellejos, como mantecas a medio derretir, todo temblando, como clara de huevo bien batida, le daba cierto aire trágico.

—¡Qué se creen! ¿Que voy a entrar a la cosecha? ¡Estaría bueno! Para que se lleguen luego al granero y... ¡Se pudrirá, doctor, se pudrirá! ¡Porque yo quiero que se pudra y recontrapudra! ¿Usted cree que esta es la República, nuestra República?

Lo que tenía era miedo, un miedo tremendo al hermano de la portera de una casa que tenía aquí, en la calle de Serranos. No sé por qué lío sindical, aquel guardia de asalto había rezongado hace meses unas palabras de venganza. Tropecé con él luego, acá, en Madrid, y tenía otras ovejas que pelar.

—¿Don Pascual? —me dijo—. ¡Bah!

Mientras tanto, el viejo seguía: —Se pudrirá.

Y el que se repudría era él. Receté unos calmantes, unas aspirinas y otras cosas de ese jaez. Y que procurase descansar y comer.

—Si comer, come —me decía la familia—, pero en seguida lo echa.

—No, señor; con perdón, pero se pasa el tiempo en el retrete. Como está en la entrada de la huerta piensa que así siempre tendrá tiempo de escapar...

Antes de marcharme estuve en la taberna. Ya sabéis cómo son. Un viejo cartel de toros en la pared encalada. El fogón en una esquina, el mostrador de piedra de mármol, blanca. Un balde donde pasar los vasos por un agua aceitosa, una alcarraza a mano de todos. Media docena de botellas en un estante. Unas mesas, unos taburetes.

—Gracias por el decorado —dijo Villegas—; te faltan las moscas.

—Allí se debatían, pintas, en la cinta amarillenta colgada del techo. Y el laurel en la puerta.

—Te engaña la imaginación —le interrumpe de nuevo Villegas—, no era laurel: pino.

—Detrás había un corral. La puerta estaba abierta. Un saco a medio tender, al sesgo. Y por los suelos los restos de uno o varios altares, con sus dorados, que se lucían al sol, bien dispuestos para leña, entre yerba y cascajos. Un gallo por montera. Le pregunto a la vieja del mostrador:

—Este pueblo, ¿era de derechas o de izquierdas?

—Psé. Según.

Mal talante. Me tomo mi paloma.

—¿Por qué quemaron la iglesia?

—Psé (con un desprecio tajante). La patrona era de cartón, ni siquiera de madera, una vergüenza. Así engañan a la gente. Por algo hace más de tres años que no iba yo a misa.

Y un viejo que estaba ahí papando moscas —santero, con un sombrero sucio de mil años, en forma de bacía, la barba sin rapar y los pelos sin fuerza para crecer, la mandíbula medio descolgada, grises de piorrea las encías desnudas, el traje raído, con entre-piernas de tres colores, pardeado de sol y agua —me dijo, socarrón:

—Si llegan a quemar la virgen de mi pueblo me pego de hostias con el primero. Mire usted, com-pañero, aquí son unos desgraciados. Siempre les han dado gato por liebre. No han podido fusilar ni a los más ricos del lugar porque eran amigos de Azaña. Y todo eso les pasa porque tenían una virgen de pas-taflora...

Lo creía de verdad.

Laparra, de pie, dejó aflorar una sonrisa en su rostro imperturbable.

—¿Qué pasa, hermano?

—Me hacen reír con sus imágenes de cartón piedra. Bien está que quemen los altares si creen que no sirven para nada. Lo bueno es cuando lo hacen por lo contrario... Pero mejor se lo cuento. Eso pasó estando yo en Oaxaca, al sur de México. En las serra-nías que rodean la ciudad no viven más que indios —de allí era Juárez—. Muy cristianos, se pasan re-zando las horas muertas en iglesias pobres. Ahí los pueden ver, de rodillas, en cruz, mirando fijos las imágenes, quietos, sin moverse. El pelo lacio, los ojos negros, negros, la camisa blanca por sobre los panta-lones, el sombrero de palma en el suelo.

En La Nopalera —un pueblo de los de allí— se levantó una cosecha magnífica, no crean que hace muchos años, a lo sumo tres o cuatro. Las milpas da-ban gloria, ahí por el Distrito de Putla. Cerca, en la jurisdicción de Tlaxíaco, hay dos pueblos: uno se llama Santiago, no recuerdo cómo y, el otro, San Pe-dro Yosatato. Más santos no pueden ser. Los pobla-dores de ambos odiaban a muerte a los de La No-palera.

—Eso pasa en México y en todas partes.

—Ahora verán. Aquel año en Santiago y en San Pedro no hubo cosecha. Unos gusanos acabaron con ella. Aquello colmó todas las medidas. Era un insulto intolerable. El aborrecimiento se basaba, ante todo, en que el Santo Cristo de la Nopalera era mucho más milagroso que los patrones de los otros dos pueblos. Y aquella cosecha ubérrima, frente a la miseria de sus vallecitos, acabó con todas las paciencias.

El caso es que los de Santiago y los de San Pedro requirieron todas sus armas —machetes, fusiles viejos, algunas carabinas y bastantes pistolas— y se fueron callados, callados, hacia La Nopalera. Sorprendieron a los del pueblo. Sacaron el Cristo de la iglesia, lo adosaron a un enorme laurel real, en un lado del zócalo, y lo fusilaron con todas las de la ley. Lo remataron, luego, como Dios les dio a entender. Después, la indiada feliz se formó en procesión camino de sus pueblos a hacer rogativas a sus santos respectivos, pidiéndoles bendiciones por haber acabado de una vez por todas con su santo y odiado rival.

—¿Y los curas?

—¿Los curas? ¿Qué habían de hacer? A lo mejor en el fondo no les parecía mal. Además, si el de La Nopalera se llega a oponer...

Están en Alcorcón.

El despacho del excelentísimo señor tiene de todo: cortinajes, tapices, muebles estilo imperio, cuadros de la Escuela de Roma, librerías, sillones, araña, frío y poca luz.

—Lo peor es mentir. Y aun callar, que, sabiendo, es peor todavía que tergiversar la verdad.

—Pero usted, señor ministro, ¿qué quiere?: ¿Ganar la guerra o perderla?

—Mire usted, amigo Gorov: la verdad siempre acaba por vencer.

El escritor miró al señor ministro con compasión, que en nada se traslució en su rostro: todo él de piedra. Don Guillermo de los Santos, pequeño, erguido, con su melenita blanca al aire, tras la mesa de su despacho, adoptaba una postura heroica, perfectamente natural en él.

—Si lo que quiere usted es acabar ante el paredón, no tengo nada que decir —comentó el periodista soviético.

—No. De ninguna manera, al contrario. Pero, ¿por qué no se ha de poder vencer enarbolando la verdad?

—Así, a primera vista, no hay razón... contra la razón.

La tarde estaba cayendo, vencida, y el enorme despacho del ministro, granate de damascos y oros, parecía entrar en una región irreal, flotando al lejano ruido de algunas bocinas. Jesús Herrera, en un rincón, se aburría.

Están en Alcorcón.

—Si vino la República —continuó el hombrecito prócer—, si he contribuido en cuanto pude a establecerla, es para gloria del espíritu, de la razón, de la verdad, de la cultura. Sin eso, ¿para qué? Durante siglos la gente se mató y se volvió a matar por el triunfo de su religión sin importarles padres, patria o lo que fuera. La verdad era lo primero. Luego, con el capitalismo, los pueblos se destrozaron, sin importarles tampoco nada que no fuera su nuevo Dios, el dinero. Hoy, en el umbral de un tiempo nuevo, ahí tiene usted a sus correligionarios los comunistas, que igual repudian sus padres —el ejemplo de Carrillo es de ayer mismo— que estarían dispuestos a abandonar a su patria si su Partido se lo pidiese, que no se lo pide. Les admiro porque todavía no tienen más Dios que la justicia social, es decir, algo en potencia y no tangible, como lo es lo prometido por el Vaticano —aunque fuese el otro mundo— o los Bancos. Pero a través de todos los tiempos hubo algunos hombres que sólo buscaban la verdad, la transigencia, el respeto a los demás, la decencia, la honorabilidad. Soy de esos y no pienso transigir.

Herrera miraba al hombrecillo desde muy lejos. Lo veía todavía más pequeño, y sentía una cierta lástima. Como si él, con sus pocos años, fuese muy viejo y aquel hombre tan renombrado, tan citado, no pasara de ser un niño. No le costaba ningún trabajo callar. Sonreía para sí, de huesos adentro, recordando la transcripción que le diera Llopis la noche anterior, de la emisión de la radio de Burgos, donde se pintaba al excelentísimo señor como una fiera todavía no ahíta de sangre, comecuras, bolchevique, quemaconventos, destrozacultura y tragatradiciones.

—Mire usted, señor ministro, no acabo de entender eso de la verdad y la mentira en política, y hasta, si quiere que le sea franco, fuera de la política —dijo Gorov.

Nadie, por muy avezado que estuviera en captar el sentido de ciertas inflexiones de voz, hubiese podido aventurarse a asegurar si aquel hombre, de cara cuadrada y sólida, nariz roma, boca fina y larga, de edad indefinible, hablaba en serio o en broma.

—La mentira nos fue dada al mismo tiempo que la verdad, y tan genuina, tan humana es una como otra, ¿o no?

El señor ministro miró a su visitante con muestra del mayor asombro.

—¿Por qué no hemos de aprovechar todas las armas que tenemos a mano? En política decir la verdad es entregarse en manos del adversario. Si éste ignora nuestro pensamiento, tenemos mucho ganado.

—Sí, sí: ya sé. Maquiavelo. Todo eso es literatura. No le fue tan bien a Italia...

—Ni tan mal, señor ministro. España, Francia, Alemania, han abonado los suelos de todo el mundo con podredumbre de cadáveres propios. Italia no. Ni siquiera Roma, como es natural. Los ingleses aprendieron la lección con el tiempo. A eso lleva esa civilización: aprovecharse de los bárbaros; tal vez no sea otra cosa.

—¡Pero no la cultura!

El hombrecillo se erguía, a lo gallo:

—¡Venceremos porque nos asentamos firmemente en la razón, de la misma manera que en el noventa y tres nuestros hermanos los franceses...!

—¿Qué hermanos?

El ruso se reprochó su interrupción, entre otras cosas, por la gran significación masónica del ilustre orador con quien se enfrentaba, pese a lo respetuoso del tono en que había sido pronunciada la pregunta. Pero el gran republicano no se dio cuenta, lo tomó en serio y prosiguió tajante:

—Todos los hombres de buena voluntad. Toda esa enorme masa indefinida que forma lo mejor del mundo. Todos los amigos de la libertad...

Gorov no escuchaba a don Guillermo, le llegaba el ritmo, la cadencia de sus frases rimbombantes, bien aceitadas, que se sacaba de la boca, como aquel ilusionista que viera en su ciudad provinciana —Kiev— hacía tantos años, haciendo surgir de sus labios metros y metros de serpentinas de colores. Verdes, azules, blancas, amarillas... sólo que ahora el hombrecillo las expelía del color de su bandera: rojo, amarillo y morado.

Están en Alcorcón.

—¿Salir de Madrid? ¡Nunca! ¡Antes aventarán nuestras cenizas! ¡Venceremos, amigo Gorov, venceremos! ¡No pasarán! Madrid no se mueve.

Gorov, que estaba en el secreto, recordaba, amargo, el dicho que ya corría por las calles:

—Y si pasan, no importa.

En el fondo, pensaba, es verdad. Si vencía la rebelión, ¿quién era capaz de pisotear tantas conciencias enemigas?

Al día siguiente, don Guillermo de los Santos se iría, con el Gobierno, camino de Valencia o de Barcelona. Pero Madrid, como había dicho, sin saber lo que decía, no se movía.

Bajando las escaleras del Ministerio, Gorov le dijo a Herrera:

—Puestos a escoger entre la literatura centenaria de este buen señor y la de los rebeldes, todavía es preferible la que acabamos de soportar.

Herrera no sabía nunca cuándo Gorov hablaba en serio o en broma.

—¿No has oído nunca a Queipo hablar por la radio desde Sevilla?

—No.

—Vale la pena. Lee. O mejor, déjame que te lo lea.

Subieron al coche y Gorov sacó un papel de su cartera.

—Es de anteanteayer. Te advierto que lo tomaron taquigráficamente. No hay engaño. Oye: «*Los rojos —¡ay mamá, qué ricos! porque me ven luchar al lado de los hombres de orden, dicen que soy un pa... pa... pa. Esperarse un poco, que la palabra es tan rara que se me ha atravesado y la tengo que leer... Un pa-ra-noi-co. Como si dijéramos un chiflao, un loco, un Unamuno, que un día es monárquico; otro, cenetista y, otro, gilrroblista. ¡Cualquiera se fía*

de ese pájaro, por si acaso! Pero yo contesto a los
rojos que ¡nequanquam! Cuando yo ayudé a la im-
plantación de la República, porque la verdad es que
don Alfonso me había hecho una cochinadita —¡ya
le pesó a él, ya!— lo mismo que a Alcalá Zamora,
Miguel Maura y otros, creía que ayudábamos al or-
den tradicional, que es el sometimiento del pobre a
las leyes que dispone el rico, como lo hemos visto
desde que Adán le dio pa el pelo a Caín, que era co-
rreligionario de Pasionaria, y no a esta República
marxista, que nos ha salido la muy equis... Conque
que les fríen un huevo, que yo soy monárquico...

Gorov dobló cuidadosamente el papel.

—¿Te das cuenta de lo que sería España si llegasen a ganar?

Herrera no le contestó. Pensaba en Unamuno.

Están en Alcorcón.

Dejó a Gorov en el Hotel Palace y volvió al cuartel de las milicias. Madrid hacía su vida normal, las tiendas estaban abiertas, la gente aparecía despreocupada. Sus compañeros estaban otra vez en el bar. Entre ellos, Bernardo Santos, un mozanco de Orihuela que le era simpático. Con la noche entraba el comezón del parte oficial. No había nada que hacer, más que esperar.

—Llueva o no llueva, hay trigo en Orihuela. Trigo no sé, pero de todo, sí.

(Cañas por las orillas del Segura, agua siena, lenta, reposada de tanto poso, enorme acequia natural, a veces bravía y desbordada, tras las lluvias. Córrese la voz a toque de trompeta y campana. Huyen los huertanos con casa cercana al cauce. «Las riadas son como las revoluciones: se lo llevan todo por delante, y cuando el agua vuelve a su madre, todo es limo y desolación», como decía don Benito Clarases, el boticario carca; que el otro, don Jerónimo Carcel era liberal, lo que le costó no pocos disgustos y no poca clientela, que la ciudad —todos lo saben— es levítica y muy dada al Señor. Lo que no importa para que los republicanos tuvieran lo suyo.

Girasoles y adelfas. Paisaje bueno de comer. Campos pequeños y ricos. Y el cielo teñido de añil, como si en él lavaran la ropa, antes de tenderla, tan blanca que hiere los ojos. Las carreteras de puro polvo, los carros, las mulas, los burros y los tomates, rojos y verdes. Ultimas estribaciones rojizas y, hacia el Sur y Levante, el campo tan bajo y llano que parece la mar.)

—Tú conocerás a Hernández, uno que hace versos y que ahora anda con eso de la cultura.

—¿Jesús? ¿El ministro de Instrucción Pública?

—No. Miguel. Uno de orejas grandes y que siempre va con la cabeza rapada al cero y traje de pana. De Orihuela, de mi pueblo.

—No.

—Pues es bastante sonado. Han publicado libros suyos y todo. El sí que me conoce. De chavales anduvimos juntos por el campo. Luego yo fui a Murcia, y no volví a verlo hasta hace unos días. Me conoció.

(Orihuela limpia, empalagada de tanta sombra de iglesia. Ciudad de siesta, con sus comercios bajo los portales. Y los casinos.)

—Allá en Orihuela hay tiempo para todo.

(Las palmeras tan quietas, en el cielo quieto. Y el calor. Y el glúglú del Segura.)

—Según dicen, allí seguimos siendo cristianos aun con los moros.

—Sería bizantinos —dice Herrera.

—No nos vengas ahora con historia y que cuente la suya.

Ya están en Leganés.

El mozo no parece dispuesto y la relata Herrera, que le picó para que lo hiciera. El joven mira al suelo, se mete el índice izquierdo en la oreja del mismo lado y lo menea a más y mejor; luego, se rasca el pelo crespo y se pasa los nudillos por la nariz. Evidentemente le molesta que se ocupen de él. Rectifica de tarde en tarde, ante todo, para quitarle importancia al suceso, que, en verdad y en sí, no la tiene. Así lo recalca Herrera:

—No tiene nada de particular, como no sea para poner un poco en claro lo que discutíamos ayer del sentido moral de nuestra gente. Aquí donde lo veis, Bernardo es un conquistador: no protestes.

—Si era la tercera...

(Bernardo Santos recuerda las dos anteriores: la pindonga aquella del mesón del Antequerano, allí a la salida del pueblo, en Mula; el día en que vendió la faca que le había regalado el Murciano. De verdad, de verdad aquella fue la primera vez, por las buenas, que las anteriores no se podían contar porque sólo fue a medias, y al revuelo de ocasiones siempre cortadas por algo —un perro, un gañán, un grito, una búsqueda, ella que no quería—. Y la otra, la Remedios, tan fea, buscándolo, sin dejarlo a sol ni a sombra, con aquel hedor de boca y el pecho bamboleante, caído sobre el abdomen recogido en una blusa puerca, que fuera negra. Y la falda recia, y las enaguas de tela de saco. Un poco por huirla, volvió a Murcia y entró a servir a don Cayetano, en Beniaján.)

—Bueno —continúa Herrera—, es modesto. ¿Cuántos años tienes?

—Veintiuno.

Cree que se burlan de él. Se quiere ir, pero no se atreve.

—Ella era de Crevillente, o de Fortuna.

—No, hombre: de Alcantarilla.

—Bueno. No hace al caso.

(¿Cómo que no hace al caso? Este Herrera... y no es malo, no. ¿Por qué les contará eso? ¿Qué les importa a todos? Lo que pasó, pasó. La Fuensanta está conmigo, y ya se le nota la panza. Estamos en paz. ¿Para qué remover las cosas?)

—Lo cosa es que el compañero, los primeros días de la rebelión tuvo que ir a Alcantarilla con un encargo de su patrón, que era de los de La Cierva. Todavía estaba todo tranquilo. No sé cómo dio con la chica.

—En casa del cosario.

—Se ven, se miran, se gustan. Luego se citan, al atardecer, en la estación, para ver pasar los trenes, tal como se debe.

—Bueno, tú, al grano.

—Un momento, compañeros, que la noche es joven y todavía falta para el parte.

(Pero están ahí, en Alcorcón. ¡Quién lo iba a decir! Y eso que ahora, en la guerra, ayer no existe; sino el frente de hoy; y mañana. No entrarán, y si entran no lo veré.)

—Ella era —mejor dicho, es— hija de uno de la C. N. T. —pero eso sí que no tiene nada que ver—, peón caminero y buena persona y padre amante de diez retoños. Ella —la de éste— era la mayor. Con eso de la guerra y la revolución las cosas fueron bastante más de prisa de lo que suelen. Total: que los tórtolos se metieron en un tren, y al cuarto de hora los tenéis en Murcia, tan contentos. Acerca de lo que hicieron corramos un velo.

—Bueno, tú, ya está bien.

Bernardo se levanta, ofendido, con razón. Lo apaciguan los más.

Ya están en Leganés.

—Hombre, pero si no me meto contigo, al contrario.

—Pues cuéntalo cuando no esté.

—Eso tampoco. Parece como si vosotros nunca hubiérais roto un plato.

—Toma, Murciano —interviene Herrera, ofreciéndole un cigarro.

—No, gracias —responde el aludido—. Además, por si no lo sabes y no te sabe mal, Orihuela es de Alicante y no de Murcia.

Esa lección, dada a uno leído, parece calmarlo.

—Trae.

Toma el pitillo.

—Bueno, ¿sigues o no?

—Sí, hombre, sí.

La verdad es que a ninguno le interesa demasiado aquella historia, sino saber si es verdad aquello de los tanques y de los refuerzos. Los aviones ya los han visto, y los fachas están en Alcorcón y en Leganés.

—Cuando el padre se enteró fue al Comité a denunciar el hecho. Los habían visto juntos, sabían a qué había venido el chico, a quién servía, etc.

¿Cómo se puede ir tan de prisa? —piensa Bernardo—. La llegada a Murcia, con tantas tartanas esperando. Y él, con el temor de que algún conocido le viera, y le preguntara quién era la Fuensanta. Y, además, pensando que ella se iba a volver atrás. Pero la maldita tenía ganas de saber lo que era, de verdad, aquello. Y, además, que nueve hermanos pequeños son muchos, y que la madre sólo se ocupaba del último, siempre impedida de mucho hacer por el próximo: que el padre no dejaba pasar ocasión.

—Total, no fue difícil dar con ellos, en un cuarto que habían alquilado.

(Mentira. No lo alquilé. Pero, ¿para qué lo digo? ¿Qué más da? Allí, en casa de don Cayetano, a espaldas de la Platería, no vivía nadie más que el cuidador y su madre. Como les conocía poco, les dije que era mi hermana. No sé si lo creyeron. Supongo que no. Y nos encerramos en un cuarto. Bueno, en el cuarto que me habían dado para estar en Murcia los días que había de estar hasta que estuviera arreglado el motor del pozo de la finca, que a eso había ido principalmente.)

—A este joven incauto me lo llevaron detenido, de vuelta, a Alcantarilla. Lo metieron en la cárcel y, a su debido tiempo, pasó ante el jurado popular.

—Oye, tú, no nos vengas con trolas.

—¿Es verdad o no, Bernardo?

—Como dicen que dos y dos son cuatro. Yo creía que era por otra cosa: por lo de don Cayetano, que era un carca a machamartillo. Pero, no.

—El discurso del fiscal fue de lo mejor: que si la moral, que si el ejemplo de la retaguardia, etc. Total: pidió la pena de muerte.

—¿Nada más?

—Y se la concedieron. Pero así, muy convencidos y con la mejor buena fe. O se es, o no se es. ¿O va tanto del teatro de Calderón a hoy? No se cambia así como así.

—Y lo fusilaron, ¿no? —pregunta en chunga Peñafiel.

—No: porque le dieron una alternativa.

—¿Cuál?

—Casarse con la chica a tambor batiente: allí mismo.

—Cosa que el compañero no dudó en hacer.

—Como es natural. Mandaron buscar al alcalde y todos los jurados fueron testigos. No hubo más que rehacer la causa. Y se rehizo.

—No veo por qué os extrañáis del caso —dice Peñafiel—. La alusión de Herrera a Calderón está plenamente justificada. Así acaban muchas de nuestras comedias, con la agravante de que el galán había abandonado a la dama. Lo que me extraña es que os asombréis que la literatura ande tan pegada a la carne. En cuanto al sentido del honor, ¿para qué vamos a hablar de eso? Yo no dudo que la mayoría de vosotros estáis aquí para defender lo vuestro: los socialistas, lo del socialismo; los republicanos, la República, etc. Pero yo, ¿por qué estoy aquí? Por el cochino honor, camaradas, por el cochino y puerco honor.

—*Eixo está bé* —dice Planelles—, *els fachistes son uns deshonrats.*

—A mí ni me va, ni me viene Azaña.

—Oye, tú, más respeto con el Presidente.

—Bueno, pues, quien tú quieras.

—¿No tenéis una botella de vino?

—Ese tiene.

—Venga. Que hace fresco.

Al minuto no quedaba sino el casco. Santiago Peñafiel siguió hablando. No quería, pero el silencio le empujó. Y eso del honor que tenía muy a pecho. El honor y la honra. Dejando aparte la natural inclinación, que nada tiene que ver con lo que defiende. Su tío Francisco le había contado lo que ahora diría. (Valencia, tan tranquila. Las juventudes: Josefina. Y ahora en Madrid, de noche, con el enemigo enfrente.) Ya no era su vida, era la historia. Por eso encajaba aquel viejo suceso.

—¡El honor! ¿Vamos a no reírnos? El honor es la venganza. Y ya no busquéis más. Con el feudalismo y la burguesía nació el paripé. Que si la san-

gre lava... ¿La del ultrajado derramada por el ultra-
jador? ¡Un cuerno!... No. Eso estuvo bien para cierta clase, durante la Edad Media y el Romanticismo.
Pero son tonterías superficiales, ¿o es que en el pueblo no había venganzas? ¿Y si las había, no corres-
pondían al mismo sentimiento que enfrentaba a los
decorosos caballeros? El honor se venga con el casti-
go del culpable, y no importa cómo se consiga, sino
lograrlo. Y si se le espera, a la caída de la tarde, escondido entre brezo o trigales tanto da, como la bala
sea certera. Y a la mujer —y al amante— se les apu-
ñala dormidos. Y todos tan contentos. Así se venga
el honor mancillado. Aparte queda la honra, que es
lo de cada uno, sin relación con los demás: ahí sí,
pero entran en juego otros elementos y puede haber
héroes. Pobrecitos países donde no hay palabra para
discernir una cosa y otra. Aún cuenta en mi pueblo
la historia de los Bernárdez. Tú, José, que haces cosas para el cine: ahí tienes una historia de veras;
aprovecha, los Bernárdez eran tres. Dos hermanos y
un primo. Allá, por las guerras carlistas.

—¿Cuál?

—No sé. Yo siempre lo oí contar así: «cuando
las guerras carlistas», y no me paré a preguntar si la
primera o la segunda. Además, es posible que no lo
supieran.

Están en Alcorcón, en Leganés, en las afueras de Getafe.

Encendió un cigarrillo, con cierta voluptuosi-
dad y lanzó el humo a lo que más podía antes de
proseguir, como si hubiera querido castigar al inte-
rruptor. A lo lejos sonaron unos tiros que les hizo
ponerse en guardia, pero aquello no tuvo cola. Entraban cientos de hombres en el cuartel, obreros y
más obreros. Había llegado la hora de dejar el taller.
Siguió Peñafiel.

—Dicen que eran guapos mozos; Leandro y Julián eran hermanos, el primo se llamaba Miguel. Los primeros eran carlistas, liberal el otro. Y eso, en Soria. Se vino encima la guerra de veras, y un día unos, y otro día otros; así fueron venciendo y matando. Hasta que, en los límites de la Rioja, Miguel cayó prisionero de una tropa que mandaba un tal don Gonzalo Arzoz, tan buen militar como buen bebedor. Los otros Bernárdez servían a sus órdenes. Leandro era capitán, Julián, alférez. Vieron a su primo, al que querían como hermano, y nada pudieron hacer para librarle del paredón, que por aquellos meses andaba la cosa muy mal, y de los prisioneros no se volvía a saber. Era por noviembre, y los dos hermanos consiguieron el permiso del coronel para que su primo se fuese a despedir de su mujer, que vivía a unos kilómetros de allí, pasando el río. Les bastó la palabra del condenado, y respondieron ellos con sus vidas. Miguel se fue a ver a su mujer y a un hijo, que no conocía, nacido de días. A medio camino empezó a diluviar, pero llegó; y se despidió —sin decir nada de su situación—. Pero, a la vuelta, ya no pudo cruzar el río. La avenida se había llevado el puente. Se tiró al agua. Dicen que era buen nadador. Pero aquello era ya un torrente y el hombre no pudo con los remolinos y el lodo, y se ahogó. Su cuerpo debió enredarse en algunas raíces profundas, porque no apareció sino quince días más tarde y en el buen estado que podéis suponer. Claro está que lo interesante sucedió con los primos hermanos. A la mañana siguiente, como es natural, no había ni rastro del condenado, y el coronel, bien bebido, empezó a bramar —era hombre de honor, si lo había— y mandó fusilar a uno de los que se habían hecho responsables de la despedida del desaparecido. Querían ambos hermanos echar a suertes a quién le tocara tan ejemplar final, cuando el hombre de bien redondeó su mandato: el otro debía mandar el pelotón. Que así era el señor. Y como pasara el tiempo y ambos se ofrecían de víctima, don Gonzalo, teniendo que rendir jornada larga, ordenó que el ajusticiado fuese el alférez, al que, como es justo, desde su punto de vista, tenía en menos que al capitán. Fueron, como de costumbre, hasta el muro del cementerio, y se sucedieron los preparativos terrenos y celestiales. El cura allanó sin dificultad el camino de salvación al que iba a morir fusilado, y aun —aunque con cierto resquemor— al que iba a mandar el pelotón, que, de hinojos, le suplicó igual gracia. Se formó el cuadro. Diéronse las primeras voces de mando; de pronto, el capitán, impertérrito, se colocó al lado de su hermano, a la voz de apunten, señalando su corazón. Los soldados se quedaron sin saber qué hacer, cuando el capitán sacó su pistola y gritó a sus hombres, amagándoles, que dispararan. Lo que hicieron fue dar media vuelta. El hombre se quedó ronco, insultándoles. Y luego, con tranquilidad le voló la tapa de los sesos a su hermano y después —con otra bala, que con la misma imposible— hizo lo propio con la suya.

—¿Y eso es honor u honra?

—Honra, joven; honra. ¿O es que no has entendido?

—Idiota es lo que era: no entraban más que ellos en juego. Ahora hay que pensar en los demás.

Ahí está el parte:

«*Frente del Norte y del Noroeste.* Los sectores oriental y centro de este frente comunican tranquilidad. Nuestra artillería ha dispersado una pequeña concentración rebelde en la zona de Mondragón. En Asturias nuestras tropas han realizado un fuerte ataque de flanco contra la columna fascista de la zona de Grado, habiendo quedado en nuestro poder treinta y tantos prisioneros y mucho material de guerra. Numerosos soldados y Guardias de Asalto han pasado a las filas del Gobierno.

Frente de Aragón. En el sector de Tardienta nuestras fuerzas han aniquilado un escuadrón de caballería mora y dos compañías de infantería que abandonaron en el campo 30 muertos y 18 prisioneros.

Nuestra artillería de Alcubierre ha bombardeado eficazmente las posiciones facciosas de este sector.

Frente del Sur. La columna rebelde que opera en Priego ha intentado un ataque contra nuestras posiciones de Fuente-Téjar, siendo vigorosamente rechazada con cuantiosas pérdidas.

La aviación fascista ha atacado El Carpio y Bujalance.

Frente del Centro. En Somosierra, después del enérgico contraataque realizado el día de ayer por las fuerzas leales, no han disparado los facciosos contra nuestras posiciones.

En el sector sur de Madrid, las columnas rebeldes continúan su presión desesperada, a pesar de la heroica resistencia del ejército republicano. En el día de hoy nuestra artillería ha bombardeado con eficacia las líneas enemigas y dos contraataques de nuestra infantería lograron contener el avance de las tropas mercenarias fascistas.»

Era todo. Parecía mentira, pero en toda España se luchaba: Mondragón, Grado, Tardienta, Alcubierre, Fuente-Téjar, Priego, El Carpio, Bujalance... Y, sin embargo, sólo contaba Madrid. Porque estaban en Madrid, y porque Madrid lo era todo. Y del frente de Madrid no se decía nada. O casi nada: Duelos de artillería, contraataques. ¿Dónde? El cañoneo les contestaba.

Tenían la razón, y el enemigo había llegado a las puertas de Madrid. Peñafiel sentía la rabia revolverle el estómago.

6 de noviembre, por la mañana

Una motocicleta deja a Vicente Dalmases a la puerta del Ministerio de la Guerra. Baja del sidecar, y se despide de su compañero:

—Mañana, a las ocho, aquí.

Luego, atraviesa la verja y se acerca al palacio. Cerca de la puerta todavía está boquiabierto el embudo de la bomba que cayó allí por octubre. Entra en el Ministerio como Pedro por su casa. Ordenanzas y militares van y vienen, encerrados en sí, sin preocuparse de los demás. Vicente pregunta por el subsecretario: trae un pliego para él, del jefe de su batallón. Le contestan alzándose de hombros:

—Arriba.

El joven sube las escaleras, extrañado de tanta indiferencia.

—¿El general Asensio?

—No está.

—¿Cuándo vendrá?

—No sé.

—Traigo un pliego urgente para él.

—Déjelo.

—No. Tengo la orden de entregarlo personalmente a uno de sus ayudantes.

—No hay nadie.

La gente va y viene, atareada, con papeles, con bultos. Vicente se siente perdido. No sabe qué hacer. Pregunta a otro.

—Espérese.

Se acerca al ventanal. En la mañana fría, la Cibeles, cercada por sacos terreros, parece más pequeña, solitaria, en el centro de la plaza medio desierta. Frente al Banco de España, unos camiones, custodiados por Guardias de Asalto; unos mozos van y vienen, llenándolos. El Prado, sin nadie. El silencio y, de pronto, a lo lejos el cañoneo.

Vicente se da cuenta de que lo que sucede es que la gente abandona Madrid, están evacuando la capital; que no queda nadie. Van a entregar la ciudad. Se vuelve y mira los ojos de los que se afanan, de aquí para allá. Conoce esa expresión. Se van, abandonan la tierra que pisan. No comprenden el porqué, pero se sienten en peligro inminente de caer en manos del enemigo, y cualquier otra cosa es mejor. Huir, retroceder, irse ante el mal que avanza, cercenar lo que sea ante la invasión de la gangrena. Tiene que entregar el pliego.

—¿El subsecretario?

—No sé.

—¿Cuándo vendrá?

—No sé.

Nadie sabe.

—Traigo un pliego urgente.

Se alzan de hombros. Entra un general, pregunta por el subsecretario. Nadie sabe nada.

—¿Quién es? —pregunta Vicente.

—El general Pozas.

—Si viene —indica el general—, dígale que fui a la Presidencia del Consejo.

De pronto, por la calle, viniendo del Retiro, subiendo hacia la Puerta del Sol, empieza a desfilar

una columna. Una larga columna de hombres, civiles
todos: la mayoría con boina y gorra, algunos sin nada
en la cabeza. De tres en fondo, desarmados. Jóvenes
y viejos. Se esfuerzan en marchar militarmente, de
cuando en cuando rectifican el paso, para seguir el
ritmo. Un tranvía se detiene para dejarlos pasar. En
las aceras, los pocos transeúntes se alinean en el bor-
dillo para verlos. ¿Quiénes son? ¿Dónde van?

Son los del ramo de la construcción, y bajan
hacia Carabanchel.

—¿Sin armas?

Van a relevar a los muertos. Sólo el ruido de
sus pies. Desde donde los ve Vicente, no se puede
leer en sus ojos. Tan pronto como se enfrenten con los
tanques, o los moros —piensa el mozo— echarán a
correr. Es el fin. Si Madrid no tiene otra cosa que
oponer a las columnas de Varela, estamos listos, listos
para... ¿para qué? Vicente se apoya contra la jamba
del ventanal. ¿Para qué?

Aquel campesino, con su sombrero ancho y su
bastón, ese obrero con su gorra clara ladeada, aquél
con su manta al hombro... Más parecen una columna
de prisioneros que otra cosa. Van a morir; pero no,
como tal piensen, en duelo con el enemigo, sino huidos, en manada, segados por las ametralladoras, contra
un enorme paredón, o allí arriba, en la Plaza de Toros,
como en Badajoz. Y ahora sí, le entra el miedo, a borbotones, como no lo tuvo nunca en campo abierto.
¿Dónde ir? ¿Qué hacer?

—¿No ha venido todavía?

—No.

—¿Qué hago con este pliego?

—Déjalo, si quieres. Cuando venga alguno de
sus ayudantes se lo daré.

Vicente deja el sobre y sale rápidamente a la
calle.

Se detiene y apoya contra la reja del palacio de Buenavista.

¿Qué va a hacer? La columna sigue desfilando, interminable. Vicente se fija en el Ministerio de Instrucción Pública. Decide ir a ver a Renau. A ver qué le dice. Espera que acaben de pasar esos hombres, cruza Alcalá, al blanco y triste sol mañanero, y sube la blanda cuesta, hacia el Ministerio. Pregunta por el director de Bellas Artes, sube al cuarto piso. Renau no está. ¿Qué va a hacer? Baja y echa a andar. Perdido. Entra a tomar algo en la granja El Henar, para volver en sí.

No conoce a nadie. Las conversaciones, apasionadas, se mezclan con el ruido de las cucharillas. Una enormidad de humo. Todos fuman.

—Con permiso.

Se sentó en un sofá, en el salón de adentro.

—Aquí no entran.

—Ni Francia, ni Inglaterra pueden permitirlo.

—Ni nosotros.

La trápala es feroz. La gente va, viene, pasa ante sus ojos sin que Vicente consiga fijar una cara. Ahora se da cuenta de que tiene sueño. La temperatura es agradable, el asiento muelle. Está sentado entre dos mesas. No sabe quién le ha servido café. Pero está tomando café. A derecha e izquierda la gente se apretuja, discute, grita, gesticula. Vicente oye sin querer, sin prestar atención. Está en el campo, y retrocede. La aviación enemiga bombardea, a derecha e izquierda. Dispara, le duele el hombro.

—Vas a ir a Madrid.

El puesto de mando, en una casa de labor. Atrás, atrás. Sin remedio. ¡Que vienen tanques! Contra los tanques no se puede. Si pudiese dormir. Pero la batahola no le deja.

—Que te digo que el Gobierno se ha ido.

—Cuentos. Acabo de hablar con Ruiz Funes.

—Pues a mí me han dicho...

—¡Cuernos! ¿Cómo se va a ir el Gobierno? ¿Para eso habían de haber entrado los de la C. N. T.?

—Y tanques, ahora verás tanques. Tampoco creías en que había aviación, y ya ves.

—Lo que veo...

—Y ya verás los franceses...

—Lo que no hagamos nosotros ...

—Hola, tú. ¿De dónde sales?

—De la Sierra.

Llegan más, que se sientan y le apretujan. Deben creer que está con los de la mesa de al lado. Y esos, lo mismo.

—¿Crees que todos estos que están ahora abriendo trincheras alrededor de Madrid, o alzando barricadas en sus calles, lo hacen porque se lo manda el Gobierno? ¡Vamos! Además el Gobierno no manda nada... Sólo piensa en salvar el pellejo. ¡Los sindicatos, hijo, los sindicatos! Y eso, porque les sale de adentro a sus sindicados; y no por sindicados sino por hombres, por hombres que tienen sentido de lo que no quieren. Porque están en contra de algo tangible, que está llamando a la puerta de todos. Nada une como lo que no se quiere. Y si no, vete a verlo. Lo mismo da anarquistas, que socialistas, que comunistas. Si tuvieran que luchar por imponer sus soluciones se entrematarían a quien más, mejor. Lo único que une es el anti. El estar en contra. Cada quien quiere otra cosa, pero cuando se trata de no querer, entonces cabe la unión. ¿O es que crees que los madrileños están dispuestos a dejarse machacar por defender la República? ¡No, hombre! Están listos a morir porque no quieren que entren los fachas. El Gobierno no cuenta para nada, ni hace falta. Por mí, que se largue. Y no digamos de la Sociedad esa de las Naciones. ¿Ya sabes lo que hago con ella, no? Pues, pa qué te lo digo...

—Vosotros, los anarquistas...

—¡Yo no soy anarquista!

—¿Pues, qué?

—Nada. ¿Me oyes? Un hombre, y ya. Lo que pasa es que consideráis a los hombres por las etiquetas que se cuelgan. Y lo que cuelga es otra cosa...

—¡Muy bien, joven! ¡Estoy con usted!

Era un viejo barbón.

—¡Usted, qué ha de estar conmigo! Está en contra de lo mismo que yo. Porque no le da la gana de que manden los que siempre han mandao. Y que nos cargan los extranjeros si quieren mandar en lo nuestro. Igual pasó el año 8. Y menos, los moros. Y no nos importa, ni la moral, ni la política, ni la justicia, ni el poder, sino nosotros mismos: Felipe, Joaquín, José, y el otro José, y Julián, y Alberto, y un don Gladiolo, si lo hubiese.

—Que lo hay.

—Para usted la perra gorda. No nos da la gana. Y no pasarán. Y si pasan no me importa, porque yo no lo contaré.

Se levantó.

—Jóvenes, me vuelvo a Usera. El que quiera que me siga, que allí falta gente.

—¿Y a qué viniste aquí?

—A tomar café. ¿Pasa algo?

—No, hijo. No.

Con él se fueron siete u ocho. El barbón habla alto:

—¿No os da vergüenza discutir? ¿Es que no os queréis dar cuenta de lo que está sucediendo? ¿Convertir esto en palabras? ¿Es que no veis que lo que estos hombres están defendiendo son sus sueños?

Sus sueños, nada más que sus sueños.

—Sueñas.

—¡Ojalá! ¿O es que creéis que estos hombres defienden lo poco que habían conseguido? No. Están dispuestos a morir por lo que soñaban alcanzar. Ahora: llamadlo como queráis. Claro, a vosotros os da lo mismo. Estáis dentro, completamente a oscuras. Trocada la vista por el olfato, sólo sabéis husmear la base de las paredes, los troncos de los árboles, para dictaminar, inexorables, «Esta meada es de arzobispo, ésta de nuncio, ésta de banquero». Estos hombres no defienden su presente, sino su futuro. Su vida, su sola vida: Lo que sueñan que es su vida. Pero no podéis ni olerlo siquiera, os faltan sentidos...

—¡Hombre!, muchas gracias...

El poeta, con su chamarra, su pipa, su gorro y su barba, anatematiza contra un grupo de diez o doce jóvenes que le oyen con respeto.

—¿Qué puedo hacer? ¿Pensar una cosa con el exclusivo objeto de daros gusto, y que mis ideas se vayan a paseo? ¿No? ¿Verdad que no? ¿Entonces? No os importa mi opinión, sino mi firma. Y yo no soy mi nombre tan sólo.

El de más edad, bajo, gordito, con gafas, segurísimo de sí, le dice con el aplomo de sus treinta años y su impertinencia:

—Lo que tú debieras hacer es ingresar en el Partido.

—¿Por quién me tomas? ¿Por uno de esos cientos que están en mal de carnet?

—Te estoy hablando en serio.

—En serio te contesto, aunque no lo parezca.

—Dame las razones por que no lo haces.

—No hay más que una: no quiero perder mi libertad.

—¿Cómo vas a perder lo que no tienes?

—¿No puedo publicar hoy lo que me da la gana?

—No. Te lo impide...

—Lo que me forma. Ya lo sé. Pero no quiero discutir teóricamente: Quedémonos en los hechos. Yo, hoy, escribo mi artículo. Lo llevo al periódico...

—Y sale. Si pertenecieras al Partido, habría que discutirlo antes. ¿Te parece mal?

—No. Pero a mí me molesta, personalmente. Y no estoy dispuesto a pasar por ningún cedazo. Ni a que me digan: hoy tienes que hacer un poema proletario sobre la defensa de Irún.

—Así que tú, solo.

—Yo, solo, con mi ligazón con todos, pero según mi puesto, mi manera y mi deseo.

—Di, desde luego, que es más fácil hacer arte que hacer la guerra. Sobre todo cuando ese «arte» es puro subjetivismo.

—Te oí decir la otra noche, en uno de esos alardes de lo que crees tu materialismo, que el mundo es como nos lo dan.

—¿Y, no?

—No, hijo. No. Es como lo hacemos, o nos obligan a hacerlo, o lo dejamos hacer. Y te conformas o no, haces o no, aplaudes, o callas, o protestas.

—No me refería a eso, que es impepinable. No. Sino a como lo hallamos cuando nacemos. Todavía no escogemos a nuestros padres.

—No desesperes de ello.

—No desespero.

—Claro que no, como yo no desespero de ti.

—Es decir, que tienes cierta confianza en que, a pesar de todo acabaré ingresando en el Partido.

—Desde luego, porque es el único lugar que te corresponde, el único que te conviene, a ti y a cualquier intelectual que piense que su destino es dirigir, aconsejar, ver adelante.

—¿Por eso vas a cejar? Porfía. Si tienes razón acabarás por convencer a los demás —dice otro.

—Y si no les convences, ni ellos te convencen, ¿tienes que reconcomerte y pasar por todo?

—¿No te das cuenta que si no, serás siempre un espectador? Ver lo que otros hacen, pagar —y recalcó la palabra— para verlo, o pedir un lazarillo o convertirte en un pobre titiritero de esquina. ¿O es que no quieres darte cuenta de lo que se juega, hoy, a veinte kilómetros de aquí? ¿Vas a querer repetir la anécdota famosa de «los Persas»? ¿Gritar: ¡Los fascistas!, y caer atravesado por sus flechas? ¿Darlo todo por una frase inmortal? Serías capaz.

—¡Quién sabe!

—Ya lo sé. En el fondo, lo único que te preocupa es eso: la inmortalidad. Lo malo es que no tienes pasta para eso. Eres demasiado débil.

—Y vienes a ofrecerme el refuerzo del Partido.

—No el del Partido, que no sería tan despreciable, sino una concepción sólida del mundo.

—Sí, ya sé: estáis dispuestos a suministrar —recalca el verbo— concepciones. Y, ¡ay del que se aparte de ellas!

—¡No! ¡No, coño, no! Eso sí que no te lo permito. Si un escritor es comunista no necesita que el Partido le suministre, en el sentido que tú quieres dar a entender, ninguna concepción. Ya la tiene. Por eso, por tenerla, es comunista. El Partido puede suministrarla a quienes se «dicen» o se «creen» comunistas y no lo son —hizo una pausa—. De ahí las depuraciones posteriores y las críticas demostrando que no se es comunista. Todos estos hombres que se enrolan en el Quinto Regimiento, ¿crees que se les ha suministrado una concepción científica o lo que sea, del mundo? No, hijo. No. Creen en un mundo mejor. Están seguros de su existencia y dan su vida, no por su patria, es decir, un pasado, sino por el futuro, del que están absolutamente, ¿me oyes bien?, absolutamente seguros. Toda la desesperación de los de enfrente —y no me refiero exclusivamente a los fachas— es que la U. R. S. S. no ha caído en la vieja trampa: «Yo puedo hacer esto porque soy conservador, usted no puede hacerlo porque es liberal»... Vuestra posición escéptica es un crimen. Lo pagaréis muy caro.

Vicente los oía a través de una niebla. Era una conversación conocida, repetida hasta la saciedad. No le interesaba. El había resuelto hace mucho todos esos problemas.

—En verdad, de verdad, lo que sucede es que cuando hay igualdad no puede haber libertad. Bueno: la libertad tal como la entendéis.

—Pero entonces la revolución se hace inhumana, y a ese precio, no vale la pena.

—A ver si encuentras tú otra salida.

Otra salida, el sueño: Vicente se duerme. Está copado. Sin remedio. En un agujero, el fusil en la mano. Los fachas avanzan, convertidos en niebla. Por mucho que se agache lo verán, por mucho que se pegue a la tierra. A la tierra. El olor de la tierra. Volver a ella. La siente, dulce y callada, en espera de todo. En espera de que lo maten. De que lo cojan prisionero y lo fusilen.

Bueno. Es un hecho. Nos van a cazar. Caeremos prisioneros. Nos fusilarán. La cosa no admite duda. Vamos a morir. Voy a morir. Nos van a fusilar. ¿Te das cuenta? Vas a morir. A dejar de ser. A una hora fijada por éste o aquél. Desaparecer. Sin más. ¿Te fijas? Sin más. Sin nada más. Convertirte en piltrafa, en carne sanguinolenta, en trapo, en montón. En blanco lívido: las ojeras de los muertos, los dientes de los muertos, los labios blancos de los muertos. En nada. En licor apestoso —negro— por la comisura de los labios blancos. Sin remedio. Para eso perdimos la guerra. Para esto nos quedamos en la estacada. Los que nos dejaron en ella se perdonarán a sí mismos… Polvo, montón, basura lacia: nos cogerán entre dos —uno por los pies, otro por los sobacos, la cabeza caída arrastrando contra la tierra— y nos irán amontonando. Estas van a ser las últimas horas de mi vida. ¿Cuántas?, ¿diez, doce, veinte? Quizá cincuenta. Y, luego, se acabó. Pongamos un término medio: treinta. «Treinta horas, o la vida de un jugador.» Sí, ese era un libro que tenía mi padre. Allí, en el estante, al lado del retrato del abuelo. Habrá que pasar revista a la vida de uno, aunque uno no quiera, aunque no valga la pena. Los recuerdos se van a amontonar, ¿para qué? Lo mejor sería no pensar en nada. Al fin y al cabo ellos perderán la guerra aunque nosotros la perdamos ahora. Se acabó el Comité de No Intervención, deben sentirse felices. ¿Cómo nos fusilarán? ¿De noche o de día? ¿En grupos de quince o veinte, o de tres o cuatro? ¿Con ametralladora, como en la plaza de toros de Badajoz? Caeré blandamente, doblando las rodillas, mi frente dará en tierra, luego, todo el cuerpo dará una media vuelta lenta. Boca arriba. Boca abierta. Sucio de sangre. Sin más. Sin más. No perderán el tiempo en darnos el tiro de gracia. ¿Y si sólo me hieren? ¿Y si puedo escapar con vida? Hurtando un poco el cuerpo. Se dan casos. Luego me arrastraré por el suelo, de noche. Una luz brilla a lo lejos. Estoy herido. ¡Bah! La cosa será mucho más sencilla. No hay que preocuparse. No estaré solo. Todos estos que me rodean. ¡Qué verdes están las palmeras! ¡Cómo brilla el sol en el agua del puerto! Hojas de oro. Brillan, ¡fuego! Y ya. ¡Fuego! Y al infierno los que crean en él. La inmortalidad no sirve para nada. Vivo

y, de pronto, he muerto. Así, como un apagar de luces. Eres y, de pronto, nada. Aunque yo mismo no
lo crea, tengo cierta curiosidad. Me temblarán las
piernas. De eso no cabe duda. Me temblarán las piernas. Mejor dicho: las pantorrillas. ¿Qué gritaré?
¿Viva la República? Al fin y al cabo la República me
importa un comino. ¡Valiente República! Ahí se quedan todos, desde afuera, mirando. Todavía no. Estoy
en el café. ¿En Valencia? No. ¡Qué sueño! ¡Qué ruido! ¡Qué cansancio! ¿Cuántos días llevo sin dormir?
Pocos: dos.

—¡Han asesinado a Franco! Palabra, acaban
de decírmelo en la Dirección General...

—Bulo.

—Te aseguro...

—Bulo. Ya vino antes Jiménez con el cuento.
En la redacción no saben nada. Ni en la Presidencia.

—No lo dicen...

—¿Por qué? ¿Para evitar el dolor popular?
¡Anda y que te ondulen!

—Recortáis el mundo de una manera terrible
—sin daros cuenta, desde luego—. Para vosotros todo
se refiere directamente a la política: todo se tiñe de
su color: la amistad, la comida, la literatura, la pintura, el amor. Ya nada es gratuito. Ya nada es porque
sí. Todo viene a tener intención, a ser por algo. Matáis la espontaneidad.

Vicente Dalmases se da cuenta de que está en
la Granja. ¿Qué hora es? Las once. ¿Qué hace? ¿Qué
tiene que hacer? ¿Volver al Ministerio de la Guerra?
¿Para qué? Hizo mal en dejar el sobre. ¿Habrá llegado a manos de Asensio? Está cansado. Está sentado
en un café, en la Granja.

Había estado allí mismo, hacía tres meses, de
paso para el frente. Entonces la vida parecía normal.
Todas las tiendas abiertas, nadie con corbata, pero

mucha gente por la calle. Una despreocupación absoluta parecía ser la consigna. Los cafés estaban llenos
y los camareros seguían siendo los mismos camareros
de siempre. Por la noche, todas las ventanas iluminadas daban a la ciudad un aire de fiesta. Ahora, parecía lo mismo, y no. El que había cambiado era él
y la línea del frente.

El humo, la gente que va y viene. ¿Quiénes
son? Que el Gobierno había salido, que no. Que habían llegado aviones, que habían llegado tanques, que
los franceses enviaban un ejército. Nadie parecía dudar
de que los fascistas serían detenidos y derrotados. ¿Si
habían adelantado de Talavera a Madrid, por qué
no habían de rebasar la capital y seguir hasta el Mediterráneo? Había un hecho: Madrid. Una ciudad. Ya no
era el campo, ya no era un pueblo: era Madrid, la
capital. Un hacinamiento enorme de casas. El centro
de España. La razón de ser de la República. Y los
obreros, y el Partido. Algo en qué adosarse de verdad,
algo para no retroceder. Y la historia: El fantasma del
2 de mayo. Y mucha gente, más de un millón de gentes. Y la U. G. T.. Además, Largo Caballero había
dicho que ahora teníamos armas. Sí: ahora o nunca.
Y como nunca no podía ser: ¡ahora!

Pero en el Ministerio no había nadie. Y esos
camiones en la puerta del Banco de España. ¿Estaban
ciegos? Podría levantarse y gritar: —Tardarán dos días
o tres, u ocho. Pero, a lo más, dentro de ocho
días los fascistas estarán ahí. Sentados, como ellos, los
que estaban ahí gritando, gesticulando y tomando café,
y todos ellos, los de ahora, estarían muertos, completamente muertos.

Vicente se acuerda del cementerio de Valencia, de la tumba de sus abuelos. De las calles anchas,

de las afueras, con tanto sol y tanto polvo. Sube por
Monteolivete, sigue el cauce del río, las alamedas y
el viento haciendo temblar las hojas de los altos árboles. El mar. La playa del Cabañal en invierno, enorme,
sin fin —allá, a lo lejos, Sagunto; las chimeneas de
la gran factoría—. El viento salobre, los montes de
algas oscuras, el salitre, las acequias de agua cobriza
vertiéndose en el mar, dibujando en el agua verde su
abanico sucio. Las barcas del bou varadas sobre uno
de sus costados, las parejas de bueyes, rojos y lucien-
tes, yendo lentos hacia su establo. Las casas bajas, las
palmeras —aquí y allá— inclinándose al viento fresco
del invierno. Las gaviotas. La soledad. Asunción a su
lado. De pronto, la coge entre sus brazos, y ella deja
los suyos inertes. El levantó sus manos hasta sus omo-
platos. La sostenía, ingrávida. Ella le miró con sus
ojos clarísimos, enormes, ahora empañados de agua
salobre.

—¿De veras no te importa que te bese?

Bebiendo la contestación de sus ojos, más azules, Vicente sólo sentía su peso ligero y lo que le ligaba a ella. No era él, sino su deseo de estar como estaba, con Asunción entre sus brazos; así, para siempre.
Y sentía cómo para ella era lo mismo, que lo único
que le importaba era seguir como estaba, en los brazos de Vicente, sostenida por él, vacía por dentro,
echada hacia afuera, toda ella apariencia, sin entrañas;
toda relación, fundida con Vicente, salida de sí. Ni
él ni ella existían, sino lo que les unía, no en éxtasis;
al contrario, nunca se habían sentido tan seguros de
su existencia, de la suya y de la de los demás; tan
firmes y a la vez tan ellos y tan parte de los demás,
sin desear nada.

Asunción levantó poco a poco los brazos para
cruzarlos tras la nuca de Vicente.

—Te quiero.

No sabía lo que decía, ni él la oyó, robada la atención de los sentidos por el sentimiento de ser, de una meta alcanzada de pronto, victorioso, sin memoria, sin promesas. Vacío y gozoso, pura relación fundida. Caía sin fin, en el sueño, despertando.

—Entonces, ¿qué? ¿Quieres que te lo diga? ¡Tú, qué vas a comprender! No tienes idea de lo que es no tener trabajo. Tú eres un señorito. ¿Sabes lo que es un señorito? Es un hombre —¿por qué no ha de serlo?—, es un hombre que tiene trabajo aunque no lo quiera, es un hombre que tiene trabajo y no trabaja. Y yo he sido «sin trabajo» durante tres años. No te puedes dar cuenta. ¡Qué has de poder! Eres un hombre como los demás. Tienes brazos, tienes manos y cabeza. Puedes trabajar, sabes trabajar tan bien como cualquier otro. Sabes soldar como el mejor. Y no tienes trabajo. No encuentras trabajo. No puedes trabajar. Pides, y no hay trabajo, y miles de otros obreros trabajan. Y les pagan y pueden comer. Pero tú, no. Si fuese sólo tú, bueno, podrías creer en la mala suerte, en Dios, si quieres. Pero, no: cientos... Sin trabajo... Tú te alzas de hombros, piensas que peor es el cáncer, o la tuberculosis, piensas que... (Ramírez no sabía que Torrents era tuberculoso, y no pudo comprender el sentido de su sonrisa). Bueno. Es posible. Pero no. Porque el cáncer o la tuberculosis no tienen remedio; pero ir de un lado a otro, pedir y saber que no te dan trabajo porque no pueden... Si supieses que te estaban mintiendo, todavía... Pero no, la verdad es que no hay trabajo para ti: Que la fábrica no tiene necesidad de ti: Que con los obreros que tiene le bastan. Y tú, que eres obrero, ¿qué? Porque a los señoritos no les da la gana de comprar más camas, o más gramófonos, yo tengo que reconcomerme los puños y ver la cara que me pone mi mujer, porque vivimos de lo que ella gana. Yo podía haber sido feliz. Mira, niño, todo eso de sois vosotros los que hacéis la revolución es muy bonito, pero no es verdad. La revolución puedes pensarla, parecerte justa, pero, ¿hacerla? Hacerla, sólo la podemos hacer nosotros, los obreros. Vosotros podéis hacer malos negocios. Pero son negocios y, al fin y al cabo, tenéis la culpa. Es cuestión de listeza, de vivos y bobos, de ver quién hila más delgado. Nosotros no. En el trabajo manual no hay engaño. Lo que no hay, a veces, es trabajo: porque vuestros «negocios» han salido mal. ¿No eres escritor tú? ¿Qué escribes? ¿Por qué no escribes un libro sobre los sin trabajo?

—Tal vez porque no se me ocurrió.

—No. Ya sé: mucha estadística, mucha explicación. Pero no es eso: un libro sobre la rabia del que pudiendo trabajar, del que queriendo trabajar, del que sabiendo trabajar, no puede hacerlo...

—Por eso estamos con vosotros.

—Yo no me fío. Para ser revolucionario de verdad hay que tener callos.

—¿Y Gorki? —terció otro.

—¡Psché! Eso cuentan, pero ve a saber. Yo hablo de los españoles.

—Mira Sender, Alberti, Bergamín. ¿No has visto «El Mono Azul»?

—Esos son comunistas —dijo con un desprecio absoluto—, señoritos...

—Y Barral.

—Ese es pintor, ¿no? Los pintores son otra cosa. Por lo menos, se ensucian las manos. Cuando estemos en el poder, porque caerá en nuestras manos, tarde o temprano, que se deje el mundo de literaturas. Que hagan cine, si quieren, para divertirnos.

Vicente se representó, de pronto, la pantalla de los cines como una jaula, donde unos hombres se asomaban a divertir a los que les miraban, como monos de un parque zoológico.

—Lo que importa es trabajar, y saber que con tu esfuerzo sigue el mundo adelante, y que puedes comer y dormir tranquilo.

—Y llevar a tu mujer al cine, los sábados por la noche, antes de hacer otra cosa.

—¿Por qué no? ¿Hay algún mal en ello?

—Ninguno, camarada.

Vicente conocía a Torrents —que había debido llegar mientras dormía—. Le saludó con un medio gesto.

—¡Hola!

Seguía atado por el sueño que le impedía levantar los brazos más de un palmo. Hacía dos años que no se habían visto, a ninguno se le ocurrió preguntar por qué estaban ahí. Todo era natural.

—«España se constituye en una república de trabajadores de todas clases.» Faltaba hacer bueno este primer artículo de la Constitución. Nada más. Con eso se resolvía el problema de España. Nada más que con eso. Poner a trabajar a medio millón de vagos. Nada más. España no necesitaba más que trabajen todos los españoles durante un siglo. No más señoritos, no más militares, no más monjes contemplativos. No más tertulias, no más casinos, no más toros, no más escritos. Por un siglo podemos pasarnos sin otros San Juan de la Cruz.

—No más partidos de fútbol —dijo Torrents.

—¿Por qué? Es una distracción sana.

—Entonces, no veo por qué los toros…

—Porque fomenta, en el español, la idea de que se puede uno hacer rico sin trabajar. ¡Fuera los toros! ¡Fuera las tertulias literarias, fuente de toda la gandulería española!

Templado, callado, sonreía oyendo esto en el Henar, y los fascistas llegando a Getafe.

—¡A trabajar! ¡A destripar terrones!

—Para eso, necesitarías mucha Guardia Civil.

—¡Qué Guardia Civil, ni qué narices! Los mismos trabajadores se encargarían de ello.

—Pues a ver qué hacías con uno que conocí en Sevilla, y tú también le conoces —dijo Pedro Guillén, tan pequeño como mal hablado—, terrateniente de los de más haber, que me gritaba a voz en cuello, en el Casino de Labradores: —¡Podréis hacer conmigo lo que queráis: quitarme las tierras, el dinero, las casas, el vino, lo que sea, pero hacerme trabajar, eso, nunca!

—Ya veríamos —dijo Francisco Ramírez, el de la voz cantante—. Ellos aseguran que la letra con sangre entra. Bastaría un palo bajo su nariz.

—¡No estoy conforme! Lo que a mí me molesta es tener que trabajar para poder vivir, te lo digo en serio. ¿Por qué el hombre no ha de emplear su inteligencia en lograr hacer exclusivamente lo que le da la gana? No sé si te has dado cuenta de la enormidad que el trabajo ha logrado crear. Esa superestructura, ese caparazón ha convertido el mundo en una enorme tortuga, que no puede respirar más que por una cabecita chica —un agujero— siempre ocupada por los millonarios —o los milenarios, que lo mismo da—, y nosotros asfixiándonos. El trabajo ha embrutecido, embrutece y embrutecerá cada vez más al hombre, porque de un medio se ha convertido en un fin. El hombre ya no vive más que para trabajar —piensa en su trabajo, duerme con su trabajo, tiene hijos con su trabajo—. Se trabaja para comer —eso dicen—, se trabaja para todo. Se trabaja para divertirse. Se trabaja para morir. La gente adora el trabajo. ¿Dónde trabajas ahora? ¿Qué haces? Nadie contesta: Nada. El hombre es un animal que trabaja y hace trabajar a los demás. «A cada quien según su trabajo.» Sobre ese absurdo se está construyendo un mundo.

—¿Por qué no estás con los de enfrente, que son los partidarios de la gandulería? —dijo Templado, a quien la conversación no interesaba, liando un cigarro.

Gustavo Rico dudó un momento, no sabía si contestar a la provocación.

—Son los partidarios de que trabajen los demás y vivir de ello, que también es trabajo. No. Yo quisiera un mundo donde de veras no se trabajara.

—El paraíso terrenal.

—Si quieres. Lo cual demuestra que tengo razón: es lo primero que se inventó y por algo sería. Lo que hacemos es buscar —cada día— un pretexto para nuevos trabajos, y damos con ellos.

—¿Qué harías sin trabajar?

—No lo sé, y ahí está lo malo. No se trata de dormir, ni de tumbarse a la bartola. No. Eso es descansar del trabajo.

—Entonces… explica.

—No tiene explicación.

—«Ganarás el pan con el sudor de tu frente», si sólo fuera la frente… El trabajo es lo único que dignifica al hombre.

—¿De veras crees que dignifica al hombre limpiar pozos negros?, pongamos por caso.

—Igual que hacer cuentas en el ultramarinos de la esquina.

—Todo eso es perder el tiempo, o pasarlo o ganarlo.

—No estoy conforme.

—Milagro sería…

Así era Gustavo Rico: Nunca de acuerdo con nadie.

—No estoy conforme.

Lo llamaban así, a veces. Ni con los comunistas, ni con los anarquistas, ni con los republicanos. Todo le parecía mal, todos: un hatajo de equivocados, de sectarios. Y muy de izquierda, como era natural:

—Pero tú, ¿has leído el último informe de Pepe Díaz?

—No, ni falta que me hace.

—¿Sabes lo que ha dicho Azaña?

—Supongo que una tontería.

—Pero, ¿te has enterado?

—No estoy para perder el tiempo.

—Eres anarquista.

—¿Anarquista, yo? ¡Vamos! Ninguno sabe lo que quiere.

—Y tú, ¿sabes lo que quieres?

Gustavo se les quedaba mirando:

—No.

Cierta ironía en la afirmación.

—Entonces, ¿por qué hablas?

—Tengo derecho.

—¿Cómo quieres que se organice el mundo?

—Decentemente.

—¿Con qué medios? ¿Cómo?

—Cada hombre es un mundo. ¿No lo vais a negar? Entonces, ¿por qué este empeño vuestro en ponerles etiquetas y, lo que es peor, decidir que el que no está con vosotros está contra vosotros? ¿Qué os he hecho yo para que os empeñéis en catalogarme? Dejadme en paz. Cuando hace falta echar una mano todos saben que pueden contar conmigo. ¿Qué más queréis?

Vivía solo, en una buhardilla y comía de hacer traducciones de todas clases. Así había aprendido a respetar las opiniones ajenas, encontrándolas todas malas. No tenía más criterio propio que la negación.

Era un pedazo de pan, que no negaba a nadie como lo tuviera. Amigo de los animales, tenía su azotehuela llena de gatos, perros y pájaros —amén de grillos y ratitas blancas— que, más o menos, vivían sin molestarle.

—El bien de los demás —dice— debiera pasar antes del propio.

—Métete a fraile.

—No creo en Dios.

—Hazte masón.

—Lo intenté. Pero el ridículo puede allí más que todo. Fui una vez y me eché a reír. Me echaron, muy serios, con sus mandiles y malletes.

Putañero, las rameras le querían porque las escuchaba con interés, y las ayudaba si estaba en su mano. Le solían contar la verdad. Se pasaba las noches de casa en casa, le referían las novedades. El lo veía todo con afición, se lo devolvían con creces.

El mundo que le rodeaba era limpio, por su ingenuidad: no que tragara bernardinas, sino que, cuando las descubría no las echaba en cara del mentiroso, lo aceptaba con mirada franca.

—¿De qué sirve mentir?

Tampoco la impertinencia era de su reino, le faltaba orgullo o envidia para usarla.

—No estoy conforme.

Y se quedaba tan tranquilo.

—La cosa es más sencilla de lo que parece. O más complicada, que lo mismo da. El hombre ha perdido la facultad de pensar, de hacerse una idea personal de lo que le rodea. Se lo dan todo hecho: por el periódico, por la radio. Todo se ha vuelto resúmenes. Ya no tiene necesidad de pensar, se lo dan todo digerido, en píldoras. Los médicos ya no recetan sino específicos. Todo el mundo toma aspirina. Ya no le duele a nadie la cabeza. La civilización no busca más que suprimir el dolor. Y, para ello, no hay como no pensar. El ideal socialista es que el hombre viva sin pensar, con criados eléctricos y representaciones a domicilio. Todo consiste en recortar la imaginación. Porque, aunque no lo creas: la imaginación nace del dolor. El ideal, ahora, es un mundo sin imaginación. Y yo no estoy conforme.

—¿Cuándo no?

—A ti, te parecerá excelente. Pero yo quiero un mundo que sirva al hombre y tú —al revés—, que el hombre sirva al mundo.

—Naturaca: porque yo creo en el hombre y tú sólo en el artista.

—En el hombre hecho artista.

—Lo mismo da.

—¡Ca! Y menos en el sentido peyorativo que tú le das. Para ti el artista es un ser que vive fuera de la realidad sin preocuparse más que de sus reacciones personales. Para ti el artista es el romántico: el hombre que se preocupa de sus vísceras y de sus desgracias, y de bien cantarlas. Para ti la expresión, la historia, no cuenta —sólo el futuro—. Y lo único que vale la pena tener en cuenta son los medios de producción... ¿Qué sucederá en tu famoso mundo comunista, cuando todos sean felices? ¿Cuando todos pasen el día tumbados a la bartola en un remedo del paraíso terrenal? ¿Crees que valdrá la pena vivir en él? ¡Ca! Luchar para que eso llegue a ser una realidad, bueno. Pero vivir en ese enorme convento de bondad en el que no veo otra ocupación que el pensar engañar a los amigos...

—Eres un cerdo.

—Cada quien piensa de los demás lo que más le conviene.

¿De qué están hablando? ¿Por qué discuten? —piensa Vicente—. Creen que todo sigue igual que hace cinco o seis meses. No se dan cuenta. Están en el café. No saben lo que son las balas, ni los pies deshechos de tanto andar. Falta don Ramón. ¿Dónde estará, a estas horas, don Ramón del Valle Inclán? Se sentaba allí, enfrente. ¿Con quién estaría? ¿Con nosotros o con ellos? Con nosotros. No hay duda. No saben lo que pesa una mochila, una ametralladora, un fusil.

Se vuelve hacia la derecha. A ver si puede dormir un rato más: Volver con Asunción, en Valencia. Los de la derecha peinan canas.

—¿Qué es el vulgo para tanto español ilustre que lo vitupera y desprecia desde el siglo xv hasta hoy? No es el pueblo, que para ellos no entra en cuenta, no el artesano, y menos el labriego. No: es el que sabe leer, el que asiste al teatro, el que juega, el que habla y comenta en las reuniones y tertulias: el público. Lo que hoy aún es el público: los estudiantes, los mercaderes, los oficinistas, los empleados, los obreros de las capitales. No se puede, no se debiera, dividir un pueblo en minorías y pueblo, o masa, sino ver la existencia de tres clases: los selectos, su público y el pueblo. Este aún no ha dicho esta boca es mía. Sólo ha sido capaz de nacer y morir y, a veces, lanzarse a estrupar, deshacer y quemar porque nadie, ¿me oyes bien?, nadie hasta hace poquísimo tiempo le ha enseñado nada. El pueblo, para los Ortegas, es los horteras. Punto final. Lo demás es peso muerto e ignorado. ¿Qué gentes del pueblo —del verdadero— aparecen en las novelas o en el teatro español? Me dirás que tampoco en el francés, ni en el italiano. Y te diré que tienes razón. El *vulgo* de Lope son los hombres y las mujeres que asisten a los corrales. Bueno, y de Lope habría mucho que decir. El pueblo: es decir, los campesinos, los mendigos, los vagos, los pobres de solemnidad… ¿A qué te suena eso de «pobres de solemnidad»? A esos que escogían para que sus

majestades les lavaran los pies bien limpios de antemano —de ante pie— en las grandes solemnidades
de tu religión. ¿Cómo va a contar el pueblo en un
país católico? Pero llega un día en que el pueblo, el
verdadero, el olvidado, el que no sabe nada porque
nadie le ha enseñado nada, y se han ensañado con él,
llega un día en que husmea la injusticia y la sinrazón.
¿Cómo quieres que respeten lo que nadie les ha enseñado a respetar? ¿Qué es un Greco, para un hurdano,
más que la muestra de lo más inútil que ha producido
un mundo que lo ha tenido hundido en la basura?
Y quema, y roba, y mata. Y tiene razón, su razón.
Que no es la tuya, claro. Te sublevan esos «atrope-
llos», sin pararte a pensar en tu responsabilidad.

—Así no se va a ninguna parte.

—Es la única manera de ir a una parte, Cuartero. La única, todo lo que no sea eso son paños calientes. Por mucho que nos duela.

—¡Se puede llegar a eso poco a poco!

—¿Lo dices en serio? Llevamos cinco años
de República, dizque liberal y aun socialista. ¿Y qué?
Ahí están los bancos, y las casas, y las universidades.
¿Que hubo cambios? Sí. Cambios chiquititos, como
el que puedes hacer en tu casa, poniendo el sofá en
lugar del piano.

—El mundo no se hizo en un día.

—Ya sé, según tú, en seis. Pero si tu don Dios
hubiese sido socialista todavía no hubiese acabado de
inventar los protozoos…

—Mira, vamos a dejarlo. Me esperan en el
Museo.

Los de izquierda, siguen:

—No veo por qué te indignas porque Roces le
haya pedido a León Felipe que haga un poema proletario. ¿Por qué? Echa una mirada a tu alrededor.
¿Qué hicieron los pintores? ¿Los pagaban o no para

representar de la mejor manera posible, según los cánones de la propaganda, a los moradores de su cielo? ¿O a los reyes? ¿Es peor escribir hoy una oda a Stalin que fue para Velázquez retratar a los Carlos o a los Felipes? Stalin es hombre de más valer. ¿A qué viene ese hacerse cruces? ¿Has leído algún poeta musulmán, sus dedicatorias, o las de Cervantes o Lope? El arte siempre ha sido servil, a la orden de lo que sea. Como nunca ha dado dinero, es barato. Desde hace algún tiempo los artistas —algunos— se ganan la vida porque hay seres anónimos que compran sus obras. Eso nos ha llevado al arte por el arte. Mientras los pintores tuvieron que cubrir paredes o adornar iglesias bueno fue, pero cuando a los burgueses les ha dado por engalanar sus casas, que son muchas más que los palacios, nos fastidiamos, joven. El pintor fue dueño de hacer lo que le daba la gana... Y los demás nos hemos tenido que aguantar. ¿Qué hemos ganado? ¿Sorolla es mejor que Velázquez? ¿Picasso mejor que Ribera? Todos trabajamos por encargo y hacemos lo que hacemos lo mejor que podemos. Tanto monta encargar a P. o Z., que pinte el retrato de la Virgen como el de la señora del paquetero del 26 de la calle de arriba. El que sabe, sabe. Me saldrás diciendo que la sinceridad. Estaríamos buenos. ¿Qué se hace con la sinceridad, la honestidad, la virtud? Muchas cosas, pero no arte. El arte está en hacer bien las cosas, pero no en las cosas en sí. Esas, déjalas para otros menesteres.

—¡Me vas a decir que el artista no tiene nada que ver con el hombre!

—Poco hermano, poco. Hubo por ahí cada cabrón, y cada marica ante los que nos quitamos reverentes el sombrero.

—No me negarás...

—¿Lo contrario? Tampoco. Lo cual es una confirmación más de lo que te digo.

Vicente toma otro café, y sale de su amodorramiento. El haber oído hablar de pintura le hace entrar en ganas de ver a Villegas. Decide hablarle por teléfono, primero. Al pasar al salón grande descubre a Renau, en compañía de un mexicano que conoce por haberle visto con Líster. Los saluda y no tiene tiempo para más: se interpone otro.

Oscar Lugones, el mexicano, era un hombre alto, de color oscuro, rasgos muy acusados y cabellera enmarañada; muy seguro de sí. Traía, a sus espaldas, el peso que da una obra hecha y el creerla encajada en la única línea justa. Vestía a lo militar y nadie le ganaba a efusivo.

El recién llegado era un hombre hirsuto, de ojos vivísimos y bigote pequeño, como todo él. Cuando Lugones le vio se quedó un segundo estupefacto.

—¿Tú, por aquí?

Francisco Laparra era hondureño y aun perteneciendo a una generación más joven que Lugones había vivido con éste la época gloriosa de Vasconcelos —allá por el año 22— y formado parte de un equipo de muralistas. Luego emigró a Nueva York, cambió de nombre y de pintura ya que la realista no daba para vivir en los Estados Unidos. Algunos, pocos, decían que era un gran pintor. De que lo fuera, no lo podían dudar más que sus adversarios personales —que eran legión— y los que hubiesen visto sus obras.

—Ya ves. ¿Cómo te va, hermano?

Las teorías de Lugones eran conocidas de todos los presentes, las andaba pregonando desde hacía veinte años: partidario de un arte americano nuevorrealista, que se vanagloriaba de haber fundado con Atl, Orozco, Siqueiros y Rivera. Un arte mayor.

—Lo que sucede —dijo Renau— es que esa nueva pintura mexicana coincide con la revolución mexicana.

—Es su expresión.

—No. La revolución francesa, o la rusa son más importantes, desde un punto de vista universal, y no produjeron una pintura comparable. No dieron, como vosotros, con un elemento técnico nuevo, con un nuevo lenguaje, con un espacio insospechado.

Lugones se desentendió del español para preguntar a su casi paisano.

—Y tú, ¿qué haces?

—Aquí… Lo mismo que tú.

No había ninguna cordialidad en el tono.

—Hay que llevar la pintura al pueblo —dijo Renau.

—¿Qué clase de pintura?

—Que grite su verdad.

Intervinieron los de las mesas vecinas, y se armó.

—¡Sí, que parezca que esté hablando! ¡Para eso está el cine sonoro! —dice Laparra.

—El periodismo y el cine son las formas futuras del arte.

—Un arte mortal.

—Al día.

—Entonces, pintemos carteles y dejémonos de cuadros o de murales.

—¿Y qué es lo que estamos haciendo?

—¡Porque eso es la necesidad del momento!

—Es la única que importa. Hoy camuflamos camiones, mañana pintaremos paredes, retratos: lo que haga falta. ¿Te fijas? Exactamente eso: lo que haga falta.

—Lo que haga falta, ¿a quién?

—Al pueblo.

(Mañana, cuando derrotemos a los fascistas.)

—No me lo harás bueno.

—Sí que te lo hago. Reina la paz: ¿Qué pintas?

—Lo que pueda.

—No te vayas por la tangente: dijiste, lo que haga falta. Es decir: lo que sirva. ¿Qué pintura crees tú que le gusta al pueblo? ¿La mía? ¿La pintura proletaria de Lugones, de Orozco, de Rivera? ¡Ca, hermano! ¡Esa la compran los gringos, los marchantes, para colgarla en los salones y galerías de los millonarios! Además, tus retratos no están al alcance del bolsillo de cualquiera.

—Yo he pintado cientos de metros cuadrados de pared para el pueblo...

—Y las universidades norteamericanas. No nos engañemos. Al pueblo lo que le gusta son los cromos: con marqueses besándole las manos a las marquesas... Eso de seguir viendo, colgada en la sala, mineros o peones le gusta a cualquiera: menos a los mineros y a los peones. Yo no discuto que haya, el día de mañana, una pintura proletaria, pero declaro honradamente que, por hoy, no sé cuál sea. Ya ves, los soviéticos: No me vas a decir que su pintura es buena. Están en un callejón sin salida. Por las buenas, en espera de que los obreros tengan dónde colgarlos, han vuelto a los cuadros de historia. En vez de pintar a Iván, pintan a Stalin. Ni mejor ni peor. Te advierto que no por eso deja de progresar la humanidad. Es una cosa muy pequeña que sólo preocupa a los pintores.

Lugones dejó que Laparra acabara.

—Ahora, ¿puedo hablar yo?

Nadie se lo negaba, aunque todos sabían lo que iba a decir.

—La pintura forma parte integrante de un movimiento de conjunto que se desarrolla de acuerdo con un anhelo político de carácter universal. Si la pintura no tiene ideas, ni es pintura ni es nada.

—Un momento.

—Di.

—¿La pintura ha de acomodarse al gusto de los compradores?

—Desde luego.

—¿Y quién te ha podido hacer creer —un solo momento— que el pueblo tiene buen gusto? Eso es, sencillamente, ganas de hinchar el perro. No es que el vulgo vaya a tener peor sentido artístico que la burguesía —una vez educado—, pero tampoco hay razón para que sea mejor. La proporción seguirá siendo igual. Y las malas obras de teatro seguirán gustando más que las buenas. Y las novelas del Pedro Mata proletario, gustarán más que las de...

—¿Las de quién?

—Lo mismo da. Pon las de Pérez de Ayala. A los más les gusta el sentimentalismo y el melodrama, como le gusta a la burguesía y le gustó a la aristocracia. Quedan los elegidos.

—¡Ya salió!

—Sí, ya salí. Pero no por donde tú crees. ¿Qué es el arte, la literatura para un comunista? No. No me contestes. Te voy a citar a Lenin. Aguántate: «es una parte ínfima, una ruedecilla, un pequeño tornillo del gran mecanismo del Partido, una parte integrante del trabajo organizado, planificado del Partido». No me digas que no: o te digo de qué tomo es, y aun en qué página está escrito. Ves, tú: eso me parece bien, perfecto, si quieres...

—Entonces...

—Pero para un comunista: para un obrero, para un ingeniero. Pero eso no puede satisfacer a un escritor, a un pintor, a un músico, a menos que deje de serlo y venga a convertirse en comunista, es decir:

que se decida a sacrificar lo suyo en pro de la construcción de un mundo nuevo. Todo lo que no sea eso será hibridismo, jugar con dos barajas: como tú.

Lugones se levantó, diciendo:

—Yo no discuto con trotskistas.

Se volvió hacia Renau para decirle que luego se verían. Laparra —esmirriado, con su bigotillo chaplinesco— no tenía nada de trotskista. Más parecía un árabe. No se dice esto como despropósito, sino que el centroamericano unía su físico de vendedor de tapices a cierto fatalismo. No era nada tonto.

—Trotskista —farulló—, me lleva...

Renau, que le conocía, intentó apaciguarlo.

—Es que ustedes los comunistas —se revolvió el pequeñarro— quieren estar a las verdes y a las maduras. Y no puede ser. Para ustedes lo único que cuenta es lo que sirve —volvía, machacón, a argumentar—, y lo mismo da que sea bueno o malo; desde luego, mejor si es bueno, pero no os preocupa. Tanto monta con tal que sirva. Y si no sirve, no vale. Es un rasero incómodo para el arte y para los artistas. Entre un mal poema de Antonio Machado a Stalin, pongamos por ejemplo, y otro espléndido acerca de un atardecer, es el primero el que editan ustedes a millones de ejemplares. Lo mismo digo acerca de un pintor. Juzgan —hablaba en tercera persona, llevado por la mano de la indignación que le devolvía el idioma de su infancia— únicamente con criterio político. Y lo peor es que me parece bien. Ahora que no les arriendo la ganancia.

—A lo que habrá que llegar, pero eso es un problema distinto, es a la socialización del arte.

—¿Habrá que llegar? No, sino volver. ¿O es que crees que las pirámides o las catedrales no son producto de un arte socializado? Es muy posible que vayamos hacia una época de ese tipo. Pero no para siempre. Porque si crees en el progreso, no hay duda que tras el comunismo habrá otra cosa. Mira, hay un arte de épocas bárbaras, y no lo digo en sentido peyorativo, en el cual el nombre del artista desaparece, confundido en la obra general, y luego, otros de arte individual y, naturalmente, más pequeño, como la que va del Renacimiento acá y que, por las trazas, lleva camino de acabarse. Las grandes obras de arte —así se llaman también en ingeniería— no llevarán el nombre de su autor sino el del reinado al que pertenecerán: la equis dinastía, o la del tercer, cuarto o décimo secretario general del Partido.

—¿Qué novedad andas predicando? ¿Qué fueron los retablos si no arte de propaganda de la Santa Iglesia Católica?

—Creímos habernos librado de eso —gracias al protestantismo—, pero no. La Iglesia vuelve a la carga y vosotros con ella. Lo malo es que os lleva delantera: nadie sabe cómo fue la cara de San Pablo, ni de las once mil vírgenes. Lo que era una ventaja. La Iglesia os lleva el cuerpo de la imaginación. El otro mundo. Créeme: la pintura no tiene futuro, dedícate a otra cosa, a la decoración, por ejemplo: a ilustrar. ¿No te dice nada la palabra? No creas que la literatura ande mejor. Eso del realismo socialista ya existe: la *Pravda*. Ahí tienes una muestra de la literatura por venir. En verso o en prosa. El poeta que la ponga en endecasílabos ganará más medallas que nadie. No creas que hablo en guasa. No. Es así. Hubo épocas en que ya sucedió lo mismo. ¿Qué fueron sino eso las crónicas de la Edad Media? Y en latín, para mayor claridad. Luego surgieron las lenguas divididas, y los autores, por sus nombres.

—¿Por qué pintas como pintas, entonces?

Laparra miró a Renau y le contestó, bajando el tono de su voz, gravemente:

—Para vivir.

—¡Hemos roto el frente de la Sierra! Tomamos el Alto del León, y...

Todos miran al recién llegado, que no puede con su alma. Echa los bofes. Dos periodistas se precipitan hacia los teléfonos. En general, la noticia se recibe con escepticismo. Mientras tanto, Renau habla con Vicente.

—Oye, ¿tú te llamas Dalmases, no?

—Sí.

—Esta mañana me preguntaron por ti.

—¿Quién?

—Unos compañeros tuyos del teatro de la Universidad.

—¿Están aquí?

—Unos cuantos.

—¿A qué han venido?

—A hacer teatro. Están locos.

—¿Dónde están?

—Los mandé a la Alianza.

—¿Quién preguntó por mí?

—Una chica.

—¿No sabes cómo se llama?

—No.

Asunción. Vicente corre al teléfono. Vuelve.

—¿Cuál es el número de la Alianza?

—No lo sé. Pero si vienes conmigo al Ministerio te lo daré.

—¿No lo sabe ninguno de vosotros?

Laparra se lo da. No hay nadie en la Alianza. Unos en los frentes; otros, en la imprenta. A la noche, puede encontrarlos en el teatro de la Zarzuela, ensayan la *Numancia,* de Cervantes. Vicente se despide. Quiere estar solo.

—¿Ché, a dónde vas?

—A hacer tiempo para encontrar a esos.

—Quédate un momento.

—No; gracias. Hasta luego.

Va a recoger su macuto, que dejó adentro. La peña de la izquierda es otra. Se sienta a acabar su medio café frío. Asunción, en Madrid. A unas cuantas manzanas. ¿Dónde? Se queda quieto, mientras siente que se le revuelven las entrañas. El café, el barullo, los fascistas en las puertas de Madrid.

—¿Ya sabes que lo han nombrado embajador?

—No lo sabía, pero era de suponer. Y abandonará la República, como lo dejará todo, llevado de su pesimismo que es, como siempre, falta de fe. No hay modo de decir que tengo fe en «esto»; toda fe sale de adentro, y el que no tiene fe en sí, no tiene fe en nada. Falta de fe en sí mismo y falta de fe en España. Cree que el Islam fue dañoso; ciego y tonto al no ver que de ahí arranca nuestra grandeza; suerte que no hayamos sido lombardos o flamencos. Cuenta las cuentas, no le importa más que la economía porque, para él, el espíritu no vale para nada y no existe otro bienestar que el de las digestiones. En ningún momento se le ocurre valorar lo que la continua batalla contra los árabes dejó como semilla de hombría y humanidad. ¡A paseo todo el espíritu de empresa industrial!... Olvida, cuando le conviene, sin honra ni provecho, nuestra situación geográfica con tal de meterse con el Islam; y su odio al clero de hoy le ciega con respecto al de ayer, el que hizo de España el único país capaz de construir iglesias en desiertos. Milagro que todavía espera su cantor, ruinas hoy carcomidas de víboras y hormigas, pero momento prodigioso e indestructible. Que las colonizaciones francesas o inglesas, todas ellas tejidas de intereses mercantiles, no tendrán gran cosa que ver con la India o el Africa de mañana: se arrancarán la lengua conquistadora como veneno de sierpe. ¡Que intenten arrancar el español a los americanos!

Esto lo olvida ese tripudo en su gana de mostrarse europeo y ortegagasetista, con tal que le conviden a congresos internacionales y banquetes que lo dejen papandujante y ahíto. ¡Embajador! ¿Embajador de qué?

—Mirad, hijos, me dais asco. Me vuelvo al frente. Allí, por lo menos, si se habla mal de alguien suena de otra manera.

—No te des tanto pote. Que mañana, para ir al frente bastará con tomar el tranvía.

El que hablaba era un hombre pequeño y nervioso. Ahora, era la mesa de la derecha, se armaba la marimorena, sin llamar la atención de los que discutían más allá, en lo suyo. Sólo Vicente, en la turbación de su medio sueño, que de nuevo lo arrastraba, iba de unos a otros, según el tono.

Con monos y fusiles, sin afeitar, un grupo de seis, armaba un escándalo particular, pegando puñetazos en la mesa.

—¡Pero el poder es del Gobierno!

—¿Quién tiene las armas?

—El pueblo.

—Entonces, déjate de historias, el poder es del pueblo, y mientras el Gobierno ordene cosas que le parezcan justas al pueblo éste obedecerá y lo llevará adelante, y si no, no. El Gobierno tiene que ir a la rémora del pueblo y limitarse a legalizar lo que éste haga.

—Pero, ¡es legalizar la anarquía!

—Por el solo hecho de estar refrendado por el Gobierno deja de serlo.

—¡Eso son palabras!

—No te lo niego. Vives en anarquía sin saberlo...

—¿Cómo salir del atolladero?

—El pueblo mismo dará fórmulas. Sea por los sindicatos, sea por los partidos. Entonces, quizá, el Gobierno recupere el poder.

—¡Eso es darle la razón a los rebeldes cuando afirman que la autoridad anda tirada por la calle!

—¿Y qué? No está tirada, está en la calle. ¿No es bueno que salga de cuando en cuando a refrescarse? ¿Es que no lo notas? ¿Es que no lo lees en las caras de todos?

—No hay poder sin organización, ¿cómo quieres gobernar sin poder?

—No queremos gobernar.

—Sino mandar, ¿eh? —le interrumpió uno, con cierta chunga—. Entonces, ¿a qué viene tanta «organización» por aquí y por allá? Lo peor es que queréis cerrar los ojos a la realidad, apegándoos como nadie a ella. Todo vuestro empuje nace del odio...

—Oye, tú, me parece que vamos a acabar malamente.

—No digo yo que no.

—Es que para ser hombre no hace falta ser leído y escribido.

—En eso estamos de acuerdo.

—No porque sepas discutir mejor que yo vas a tener la razón.

—Eso lo podemos discutir.

—No.

—¿Por qué?

—Porque si discutimos tú llevas la de ganar, y eso no es justo.

—Entonces, ¿quieres que espere a que hayas leído tanto como yo, y que mientras tanto trate de olvidar lo poco que sé?

—Si crees que es broma, allá tú. Pero, mira: los leídos como tú, nos los pasamos por la entrepierna.

—No seas bárbaro —dijo otro, queriendo mediar.

—Soy lo que soy. Y sé lo que los demás quieren. ¿Qué pasa?

—No se trata de saber lo que quieren, sino lo que puedes dar.

—Todo. Y luego, ya veremos.

—Lo que vosotros queréis es la libertad del animal en el campo.

—Cuidado con los adjetivos —advirtió el más encalabrinado.

—El hombre es hombre porque influye sobre sus semejantes con algo más que con los puños.

—Pero no por eso dejan de tener los puños su importancia.

—De acuerdo, pero las ideas los mueven.

—Y el hambre, ¿no?

—El hambre también es una idea.

—No digas tonterías.

—Generaciones y pueblos han pasado y pasan hambre sin saberlo. El darse cuenta de ello siempre es por comparación.

—¡Qué ganas tenéis de perder el tiempo!

—¿Qué pasa en Cádiz? —dice uno, llegando.

—En Cádiz, no lo sé: supongo que seguirán desembarcando italianos, pero aquí está buena la cosa. ¿Dónde andabas metido?

—He estado haciendo instrucción de las seis a las nueve. Dejadme descansar. Vengo reventao.

El recién llegado se sienta, y la discusión continúa.

—El español —fuera de sí— crea reinos: tanto monta el Cid, que Cortés, que ese renegado que conquistó Senegal para el rey de Marruecos. Es el espíritu conquistador del Islam, o el reconquistador de Castilla, hijo de Alá, que empuja a España hacia América.

Si los españoles hubiesen dado en América con una civilización perdurable, como la romana, hubiésemos visto nacer allí Córdobas y Granadas. No huele la conquista a Edad Media, como quiere el tonto de Sánchez Albornoz, sino a España. A país sin burguesía, sin comercio y sin industria. ¿Para qué lamentarse? Preguntad a los americanos si quieren o envidian a los yanquis... La Edad Media se debiera llamar edad Española. Porque sin España el mundo hubiese sido otro. Y no porque contuvo a los árabes, sino porque los retuvo. Todos los elementos del mundo moderno van a trasfundirse a Europa por medio de los españoles —muslimes y cristianos.

—¿Y Bizancio?

—¡Bah! ¿Por dónde? ¿A través de los Balcanes? Toda navegación hundida, fue por España y sólo por España. España es, desde el siglo IX hasta el XII, la nodriza del mundo, y en ella todo alimento se vuelve leche para el Renacimiento. Luego, la fuerza islámica de expansión empuja —por la sangre— a España hacia América. No hay solución de continuidad. Y el proceso de reconquista de los americanos es, hasta cierto punto, parecido al español: Cuba, idéntica a Granada.

—Weyler-Boabdil, ¿no? ¡No fastidies!

—¿Qué puñeta nos importa todo eso? —dice un joven, acercándose—: Están en Carabanchel.

Y otro, recién llegado:

—Están en Retamares.

De pronto, se hace el silencio. Cien hombres se levantan y salen.

—Hasta mañana.

—Hasta luego.

Vicente sale con ellos.

6 de noviembre, por la noche

Cien veces ha andado Vicente por la calle, de noche, sin encontrar a nadie. Cien veces ha visto calles desiertas. ¿Qué hay, qué lleva, qué preña esta noche fría? ¿Esos pasos lejanos? ¿Aquella voz? ¿Ese cierre de puerta metálica? ¿Sus propios pasos? No. Algo más. Algo más que no sabe lo que es. ¿Miedo? ¿El Miedo? Por un momento Vicente cree que aquello puede ser el miedo. No. El ha tenido miedo, miedo verdadero esas últimas semanas: sabe lo que es. Y lo que llena ahora la noche triste de Madrid no es el miedo.

Se quedó estupefacto al penetrar en el teatro de la Zarzuela.

Viniendo de las calles y la plaza, a oscuras —alguna luz azul veladísima—, unas perillas le deslumbran, a pesar del humo; y cerca de trescientos hombres hablando y discutiendo. Le vieron entrar, y un joven, con brazal, le cierra el paso y le pregunta:

—¿De dónde eres?

—De Valencia.

—¿Dónde trabajas?

—Estoy con Líster.

—¿Dónde trabajabas?

—En *El Retablo*.

—¿Dónde queda eso?

—Es el teatro de la Universidad de Valencia. ¿Qué estáis ensayando?

El joven se echó a reír.

—¿Nosotros? ¿Ensayando? ¡Chavó! ¡Menuda comedia! Si no eres peluquero, aquí no tiés na que hacer. Los del teatro creo que están reunidos en La Latina. ¿A qué vienes?

—A ver el ensayo de la *Numancia.*

—¡Haberlo dicho! Eso es adentro, pasa.

Vicente se abre paso con dificultad, mientras el joven le dice a otro:

—¿T'as fijao en el alelao ese? ¿Que qué ensayamos? ¡Gachó! Si te digo, que vamos... ¡¡Ensayando!!

—No estaría malo, porque me parece que nos vamos a estrenar sin saber por dónde empieza el drama. Y sin apuntador.

—Por apuntar, ya apuntaremos. No te preocupes...

—¿Qué se creen que les vamos a regalar Madrid así como así? ¿Qué se han creído?

Jacinto Bonifaz enseña el manejo del fusil a un peluquero de la calle de la Princesa, que salió libre de quintas, allá por el año 10.

—Ves: el cerrojo se levanta así.

—A ver.

—Así, pero con más fuerza. Fíjate, otra vez.

—Va bueno.

—Y para apuntar...

—De eso no te preocupes. Ya sé.

Y a otro.

En todos los teatros de Madrid.

Y a Fidel Alvarado, que llegó a cabo en Marruecos, primer oficial de una peluquería de la calle de Preciados, hombre de ojos azules y pelo blanco:

—¿Alférez? ¡No, hombre! ¡Capitán!

Con fusiles en las manos, se sienten invencibles. Y los que tienen miedo, que son casi todos, se aguantan como lo que son.

Pero no hay fusiles. Cinco, para trescientos. Y pasan de mano en mano.

—No, puñeta: ¡Así no!

—¿Y los cartuchos?

—Ahora no te preocupes. Lo que importa es el cerrojo.

Ahí está el intríngulis.

Son cerca de trescientos del oficio, entre dueños, oficiales y aprendices. Faltan unos cien. Los unos fueron destacados en comisiones, otros están en permanencia en la Casa del Pueblo, ocho esperan en la antesala del Ministerio de la Guerra. Otros se han dormido, los restantes llegan poco a poco.

De todas las edades: De los quince a los sesenta y ocho, que son los que ostentan Narciso Pérez y el señor Ramón, el decano, y de todos pelos.

Ahora Jacinto Bonifaz pasa lista, subido en un banco de peluche colorado. De una peluquería de la Puerta del Sol contestan: Juan Pajares, de Argamasilla, veinticuatro años, soltero y de buen ver, moreno, con barros; Juan Miguel González, de Madrid, treinta y seis años, casado, con tres hijos, tiene acedías y se las aguanta, enemigo personal que es del bicarbonato; Adrián Costa, de Calaceite, cincuenta años redondos y mal aprovechados, viudo dos veces, con dos hijos, uno de ellos está ahí: Miguel, oficial en una barbería en la calle de la Montera. Hacía tres años que no se hablaban, por lo de la Manuela, pero ahora pudo más el momento. De la peluquería de Peligros: Santiago Pérez, de Guadalajara, tan chulo como siempre; Fernando Sánchez, de Logroño, con su constipado que no hay quién se lo quite; Evaristo Alonso, de Getafe, mudo, pensando en su familia, que no quiso salir del

pueblo y Marcos Pérez, de Escalona, patilludo y cerrado de barba. De una de la calle de Fuencarral, el
maestro: Gabriel Prado, de la Unión de Cartagena, con
cerca de sesenta años a cuestas, cojo de una cornada,
mal hablado y de un genio de perros, sobre todo los
lunes por la mañana, porque los domingos va a Leganés a ver a su hija, recluida en el manicomio. Sus oficiales: Manuel Torres, de Zaragoza, a quien le han
fusilado allá un hermano pequeño; Ignacio Ibáñez,
de Oliva, con su catadura de moro y su palillo en la
boca; Enrique Azuara, de Madrid y Jorge Carranza,
de Gergal, inquieto por su legítima y el panadero del
seis. De una de la plaza del Callao: Benjamín Ortega,
que baila de contento porque ahora sí va de veras, de
Santa Olalla; Luis Selva, de Carcagente, con su forúnculo, que le ha salido en salva sea la parte y que
a todos lo cuenta; José Balcells, de Camprodón; Antonio Guzmán, de Segovia, de perejil mal sembrado,
inquieto por la suerte de un tío suyo, cura, que tiene
recogido en su casa. De una barbería de la calle Ancha:
Francisco Reyes, de Badajoz, carilampiño y buen cantaor, reprochándose no haber traído su guitarra; Ricardo Núñez, de Cadalso de los Vidrios, tuerto, delgado, alto; Arturo Sainz, de Albacete, echando tacos
a voleo por mor de sabañones; Santiago Arellano, de
Alba de Tormes, medio dormido siempre, a menos
que lo esté del todo; José Acevedo, de Vicaira, que
quiere ser actor, encantado del sitio de la reunión. De
una de Hortaleza: Félix Amador, de Cádiz, que se
dejó la mujer con fiebre; Joaquín Rodríguez, de
Utrera, y Faustino Romero, de Madrid, enemigos: el
uno del *Madrid,* el otro del *Athletic.* De otra de Hortaleza: Juan y José Pérez, hermanos tan bien avenidos
que no se casan por si las moscas, de Madrid; Enrique
Salazar, de Puebla de Sanabria, gordo y templado,
padre prolífico, teósofo, vegetariano y partidario de la

paz universal, odiador de la Iglesia por el hecho de haber inventado el Purgatorio y el Infierno. Lo apodan «El Limbo». Feliz con todo.

¿Dejé el gas encendido? Gregorio España no tiene otra preocupación. Su mujer y su cuñada se fueron al pueblo —allá en la Mancha— y ahora vive con su hermano, un fontanero de las Ventas. Ellos preparan su comida. Al cerrar: ¿Dejó el gas encendido? No puede pensar en otra cosa. Pero no se atreve a salir. Le falta imaginación para inventar un pretexto viable, y le da vergüenza confesar la verdad, entre otras cosas porque no le ha dicho a ningún camarada que su mujer se fue de Madrid. Carlos Alcaraz, de Albacete, que contesta con monosílabos a Rafael Garduño, su compañero de trabajo en una peluquería del último trozo de la Gran Vía; cabizbajo por la salud de su hijo Estanislao; le salió la fiebre después de comer, y el médico no acababa de venir. Claro que la Pascasia sabe lo que se trae entre manos, pero de todos modos... Alvaro Beristáin, de Vitoria, no puede convencer a su compañera para que vuelva a casa: Laurita Mora, es tozuda, y de Maravillas. Allá donde esté su hombre, allá va ella. No valen razones, ni la del embarazo.

—Señor Luis, dígale usted...

—¿Qué tiene que ver tu patrón conmigo?

El señor Luis Navarro, de la plaza del Progreso, se ríe al oírla:

—Ya te dije lo que te esperaba, el hombre casado tiene dos sombras.

—¿Tié usté cara pa llamar a una asalariá mala sombra?

—No, mujer; no. El mala sombra es él.

—Es que eso tampoco...

Vicente Goyeneche, de Bilbao; Sergio Vieira, de Villafranca del Bierzo, chirigoteros, en todo ven ocasión de chiste, y no la pierden, para que aprendan los madrileños. De una de la Glorieta de Quevedo: Antonio Iturbe, de Bermeo: cuadradote, barbitaheño, siempre con hambre; Jesús Ruiz, de Viana, con la mujer a punto de parir, no se preocupa demasiado: es la sexta vez; Alfonso González, de Torrelaguna, muerto de sueño: lleva tres días sin pegar ojo, de aquí para allá, méteme en todo. Alberto Garrido, de Sueca. De una de la calle del Prado: Néstor Ramírez, de Alcalá de Guadaira: le duele el estómago; Luis Palma, Nicasio Ortega y Valentín García, los tres de Sevilla; los tres tristes. A Nicasio le fusilaron a toda la familia. Hablan con monosílabos, eso sí: procaces. De la de las Cuatro Calles, están todos: José Ortigosa, de Astorga; Francisco Cantó, de Liria; Alejandro y José Perea —primos carnales—, de Vinaroz, campeones de mus; Cayetano Olivares, Társilo Vergara y Juan Frenández, de Madrid. Bien avenidos por sus distintas aficiones: los toros, el chamelo y el tinto. De dos de la calle de Fuencarral: Epifanio Salcedo y Valeriano Martínez, de Chamberí, mozuelos conquistadores y en competencia; Enrique Ruiz, de Pamplona, de buena papada y hablador; José Jaramillo; Felipe López, de Piedrabuena, de la provincia de Ciudad Real, según las malas lenguas casado con dos hermanas y feliz; Federico Romero, padre de Faustino, que trabaja en la calle de Hortaleza. De la calle Mayor: Fernando Escudero, tan menudo, que a veces tiene que afeitar poniéndose de puntillas; Tomás Gálvez, de Madrid también, albino y nada satisfecho de serlo. De la Gran Vía: Luis González, elegantioso, de Llerena; José González, filatélico, de Torre don Jimeno; Eduardo Montero, de Morón de la Frontera, naturista; Luis Durán, de Barcelona, gran aficionado a la ópera y a las segundas tiples; Rafael Valero, que estudia por las noches y sueña con llegar a ser tenedor de libros, de

Vélez Rubio. De la calle de Atocha está don Agustín López, con su pelo blanco y su bigote famoso, y sus oficiales, sin faltar uno: Antonio Guzmán, de las Cambroneras, novillero sin suerte: Prudencio Gómez, de las Injurias, medio derecha del reserva del equipo del barrio; Balbino Méndez, de Chamberí, secretario de actas del sindicato; Ramiro Hinojosa, de las Vistillas, federal de buen ver; Javier García, cojo y mala sangre, de Cuatro Caminos. Con ellos, Carlos de la Peña, de Lavapiés, que nada tiene que ver con el noble oficio de alfageme, pero tan amigo de la casa, que no tuvieron más remedio que traérselo. De la calle del Arenal están ahí: Carlos Castillo, de Belmonte, de pelo crespísimo; Luis Carmona, de Consuegra, más amigo de los canarios que de los hombres; Sabastián Carrasco, de Segovia, que no hará carrera: trasquila más que corta. Juan José Santander, de Madrid; Eduardo Zapater, de Valencia; Epifanio Ruiz, de Avila, que saben lo que se juegan: estuvieron en la cárcel del 34 al 36. Juan Durán, de Lérida, con un acento que veinte años en Madrid no han conseguido limarle, trabaja en otra peluquería de la Puerta del Sol. De otra, de allí mismo, pasan lista: José Fernández, de Santander, enjuto, viejo verde y el pelo tinto; Ramón Guillén, contento de no tener que aguantar a su suegra por unas noches, de Burgos; Salvador Gómez, de Navalmoral de la Mata, y Eusebio Mora, de la plaza de la Cebada, atusado y chulillo. De una barbería de Mesón de Paredes: Rafael Ortega —nada menos— y Joaquín Soler, ambos de Mequinenza, buenos cantadores de jotas, cuñados para más señas. De otra, de la Cava Baja: Evaristo Pereda, nacido en la misma calle, dos portales más abajo, más chulo que un ocho, y su padre, que se ha empeñado en acompañarle, sepulturero del Este. Están con su aprendiz, Gabriel Herrera, de la Fuente del Berro, que luce orejas de a palmo y bocaza de a ídem. De una peluquería nueva, de la calle del Barquillo, que acababa de inaugurarse, contesta el dueño, Justo Ruiz, de Burgo de Osma, que metió allí sus ahorros y la herencia de un tío suyo, que fue beneficiado en Logroño; y sus dependientes: José Ibarra, mallorquín, y Fernando Rueda, de Iznájar. Don Fabián Lapena, el famoso especialista en postizos, de la calle del Príncipe, con sus dos hijos, Julián y Jesús. Don Carlos Díaz, el fabricante de redecillas, desgraciado en amores y afortunado en el juego; la lotería le permitió el lujo de convertirse en patrón, pero él sigue siendo de la U. G. T. José Tardienta, especialista en bandolinas y fijadores, con su mozo, Guillermo Gómez, de Cangas de Tineo, medio sordo, pero de voz atronadora. Víctor Marco, especialista en bigudís, que vive en la Prosperidad. Marcelo Salazar y Raúl Lezama, peluqueros de señoras, de una tienda elegante de la calle del Carmen; su presencia armó cierto revuelo ya que no se les tiene como dechado de hombría, pero, por lo visto, el valor no tiene que ver con eso. Ernesto Argumedo, de Mieres, y su paisano Wenceslao González; Rogelio Pérez, de Alcantarilla, con la narizota del color de lo que más le gusta y no se priva, a pesar de su mujer, que no lo deja solo, ni ahora: su nombre, Paloma, prueba evidente que el nombre no hace la cosa; con el buen sentido que lo caracteriza, Rogelio suele designarla con el delicado alias de «Doña Urraca». Con Felipe Garcés, de Navalmoral de la Mata, descañonan por el Pacífico, Tomás Córdoba y Gustavo Ortiz, ambos de Palencia —Gustavo es de Venta de Baños—. Ahí, Felipe García y Mauricio Sigüenza que rapan elegantes clientes en la calle de Serrano. Fernando Villatoro, de Madrid, viudo y tísico, que acaba silenciosamente su vida en un cuchitril de la Ribera de Curtidores, leyendo en sus horas perdidas, que son muchas, a Bakunin y a Max Nordau. Agustín Carnicero, de Liérganes, buen cazador y con pocas oportunidades. Carlos López, Carlos Noriega, ambos de Alcalá de Henares, que prestan sus servicios en una peluquería de la calle de Preciados, con don Narciso Campos, vegetariano y teósofo, inventor de una nueva manera de secar el pelo. Jaime Valencia, de Ciudad Rodrigo; Francisco Alpuente y Abilio Cucho, de Madrid ambos a dos, y de bacía en ristre, en un establecimiento económico del Rastro; Alpuente tiene sus pujos de curandero y se encuentran todavía sanguijuelas en la trastienda que le sirve de alcoba. Don Ramón López, con su bisoñé salpimentado y lacio, de Valladolid, decano del gremio, con su sobrino, trasquilmocho en venganza. Carlos Prados, de Málaga, el rey de los añadidos. Don Juan Sóstenes, calvo y orgulloso de serlo desde los veinte años, con su hermano José y su sobrino Vicente, los tres oriundos de Egea de los Caballeros, del que no se acuerdan, pero que tienen muy a pecho. Alvaro Fernández, con su frente calzada, de Torrelavega, que sólo vive para su madre, impedida, y su colección de sellos; Ignacio Ulloa, de Alsasua y José Peláez, de Torrejón de Ardoz, que prestan sus esmerados servicios en la calle de Arlabán. Enrique Casahonda, de Madrid; Federico Lacarra; Manuel Hoyos, peripuestos dependientes de una elegante peluquería de la avenida del conde de Peñalver, con la manicura del establecimiento, de mono; se llama Carmen Beltrán, tiene veinte años, de la Arganzuela, tal vez no tan bonita como cree, pero de buen ver y siempre dispuesta a lo que sea. Gregorio Galindo, fabricante de un suavizador de su invención del que nadie se fía, pese a los muchos años que el tal dice haberlo usado; peluquero por afición, de la Inclusa. Como Tomás Expósito, que rasura, con Hipólito Méndez, allá por Cuatro Caminos, ciclistas empedernidos, que

una vez se atrevieron a tomar parte en la Vuelta a
Cataluña. De la calle de Carretas: Arturo Guerrico,
del Norte, poco hablador de suyo y de lo suyo, que
comparte sus trabajos con Rafael Agulló, pintor los
domingos, a escondidas de todos, de Reus, y Luis
Henríquez, de Colmenar Viejo. Los de la Ronda de
Toledo: Luis Núñez, Ramón Cordero, Santiago Soria,
Carlos Millán, Vicente Santos, Eusebio Alvarez, Alfonso Mayo, Julio Blanco —recitador a sus horas—,
Carlos Portillo, Manuel Pozo, Gabriel García, Alfredo Olid, Jacinto Rosales. Los de la calle de Segovia,
los de la Ribera de Curtidores, los de la calle de San
Francisco, los de las Vistillas, los de Embajadores,
los de la calle del Ave María, los que van a domicilio: Jacinto Botella, José Vega —violinista de noche—, Alberto Viento, Hermógenes Zurbano, Blas
Jordán, Carlos Castro, Doroteo Cortés, Fermín La-
gasca, Manuel Martínez, Silvio Vizcaíno —tartamu-
do—, el señor Simón Varela, Práxedes Ferrer, Balbino Pérez, Máximo García, Quintín Saavedra —campeón del peso ligero «amateur», el año 19—, el señor Sabino Torres, José Castillo, Mariano Asín —que
habla francés—, Vicente Tortosa, José Fuentes y su
hermano Antonio, José de la Casa, Trifón Expósito,
Eusebio Rojas, Ramón Frutos, Epifanio Jiménez, Ma-
tías Haro, el señor Francisco Teruel —librero de viejo, a sus horas, y autor de zarzuelas—, Eulogio Salcedo, Servando García —marino, venido a peluquero
por un amor de su niñez—, Ismael Bustamante, Cas-
to Revilla, Prudencio de la Mora, Sabino Rodríguez,
Valeriano Monzón, Gil López, Casimiro Paniagua,
Bernabé Escohotado —orador postergado—, Elías Pérez, Crisanto Ramírez, Ubaldo Aguilera. Esos sí, casi
todos de Madrid, y de los barrios bajos, de los que no
quieren salir, despreciando el mundo —Servando es
una excepción—. En un grupo, doce peluqueros de

señoras que no se hablan con Salazar y Lezama —los de la calle del Carmen—, seis de ellos catalanes, a saber: dos de Sitges, tres de Barcelona —uno del Call, otro de Poble Sec, otro de Gracia— y el que completa, de Tortosa: Ignacio Carbonell, Luis Mataró, Agustín Sanz, José Estelrich, Francisco Monsell y José María Cortich. Los demás, Arturo Burgos, Epifanio Ordóñez, Blas Méndez, Rafael García, Delfín Torregrosa y Gustavo Gómez son de Minglanilla, Toledo, Almodovar del Campo, de Madrid los últimos. En el ángulo más oscuro están agrupados los aprendices y algunos limpiabotas, lampiños y, en su mayoría, de la corte: Manuel Orellana, Emilio Pidal, Marcelino Picavea, Valeriano Posada, Hilario de la Fuente, José María Real, Saturnino Barajas, Antonio Rosado, Társilo Arenal, José Junco, Abilio Barrios, Vicente Marina, Antonio Aleixandre. Los unos quieren ser toreros; los otros futbolistas; uno, ingeniero; otro, abogado. Pidal y Picavea son de San Sebastián; trabajan en casa de un paisano suyo, don Cayetano Goyeneche, monárquico de pro, peluquero que había sido del Infante don Alfonso y que desapareció a las primeras de cambio. De su establecimiento, en la calle de Sevilla, se hizo cargo el sindicato; los cuatro oficiales están ahí: Sebastián López, Juan García, Evaristo Doble y José Cantavieja; de Lorca, Valencia, Madrid y de la Puebla de Valverde, por ese orden. Dos del Casino de Madrid, los de Bellas Artes, tres del Alcázar. Pedro Hermosilla, que trabaja en la calle de la Montera, busca a su padrino, don Teodoro Lafuente, y da la lata a todos.

Llegan cinco de los que estaban en el Ministerio de la Guerra: Narciso Velázquez, Angel Povedano, Amado Castro, Enrique Olivera y Guillermo Lacalle; los tres primeros son madrileños, los otros dos valencianos —el uno de Alcoy, el otro de Castellón—.

Serias las caras, pasan entre todos y se acercan a Jacinto Bonifaz. Cambian unas palabras en medio del silencio que, de pronto, se ha desparramado por el foyer. El señor Jacinto, retorciéndose el bigote, vuelve a subirse a su banco, y habla:

—Compañeros: llegó la hora. La canalla fascista está a las puertas de Madrid (ahora se le olvidan las zetas, y dice «Madrid», embargado por la emoción). El general... (se detiene, se inclina, pregunta algo a Angel Povedano, y sigue) el general Miaja, que se ha hecho cargo de la defensa de Madrid, espera que nuestro sindicato sabrá cumplir con su misión, al igual que los demás que, a estas horas, están reunidos en distintos locales como sus sabéis. No hay más que una consigna: no retroceder. Allí donde nos mandan, allí nos quedamos: vivos o muertos.

Se alza la voz de Epifanio Salcedo:

—¿Con qué? ¿Nos vamos a llevar las navajas de afeitar?

—No estaría de más —contesta José Cantavieja.

—¡Cállate la boca!

—Hay un fusil para cada tres hombres —sigue diciendo Jacinto Bonifaz—. Sobran. Por muchos que nos aquedemos allí, siempre aquedarán ciento cincuenta, para que no pasen. Que no pasarán. Y si pasan que ya no nos importe a denguno. Si alguno se vuelve patrás, que sea ahora. Que se formen grupos de a diez, a voluntad de cada quisque y que cada grupo nombre un jefe, al que crean más templao; y a quien le sustituya en caso de desgracia. Y ese, a otro, así sucesivamente.

—¿Cuántos cartuchos nos van a dar?

Contesta Cantavieja:

—Ciento cincuenta por arma. Que cada uno lleve cincuenta, por si acaso.

—¿Dónde vamos? —pregunta Marcos Pérez, que pensaba en su mujer.

—Ya nos lo dirán.

—Pero, ¿dónde?

—Ya lo verás, no seas pesao.

—¿En seguida?

—Pregúntaselo a tu tía.

—Tengo sueño —le dice Evaristo Pereda a su padre.

—¿Para qué quieres dormir? Esta noche no duerme nadie. Si mañana nos han de matar, no vale la pena. Todo el tiempo que estás despierto es tiempo ganao.

—También tié usté razón.

—¿Alguna pregunta más? —inquiere Bonifaz, antes de bajar de su tarima.

Nadie le hace caso, formando, como lo están, sus pelotones.

—Pues entonces se me forman de tres en fondo. Ahora traen los máuseres.

Un centenar no ha tenido nunca arma en mano.

—De aquí a las cinco sobra tiempo para que aprendáis.

—Oye, ¿a quién dices tú que han nombrado defensor de Madrid?

—Al general Miaja.

—¿Y quién es ése?

Se encontraron al aire de la puerta del patio de butacas. Asunción salía, cuando Vicente se asomaba.

Ni siquiera pronunciaron sus nombres, ahogados en sus miradas de meta alcanzada a última hora, con el postrer aliento. Se cogieron las manos y se sentaron en la última fila de butacas.

¿Qué pensáis, varones claros?
¿Resolvéis aún todavía
en la triste fantasía
de dejarnos y ausentarnos?
¿Queréis dejar por ventura
a la romana arrogancia
las vírgenes de Numancia
para mayor desventura?
¿Y a los libres hijos nuestros
queréis esclavos dejarles?
¿No será mejor ahogarles
con los propios brazos vuestros?

«Con los propios brazos vuestros», el brazo de Asunción contra el suyo. El brazo de Vicente contra el suyo. Ambos mirando el desnudo escenario. Y el alma zozobrada. La voz de Asunción perdida en el dolor de tener que hablar, y decirle la verdad. Y la de Vicente ahogada de tanta sangre, de tanta muerte, de tanta huida, de tanto cíar. ¿Cómo justificarse de tantas derrotas? Porque ahora es él —Vicente Dalmases— el responsable.

Y pronuncian sus nombres, y se miran desnudos, los ojos en los ojos. Preñados de lágrimas los de ella, secos de dolor y ansiedad los de él.

—¿Sabías que estaba aquí?

—Me lo dijo Renau.

—Llegamos anteayer.

—¿Cuándo os vais?

—No nos vamos. Que trabajen otros: no faltan.

—Pero, tú...

—Carmela Guzmán puede hacer mis papeles. Yo me quedo en Madrid.

—Pero...

Vicente la miró a los ojos, desesperado:

—Van a entrar.

—¿Y eso lo dices tú?

—Sí, porque tú no sabes el material que traen.

—No entrarán.

—¡Qué sabes!

—Nos lo han dicho todos. Todos los que vinimos fuimos a alistarnos en las Juventudes. Nos han citado a las cinco. Están ahí todos, haciendo tiempo.

—¿Y qué les han dado? ¿Fusiles?

—Palas y picos.

—¿Para qué?

—Para cavar trincheras.

Vicente sonrió, misericordioso. Le regurgitaba su pesimismo. El mal gusto de boca de ese día de espera inacabable.

—¡Trincheras de medio metro de profundidad! Para que sus aviones sepan exactamente dónde tirar... O esas barricadas de adoquines que están levantando: para que, al primer cañonazo, las esquirlas hagan más bajas que diez obuses del siete y medio juntos...

Asunción le miró asombrada:

—Entonces, para ti, ¿no hay remedio?

—Lo único que quiero es que te vuelvas en seguida a Valencia.

¡Esa era la conversación soñada!

—Tienes muy mala cara —dijo Asunción buscando disculpas.

—¡Qué quieres, no puede uno afeitarse cuando tiene ganas!

Había un poso agrio en cuanto decía.

—¿Sabes lo que hay ahí afuera, en el zaguán? ¡Cuatrocientos barberos que dicen que se van a enfrentar a Varela! Ya veremos cómo le cortan el pelo a los regulares, cuando los tengan encima. Les van a rapar al cero, por debajo de la barbilla. Pero a éstos. Fui esta mañana con un parte al Ministerio de la Guerra. Y no había nadie. ¿Me oyes? Nadie. Mientras vosotros veníais para acá, el Gobierno se las piraba. ¿Quieres verme los pies? Traen todo el polvo del mundo: de Talavera acá.

Vicente apoya su cabeza sobre el respaldo de la butaca que se le enfrenta. Y allí, sobre sus brazos, sin poder contenerse, por primera vez en su vida, llora desesperadamente. Todos los miedos, todas las rabias, toda la injusticia del mundo caen sobre su espalda y le aplastan, y le deshacen, y le machacan. La presencia más querida acaba de destrozarlo.

Asunción lo podía esperar todo, menos aquello. ¿Qué hacer para remediarlo? Se sentía, físicamente, partida en dos por aquel dolor viril, que se destruía a su lado: lágrimas amargas que a ella también le pungían por salir, al darse cuenta del lamentable estado de Vicente. Todo era doloroso sentimiento y las lágrimas le descendieron por las mejillas, al tiempo que se atrevió a poner su mano —por primera vez— en la revuelta cabellera del amado. Musitó su nombre:

—¡Vicente! ¡Vicente, no te pongas así!

La vehemencia de su dolor se lo hacía compartir, huida la sorpresa.

El levantó lentamente la cabeza, y la miró, borrosa de su amargo llanto, soñada como nunca la soñó, ahí, a su lado, entera, viva, amadísima, y la abrazó, y le besó, frenéticamente, toda la cara: mezclando sus lágrimas a las de ella. Y el amargor de sus labios recogiéndolas le sabía a algo tan fuera del mundo que, en ese momento mismo, se daba cuenta que pasara el tiempo que pasara, aun muerto, se acordaría siempre y para siempre de aquello, más de cuanto existiera.

Asunción se dejaba besar, sin atreverse a corresponderle. Mira el escenario: pende un solo alto foco, a esa luz cruda parece de otro mundo, fantasmal. El decorado, muerto, con sus toros de Guisando, a la derecha, y la tienda de Escipión a la izquierda. Numancia de cartón y tela. Y los actores, aquí y allá, defendiéndose como pueden del frío.

> Alto, sereno y espacioso cielo,
> que con tus influencias enriqueces
> la parte que es mayor de este mi suelo
> y sobre muchos otros le engrandeces:
> muévete a compasión mi amargo duelo,
> y pues al afligido favoreces,
> favoréceme en hora tan extraña,
> que soy la sola y desdichada España.
> ¿Será posible que continuo sea
> esclava de naciones extranjeras
> y que en un mínimo tiempo yo no vea
> de libertad hendida mis banderas?

Interrumpe María Teresa León:

—No; no y no, Gloria. Con más emoción. Marcando mejor los acentos:

> que soy la sola y desdichada España.

—Acentúa más *sola* y *desdichada*..
La actriz asiente, y repite:

> que soy la sola y desdichada España.

Al salir del teatro, decidieron ir primero a la Alianza. Cogidos los siete del brazo, en la noche, por las calles que se les hacían cortas, fueron cantando: por Jovellanos y la Carrera, «la Joven Guardia»:

> Somos la joven guardia
> que va forjando el porvenir;
> nos templó la miseria
> sabremos vencer o morir...

Al doblar por el Prado, Peñalver saludó amistosamente, con un gesto, el monumento de la plaza de la Lealtad.

—¡Salud, compañeros!

Entonaron «La Internacional»:

> ¡Arriba, parias de la tierra;
> en pie famélica legión!
> Atruena la razón en marcha;
> es el fin de la opresión.

De la Cibeles y por Recoletos, fueron coreando «La Marsellesa», en francés:

> *Allons, enfants de la Patrie,*
> *le jour de Gloire est arrivé.*
> *Contre nous de la tyrannie*
> *l'étandard sanglant est levé...*

Para Vicente el mundo ha cambiado, dio un vuelco completo, patas arriba. Ve su vida inmediatamente anterior, su ser de hace apenas dos horas, como algo lejanísimo que nada o apenas tiene que ver con él. Su sueño, en el Henar, se le aparece como sueño de un sueño, como algo irreal e ido para siempre. No era él, era otro. Ahora, de nuevo entre los suyos, siente que su soledad era mentira, un engaño, una trampa de la que se salvó sin esfuerzo, nada más con despertar. Está descansado, fresco, lleno de fuerza y el ímpetu se le sale a torrentes por la boca. Canta, feliz, entre Asunción y José Jover. Y lanza su voz a la máxima potencia, y echaría a correr y empezaría a bailar. ¡Hay que luchar! ¡Hay que disparar! ¡No pasarán! ¡No pasarán! Ellos son la razón y la fuerza. Nadie podrá con ellos. ¡Nadie! Y, en la noche, busca la mirada de Asunción, para que ella le confirme en su victoria. Pero la muchacha mira frente a sí. Vicente le aprieta cariñosamente el antebrazo. Y ella se vuelve hacia él, y le sonríe.

Julián Templado, a cojitrancas; José Rivadavia, pie plano, y Paulino Cuartero se cruzaron con ellos, cuando daban vuelta por Marqués del Duero.

6 de noviembre, por la noche, más tarde

—Curiosa esta manía humana de reunirse para cantar. En cuanto la gente desea algo se juntan y rompen los espacios a gritos. Ya pueden ser cristianos o moros, marxistas o calvinistas: la cuestión es estar juntos y darle gusto al gaznate: para unos, los salmos; para otros, los himnos: sean de David, de San Pablo o de Rouget de l'Isle. Mientras no cantan no están satisfechos; cuando más rendidos, más contentos. Para muchos la revolución consiste en cantar «La Internacional» por la calle.

—En poderla cantar —interrumpió Cuartero.

—No tiene nada que ver con lo que digo, lo que me importa es el hecho de salmodiar o himnar. Carteles y cantos, cánticos y carteles: he aquí la revolución para los jóvenes. Cuando han pegado un cartel, cuando han ido por la ciudad o el campo berreando «La Marsellesa», los «Hijos del Pueblo» o «La Internacional»: están satisfechos.

—Todo movimiento tiene su música —apuntó Templado—. Y toda revolución se mide por la calidad de sus himnos. La Revolución Francesa es «La Marsellesa», magnífica cosa. Nuestra música (lo que cantan los milicianos) es tan superior a cuanto entonan los rebeldes que no hay duda acerca de quién lleva la razón.

—Muy bien —prosiguió Rivadavia—, pero lo que no entiendo es la razón que lleva la gente al coro.

—Una manera de entenderse.

—Así que, para ti, cuando no hay música no hay revolución.

—Sí. Cuando se acaba la música se acabó la función. Dura lo que duren las representaciones; alguna vez se estrena un número nuevo, pero no cambia el aire de la revista.

—Los vascos y los asturianos estarán de acuerdo contigo, y los catalanes, pero lo que es el resto de los españoles...

—Te equivocas; lo que sucede es que cantan solos: la jota y, sobre todo, el canto hondo son cantos solitarios —pero tienen público—. Las sardanas, los zorcicos y las canciones de la Montaña se cantan en coro. Siempre lo mismo: la división de España, por lo visto y oído, grata a tantos...

Cruzan hacia Correos:

—Protegen hasta la Cibeles... La guerra. En el Prado: han descolgado los lienzos. Quedan las paredes. Velázquez tiene que esconderse, el Greco es una cueva, Goya en los sótanos... Lo mejor que ha producido el hombre. Claro, a ti no te importa: te lleva en hombros el entusiasmo de los demás, te dejas llevar por la corriente, te emociona ver a los hombres decididos a luchar, enfrentarse a la muerte por una entelequia...

—¿Llamas entelequia a la libertad? —murmura Templado.

—Ni siquiera pensaba en ella. ¿De veras crees en la libertad? ¿Qué libertad?

—La de Velázquez, la del Greco. ¿O es que crees que si vencieran ésos habría posibilidades de que la cultura...?

Se ahogaba de indignación. Siguió:

—¿Por qué tienen que esconderse sus obras si no porque se han levantado en armas contra ellos? ¿O no te importa? ¿Juzgas sólo los hechos, no sus razones?

—Las razones... Lo que palpo.

—¿Qué, tú no?

—Sólo quieres ver lo que ves.

—Me basta.

—Entonces, ¿para ti no existe la Moncloa porque te la esconden estos edificios?

—Mira —le contestó Rivadavia, volviendo al tema que le atormentaba—, de un lado hay una gente —parte nuestra, parte de los de enfrente— que cree que vale la pena matar a media humanidad con tal de que la que quede marche de consuno con su idea. Unos no dejarían un anarquista ni un fascista vivo. Otros no dejarían —por su gusto— ni un anarquista, ni un marxista en el mundo. Yo creo que no vale la pena, ni las penas. Sé que llevo las de perder, con vosotros y con ellos. Pero, ¿qué quieres?

—¿Y puesto a escoger?

—Estoy aquí, ¿no?

—¿Por cuánto tiempo? ¿Por qué no pides un pasaporte y te vas a Francia o a Portugal a esperar, y ver quién gana?

—Porque, a pesar de todo, prefiero los pobres.

Al llegar a Neptuno, Rivadavia se despidió de Templado y de Cuartero.

—¿Dónde vas tan temprano?

—Son las once.

—Anda, vamos a dar una vuelta. A lo mejor es la última.

—¿Qué tienes que hacer?

Rivadavia no se atreve a decirles que espera noticias del ministro de Justicia.

—Hasta mañana.

—Hasta mañana.

El hombre de leyes sube por la calle de la Lealtad, las manos cruzadas a las espaldas; sus amigos la del Prado. En el Palace entra y sale la gente. Motocicletas y coches. Ir y venir constante.

El general Miaja parece más alto de lo que es, por lo ancho y sonrosado. Sonriente, congestionado. Buenas gafas, buena sonrisa, buen vientre. Buen semblante de campesino sano. Sin más fuerza que su sentido común. Campechano, por haber nacido en el campo. Le entregaron el mando de la plaza a las seis de la tarde. Piensa que lo han puesto ahí para que fracase, para que sea un general cualquiera el que pierda o entregue la ciudad.

—¿Quién fue?

—El general Miaja.

—¡Ah!, bueno. El general Miaja, un general cualquiera.

—¿Republicano? Sí. ¿De fiar? ¡Quién sabe! Estuvo en Valencia, en Córdoba. ¿Qué hizo? Cumplir.

Miaja entregará Madrid y se replegará sobre Cuenca.

No hay remedio. No hay tropas de verdad. Corren ante el enemigo, y luego se dejan matar, por no retroceder. Así, ¿quién hace o puede hacer planes?

—¿Quién manda ahí enfrente?

—Varela.

—¿Cuántas divisiones?

—No se sabe.

—¿Y nosotros? ¿Dónde estamos? ¿Qué fuerzas tenemos?

—No se sabe.

—¿Cuántas baterías?

—No se sabe.

—¿Dónde están emplazadas?

—No se sabe.

El general reúne a los jefes del sector. ¿Con qué cuentan? Con moral. Eso sí. La ciudad los respalda, y no quieren entregar Madrid. ¿Por qué? Porque Madrid es Madrid. Porque Madrid, ahora, es toda España. Porque entregar Madrid es declararse vencidos, sin más. Porque perdido Madrid, todo se ha perdido. Es perder la razón, perder la cabeza. Y le tienen apego, porque es suya.

Ahí están todos reunidos: Mena, Alvarez Coque, Prada, Alzugaray, Escobar, Bueno, Barceló, Romero, Peral, Líster. Los jefes.

—¿Qué hacemos?

—Resistir. No dar un paso atrás.

No hay más.

¿Por qué? Porque sí, porque es Madrid. Porque todos están dispuestos a morir. El Gobierno se ha ido, ahora son ellos. Ellos solos los que tienen la responsabilidad.

—Que los sindicatos, que los partidos envíen los hombres que tengan.

—¿Armas?

—Las que haya.

—¿Municiones?

—Las que haya.

—No llegan ni a...

—¿Hay cajas?

—Sí.

—Que las llenen de piedras. Así creerán que hay más. Por cada caja de municiones, dos de piedras.

La mentira. Hay que ganar, aunque sea con mentiras. Que no entren. Que no pasen. Que no tomen Madrid. Y no lo van a tomar.

Y cada sindicato en un teatro. Que formen allí sus columnas. Los Leones Rojos, en el Calderón. Los Fígaros, en la Zarzuela. Los Barrenderos, en el Español. Los de las Artes Gráficas, en la Comedia. ¿Quiénes son los Leones Rojos? Los dependientes de ultramarinos. ¿Quiénes son los Fígaros? Los peluqueros. Los horteras van a salvar a Madrid, o morir. O morir y salvar Madrid. Madrid es de los horteras. Los horteras, esos madrileños, más madrileños que los de los Madriles. Ese de Cuenca, ese de Guadalajara, ese de Oviedo, ese gallego, aquel sevillano, ese extremeño.

Ya truena «el abuelo». ¿Quién es el abuelo? ¡El cañón de Madrid! ¡El único gran cañón de Madrid! Pero, ¡cómo ladra! Más vale una con nombre que cien bocas anónimas. «El abuelo» ladra, y ladra, y ladra; es el gran perro guardián de Madrid.

—Estáis locos.

—¡Claro que estamos locos! Y a mucha honra. Pero, tal vez, no tan locos. No se pierde hasta que se ha perdido.

Por la plaza del Angel prosiguen su quedo andar Templado y Cuartero. Habla el primero:

—No. Vamos a hablar claro, si podemos. El hombre no puede sentirse solo, porque no está solo. No me mires así, que con ese hecho de mirarme incrédulamente me estás dando la razón. Tú no eres tú, sino lo que me pareces a mí, y a aquél, y al de más allá, y a mi vez soy yo —para ti— el que te parezco.

—Y para ti, ¿quién eres tú?

—Lo que va de mí al mundo.

—Y dentro, adentro, ¿nada?

—Lo que los demás han dejado, al paso. Mis padres los primeros.

—¿No sabes lo que es la soledad?

—Sí. Y que no existe. Sólo se pueden sentir solos los que creen en Dios, como tú. Los abandonados.

—¿No te has sentido nunca solo, de noche, bajo las estrellas?

—Sentido, tal vez. ¡Siente uno tantas cosas falsas! Los sentidos, viejo, vosotros lo decís, engañan. Se puede uno sentir solo ante lo desmesurado, lo que no se comprende. Como el dolor. El hombre no es sólo pensamiento.

—Entonces, ¿me das la razón?

—¿Cómo te voy a dar la razón por el solo sentimiento? —dijo sonriendo Templado.

—Hasta ahora hablábamos en serio.

Templado no le contestó. Sus pasos eran el único ruido.

—El hombre es su relación.

—Dime con quién andas y te diré quién eres, tú crees andar a solas con Dios.

—Poco más o menos.

Paulino Cuartero se detuvo:

—Así que tuyo, personal, auténticamente Templado, ¿no hay nada, sino un entrecruzamiento, un montón a granel, en que no eres más que los demás, según la suerte?

—Se piensa lo que se puede.

—¿No comprendes que eso te lleva a un fatalismo inerte en el que no tienes nada que hacer?

—Esa sería tu consecuencia si siendo tú, pensaras como yo. Pero esa amalgama, ese machihembrar continuo, esa ligazón constante, viva, que discurre y discurre, pasa y piensa, y pesa: ése soy yo.

—Ligado.

—Ligado, Paulino, a todos y a cada uno. A ti y a este 7 de noviembre que está naciendo, y a Dios.

Se pararon. Cuartero puso sus manos sobre los hombros de su amigo; todo sombras. Pero el que habló fue Templado.

—El viejo problema de la justificación. Por la fe que dijeron los luteranos; por las obras que dicen los católicos. Todo es uno y lo mismo. No sabían cómo perder el tiempo. No hay más justificación que uno mismo frente a uno mismo. La cuestión es saber quién es uno, si uno es uno, o los demás —o uno y los demás. Por eso andan perdidos los hombres. Inventan teorías. Pero la verdad está dentro. ¿Qué es adentro, lo que veo y me rodea, o lo que siento? Así andamos, perdidos, de lo uno a lo otro. Sin carta con la que sepamos quedarnos. Persiguiéndonos los de un grupo a otro.

—¿Con quién estás?

—Con los que desean cambiar el mundo. Contra los que quieren que siga siendo como es.

—¿No porque tengan razón?

—No. Y deseando ver lo más posible mientras esté vivo.

—Eres un cerdo.

—Los hay peores.

Tras unos pasos, Cuartero rectificó:

—Te envidio.

—Porque si todo fuera soledad —contestó Templado, sin venir a cuento— no habría soledad.

Cruzaban la calle de Atocha. Paulino Cuartero se acordó de Carlos Riquelme.

—¿Qué es de él?

—No sale de San Carlos. Algún día le acompaño a comer.

Templado recuerda a su compañero de clase, bajo, gordo y ya calvo. Tan empeñoso y enamorado

de su medicina. Al acabar la carrera ya era una ce-
lebridad.

—¿Y Fajardo?

—No sé. Subió a la sierra, los primeros días.
No he vuelto a saber de él.

Cuartero, Fajardo, Templado y Riquelme iban
siempre juntos. Diez años han pasado por encima de
ellos, como una marea; ahora —en la noche— parecía
que las aguas se habían retirado, y se veían de nuevo, descubiertos, como si el tiempo se hubiese des-
vanecido.

Unos cientos de metros más abajo, en San
Carlos, Carlos Riquelme, en un corredor mal ilumi-
nado por luces veladas de azul, habla con don Ramón
Balandrán de los Céspedes.

Para quien llega de la calle, todo es yodo-
formo.

—¿Pero de qué me está hablando?

Hace cuatro meses que Carlos Riquelme no
sabe más que lo que sucede en el hospital, que no se
entera más que de lo que necesita el hospital, que
no piensa ni puede pensar más que en los problemas
que le plantea el hospital. No comprende otra cosa,
ni quiere ocuparse de nada más. Así compuso su mundo, dándose cuenta de que era la única manera de
servir. Dormía, lo poco que dormía; comía lo que le
daban, sin fijarse en nada. Operaba y operaba, y
operaba. Lo mismo le daba que los heridos vinieran
de cerca o de lejos. Le habían dicho que contaban
con él, y había cerrado los ojos a lo que no fuera su
trabajo. No tenía idea del tiempo, ni de las distancias. Había vivido la retirada según las fichas de los
maltrechos: herido en Badajoz, herido en Talavera,

herido en Oropesa, herido en Toledo, herido en Parla.
Y, ahora, en Carabanchel.

—¿No se va a marchar?

—¿Yo?

—Son muy capaces de fusilarle.

—¿Y qué quiere? ¿Que deje esto? ¿En manos de quién?

—Harán una sarracina.

—Por eso traen moros.

Carlos Riquelme es socialista, por amistad con sus contertulios, el uno está de embajador en París, otro es ministro, otro anda por Checoslovaquia. Los tres han procurado que saliera de Madrid. Pero el cirujano ni siquiera les ha contestado.

—Evacuarán el hospital.

—Pero no los heridos. La mayoría no está en condiciones de resistir un traslado.

—Le mandarán al paredón.

—No será tanto. Bueno, y si quiere seguir charlando véngase al quirófano.

—No, gracias. No dirá que no le advertí.

—¿Advertir? ¿Usted? ¿En nombre de quién?

—Yo me entiendo.

—Pero yo a usted, no.

El señor de los Céspedes se marcha corrido. Es amigo de Riquelme, por aquello del Ateneo y porque jamás le quiso cobrar el haberle extirpado un quiste maligno que se le formó en el pescuezo.

—Es un idiota —piensa, bajando las escaleras—, un idiota. Lo que se dice un perfecto idiota. Pero yo tengo la conciencia tranquila. Allá él. No creo haberle dicho nada que me comprometa. Pero, ¡qué idiota! En fin, R. I. P., y a otra cosa. Seis cajas de puros, ¿dónde las voy a encontrar?

Don Ramón Balandrán de las Céspedes y Alcoriza era hombre de poca estatura y gran cabeza, lo que le salva un tanto, sobre todo a sus ojos, gracias a espejos que no llegan al cuerpo entero, permitiéndole vivir de ilusiones.

Su abundoso cabello oscuro —la marmacopea tenía allí su parte, pero sólo en el color, que la copia era de Dios—, daba brillo al nutrido bigotón, orgulloso de tan estirado.

La bondad era, sin lugar a dudas, la característica más universalmente reconocida de don Ramón de las Céspedes, mayor, sin que llegara a sus oídos, que la de sus dotes de orador y poeta, de los que era el primer reverente, asombrado de sí mismo.

El prócer, un poco venido a menos por aquello de las cochinas pesetas, había nacido en una república centroamericana y vivía en Madrid hacía más de treinta años. De cómo anduvieran sus papeles, ni él mismo debía saberlo con certeza. La cosa es que, al azar de los gobiernos de su país, fue cónsul, secretario o ministro plenipotenciario y con la proclamación de la República Española se vio un buen día liberalmente nombrado gobernador de una provincia de tercera. Muy amigo que era de don Alejandro Lerroux.

A nadie se le ocurrió protestar, ni meter la nariz en lo de su nacionalidad. Por otra parte, con el régimen republicano, el amor universal y la ciudadanía del mundo, por lo menos del hispánico, don Ramón floreció sin mengua, con aplauso de sus muchos amigos y la indiferencia de los más.

Don Ramón había sido amigo de Rubén Darío, de Gómez Carrillo, de Icaza, de González Martínez, de Alfonso Reyes, y de cuanto americano ilustre había pisado Madrid. El, personalmente, olvidó el Nuevo Continente, y no había quien lo sacara del centro de la capital española: ni el calor de agosto.

Vivía solo, realquilado, en Espoz y Mina, y si sus amigos —sobre todo diplomáticos— le invitaban a sus casas, allá por la Castellana o el barrio de Salamanca, don Ramón encontraba siempre un pretexto honroso para no acudir. El era del Ateneo. No dejó nunca a nadie el alto honor de pasear por sus salones a los primerizos. La biblioteca era suya. No que fuera lector asiduo, pero sí constante admirador de lomos. No lo pregonaba, pero, en sus adentros, creía que la sola proximidad —por lo menos en su caso— era suficiente para enterarse del contenido de tantas páginas, de cuyo almacenamiento cuidaba con pasión. Repasaba diariamente las listas de las nuevas adquisiciones e iba y venía, orgulloso, ante la vitrina de las mismas. Las solía coger, una a una, manosearlas, y —a veces— echar un vistazo al índice.

—El último libro de...

—La última obra de...

Don Ramón nació orador, y hablaba. Se hacía de rogar, poco, pero hablaba: mucho. Generalmente con éxito, porque recurría a las descripciones líricas del campo. Los atardeceres le habían salvado de muchos compromisos.

—Vuelvo ahora del campo... La luz azul del Guadarrama... La pureza... La grandiosidad... Lo castellano y Velázquez. Lo castellano y el Greco. La madre ubérrima...

El arte desde luego, pero también la historia, toda la de Roma, y de ahí Capitolios y Rocas Tarpeyas, Gracos y Sénecas, Nerones y Caracallas, Saguntos y Cartagos. Todo bien revuelto y servido caliente.

Evidentemente se hacía líos, y aún no sabía salirse de ellos, pero no importaba. Firme puntal de todas las sociedades de acercamiento guatemalteco-español, venezolano-español, chileno-español, nicaragüense-español, etc., y aun de dos, cuando a más de la oficial subsistía la del régimen derrocado, don Ramón B. de las Céspedes no se escapaba de su discursillo semanal.

Lo de poeta se suponía. Libro suyo nadie vio nunca ninguno. Bastábale su fama de orador frondoso y lírico. Y alguna que otra referencia a «sus pecados de juventud».

Era soltero y jamás se le conoció mujer, legítima o no. Lo que era una ventaja para sus anfitriones, que eran legión. De otras aficiones algo se habló en tiempos pasados. Pero era discreto y hombre económico, nunca le pidió prestado un duro a nadie, y eso que hubo largas temporadas —sobre todo el año 17 al 24— en que la estabilidad del Gobierno de su país —para mal suyo en manos enemigas— le privó de todo apoyo oficial. Dedicóse entonces a traducir, y de aquellos años son algunos libros donde se lee: «Traducción directa del francés por don R. B. de las C. y A.» Y en las que se pueden pescar algunas de las más graciosas equivocaciones que pueden darse, como aquella de traducir *Bonne et hereuse* por «criada feliz».

Con la rebelión militar, don Ramón Baladrán de las Céspedes vio bajar el maná del cielo. De pronto se acordó de su ciudadanía americana, protegió la casa de su anfitriona —tan carca como fea, y no era poco decir— con una carta de su embajador, bien pegada a la puerta. Y se dedicó al dulce deporte de servir de correo a los miles de refugiados que la República consentía en Legaciones y Consulados y sus múltiples anexos.

De pronto se vio rico. No es de extrañar que la proximidad de las fuerzas facciosas le pusiera del peor humor, que sólo trataba de encubrir en esos curiosos hoteles de nuevo cuño. Por la calle, en el Ateneo, daba rienda suelta a su tristeza:

—¿Qué hace el Gobierno? ¿Por qué no los detienen?

Los contertulios se hacían cruces del tan súbito apego al régimen de un radical lerrouxista.

—Todavía hay gentes decentes —comentaban.

En cambio, los albergados bailaban de contento, echaban las campanas a vuelo, al par de las radios fascistas, jacareando; y todo era voces, gloria y guirigay —menos los que, en mal de mando y puesto próximo, adoptaban ciertas posturas graves—. Acogían con grandes extremos al cabezón, haciéndole mil preguntas acerca del pavor de sus enemigos. No les preocupaban los bombardeos, sabiendo que sus refugios estaban perfectamente localizados por los fascistas.

—¿Por qué no han entrado hoy?

—Habrán querido descansar unas horas. Tengan en cuenta que de Oropesa a Madrid el camino es largo. Y querrán entrar bien afeitados y limpios. Hacer buena impresión. En Alcorcón están ya reunidas las autoridades que se harán cargo de la administración de la capital.

—¿Cree que harán mucha resistencia?

—¿Con qué? Si no pudieron defender Toledo, que tiene otras condiciones que Madrid, ¿qué se puede esperar? Tal vez combatan unas horas en los Carabancheles, en el puente de Segovia, en la carretera de la Coruña, y nada más. No tienen armas ni municiones. Esperaban que la victoria les cayera del cielo, y, de pronto, en ocho días se han dado cuenta de que están perdidos. Tenían que haberse dado una vuelta, como yo, por el Ministerio de la Guerra, o la Dirección General de Seguridad. No tienen idea del desconcierto que hay por allí. Escapan como conejos hacia Valencia. La que anda y va y chilla horrores contra todos es Margarita Nelken, hecha una furia, lo que aumenta la confusión de todos. Si pudieran la machacarían.

—Se escapará a última hora.

—Si la dejan.

—Pero, por lo menos, ésa está aquí.

—Y de los bombardeos, ¿qué?

—Pues mire, en eso creo que estamos equivocados. No se amilanan. Al contrario, parece que les da más rabia. En vez de esconderse, reniegan y nos insultan.

—Déjelos. Que vayan aprendiendo con quién se las tienen que ver.

Están en sus glorias. Algunos se atreven a salir a la calle, sin corbata, desde luego, pero con pistola. Se ven repuestos, y ya escogen sus víctimas:

—Ese no se me escapa.

Detuvieron al ínclito prócer al volver a su casa. Protestó con grandes voces:

—¿A mí? Estáis equivocados. ¿Sabéis quién soy?

—¡Hombre! Usted mismo nos lo acaba de confirmar...

—Pregunten, pregunten. Todo el Gobierno, todos los ministros responderán por mí.

—Y usted por ellos, ¿no? Porque lo que es en Madrid, a lo que dicen, no queda uno...

—No es posible.

Armó tal barullo en el Círculo de Bellas Artes, donde le llevaron, que Sigfrido Millán, un cenetista de malas pulgas y poca paciencia ordenó que se lo llevaran inmediatamente. La denuncia no ofrecía dudas. Cuando don Ramón B. se dio cuenta de que no tenía remedio, ofreció a sus custodios el dinero que había acumulado los últimos meses.

—¿Dónde lo tienes?

—En casa.

—¿En billetes?

—Dólares y libras.

—Está bien.

—¿Vamos?

—¿Para qué? Ya lo encontraremos. No te preocupes.

Sigfrido Millán no había obrado a la ligera; por un ventanillo, antes que lo sacaran, se lo había mostrado a doña Blanca.

—¿Es éste?

—El mismo.

Y doña Blanca Pérez de Orvando, de luto, los ojos hinchados de tanta lágrima derramada, con un tupido velo de viuda reciente en la cabeza, fuese para su casa, tras dar las gracias al justiciero.

—¿Gracias? —preguntó éste, receloso—. ¿De qué?

La señorona no apreció el distingo, ni oyó el comentario asqueado de Sigfrido:

—No dejaba uno...

—¿La detenemos?

—No; déjala. Al fin y al cabo ha prestado un servicio.

La cosa había sucedido así: don Antonio Orvando Villacrosa, banquero —de los Villacrosa de Sabadell, de los Orvando de Oviedo— fue detenido en los últimos días de octubre. Razones no faltaban. Bien lo sabía el señor de las Céspedes, a quien doña Blanca buscó inmediatamente. El prócer americano tenía relaciones financieras y mercantiles muy seguidas con el interfecto que, por medios que dominaba, enviaba al extranjero las cantidades, que mediante espléndidas comisiones, confiaban los asilados en las embajadas a don Ramón B. Este prometió hacer rápidamente las gestiones necesarias para conseguir la libertad del marido. Le convenía por muchas razones de peso. Pudo localizarlo, y le aseguraron que el acaudalado hombre de negocios sería pronto puesto en libertad. Así se lo hizo saber a doña Blanca. Pero ésta no las tenía todas consigo, y menos teniendo en cuenta que el señor de las Céspedes le era antipático. Son cosas que no se razonan. Pasaron cuatro, cinco días. Se desvivía la digna esposa —que lo era en cuanto a su afecto por el banquero, que la había sacado de una posición difícil a la muerte de su padre, militar oscuro y bebedor consuetudinario, y había legalizado hacía poco la situación no muy digna que les ligaba desde años atrás—. La inquietud la llevó a la Dirección General de Seguridad, y a un despacho donde se alineaban varias cajas con fotografías de muertos no identificados. El espectáculo no era agradable: quién se desmayaba al reconocer el buscado, quién no daba con nada, y se lamentaba de tener que volver al día siguiente.

—Si yo se lo decía, señor, si yo se lo decía. ¿Quién te manda a ti meterte en eso? Y luego, ni te lo agradecerán. Si no se hubiesen sublevado estarías tan tranquilo. ¿Quién se lo mandaba, quién?

Había ojos secos, cargados de odio. Silencios, horribles. Labios mordidos. Doña Blanca creyó reconocer a su hombre, apuntó el número, sin aspavientos, y se fue al depósito. Entregó su ficha pero, tras una hora de espera, le dijeron que ya se habían llevado ese cadáver.

Denunció a don Ramón Baladrán de las Céspedes. Ahora volvía haciendo planes, hacia su casa, en el barrio de Salamanca. Se iría a vivir con su hermana, en Barcelona, aunque no le hiciera gracia su cuñado, hombre de menos, encargado de un almacén de productos farmacéuticos.

Vivía en Príncipe de Vergara, casi en el cruce con Ramón de la Cruz. Subió, cansada, al tercer piso, que el ascensor no funcionaba, y dio de nariz con su esposo, al que acababan de poner en libertad. Había estado todos esos días en un Ateneo Libertario, donde lo pasó bastante bien, gracias a que era vegetariano; el responsable principal también lo era, y congeniaron; tal virtud gastronómica tuvo mucho que ver con su actual condición de ser vivo, aunque tal vez no hubiese que echar en saco roto la intervención de don Ramón B. Doña Blanca no tuvo valor para decirle a su marido de dónde venía. Ante todo estaba su tranquilidad.

A don Ramón B. no le reclamó nadie.

(Cuartero y Templado por Concepción Jerónima.)

—¿Tú qué crees? ¿Vamos a ganar?

—Naturalmente. ¿Qué, tú no?

—No lo sé.

—Te aseguro que yo no me planteo siquiera el problema.

—¿Eres tonto?

—Es que no se me ocurre. Estoy dentro. Lo de los rebeldes no es mío, está más allá de mis alcances. Como si sucediera en Marte o en Saturno, o más lejos. No tengo nada de común con ellos.

—¿Y si ganan?

—¡Qué han de ganar, hombre, qué han de ganar! No puede ser.

—Pero, ¿no aceptas esa posibilidad aun como hipótesis?

—No.

Siguieron andando, en silencio; a lo lejos se oía el cañoneo.

—Tenemos un Gobierno en Madrid, una junta delegada en Levante, un Gobierno aquí, otro en

Cataluña, otro en Vizcaya, otro en Aragón... y otro en Burgos.

—Las Españas...

—Los comunistas por su lado, Caballero por otro, la C. N. T.

—Las taifas.

—Y a ti, ¿no te parece mal?

—Desde cierto punto de vista, no.

—Ya sabes cómo acaban siempre esas cosas en todas partes.

—Sí. Un Rey Católico...

—O Lenin.

—¿Quién nos quita el impulso?

—Eres un insensato.

—Sí. Mejor dicho, somos muchos insensatos. ¿Y qué? ¿Somos o no somos? ¿Existimos o no? ¿No soy tan de carne y hueso como tú? ¿Por qué no hemos de salirnos algún día con la nuestra? ¿Qué no dura? ¿Qué dura? ¿Los Reyes Católicos? Si de verdad quieres examinar la historia de España, ¿crees tú que los reinos de Taifas no tuvieron, no tienen hoy, tanta importancia en la existencia española como Fernando e Isabel? Lo que sucede es que la gente se fija más fácilmente, los incautos, en lo cerrado, en lo único —de ahí el éxito de las tiendas esas de todo a cero noventa y cinco—. Pero la vida no es tan sencilla. Eso de la unión está muy bonito, suena bien: pacto de unión U. G. T. - C. N. T. La unión hace la fuerza. Es posible, no lo niego. Pero todavía no he visto unirse los alcornoques y los perales, pongamos por caso. Si le quitas la diversidad a la vida, y se puede en aras a la disciplina, ¿qué quedará? Un enorme cuartel. Si a ti te apetece, a mí no. En el fondo esa es la razón por la que estoy en contra de los militares. Y como yo, diciéndolo o no, muchos. Tú el primero.

—Tonterías.

—En buena hora... ¿Crees resistible un mundo donde no las hubiera? ¿Donde todos no hiciéramos más que lo que debiéramos de hacer? Para eso se declararía uno monoteísta, católico —como tú— o comunista.

—Adiós, maniqueo.

—No: dos principios son pocos. A mí me gusta el mundo como es: diverso e intransferible. Lleno de sorpresas e hijo del azar.

—¡Si ganan los rebeldes será por casualidad!

—Tal vez sí, tal vez no. Si Franco no hubiera atravesado el estrecho y desembarcado sus primeras fuerzas en Algeciras ¡quién sabe lo que hubiese pasado! Si el «Alcalá Galiano» hubiese hundido entonces al «Dato»... cuestión de un cañonazo, quizás las cosas hubieran variado de todo en todo.

—¿Crees que estamos a la disposición irracional de la Divina Providencia? Entonces, ¿qué somos? ¿Unos miserables insectos? ¿Para qué defendernos, pelear?

—Eso es lo que me he preguntado muchas veces.

—¿Con qué resultado?

—¿No me ves aquí, valentón?

La noche lo envolvía todo, sin dejar resquicio. Vicente sentía correr las lágrimas por sus mejillas. No pensaba que nunca, en su vida, había llorado y que, en unas horas, era la segunda vez que le sucedía. Asunción, a su lado, callaba. Estaban en el patio, apoyados contra la pared del palacio que albergaba la Alianza de Intelectuales. Llegaban, apagadas, lejanísimas, las voces de una discusión. No se veía nada; la calle, unos pasos más allá, solitaria. La noche de la ciudad parecía de campo. Todo era nada: ni luces, ni ruidos. Aguzando el oído: el viento por los árboles de la Castellana.

—Quiero hablar contigo.

Asunción, los ojos garzos enormes, la voz más grave que de costumbre.

—Salgamos.

Y se habían apoyado en la pared. Vicente había intentado besarla.

—No, Vicente. No.

La había dejado, y pasaron unos segundos. El muchacho no tenía la menor idea de lo que le iba a decir, sorprendido por la súbita gravedad del tono. Lo soltó de una vez:

—Un día fui a ver a Santiago. Estaba solo en su casa. No sé lo que me pasó. Pero fue.

Se le removieron todas las entrañas. Sintió ganas de matarla, de gritar, de machacar y acabar con todo. Pero no se movió e, idiotamente, empezaron a correrle las lágrimas por las mejillas. Luego, sin querer hablar, oyó cómo preguntaba:

—¿Te vas a casar con él?

¿Por qué empleaba el futuro? ¿Qué escondido afán de perdonar, cuando no quería? ¿Qué oscura y sucia esperanza?

—No. No hemos vuelto a hablarnos.

¡Qué idiotez! ¡Qué mundo! Vicente piensa en las ruinas de la guerra, ve una casa desecha, una pared trozada como toda supervivencia, no se acuerda del nombre del pueblo, camino de Toledo a Aranjuez. No quedaba nada, nada más que aquel trozo de pared, sucio de polvo, y el derrumbe, y aquella vieja. Una vieja negra, con el pañuelo negro sobre la cabeza. Inmóvil, maldiciendo, levantando el puño sarmentoso hacia los cielos donde se alejaban pausadamente tres aviones de bombardeo, brillando al sol de la tarde.

Asunción se ha quedado vacía, hueca, como cáscara tirada.

Hay un silencio imposible de romper.

La puerta de la calle se abre, chirriando. Entra Enrique Díez-Canedo, con su cámara a cuestas. Casi tropieza con ellos.

—Hola.

—Hola.

—¿De dónde vienes?

—De Carabanchel.

—¿Y ellos?

—Delante de Alcorcón. ¿Hay alguien en el cuarto oscuro?

—No sé.

—Tengo que revelar en seguida lo que he tomado.

El fotógrafo entra en la casa.

Carabanchel. Pero no pasarán. Vicente, sorprendido, se da cuenta de que su pesimismo anterior no vuelve a hacer presa de él, a pesar de que no podía soñar ahogarse en fosa más honda. Porque se está ahogando. De lágrimas y de pesar. Siente subir, de su vientre a su garganta, la espantosa imagen que no quiere ver. Siente los brazos de Santiago Peñafiel tras la cintura de Asunción, siente cómo la abraza. Y aprieta los puños como un niño, vencido. Se dejaría caer en tierra. Sollozaría. Y cogería a Asunción y la molería a palos, a palos, a palos, hasta no dejar nada. ¿Cómo fue? ¿Cómo pudo ser? ¿Qué la empujó?

Asunción no sabe qué hacer. Besaría a Vicente, lo besaría lentamente hasta más no poder, y pasaría su mano por su pelo revuelto. Pero no pudo moverse, ni hablar. Y la noche se extiende delante: interminable. Ambos darían parte de su vida para que algo les sacara de su entorpecimiento, para que surgiese un suceso inesperado y les presentara las asas de cualquier agarradero. Pero nada: ni un ruido, ni una luz. Y no se atreven a entrar en la casa, porque no saben qué cara tienen, ni lo que hay escrito, indeleblemente, en sus facciones.

(Cuartero y Templado, llegando a la calle de Toledo.)

—No insistas. De escoger una religión no puede caber duda.

—Estamos de acuerdo.

—No. No estamos de acuerdo: yo me haría mahometano.

—¡Hombre! ¿Por qué?

—¿No te has dado cuenta de la que se quitan de encima? No son responsables de nada. Todo está escrito y resuelto de antemano. Y si te portas bien con tus varias mucamas, entonces vas al paraíso —entrando por la derecha— y te esperan, vestidas a la moda de hoy, las más hermosas doncellas. ¿Qué me ofreces tú en cambio? Castidad y música celestial. Además la prueba está hecha: no podéis con la competencia. ¿Por qué inventarían los judíos el pecado original? Así les ha ido, y bien empleado les está.

—Eres un hereje.

—¿Hereje? ¿De qué? ¿De quién? ¿Quién no es hereje? Lo es el católico para el protestante, el ortodoxo para el judío, el judío para el católico. El anabaptista para el mormón, y viceversa. Créeme: el hombre será esto o lo otro, pero hereje, hereje lo es siempre. El secreto está ahí: en comprenderlo. ¡Herejes de todos los mundos, uníos! Y como no es posible porque el intríngulis de la herejía es que siempre hay alguien que quiere acabar con ella, yo me quedo al margen, y veo.

—¿Qué ves?

—Lo mismo que tú: la noche.

Se pararon un momento a sentirla. Templado siguió hablando:

—No te das cuenta de lo estrecho de tu visión. ¿Qué ve el hombre? Una parte de lo existente. Hay colores que no percibe, tamaños que le son prohibidos por lo elemental de los sentidos. Basándose en ellos dices que la ciencia es incapaz de demostrar el origen de la vida. Acepto. Pero, ¿me vas a negar que es probable que en este inmenso mundo que no podemos ver, sea posible descubrir —como cosa natural— el origen de la energía? La biología se considera incapaz, las matemáticas no bastan, el estudio del cálculo de probabilidades no logra dar con la posibilidad del origen; en vista de eso recurrís, como niños, a Dios. Así se arregla todo. Eso de que estamos hechos a su imagen y semejanza... sería demasiado fácil. Si hubiese Dios —esa anticasualidad— ¿por qué los peces, y tú y yo, segregamos esa enormidad de huevos? Bastaría con uno.

En el Ministerio, el general Miaja, frente a un mapa, es interrogado por su jefe de Estado Mayor:

—¿Por qué no han entrado hoy?

—Por miedo. Han tenido miedo. Supongo que creen que tenemos más gente. Y han querido hacer las cosas en regla. Y ahora se acabó: no entrarán. No me mire usted así: no entrarán.

Al llegar Cuartero y Templado a la calle de Toledo la noche dio un vuelco. Súbitamente era otra cosa. Por el cauce venía un río, a redopelo, cuesta arriba. En la pesada oscuridad una retahíla de carros, animales y hombres ascendían, penosamente, hacia el centro de la ciudad. Refugiados, huidos. Algún «Arre», algún «Cuidiao», algún «¡Luis!», «¡Rafael!», «¡Niño!», algún «Vamos», espaciados. Subían del miedo hacia lo desconocido, sin otra luz que la noche, y la de algún farol colgado bajo la armazón de uno que otro carro, haciendo nacer sombras movedizas: los lentos rayos se sucedían, tendidos por el suelo, y subían por las paredes como rueda de la fortuna. Almas en pena, condenados. Paulino Cuartero piensa en Goya. Se detienen. Se les acerca un hombre de estatura media y tez oscura.

—Con el perdón, ¿dónde reparten los fusiles?

—No sé —le contesta Templado—. ¿A qué Organización perteneces?

—A denguna.

—¿A qué Partido?

—A denguno.

—¿Qué eres?

—Labrador —rectificó—: Campesino.

Le indicaron cómo podía llegar a la Casa del Pueblo. Dio las gracias, y ya se iba cuando Cuartero inquirió:

—Oiga, compañero. ¿Por qué quiere un fusil?

El hombre le miró. A la luz de la cerilla que encendía Cuartero para prender un cigarro se le vieron claros sus cincuenta años y los ojos azules.

—Pa defender mi tierra.

—¿Se la quitaron?

—¿A mí? No tenía, me la dieron.

Cuartero apagó la cerilla y el hombre siguió adelante. Tuvieron que esperar un claro en la retahíla miserable para poder seguir.

—Sólo quisiera ser Dios —dijo Templado—
para hacer llegar al convencimiento de los que luchan
aquí, de este lado, que van a perder. ¿Cuántos quedarían? Casi todos; y hacer la prueba del otro lado:
¿cuántos quedarían? Casi ninguno.

—Así es.

Sonó el teléfono y Rivadavia se puso al aparato. Era García Oliver.

—El Gobierno sale esta noche. Largo Caballero ya está camino de Valencia. Tengo un sitio para
ti. Vente a las dos, al Ministerio.

—¿Esta noche?

—Sí.

—¿Tan mal está la cosa?

—Según Asensio, sí. Mola entrará dentro de
dos o tres días. No digas una palabra a nadie.

—Pero, ¿cómo es posible?

—¡Qué quieres! Ni yo mismo lo sé. Les ha entrado el pánico a los regulares. Y al copo. Abandona-
mos posiciones muchas horas antes de que aparezca
el enemigo.

Se enfrentó con lo que no quería. Con lo que
había venido rehuyendo desde hacía meses. Con lo
que él mismo llamaba su insensatez, y que, en el fondo, sabía que no era tal, convencido de que, a última
hora, siempre saldría con bien. No carecía de amigos
de derecha —la marquesa de Miraflores, entre ellos,
que le telefoneaba con frecuencia desde la embajada
de Panamá, dándole prisas para que arreglara su ida
a Francia; pero él jugaba a la indiferencia. Toda su
vida se había dejado guiar por la línea de menor resistencia. Pero, ahora... ¡Los rebeldes en Madrid!
¿Qué le podría pasar? Lo detendrían, lo fusilarían.
«José Rivadavia fusilado.» No dejaba, en cierto modo,

de agradarle la perspectiva. «Han fusilado a José Rivadavia.» Era una muerte no muy agradable, como toda su vida: inútil. Nunca supo para qué había nacido, dejar el mundo no le importaba gran cosa. Vivía por inercia, y creía que todo marchaba también por inercia. Liberal, porque era lo que costaba menos trabajo.

—¿No hay remedio?

—Dicen que sí: que será más fácil recuperar Madrid que defenderlo.

Pensó, por un momento, pasar por el juzgado a recoger algunos papeles, pero supuso que llamaría la atención y lo dejó estar. Hacía dos meses que le habían nombrado juez especial y no tuvo más remedio que aceptar. La sublevación le había cogido en Madrid, de vacaciones, que su puesto estaba en Santiago.

Se sentía más desalentado que de costumbre. Nunca quiso medrar, ni le interesaba la vida más que como espectáculo en el que no tomaba parte. Le dolía la victoria de los militares. Curioso de la historia, no se le ocultaba la desgracia que ese suceso representaba para su patria —su único entusiasmo, callado pero fervoroso.

«Huir. Es extraño: yo, a quien lo mismo da.» No. No le daba lo mismo. Rivadavia se contemplaba a sí mismo, con cierta estupefacción. No, no le da lo mismo. Poner los pies en polvorosa porque se acercan los fascistas... Porque le molesta que le manden. No tiene nada que hacer, pero le disgusta que le señalen un camino, mucho más que le indiquen lo que tiene que hacer. Comprende que ese sentimiento sea de hombres, ¡pero él! Y, sin embargo, ahí está, de bulto, ese oscuro sentir. Tomar las de Villadiego. El Gobierno huye. Es una vergüenza. Si todo está perdido, que se queden a morir. Eso tendría sentido. No se irá. Que pase lo que tenga que pasar. ¿Para qué irse a Valencia, y luego sabe Dios dónde? No. Sin embargo, sería idiota no aprovechar la coyuntura que le ofrecen. Quedan todavía dos horas por delante. Ya veremos. No hay nada peor que tomar decisiones, envenenan la vida.

A las dos estaba en el Ministerio. García Oliver le esperaba. Salieron inmediatamente. Tan pronto como cruzaron Tarancón llegó allí la orden de no dejar pasar a ningún ministro anarquista. La F. A. I. había dispuesto que no salieran de Madrid. La noticia llegó tarde, sólo detuvieron al ministro de Estado, que era socialista. Los otros, menos Federica Montseny, que se quedó en Madrid, ya estaban en Valencia.

(Templado y Cuartero en la Plaza de la Cebada.)

—No hay más espíritu que la imaginación, hasta donde llega la imaginación llega el espíritu, más allá no.

—Y el hombre es la fuente de su propia ruina. La naturaleza es la única que no se arruina, porque no progresa. Cambia, si quieres.

—¿Y qué es lo que quieres tú?

—Que cada uno tenga conciencia de sí mismo. El que sabe por qué obra, es libre. Toda otra libertad es devaneo. Las matemáticas llevan en sí el precepto de la libertad. El mundo —asegura Cuartero— lo dirigen las pasiones y no los intereses. Los intereses son los aledaños de las cosas pequeñas, lo inmediato. Os dejáis cegar por los árboles, no veis el bosque.

—Desde que hay aeroplanos esta imagen es falsa. Se ven árboles y bosque al mismo tiempo.

En la plaza de la Cebada encontraron un figón abierto. Entraron a beber una botella de vino, y a seguir hablando. Templado había decidido marcharse el día siguiente. ¡Quién sabe cuándo se volverían a ver!

—La caída la dio Dios —y se hizo añicos—. Desde entonces no hay quien lo componga, por mucho que se empeñen unos y otros. ¿Fue un traspiés? ¿Se asomó demasiado? Ve a saber. La cuestión es que dio el batacazo. Miles se han empeñado en recomponerlo, pero como cada quien tiene su tiestito, y siempre hay alguno que no quiere dar el suyo, no hay manera humana de reconstruir decentemente las partes.

—Lo dijo Platón: gracias a la justicia podemos vivir amistosamente.

—Pero como no vivimos amistosamente, sino en guerra, la justicia puede irse a paseo. Y Platón también. Parece mentira que tanto veneno haya podido subsistir tantos años y emponzoñar durante tantos siglos a la humanidad. ¡La justicia como base de la convivencia y de la paz! ¡Qué ganas de hipocretear, cerrar los ojos y masturbarse en ansia de infinito, de sentir el cielo en la mano! ¿Dónde están la paz, la igualdad, la bondad en las que está basada la justicia, o viceversa? ¡Oh, caticulones! Hijos de Platón, padre de tantos cobardes.

—¿Negarás los héroes?

—Y los mártires de la fe. ¿Y qué? Es fácil morir creyendo en la bondad divina. Prueba a basarte en la nada. En la nada de verdad, en el hombre solo, en el hombre solo, plantado en un montón de escoria, de escoria idealista, y veremos quién es el héroe... Os ciega lo antepasado, seguís confundiendo la justicia con las barbas blancas o con la virtud. Un justo tiene que ser virtuoso, ¿no? Platón: he ahí el enemigo.

—Y no Aristóteles.

—Ese era un cuco. Un hombre sucio, ¿puede ser justo? ¿Por qué un asesino no puede ser justo? En Grecia no hubo críticos de arte, confundían la justicia con la ecuanimidad. La justicia y su hija doña Ley.

—Si tuvieses razón, esa razón eterna, el mundo debiera hundirse.

—Si Dios existe, no hay ley que valga. Vivimos pendientes de su capricho. Sería el anarquista tipo. Y si no, ahí están los milagros. ¿Te das cuenta de lo que es un milagro? La subversión de todo lo establecido. Si Dios existe nada impide que, cuando le dé la real gana, los cuerpos dejen de pesar, que los elefantes vuelen y que las hormigas se traguen los museos. Si fuera así, ¿qué caracoles estamos haciendo aquí?

Sonó, ¿viniendo de dónde?, desde la llanura, el pito estridente y lejano de una locomotora.

—Hay momentos en los cuales, por ejemplo, cuando en la noche absolutamente silenciosa se oye el mugir lamentable del tren, se cree que se va a alcanzar la comprensión de la vida, el por qué; en los cuales se siente uno solevantado por ella, mareado por ella, que va uno a comprender, de una vez, la razón de ser. Pero no: vuelve el silencio y, luego, el amanecer.

Le pidieron una segunda botella de vino al dueño de la tasca, que se llama Bienvenido.

Luis Barragán acaricia su fusil, sentado frente a la Estación del Norte.

Le parece absurdo estar de guardia. Le preocupa la compaginación del periódico. Pero no hay remedio, le tocó estar de guardia, en el sorteo que hicieron horas antes, en la sala de máquinas. A él y a Timoteo. Desde anteanoche es el subdirector.

—Al fin y al cabo el hombre lucha contra la casualidad. Todos sus esfuerzos van encaminados —desde que es— a eso. «La casualidad no tiene conciencia ni memoria», dijo no recuerdo ahora quién. Pero el hombre lo es justamente por eso: porque tiene conciencia, y la tiene porque tiene memoria. El hombre tiene *precedentes*. Es lo único que tiene. Es la única raíz de su grandeza. Se mantiene sobre sí mismo, todo decanta en él. La fidelidad…, tú quieres a tu perro porque te reconoce. No tenemos más agarradero que la historia. Todos los que quieran basar su concepto del mundo en otra cosa son unos sombríos imbéciles. No respeto a Dios, sí a la Iglesia. Si no fuera por la casualidad el mundo sería muy aburrido.

—Tú habías de ser.

Fumaron en silencio. Hacía frío.

—Mi padre…

—¿Qué le pasa a tu padre?

—No, nada.

Se conocían apenas. Ambos trabajaban en los talleres de «Estampa». La casa editorial estaba a sus espaldas. El cañón se oía de cuando en cuando. La noche estaba clara. Timoteo Gutiérrez era, además, aprendiz de torero. Luis Barragán era bastante más viejo:

—Si la gente no tuviera memoria…

Se echó a reír.

—¿Tú crees que entrarán?

—Si la gente no tuviese memoria, desde luego.

—Tú ganas.

Se les acercó Rolando Garcés.

—¿Hasta qué hora estáis de guardia?

—Hasta las seis.

—¿Quién os releva?

—Dos de «La Voz».

—¿Pondal y Mustieles?

—Sí.

—Han herido a los dos.

—¿Grave?

—No sé.

La mujer de Barragán trajo café caliente. Se lo tomaron en silencio. Se oyeron unos tiros. La mujer echó dos o tres palabrotas. Su marido la miró con extrañeza.

—Vete para casa.

—No me da la gana.

Podría tener como cincuenta años. Flaca y desmedrada. La ropa negra. Barragán la miró, desconcertado.

Pensó que la guerra era una cosa extraña: aquella mosca muerta que nunca se había atrevido a levantarle la voz... Dudó si ponerse serio. Pero pensó que no serviría para maldita la cosa. Se recostó en el parapeto para ver si alcanzaba a divisar algo. Se adivinaban algunas luces, aquí y allá, por la llamada. Pensó que por qué no cañoneábamos aquello. En Madrid no iban a entrar, allí estaba él. Nunca se le había ocurrido que le podían matar. Tenía fe en lo que le había predicho una gitana, hacía más de treinta años, en una verbena. Además tenía la línea de la vida muy larga, alrededor de ambos pulgares. Corrector de pruebas y, como la mayoría de ellos, muy leído. De todo.

Aquella era su segunda mujer. ¡Si llega a ser la primera! Aquella sí que era una hembra y no ésa, esmirriada. Además, de verdad, ¿le importaba morir? Lo único que le molestaría es que le mataran los rebeldes. ¿Quién les mandaba meterse en lo que no les importaba? Cuando se ponía a pensar en ellos se salía de sus casillas: ¡Hijos de la madre que los parió! ¿Es que nunca se iba a poder hacer nada decente en España sin que se mezclaran los militares y los curas? Lo que no acababa de entender —por muchas vueltas que le diese— era aquello de Francia. Todavía Inglaterra, con sus conservadores. ¡Pero Blum! Estaba seguro que, a la hora menos pensada, llegarían a Madrid centenares de aviones y trenes de artillería conducidos por franceses disfrazados de lo que fuera.

—Agáchate, que te van a dar.

—¿A mí?

De todas maneras se sentó de nuevo.

—¿Qué sabes de Luis? —preguntó a su oído.

—Nada.

—¿Dónde está? —se interesó Gutiérrez.

—En Arganda.

Todos, aquí y allá. Luis era el hermano de su mujer. Un gandul que había hecho de todo con tal de no trabajar: hasta de bandillero por los pueblos, de eso le conocía Timoteo Gutiérrez.

—Oye, tú, ¿saldrá el periódico? —preguntó la mujer.

—¡No ha de salir! El nuestro y todos. Como sea.

Todos los linotipos de Madrid trabajan, todas las rotativas. Los jefes de redacción eran nuevos, por lo general. Los de planta, bien enterados, habían puesto pies en polvorosa, siguiendo al Gobierno. Los redactores que quedaron no se hicieron de rogar, y se sentaron en las poltronas vacías.

La taberna de Bienvenido es un figón cualquiera, con seis mesas de madera, un mostrador al fondo tras el que medio luce un espejo donde, en tiempos pasados, se escribía con albayalde el plato del día —que no solía variar más que los domingos, en que se podía comer pájaros fritos—. La especialidad eran los caracoles. Pero ahora, por primera vez desde hacía muchos años, no había caracoles. Los traían de Boadilla unos familiares del patrón. Ahora no quedaba nadie en Boadilla.

—Ni los caracoles —dice Bienvenido.

Entró Jesús Herrera con Hope y Gorov. Herrera iba ahora de uniforme. Capitán que era. Saludó a Cuartero y hubo presentaciones; querían tomar café antes de bajar al frente.

Cuartero, que conocía bien la taberna —vivía a la vuelta—, les recomendó los huevos fritos con patatas fritas. Se dejaron tentar.

—La gente cree que eso de los huevos fritos no tiene su intríngulis. Van aviados. Lo mismo que las patatas. Todo tiene su punto en la vida, y más en la cocina, pero nada tan difícil como eso que parece tan sencillo. Los blancos tienen que freírse y dorarse como cuscurro, que las yemas queden blandas bajo una ligera capa blanca, que los bordes tengan ya un aspecto de escultura barroca.

—Churrigueresca —precisó Templado.

—Con las patatas sucede otro tanto: mollar por dentro y ya a punto de pasar del dorado al siena en sus extremos...

A la escasa luz Gorov parecía todavía más cuadrado: la cabeza, los hombros, la caja del pecho, las manos, todo cuadrado. No sobresalía nada. Unos ojos azules, pequeños, penetrantes, maliciosos. Una gran fuerza muscular, el pelo al rape y la sonrisa cerrada de su larga boca. Hablaba bien el español. Vivía en el Palace, y en estrecho contacto con la misión soviética. Fumaba mucho y no bebía menos, pero nunca se le vio más alegre de lo que era naturalmente. Pegaba unos manotazos en las espaldas de sus amigos que dejaban señal. Había hecho muy buenas migas con Herrera. A Hope y Gorov les entusiasmaron las patatas, los huevos fritos y el Valdepeñas que sacó Bienvenido. A lo que decía el escritor ruso, de oficio era panadero, luego estuvo en la universidad y se aficionó a la mecánica y en el ejército de su país —no decía cuál— había pasado a ser oficial de tanques.

—Estos dos son intelectuales —le dijo Herrera, refiriéndose a Templado y a Cuartero.

—Eso no le hace daño a nadie...

El optimismo de Gorov llevó la conversación hacia la paz y lo que sería España una vez vencidos los fascistas.

Fajardo se dejó llevar de la lengua y habló mal de los norteamericanos, sin saber que Hope lo era.

—Pues nosotros —dijo Gorov— desearíamos tener muchas cosas que ellos tienen. Despreciar es muy fácil. Pero en cuanto a higiene, seguro social, alimentación, son una cosa seria. Ustedes los españoles tienen fácilmente en menos el término medio. Eso de los extremos está pasando a la historia. Es la gran victoria de la burguesía que nos toca recoger.

Hope sonreía.

—La calidad —empezó a decir Templado.

—La calidad ¿para quién? —cortó Gorov—. ¿Para las minorías selectas? No, compañero. La calidad ya vendrá después, si viene. Se puede sacrificar en pro de un mundo nuevo, de un hombre medio nuevo, del hombre en general. Las exquisiteces tuvieron su tiempo. Ahora los inteligentes tendrán que servir a los demás. Importa lo que sirve.

—Pero la civilización marcha gracias a sus adelantos.

—La ciencia desde luego, porque en la ciencia no se inventa nada, se aprovecha lo conocido y sobre eso se construye. Importa lo bueno más que lo bello. Además lo hermoso siempre salió de lo que servía.

—El imperio de la mediocridad —arguyó Templado por lo bajo.

Gorov se le enfrentó, sonriendo; mientras Hope no hacía sino trasegar Valdepeñas.

—¿Por qué no, camarada, si a esa mediocridad no había llegado todavía el proletariado? Y además tendríamos que ponernos de acuerdo acerca de eso de la mediocridad. A vosotros os suena mal, de la misma manera que a los románticos les fastidiaba la palabra burgués. Y los sirvieron.

—Porque lo eran —dice Hope.

—Pero protestaban.

—¿De qué les sirvió?

—Por ahí andan algunas obras que no están del todo mal.

—Vamos a entendernos. Puchkin, sí; Dostoievski, no. Vosotros los españoles decís Dostoievski, como si no hubiese otra cosa. Igual que tenéis en tanto a los místicos y, tal vez, no le dais a Cervantes el lugar que le corresponde. A nosotros lo que nos interesa es elevar el standard, así en norteamericano, el standard de vida de la mayoría. Los extremos sirven para muy poco, camarada. Eso de los escogidos es un cuento. Lo que cuenta son los más. Y lo que importa es que vivan lo mejor posible. La vanguardia de un ejército es cosa importante, pero al lado del ejército en sí, del grueso del ejército, ¿qué es? Y los intelectuales —tan pagados de fachada— llegan a creer —y se molestan y hacen dengues— si los demás no creen, como ellos, que la vanguardia lo es todo.

Hope bebía y miraba su reloj, fastidiado. Llamó a Bienvenido y le encargó que enviara doce botellas del mismo caldo al hotel Florida.

—¿Vamos?

—Todavía tenemos una hora por delante.

—¿Dónde van?

—A Carabanchel. Y pensar —dijo el norteamericano, grande, gordo, rojo— que lo tenía todo preparado para pasar el invierno en las Hawaii...

—Pero tú podías escoger —dijo Herrera.

—Podemos escoger ser cierta clase de hombres, pero no hombre, eso nos lo dan hecho en ciertas condiciones que no está en nuestra mano preferir.

—Todo llegará —dice Gorov.

—Todo es demasiado. ¿Eres lo que eres porque quieres? ¿Escogiste tu cara, tu voz, tu inteligencia? No. Te lo dieron. Y ahora me vas a decir que escoges. Obedeces, y gracias.

—¿A quién? ¿A qué?

—¡A la puñetera casualidad! ¿Si tu padre se hubiese casado con mi madre?

—Pero admitida esa casualidad, ¿vas a negarme que puedo escoger?

—¿Escoger, qué? Al lado de lo que te obligan a aceptar ¿qué cuenta?

Estaba claro que no era la cordialidad el signo que reunía a Hope con Gorov.

—Ya hablaremos de eso otro día. Patrón, ¿cuánto se debe?

Cuartero no le dejó pagar.

Clareaba al salir de la tasca. Templado se quedó parado, sonriendo. Cuartero, que se había alejado unos pasos con los demás, volvió hacia él.

—¿Qué te pasa a ti ahora?

—Estamos a 7, ¿no?

—Por todo el día.

—Es curioso.

—¿Qué?

—Hace hoy ciento trece años, exactamente, que ahorcaron aquí a Riego. El 7 de noviembre de 1823. Si entran hoy estos hijos... de Fernando VII, será una manera de conmemorarlo.

Añadió en voz más baja:

—Y si no entran, también. ¡Vaya aniversario!

Cuartero se lo dijo a los demás.

—Lo arrastraron en un serón, de la carcel al cadalso. Había piquetes de caballería francesa en todas partes. Lo descuartizaron. ¿No conocéis el tratado de Verona que llevó a Angulema a España? Vale la pena. Parece de hoy.

Gorov se interesaba.

—Si subís un momento a casa, os lo enseño, vale los tres pisos. Además tengo coñac.

—¿De qué marca? —preguntó Hope.

—González Byass.

—A falta de pan...

Cuartero vivía en la Puerta de Moros. En una casona fría.

—Oye, tú, ¿no vamos a molestar?

—Tengo la familia fuera.

El despacho de Paulino Cuartero no era un modelo de orden.

—Vais a perdonar.

Sacó el licor, las copas, buscó un libro de pastas verdes. Lo abrió en una página que tenía señalada con un papel, y leyó:

TRATADO SECRETO DE VERONA CELEBRADO POR LOS PLENIPOTENCIARIOS DE AUSTRIA, FRANCIA, PRUSIA Y RUSIA, EN 22 DE NOVIEMBRE DE 1822

Los infrascriptos Plenipotenciarios autorizados especialmente por sus Soberanos para hacer algunas adiciones al tratado de la Santa Alianza, habiendo canjeado antes sus respectivos plenos poderes, han convenido en los artículos siguientes.

Artículo 1.º

Las Altas Partes Contratantes plenamente convencidas, de que el sistema del gobierno representativo es tan incompatible con el principio monárquico, como la máxima de la Soberanía del Pueblo es opuesta al principio de derecho divino, se obligan del modo más solemne a emplear todos sus medios, y unir todos sus esfuerzos para destruir el sistema de gobierno representativo de cualquiera Estado de Europa donde exista, y para evitar que se introduzca en los Estados donde no se conoce.

Artículo 2.º

Como no puede ponerse en duda, que la libertad de la Imprenta es el medio más eficaz que emplean los pretendidos defensores de los derechos de las Naciones, para perjudicar a los de los Príncipes, las Altas Partes Contratantes prometen recíprocamente, adoptar todas las medidas para suprimirla, no sólo en sus propios Estados, sino también en todos los demás de Europa.

Artículo 3.º

Estando persuadidos de que los principios religiosos son los que pueden todavía contribuir más poderosamente a conservar las Naciones en el estado de obediencia pasiva que deben a sus Príncipes, las Altas Partes Contratantes declaran, que su intención es la de sostener cada una en sus Estados las disposiciones que el Clero por su propio interés esté autorizado a poner en ejecución, para mantener la autoridad de los Príncipes, y todas juntas ofrecen su reconocimiento al Papa, por la parte que ha tomado ya relativamente en este asunto, solicitando su constante cooperación con el fin de avasallar las Naciones.

La voz de Cuartero temblaba.

Artículo 4.º

Como la situación actual de España y Portugal reúne por desgracia todas las circunstancias a que hace referencia este tratado, las Altas Partes Contratantes confiando a la Francia el cargo de destruirlas, le aseguran auxiliarla del modo que menos pueda comprometerlas con sus pueblos, y con el pueblo francés, por medio de un subsidio de 20 millones de francos anuales cada una, desde el día de la ratificación de este tratado, y por todo el tiempo de la guerra.

Artículo 5.º

Para restablecer en la Península el estado de cosas, que existía antes de la revolución de Cádiz, y asegurar el entero cumplimiento del objeto que expresan las estipulaciones de este tratado, las Altas Partes Contratantes se obligan mutuamente, y hasta que sus fines queden cumplidos, a que se expidan, desechando cualquiera otra idea de utilidad o conveniencia, las órdenes más terminantes a todas las Autoridades de sus Estados, y a todos sus agentes en los otros países, para que se establezca la más perfecta armonía entre los de las cuatro Potencias contratantes, relativamente al objeto de este tratado.

Artículo 6.º

Este tratado deberá renovarse con las alteraciones que pida su objeto, acomodadas a las circunstancias del momento, bien sea de un nuevo Congreso, o en una de las Cortes de las Altas Partes Contratantes, luego que se haya acabado la guerra de España.

Artículo 7.º

El presente será ratificado, y cangeadas las ratificaciones en París en el término de dos meses.

Por el Austria, *Metternich.*
Por Francia, *Chateaubriand.*
Por la Prusia, *Berestorff.*
Por la Rusia, *Nesselrode.*

Dado en Verona a 22 de noviembre de 1822.

Hubo un silencio.

—¡Hijos de puta!

—¿Qué remedio?

Templado se sulfuró.

—¡Eso es lo que debieran enseñar en las escuelas para que aprendieran lo que son!

—¿Quiénes? —preguntó Gorov—. ¿Crees que es una excepción? Los sistemas políticos prueban su excelencia por la fuerza, y exclusivamente por ella. Todo lo demás son ganas de perder el tiempo. Y si no, ahí tenéis vuestra República del 31. Mejor ejemplo... La única manera de tener razón es acabar con los enemigos. Con todos. El más fuerte... y los demás.

Gorov hizo un gesto despreciativo con la mano, mirando a Hope.

—¿O no? —le preguntó.

Hope, fijo en su vaso, lo apuró de un golpe.

—¿Y cuando no queden enemigos? —dijo el norteamericano—. ¿Qué harás? ¿Pegarte un tiro?

De lo lejos llegó el ruido oscuro del cañoneo. Herrera y los dos periodistas se despidieron.

—Supongo que Riego no pensaba lo mismo —comentó Cuartero, volviendo al despacho.

—Así le fue.

Salieron al balcón, que dominaba aquella parte de Madrid.

—Mira: allí, los fascistas; aquí, los nuestros. Aquéllos son retrógrados; éstos progresistas. Aquéllos representan un pasado muerto; éstos un futuro vivo. Aquéllos son la mentira y éstos, la verdad.

Templado dejó caer la conversación como si se tratara de un bache, para mejor asegurar el éxito final.

—¿Y sabes quién va a ganar?

Cuartero no le contestó, se contentó con mirarlo.

—El más fuerte. El que pegue primero. Y lo demás son cuentos.

Templado se calló. Era un amanecer feo, bajo, gris, cerrado, hecho de humo y bruma, sin horizonte.

—Parece que se va a acabar el mundo.

—¡La verdad de miles de gentes, el deseo de una vida mejor en manos de un señor como Largo Caballero…! Porque si no atina y ganan los otros y entran hoy o mañana en Madrid, te despides tú, me despido yo, se despiden cientos. Lo cual no tendría gran importancia, pero la ilusión, el empuje de esos miles y miles…

Madrid, quieto, igual a ayer, se teñía de color de ceniza.

—El más fuerte… Y lo demás…

Repitió el gesto de Gorov, echándolo todo por la borda, y se asomó a mirar por la calle.

—Si lo creyeran así estos que bajan ahora hacia el puente de Toledo, ¿crees que seguirían adelante?

—A veces, me pregunto si no creo en la moral de los sentimientos y que ellos sólo me dirigen. Es decir, que Dios se sustenta en mis deseos y que las ideas son sólo mías.

—Si creyera en la moral de los sentimientos no sería comunista —contestó Templado, pensando en Gorov.

—Lo que piensan los hombres de las cosas es más importante que las cosas en sí. No importan los hechos, sino las ideas que los determinan.

—Las ideas nacen de los hechos.

—Esto nos llevaría a remontarnos de las uvas a las parras y para cada idea al Imperio Romano, a Tamerlán o al diluvio. El más fuerte. Es fácil decirlo. Pero, ¿quién es el más fuerte? ¿El débil de ayer, la ruina de mañana? ¿Con quién estar? ¿Con el que manda? A eso lleva esa manera de entender el mundo. El más fuerte —para ti— es el que tú crees que tiene razón... Pero «No es ser grande creer el que las piedras y los maderos de los edificios se derrumben, y que los mortales mueran», como digo San Agustín. ¿Qué quieres? No se puede saber a dónde vamos, ni siquiera a qué venimos. A cada momento hundimos el vacío a codazos y cabezazos. ¿Cómo quieres prevenir? Los hechos no traen aparejados ineluctiblemente los mismos hechos, sino otros. Y no puedes verte sino según las maneras de ser de los otros, que son innumerables. Bordón de ciegos. Escribimos y vivimos en claro para nuestros descendientes siendo cifra para nosotros mismos.

—¿No vas a dormir?
—A intentarlo.
—Me voy, viejo. Hasta más ver.
—Más ver...
Se abrazaron.
—Por fin, ¿te vas a Barcelona?
—Sí.
—Que te vaya bien.
Templado salió a la calle. El día ya estaba hecho.

7 de noviembre

Carlos Riquelme hace su recorrido matinal por la sala de operados graves. Veinticuatro camas. Veintidós heridos; que acaban de sacar dos, ya sin días.

Francisco Sigüenza, casi sin piernas, herido en el Alto de León, el 18 de septiembre, albañil:

—Doctor, ¿en qué cree usted que podré trabajar?

—Hijo, sentado, en cualquier cosa. Mañana te evacuan a Onteniente.

Ramiro Muñoz, dieciocho años, estudiante. Un ojo menos, lo que no sería nada si le volviera la razón. Su madre, dueña de un taller de planchado, le seca el sudor, desde hace veinte días, y repite monocorde el nombre del muchacho en vano.

—¿Cómo está, doctor?

—Igual, señora.

Miguel Altura, panadero, cuarenta años, con un tiro en la boca, ya sin lengua. Toda la vida en los ojos, mirando sus cuatro hijos pequeños alineados a los pies de su cama.

¿Quién pagará el delito cometido?

Florencio Alcalá, mozo de la Estación de las Delicias, manco del derecho, que no hace sino pedir una botella de tinto, que no le pueden dar.

—Doctor, no sea usted fascista... ¿Cómo me va a hacer daño el vino si nunca bebí otra cosa en mi vida? Prefiero diñarla de una vez. Para eso, mejor me hubiese quedado seco en Palomeque. Cochino morterazo. Estaba empinando la bota y, de pronto, que me la veo por el aire con mi brazo: no la soltó. ¿Cree usted que eso no vale un vale por un litro de tintorro?

Riquelme mira la temperatura, y ordena que le den el vino. La enfermera le mira extrañada.

—Que Dios se lo pague —dice el herido.

—Que no se le olvide reclamárselo —farfulla el médico, pasando a la cama próxima, la de Agripina Pérez.

Veintidós años, y se está muriendo: una ráfaga de ametralladora, en Villaviosa de Odón, al querer plantar una bandera nuestra que el soplo de una explosión había derribado del balcón de una casa, anteayer. Una mujer vieja, de luto, está sentada a su lado, callada y seca, mirando, fija, los pies de la cama. La muchacha tiene sus pequeños ojos cerrados, no se le notan los labios: del color huido. El pelo castaño, abundante, fino. Asturiana. De tierra adentro; no sólo por lejana del mar, sino porque se vive de sus entrañas. Su padre fue carpintero, su madre atiende a los quehaceres de la casa donde, desde su viudez, viven como huéspedes unos cuantos mineros. Agripina, la madre, es católica decente, como debe ser. Cambió de idea cuando el señor cura invitó a la muchacha a enseñarle, a solas, el santo catecismo, alguna que otra tarde, entre dos luces.

El pueblo es triste y de ese color verdinegro que alcanza Asturias camino de sus minas, oscuros los setos y rodales de los mil días de lluvia y niebla. Los mineros que se albergan en casa son hombres duros y amables, y la muchacha gusta de hablar con ellos; le cuentan sus miserias y tristezas, sus deseos de vida mejor: ella los comparte. Los mineros han pedido a las empresas que pongan unas duchas en las bocas de las minas, que les permitan adecentarse al finalizar la jornada. La empresa se niega, se declara la huelga, se llevan preso a un capataz, le muele a golpes la Guardia Civil: es la costumbre. Pero esta vez se han pasado de la medida corriente: tres costillas rotas. El obrero conoce a los que le han dado la paliza. Cuando le sueltan habla con sus amigos; éstos, a su vez, con la moza.

A la entrada del pueblo hay unos maizales. A la caída de la tarde aparecen los fusiles conocidos, entre las altas lanzas verdes. Agripina silba cuando ve llegar a la pareja.

Luego continuó. No sospechaban de ella. Pasó armas y folletos. Tenía diecisiete años.

Llegó octubre del 34. Estuvo en Trubia; en Taberga, ayudando en lo que podía a los asaltantes del cuartel. La escondieron en un pueblo pequeño y feo, donde se aburrió mucho. Todos aseguraban a su madre que no había hecho nada, y, como era menor de edad y conocida de todos, nada le podía pasar. Fue por ella, y se la trajo. La misma noche de su llegada al pueblo, Doval, en persona, la prendió. En aquel corralón eran doscientos y le pegaron horriblemente.

—Me cogieron más rabia porque yo contestaba. Me metieron en un cuartucho estrecho, a veinte hombres y a mí; no nos podíamos mover. Nos llevaron luego a una estancia grande del cuartel. Eramos treinta y seis. Uno a uno dos daban de palos, queriendo saber dónde estaban las armas. Les sacaban luego al patio y les remataban a tiros. Quedamos doce. De los treinta y seis sólo dos «cantaron». Me acuerdo, sobre todo, de Fombona. Fombona era un gran camarada. Tenía más de cincuenta años, muy ilustrado, por eso le tenían más rabia. Le dolía siempre la pierna que, a consecuencia de cinco operaciones, apenas podía mover; se la cogían y meneaban en todas direcciones, estirándola, doblándola, dándole vueltas. Le empezaron a dar en la cabeza, le estiraron el bigote hasta hacerle sangre, sangre que después ya le saltaba de los ojos, de la boca, de las orejas. Llevaba una sortija, un tresillo que tenía en mucho. Le reventaron los dedos y la sortija cayó al suelo, no la podía coger. Me dijo: «Dásela a mi familia». La cogí, pegajosa de sangre, luego me la quitaron, y cuando la pedí, al salir de la cárcel, se reían. Lo mataron a palos, ahí, delante de nosotros. El ruido mate de los vergajos sobre la carne con los huesos rotos. Lo arrastraron al patio. No lo puedo olvidar nunca.

—¿Dónde está González Peña?

—¿Dónde están las armas? Ya lo diréis, canallas.

Y pegaban. Sí, a mí también, como si fuera un hombre. Luego, los que quedamos, nos llevaron a Gijón, al barco, y a mí, al convento de las Adoratrices. Salí de la cárcel a los siete meses, a pesar de estar condenada a veinte años, por ser menor de edad.

Fundamos entonces el Partido en mi pueblo. Tengo el carnet número dos. Y así llegó julio de este año. Yo era secretaria del Comité Provincial Femenino. Al llegar los rumores de una posible rebelión me marché a Oviedo. Todo parecía tranquilo. Nos aseguraron que Aranda era leal a la República; cuando, de pronto, un amigo nos avisó que los más significados fascistas entraban en el cuartel. No era posible que los compañeros de Oviedo fuesen a ver lo que sucedía: eran demasiado conocidos. Fuimos allá un guardia municipal y yo, cogidos del brazo, como si fuésemos novios; se celebraba una verbena por los alrededores. Confirmamos lo que se nos había dicho y se cursaron las órdenes oportunas, pero era demasiado tarde: las tropas estaban en la calle. Nos escondimos hasta que nos informaron que Trubia era nuestra. Y hacia allí nos dirigimos, uno tras otro.

Y, en seguida, al frente; estuve de fusilera, dos meses, en Sograndio. El miedo, me lo aguantaba. Hasta que me llamó el Partido. Tuve mucha pena de dejar el frente, porque me habían hecho sargento. Yo no quería marcharme. Pero me obligaron. Era para una reunión del Comité Nacional de Mujeres Antifascistas. Y así llegué a Madrid. Y aquí, ya no me soltaron. Yo quiero volver a Asturias, doctor. Haga que me ponga buena, para que pueda irme para allá. Me lo han prometido. Les convencí de que hago más falta allí.

Así hablaba, cuando la trajeron. Hablaba y hablaba, empujada por la fiebre. Ahora calla, y no tiene remedio.

El médico pregunta a la mujer.

—¿Es usted su madre?

La vieja lo mira, con unos ojos azules, tan claros y duros que hacen daño.

—Ya sé. Ya no me reconoce. Pero alguno tenía que recoger esa bandera. Cuando acabe, iré yo.

Carlos Riquelme no halla palabras. Le pone una mano en el hombro, se lo aprieta ligeramente, siente los puros huesos. Y pasa a la cama siguiente.

—Agua hirviendo. Eso. Agua hirviendo. ¿O es que no vais a tener agallas? Aquí no pasan. Los colchones en las ventanas, y sitio para los pucheros.

—Mi abuelo tiene una escopeta de caza. Es vieja, pero creo que entoavía sirve.

—Tráela. Una buena perdigonada no es de despreciar. ¡Venga!

—También el carbón encendido...

—También, asaúra.

Las mujeres.

—¡Nos bastaremos nosotras si vosotros no tenéis lo que hace falta! ¡Y si entran en Madrid, que no encuentren piedra sobre piedra!

La señá Romualda ha tomado el mando de media calle de Embajadores. Por fin sabe para lo que sirve: para mandar quinientas mujeres. Lo organiza todo: la Cruz Roja, el armamento, el entusiasmo. Habla y habla. Y la obedecen.

—¿Sirven los cuchillos de cocina?

—Sirven poco, pero sirven. Lo que importa ahora es llevar comida a los de la Casa de Campo, que esos sí que sirven. Y darles de comer a los chicos que se queden sin padres. Que los traigan al garage del 23. Y que Flora y cinco más se queden con ellos para que no amuelen. Tú, vete a ver a don Rómulo, el del «Puerto del Ferrol» y que te dé la leche condensada que tenga. Yo le haré un vale. Y si no quiere, dile que iré yo con diez o doce a ver qué cara pone. ¿Qué sus esperáis? Maldita sía la...

Ya no son los días de julio y agosto, en que se salía a la Sierra en cualquier camión y se volvía a dormir a casa. ¡Y con qué entusiasmo se aupaban las muchachas en los coches! No, ahora es otra cosa, que sale de adentro. Es la rabia, y la decisión. La alegría de una vida nueva ha desaparecido, ahora se defiende lo que se tiene, lo que se ganó: para siempre.

—A ver, tú, pasmá, vete a la estación de Lista. Sí, mujer, a la estación del metro, han puesto una fábrica de municiones. Allí hacen los electrolíticos. A ver si nos pueden dar algo de parque. Del siete, recargada. Toma un papel. Ya me conocen. A quien no conocen esos hijos de las de la calle de la Aduana, es a los madrileños. Ahora verán lo que es bueno.

—Oye, tú, dicen que esas balas electrolítricas se revientan y revientan el cañón...

—Se tira del gatillo con una cuerdecita.

—¿Y cómo apuntas?

—Lo que importa es disparar. Lo mismo das, apuntando que no. Y tú, te vas a la Casa del Pueblo a ver el Comité de las Trabajadoras del Hogar, respective a la tintura de yodo. Y si no tienen, que se la saquen de las enaguas. Te traes los frascos que puedas. Dile a la Concha que te mando yo. En la iglesia vamos a disponer un hospital de esos que llaman de sangre. Todos los colchones que no se necesiten para las ventanas, llevarlos allí. Tú, Fidela, te encargas de eso. Vas casa por casa. Y si te preguntan que dónde van a dormir, les dices que en Madrid, desde hoy, no se duerme, y que cuando se caigan de sueño, el suelo y las colchas que les sobran, bastan. Arreando, que es gerundio.

—Tú, Galápaga, o como te llames, ven aquí. Bajas a la Ronda y te pones a la disposición del teniente Reyes, pa las barricadas. Antes pasas por casa de don Antonio, y le sacas las palas que tenga. Que las tiene: si te dice que no, me lo traes. A mí no hay quien me la juegue, ni quien me tome de pito. De paso dile al médico ese que vive más abajo de la Inclusa, don Isóstenes, o como le digan, que venga, con lo que tenga de material. Vamos a concentrar cinco o seis; los hospitales ya están a reventar. Corre, o te doy. ¡No me repliques, porra! Y no me dejéis de hervir agua, que hierva toda el agua que se pueda. Coged los barriles de Anastasio. ¿Que cómo los traís? ¡En automóvil, mira esa! Pareces mochales. Tú, ¿qué haces ahí? No queremos hombres. Vete para abajo, al puente de Toledo. Oye, ¿y tu tío? Con todo y reumatismo te lo llevas para allá. Si no tiene arma, ya caerá alguna cuando se muera tu padre. No me repliques o te excomulgo. ¡Rediez con el camarada! ¿Qué hace aquel? ¡No, puñeta, no! La taberna, cerrada. Ah, ¿ya estás de vuelta? ¿Ahora no tiés prisa, no? ¿Y esas botellas? ¿Cuántas? ¿Dos mil? Está bueno. Que las lleven al garaje, y tú y Teresa, con quince más que las vais llenando de gasolina. Cuidao, ¿eh? ¿Que no hay tapones? ¡Puñales! ¡No servís para maldita la cosa! ¡Tapones! ¡Cámbiale unas letras digo yo! ¡Estopa, caralampia! ¡Estopa! ¿Que dónde la coges? ¡Amos, chica! ¡En Palacio te lo darán! ¡Anda o te rompo esa cara de gamberra que tus padres te han dado! ¡Paice mentira que seais mujeres! ¡Arre! Tú, Teresa y quince más. Y a medida que las llenéis me las vas repartiendo en los últimos pisos de la calle, y por las azoteas. A encenderles el pelo a esos canallas... ¡Amos, que ya es hora!

Romualda se detiene un momento: acaba de tener otra idea: una idea genial.

—¿Cómo no lo había pensao? ¿Cómo no se me había ocurrío? A veces paice una tonta, pero tonta de remate. ¿Dónde tenía yo los sesos? Es que se va cada cosa... ¡Tú, Gloria, y tú, Paloma, venir acá! Sus vais ahora mismo a Cuatro Caminos, a casa de mi tía Teodomira, tú ya la conoces, la que tiene la granja en Canillejas. Debe tener unos rollos de tela metálica, de esa que le sirve para los gallineros. Sus traís toda la que haya. ¡Y si no sus vais a Canillejas!, y que meta las gallinas en la casa, si es que le quedan. Lo que importa es la tela metálica, pa las barricadas va a ser formidable. Así las gallinas moras esas no pasarán, y si pasan las meteremos adentro y nos les comemos los hígados. ¡La repanocha! ¿Qué miráis, rediez? Pasáis por Casa del Pueblo, allí sus darán un camión. Los del transporte. Rápidas, volando. ¿O es que se os ha venío el mundo encima?

Protesta Gloria, por lo del niño.

—¡Concho! ¡Que le dé de mamar tu abuela!

Salen, y suenan las sirenas.

—Ya están ahí otra vez esos cerdos. ¡A ver a dónde van a cagar ahora...!

Cinco trimotores por el cielo.

—¿Dónde están los nuestros?

Don Alberto, el impedido del 80, que está bajo el portal, se las echa de entendido: la proximidad del frente hace que la aviación republicana se levante cuando ya los enemigos están de vuelta.

—¡Pos que estén todo el tiempo en vigilia!

Todos miran el cielo gris, muerto, con sus cinco puntos negros, desplazándose lentamente.

—Vaya gorriones... ¡me cachis en la mar!

No hay tiempo: el silbido y la explosión. Todo rojo. Polvo. No se ve nada. Y en seguida los ayes, y las imprecaciones. El acre olor de la tierra despedazada, de las paredes hechas migas, de los cuerpos reventados.

Tan pronto como Herrera dejó a Hope y a Gorov en Carabanchel recibió la orden de acompañar a la comisión inglesa al lugar del bombardeo. Los sacó de la cama y les llevó por las calles de Aravaca, del Sombrerete, del Amparo, de Embajadores, de Benito Gutiérrez, de Fray Ceferino González.

Todavía había polvo por los aires. Como siempre, bastaron segundos para que las fachadas vinieran a escombros; los cristales, a mil trozos; las calles limpias, a suciedad inverosímil; los patios, a solar; las paredes, a montón; el cielo, a bruma parda; las voces, a ayes o silencio; los cuerpos a guiñapos; las piedras molares, a peñascos; los hilos de teléfonos, a maraña inútil; un piano, a absurdo teclado en el pavimento. Por todas partes las losas manchadas: los cuerpos con su aréola de sangre morada. Allí, en la plaza, al lado de medio quiosco de periódicos, un tiro al blanco, perdido su toldo y con sus personajes, recortados en plancha, torcidos o rotos; en uno de los cuadros una Agustina de Aragón sigue acercando la mecha encendida a la cureña de un cañón; un trozo de metralla ha deteriorado el letrero: «Bomba va». Al lado, un teatro de marionetas anuncia todavía su función: «La tumba de Elena». Un letrero destrozado deja difícilmente desentrañar: «Carnicería». Más allá, salpicado de metralla, como cartón de encaje de bolillos, otro que ocupa la fachada entera: «Caja de pensiones para la vejez y de ahorros». Al lado, en el escaparate de un fotógrafo, que ha perdido sus lunas, quedan, prendidas por unas «chinches» a un descolorido fondo rosa, las fotografías de Irún bombardeado y un escrito bien caligrafiado: «Especialidad en primeras comuniones». Tres ambulancias, en el centro de la calle, y los camilleros recogiendo despojos en grandes cestos de mimbre, grises de sangre seca. Una mujer se lamenta:

—Me estaba buscando mi marido un piojo...

Los ilustres visitantes tienen arcadas. Herrera no les perdona nada: un cuerpo descabezado, sangrante el cercén; un niño con los sesos fuera; un brazo cuelga de un balcón, a su vez sostenido por su cartela. Los ayes de dos viejas heridas, la agonía de Romualda que echa víboras y sangre por la boca.

Los ilustres huéspedes están —todos— a punto de desmayarse. No quieren ver más. Les basta. Ahora sí van a poner telegramas diciendo que los bombardeos de Franco son un ataque contra la civilización.

—¿Y los de ayer? —preguntó Herrera como si cayera de las nubes.

—Uno no se da cuenta...

—Hasta que lo ve, ¿no?

—Esto es.

—Pues todavía no han visto ustedes nada.

—No queremos ver más.

—Pues lo verán, señores.

—Nos negamos.

—Si no hoy, mañana.

—¿Mañana? Pero, ¿ya saben ustedes dónde van a bombardear mañana? —pregunta la gran dama, suspicaz.

—En Londres.

Los ilustres huéspedes no gustan de esa pesada ironía.

En un lado de la calle se vuelve a formar la cola del carbón. Respetan la sangre, en las aceras, y hay claros. Una vieja, la segunda de la fila, dice a la que sigue:

—Las últimas semos las primeras.

—Si no es porque el Remigio está malo y le tuve que hacer una taza de poleo, no lo cuento. ¡Hijos de perra! ¡Pero ya las pagarán todas juntas! Oye, ¿y qué son esos?

Por la delegación, que ya va de vuelta.

—Pos...

—Tién cara de simón que va de relevo...

Mira ahora la fachada derrumbada, frente a ellas, y remata, viendo el montón de cascotes y polvo:

—El desmigue...

El general Miaja y el teniente coronel Rojo frente a diecisiete teléfonos.

—¿Refuerzos? Ahora van.

—¿Refuerzos? Ahí le envío doscientos hombres.

—¿Refuerzos? Dentro de media hora.

—¿Refuerzos? En seguida.

—¿Refuerzos? Ahora salen.

—¿Refuerzos? Esperamos medios de transporte.

—¿Refuerzos? Ya salieron.

—Ya están en los camiones.

—Dentro de poco.

—Dentro de nada.

—Ahora mismo.

—Aguanten un poco más.

—Están al llegar.

—Un poco de paciencia.

—Ya van.

Refuerzos, refuerzos, refuerzos. ¿De dónde? ¿Del aire? Sí, del aire. De las cresterías de Madrid. Del 2 de mayo. De los «Fusilamientos», de aquel de los brazos en cruz que grita: —No pasarán.

—¡No hay repliegue!

—¡No hay repliegue!

—¡No hay repliegue!

—¡Si se retiran voy yo mismo a levantarle la tapa de los sesos!

—¡No hay repliegue!

—¡Aguante! ¡Ahora mismo voy! ¡Sí, yo mismo!

—¡Quien dé una orden de retirada está cometiendo un acto de traición!

—¿Refuerzos? Ahí se los mando.

—No, general; no hay cartuchos del siete.

—¡Que recojan todos los casquillos, y se recarguen! Ya los están esperando: Calientes se trabajan mejor.

—No será suficiente.

—Si no hay balas, que las inventen. Además Trigo dice que sus electrolítricos son tan buenos o mejores...

—Estallan en los cañones.

—Ya será menos. Y los de las sacramentales están trabajando de firme.

—Hay cuatro mil cartuchos del 7'7, pero no hay fusiles de ese calibre. No hay obuses del siete y sólo quedan cuarenta y nueve disparos del siete y medio.

—¿Del diez y medio?

—Ni uno.

—Mañana recibiremos ciento noventa y seis, y cuatro disparos por pieza del siete y medio. ¿No está satisfecho? Yo tampoco, pero me aguanto. Y si me aguanto, que aguanten los demás. Aquí no retrocede nadie. ¿Granadas de mano?

—Cuarenta de piña y cincuenta Laffite.

—Que las usen sólo contra los tanques. ¿Y del bombardeo?

—Unos ciento cincuenta muertos y unos trescientos heridos.

—¿Y la gente?

—Dura.

Cuanto más bombardeen más gente bajará a las trincheras.

No hay refuerzos en las manos del defensor de Madrid, pero bajan hacia los frentes. A pie, en camiones, en tranvía —hubo un pequeño lío en la calle de Ferrari porque mataron al guardagujas—. Jóvenes, viejos, mujeres. Por los bulevares, por Atocha, por la calle de Toledo, por la Gran Vía. Gente y más gente, sin armas, a defender, a defenderse, como sea; buscan armas. Todo Madrid al escenario de la guerra, a su gran teatro del mundo. Reservas sin reservas. A lo que fuera.

Templado, en la calle de Campomanes, en la puerta de su casa, con su maleta en la mano, llama a la portera:

—¿Quiere subirla?

—¿No se iba el señorito?

—Todavía no.

Y Julián Templado, con su paticojera, baja al campo del Moro, con la esperanza de un fusil. No sabe por qué. «Estoy haciendo una tontería», se dice. Y la hace. Disparan por todas partes. Y llueve.

Frente a su casa, partida por gala en dos, Cuartero se pregunta si la verdadera manera de ser de las cosas es como lo ve ahora, o como era ayer. ¿Qué es lo definitivo: lo construido a fuerza de trabajo e ingenio o las ruinas?

Villegas, que le acompaña, para salvar lo que se pueda, le saca de dudas. Volverán a construir, allí o en otro lugar. Cuartero no lo cree, tal vez impresionado por la pérdida: De la sala sólo queda colgando de la pared impoluta, y al aire, el diploma de perito comercial de su mujer. Lo está viendo desde la calle, allá arriba, en el tercer piso. Es inútil cualquier esfuerzo, la escalera está hecha polvo. Se limitan a recoger unos libros, caídos aquí y allá.

—Una hora antes, no lo cuento.

—Hay personas que tienen suerte, como los pueblos, otros no: Los unos pasan a la historia. Los otros, desaparecen.

—¡Bah!

—¿No lo cree? La casualidad no tiene madre conocida.

—Desde luego, pero la suerte influye en el modo, en la moda; no en el fondo.

—¿Hay fondo sin forma?

—No le quepa duda.

—¿Es fatalista, como buen hijo de árabes?

—No.

—Entonces: no le entiendo.

—Según usted, por lo visto, sólo se puede ser creyente en el azar o mahometano. Creo en la casualidad, pero también en la primavera, en el día que sucede —y no por suerte inesperada— a la noche.

—Mañana será otro día.

—Exactamente, y no una eterna noche. Y que si muero ahora o dentro de diez años no importa absolutamente nada. Ahora bien, hay otras cosas que suceden y se sucederán inexorablemente, por mucho que la suerte se empeñe en detenerlas o desviarlas.

—Es una concepción casi católica de la creación, mi viejo ateo.

—Tal vez: Creo en el libre albedrío.

—Pero enfundado en una dirección general inexorable.

—Movida por los hombres.

—¿No podemos detenernos ni volvernos atrás?

—Nada es reversible. Siempre seguimos adelante, engranados. Está bien eso de engranados; enlazados, trabados, encadenados, más lo que trae la palabra grano —semilla, fruto.

—Pus.

—También, mi viejo católico, también. Y deje ya eso, y vamos a tomar algo caliente.

Cuartero le echa una última mirada a su piso. Menos mal que ahora Pilar no podrá achacarle la culpa de lo sucedido.

Al entrar en la tasca tropezaron con Fajardo, de capitán de milicias. Buscaba a Cuartero, y supuso que lo encontraría allí.

—Creí que te habías muerto.

—Sólo ascendido.

—¿Sabes quién estuvo aquí anoche? Templado.

—¿Dónde está ese cantamañanas?

—Se volvió a Barcelona.

—No me extraña.

—Bueno. Pero, ¿y tú?

—¿No me ves? En la sierra, desde que nos despedimos. Con Mangada.

Cuartero no se atreve a preguntar más. Ni entra aquí la historia de Fajardo, que subió al frente, el 22 de julio, a morir. La guerra y el partido comunista le han salvado. Ha venido por municiones, vuelve a su puesto dentro de unas horas: sin parque.

Hacía un tiempo indecente, esa era la verdad, y lo que se imponía. Un frío del demonio. El vientecillo entraba por la ventana abierta como Pedro por su casa, y no se podía pensar en cerrarla, entre otras cosas porque los cristales estaban hechos añicos. Las manos en el fusil, apegadas por el cochino frío, y sin guantes. La verdad es que ninguno de los que estaban en aquella habitación había pensado en procurárselos. Y no hubiese sido difícil: a media hora de camino hay guanterías abiertas. Pero ahora no se pueden mover. Lo peor es que no pueden disparar, por la poca munición, y porque no hay sobre qué. Los fachas, sí. No tienen esos problemas.

En el piso de arriba el comandante Trucharte, con sus buenos gemelos mira el frente, de Pozuelo a Villaverde. Manda unos carabineros y alguna gente miliciana del Ministerio de Marina: porteros, mozos, ugieres. La mitad armados; los otros, en espera de la muerte de sus compañeros. Y se dan por satisfechos: en la Casa de Campo dicen que el porcentaje es peor: tres esperando un arma caída.

Allí, Getafe; allí, Carabanchel Bajo; allí, Húmera; allí, Leganés. ¿Qué será de los locos? Deben haberlos evacuado. ¿Y si no? Se figura un momento el interior del manicomio, entre balas y obuses: esos mismos que silban ahora, entre traquidos y silbos agudos. Bombardean los cementerios. De Carabanchel Alto al puente de Toledo, los cementerios del sur de Madrid, a derecha e izquierda de la carretera. Acortan el tiro. Los basureros.

La artillería facciosa dispara a más no poder. Una preparación artillera, según todas las reglas de la poliorcética. Doscientas bocas de fuego contra nada. Las casas de Carabanchel Alto se abren, desconchan, deshacen a la violencia. El polvo sube y se abate, para volver a subir de nuevo, en sudario. Las fachadas se resquebrajan, las cornisas caen, las azoteas se derrumban. La carretera se llena de cascotes y de trozos de metralla. La única nota de color, en el día gris, las paredes sucias y la tierra siena, es la sangre, más escandalosa cuando pañuelos o trapos procuran atajarla. Luego viene un largo silencio. Algunos refugiados se apresuran hacia Madrid empujando sus pacíficos jumentos y sus carros. Unos niños salen a la carretera a recoger lo que sea y asombrarse de los destrozos. Miran los muertos.

Por el campo mondo, entre calvijares, casas pobres, lodo, y por la carretera de Extremadura, muy seguros de sí, testudíneos, en descubierta, avanzan siete tanques en dos grupos, cuatro adelante y, cien metros atrás, otros tres. Los primeros en verlos fueron dos niños que recogían casquillos, a diez metros de las primeras barricadas. Ya los hombres tienen sobre qué disparar. Pero los artefactos siguen avanzando, impertérritos: su cañón no se molesta todavía en contestar. Sus orugas van comiendo metros de tierra, sumándolos a tantos como han ganado en meses anteriores.

Destrozan el primer parapeto: barricas, dos carros volcados, algunas piedras. Los pocos hombres que lo guarnecían echaron a correr. Cambiando velocidad enfilan la calle, y una segunda barricada. Es un paseo. No tienen nada que temer. Adelantan, descuidados.

Antonio Coll, ordenanza del Ministerio de Marina, ve llegar el primero; está ahí con sus bombas de mano. Recuerda las órdenes, el librito que le dieron a leer. ¿Qué espera? Ya, nada. Lanza una, bajo el vientre del animal de hierros y cadenas. Revienta y lo detiene. Y otra, arriba, contra la torrecilla. El tanque, muerto, para a los demás, que apenas tienen tiempo de frenar, y sobre ese montón de planchas de acero van cayendo las bombas de sus compañeros, sobre seguro. Crepitan las ametralladoras. El último tanque del primer grupo intenta dar media vuelta, y la da, pero de costado, y se vuelca y arde. Los otros tres que van llegando disparan cuanto pueden, pero ya están en la ratonera. Los milicianos salen de sus escondites, bombas de mano en mano, enardecidos:

—¡Ahora los que atacamos somos nosotros!

Y destrozan los siete tanques, empotrados los unos en los otros.

No se cuentan los muertos. El comandante Trucharte registra los cadáveres enemigos. El de Antonio Coll, y otros ocho, se retiran contra las paredes encaladas. En el bolsillo del jefe del destacamento enemigo, Trucharte encuentra una orden. Una orden de operaciones. No da crédito a sus ojos. Deja el mando en manos de un teniente y sale en una motocicleta hacia el Ministerio de la Guerra.

No le quieren dejar pasar. Insiste, y vuelve a insistir: sólo hablará con el general Miaja.

Cuando el general lee la orden asoma su ladina sonrisa de campesino. Son las ocho de la noche. En el salón están reunidos con él el teniente coronel Rojo, el comandante Matallana y el comandante Fontán.

No pueden creer en su suerte. Ya no pueden creer en ella. Discuten. Los reveses les hacen desconfiados. Huelen un engaño. Miaja está seguro de que la orden es para el día siguiente. Los subalternos creen que el enemigo se dará cuenta de la desaparición del documento, que cambiarán las órdenes, si son auténticas. El general asegura que no. ¿Cómo habían de saber que el muerto llevaba la orden encima? Además, ya es tarde. Miaja se impone:

—¿Quién manda aquí?

Y se disponen las fuerzas, las que hay, las que quedan y lo que ofrece el pueblo. Resta por cubrir un boquete de diez kilómetros, del puente de Extremadura a los Mataderos. ¿Quién se enfrentará allí con el enemigo? ¿Los barrenderos? ¿Los de artes gráficas? ¿Los telefonistas? ¿Los tranviarios? ¿Los de las artes blancas? ¿Los de oficios varios? ¿Los carteros? ¿Los de la construcción?

El general Miaja oculta un papel que tiene en la mano, donde al lado de la sigla de cada sindicato hay una indicación del número de hombres y fusiles de que disponen. Daría risa si no fuese trágico. Miaja escoge a los peluqueros y a los empleados de ultramarinos. El batallón «Fígaro» y el de los «Leones Rojos». Sus colaboradores se le quedan mirando.

—¿Preferís a los ferroviarios o los estudiantes? Que se desplieguen de la Casa del Guarda a la Puerta del Angel. Y allí, Escobar.

Si no han podido pasar hoy por la carretera de Fuenlabrada, mañana lo intentarán por la de Extremadura. Y hay que enfrentarles esta gente de Madrid. El general Miaja tiene pánico. No lo oculta:

—¿Me responderán o no?

Porque lo de hoy no ha sido más que un tanteo. Esperar y ver. Si pasan, no habrá remedio.

En el centro de reclutamiento del Quinto Regimiento, Peñalver, Josefina, Sanchís y Jover se preocupan por el paradero de Asunción y Vicente sin lograrlo.

Salieron de la Alianza con un: —Ahora volvemos. Y no se les ha vuelto a ver. Todos piensan en el bombardeo, ninguno se atreve a decirlo.

Los incorporan a la columna de Galán, y bajan hacia la estación del Norte. A pesar de sus protestas, Josefina se tiene que quedar en las oficinas, sustituyendo a Gonzalo Hernández, muerto de un tiro al salir de su casa. Que la quinta columna asoma la oreja.

¿Qué hálito mueve los aires en esta fría mañana de noviembre, muerto el viento de la noche vencida? Domingo. Todo está muerto, menos el aire, árboles sin hojas; todo está perdido, hasta el color. ¿Dónde está el asidero? La sola piedra, el solo lago. Las ramas sin vida aparente recortándose como venas en el cielo gris. La sola España atacada y traicionada. Todo se ha quedado mudo. Ya no hay qué decir. La verdad a la merced de la fuerza. Sólo la fuerza, sólo la muerte puede, en esta mañana de noviembre, ayudar a la verdad. Sólo la fuerza de los pechos, sólo la fuerza de la voluntad incrustada en las manos, incrustada en los pechos. Sólo la fuerza, sólo la muerte, frente a otra muerte. ¡A ver quién puede más! Las ramas por los cielos, el agua deslavazada y quieta, las manos en los gatillos, las culatas en los hombros, los ojos en el horizonte. ¡Si fuese cuestión de puños!

Marchan los hombres con la verdad en sus hombros —caras sucias, negras, cerradas—, haciéndoles apretar las mandíbulas. Paso tras paso, sin vacilaciones, a morir frente a las piedras de su ciudad. Sin dejar. Sintiéndose pared, sintiéndose hierro, sintiéndose capital, fuera de sí. Ya no son ellos, sino su verdad. Sin más. Lo han dejado todo. Ya sólo son pared, frente a las ramas desnudas, en el cielo cárdeno. Hasta el aire se muere, y cae, y todo se estremece para recibir el llanto quedo de la lluvia.

Llueve, llueve menudo, lento, despacio, tranquilo. El agua del lago se pica toda, suave. Las ramas y los troncos brillan un poco más. Todo se empapa. El agua, por la cara de los hombres, semeja sudor y lágrimas de su rabia fría. Esperan. Lo esperan todo de sí solos, traicionados. Juntos como nunca lo estuvieron.

Una inmensa marcha fúnebre, de hombres vivos que van a encararse con la muerte porque quieren y la prefieren a la mentira. A hombros con su verdad, hombro con hombro, hombre con hombre. Graves y silenciosos. Ese silencio que escuchan todos, de fuera adentro, de dentro afuera.

Vicente Dalmases se ha reincorporado a la brigada mixta de Líster, en el sector de Entrevías. No ha conseguido que le dejara. Ni las palabras, ni los pasos rápidos han podido convencerla. Ni el frío, ni la lluvia. La muchacha no habla.

—Vete. No vengas. ¿Para qué? Te quiero. Todo el pasado, ni lo pasado importa. Quédate. A la noche nos veremos. Ahora va de veras. No te expongas inútilmente. No hace falta, y te necesitarán en otro sitio, en otra parte. Es absurdo. Créeme: te quiero, Asunción. Pero déjame. ¿Para qué vienes? No tiene sentido.

Parecía no oír, ni siquiera verle. Le seguía. Si él apretaba el paso tanto daba: Seguía ahí, dos metros atrás.

—Te pueden herir. Vuélvete. Te prometo que iré a verte esta noche. Ahora necesitaremos de todos, y el que vengas conmigo no sirve de nada.

Casi nadie por la calle, la luz veladísima de azul de los faroles de gas que hoy han olvidado de apagar, residuo mezquino de la noche. Y el viento frío de la remañanilla.

—Te vas a enfriar...

Ella no contesta, ni parece oír. Vicente se vuelve, y la coge por los hombros. No le hurta la mirada, pero hay en sus ojos tal vacío, tal falta de vida, tal resolución de piedra, que al mozo se le atragantan las palabras. Y la besa. Asunción permanece impasible bajo sus labios. Y siguen juntos, adelante, sin palabra.

Jacinto Bonifaz se pregunta que quién le ha metido en ese fregado. ¿Quién le mandaba meterse? Ahora podría estar, tranquilamente sentado a la puerta de su establecimiento, leyendo *La Libertad,* a esta hora precisamente; no: que todavía es temprano, y Roma estaría calentando el agua pa que se afeitara, como era de ley, antes de tomar el café con leche con media tostada de abajo, y no ahí, pegado al tronco de un árbol, con un fusil en la mano. Todo sea por Dios. La Casa de Campo. ¡Quién le iba a decir! ¡Hay cosas que claman al cielo! Ahora, eso sí, el discurso de esta madrugada, ni quien se lo quite. Estuviste chipén. Ahí está el lago, sin una arruga, con un poco de niebla baja arrastrándose. ¡El tiempo que hacía que no había bajado a la Casa de Campo! Se pierde en la oscuridad

de los tiempos. Antes no dejaban entrar. Luego sí, vino
a merendar dos o tres veces con la Romualda. Está
bonito de veras. La luz que empieza por las copas desnudas. Y un fusil en las manos. Cazar, lo que se dice
cazar, no ha cazado nunca. Allá en Galicia, cuando
era un chaval, con una carabina que le dejó el tío
Luis. ¿Qué se habrán hecho? ¡Cualquiera se acuerda
ahora de Galicia! Y, sin embargo, se acuerda. Más
niebla, más humedad que ahora. Las almadreñas em-
barradas, por las sendas entre los setos. Y un conejo
que salió disparado; aún ve su cola, blanca, sus patas
traseras, el fogonazo y su desilusión. ¿Qué tenía?
¿Dieciséis años? Sí: Dieciséis años. A los pocos meses
se venía a Madrid, en el mixto, con el cura. Luego,
todo es Madrid. Madrid que está ahí, a sus espaldas,
respaldándole, dándole el color que falta a la madrugada. Puñetero fresco: menos mal que el día se anuncia bueno: ¡Por las bragas! Claro está que estuvo en
Marruecos: tres meses. Ya ni se acuerda. ¡Hace tantos años! Más hace de Galicia, y sin embargo... Tras
él, tumbado, está uno que conoce de vista, de la Casa
del Pueblo. Esperando que lo maten, para cogerle el
fusil. O para quitárselo si tiene miedo, que así han
quedado. ¿Miedo? ¿Miedo de qué? ¿De esos cochinos
fascistas? ¡Estaría de ver! No hay quien se achique.
A su derecha está Sindulfo Zambrano, de la Ejecuti-
va, a su izquierda don Pedro Gandarias, el de la Plaza
de la Cebada. Y atrás, tumbados, el Pinto y Juan el
cojo. Y, más allá todavía distingue a Juan Pérez y a
Valeriano Monzón, de la calle de Atocha, todos sin
afeitar. ¿Cuándo se ha visto? ¡Peluqueros sin afeitar!
Pero, ¿cuándo se ha visto tantos peluqueros formando
un batallón? El batallón de los Fígaros: está bien, es
un buen nombre. Son cuatrocientos, y tienen ciento
cincuenta fusiles y ciento cincuenta cartuchos por bar-

ba. Está bien dicho esto de por barba. Dicen que van a venir por el Campo de Tiro. Que vengan.

Y vienen. Son las siete de la mañana. Y son tabores de regulares.

Hoy es sábado. ¿Viernes o sábado? El día de don Gumer, de don Ramón Cruz, de don Nemesio Grajales. Don Gumer sólo se afeita dos veces a la semana. ¡Habrá que oírle cuando vea cerrada la barbería! Con lo cerrado de su barba... Por don Ramón no me preocupo, ese no es capaz de ir a que otro le toquetee la cara. Además, ¿cuál encontraría abierta? Aquí estamos todos. Y es incapaz de permitir que le repasen otros dedos que los míos, o que le enjabone la cara otra brocha que la suya o le afeite otra navaja, a pesar de lo vaciada. Buen acero el de Solingen, y más ese de los «monitos». ¿Por qué ayudarán los alemanes a los fachas? A lo mejor las balas que nos disparan están fabricadas en Solingen.

De las navajas pasa al establecimiento; de sus sillones vuelve al agua caliente; del cazo, a la Romualda. ¿Qué hará la Romualda? Dede de estar haciendo cola.

Está empezando a llover. Se le acerca Prudencio Gómez, jefe de otro pelotón.

—Oígame, señor Jacinto, yo creo que ahí en la paredilla del lago, donde nos han puesto no servimos para maldita la cosa. Esos hijos de nadie no han de atravesarlo a nado, y mejor reforzamos las alas.

—¿Cuáles alas?

—A derecha e izquierda.

El señor Jacinto se retuerce el bigote. Es posible que ese barbilampiño tenga razón... Pero la paredilla del lago es una buena posición.

—Podéis dispararles de lao...

No les dejan concluir. Empieza el tiroteo.

—¡No adisparéis más que sobre seguro!

Tres tabores de regulares. ¡Y cómo gritan los condenados! A lo mejor creen que nos asustan.

—¡Animo, muchachos, a gritar más que ellos!

Y Jacinto Bonifaz empieza a soltar ajos a voz en cuello.

—Cochinas balas —oye decir tras él.

—¿Qué tienen que ver las balas, compañero? Puercos los que las disparan...

En una trinchera de Usera, Templado discute con varios a quienes no conoce:

—Aquí estamos, todos estos que ves y no ves, dispuestos a morir por una idea. Por el socialismo científico...

—El comunismo no es una idea, es una ciencia —rectificó Justo Fernández, muy seguro de sí.

—Eso es, exactamente, lo que quería decir.

Se rio.

—No me negaréis que es bastante divertido.

Lo miraron con reproche.

—No os enfadéis. Yo soy marxista por afinidad, un aficionado. Hasta ahora los que morían por una idea los llamaban idealistas. Al fin y al cabo es el único idealismo que cuenta. La calidad de la idea es lo de menos.

Intervino Mercantón, serio, con ese aire de pachón del que no se departía más que al dormir, cuando roncaba, sin gafas. Vino por ocho días a Madrid, hacía veintitantos años.

—También algunos de los de enfrente, entonces.

—También —dijo Templado.

Hubo un silencio. Piferrer, uno pequeño y que no pasaba de los cincuenta kilos, dijo, con voz aguda:

—Entonces, no sé qué haces aquí.

—Lo mismo que tú: pelear.

—No lo niego, pero sin querer ganar. He conocido otros como tú. A ti te tiene sin cuidado el fin,
lo que importa es la guerra. Y estás con nosotros por
simpatía, por una vaga simpatía. A lo mejor porque
crees que somos... ¿Cómo decís?... La legalidad.

Luego remachó:

—Eso no cuenta.

—Me gustaría saber porqué.

—Lo que buscas es tu gusto. Tu puro gusto.
Es igual que si te masturbaras: completamente inútil, no sirve. ¿No tienes hijos?

—No.

Piferrer se volvió hacia los demás.

—Aquí, el compañero, es un liberal. Uno de
esos que quiere que se respeten todas las creencias,
dispuesto a darlo todo, a poco que se lo pidan.

—Radical socialista, ¿no?

—No —contestó Templado—. Médico.

—¿De aquí?

—De la calle de Campomanes.

—¿Y qué haces que no estás en un hospital?

—Vivo en Barcelona. Llegué ayer.

El tiroteo volvió a empezar.

—No disparéis. No vale la pena. Ya tendremos
ocasión.

Mercantón se asomó, dio una voltereta y se
quedó espatarrado, una bala en la frente.

Se pusieron todos a disparar, menos Piferrer:
No creía en la suerte. Quería dar sobre seguro, apuntar, apuntar, y contar lo que tumbara.

El cielo empezaba a chupar la lluvia. Templado
arrastró el cuerpo del francés. Pesaba.

—¿Quién se lo lleva?

—Déjalo ahí. Ya vendrán... Si vienen.

*(Fajardo, Cuartero y Villegas, bajando por la
Carrera de San Jerónimo.)*

Fajardo.—El mal es siempre confuso. Aunque
sólo fuese por eso, nosotros, que sabemos lo que queremos y obedecemos a consignas claras, tenemos siempre razón. Hacerse un lío es delito de traición. Traidor: el que no sabe lo que quiere. Un mundo mejor
puede no ser una cosa clara, pero sus caminos deben
serlo. *(Fajardo parecía buscar una explicación que
Cuartero no le pedía.)* La política es para nosotros lo
que fue la teología para ciertos espíritus de la Edad
Media: la política en su sentido verdadero, razón de
la vida del hombre, su salvación.

Cuartero.—Aquí nos pasamos, quién por carta
de más, quién por carta de menos —pasarse de listo.
Contra la equivocación del barajar, no hay quien pueda. Por eso lo del respeto es aquí muy difícil. Yo soy
yo, venimos a decir: un as.

Fajardo.—Mírame y no me conoces. ¿Dónde
está el que fui? ¿Por qué no ha de suceder con mil?

Cuartero.—Hoy. De los comunistas de mañana
¿me respondes tú, matraca?

Villegas.—Aquí lo puede todo la amnistía.
Como decía don Miguel —y en eso, como en tanto,
da el sentir de todos—: «El bofetón que suelta uno
al que le insulta es más humano, más noble y más
puro que la aplicación de cualquier artículo del Código
Penal.» No somos perseverantes. El pueblo lo olvida
todo con tal que lo dejen en paz.

Cuartero.—Niego la mayor: niego la mayor:
en la paz no se olvida, sino en la guerra. No hay mayor olvido que la muerte. Si te bates ven a mi lado,
chócala, Bakunín.

Villegas.—Eso ahora.

Fajardo.—Te veo venir.

Cuartero.—Te equivocas. (Ahora es Cuartero el que intenta justificarse.) Me solevanta ese hálito y empuje de los más por una vida mejor. Toda una multitud hambreada de sabiduría. Me importa ese afán y no sus resultados. Ni la envidia, ni el odio, ni la estrechez de mollera caben en ese halo. Saber es poseer —para ellos—. Eso no lo realiza la burguesía del pan, pan; del vino, vino. Para ellos, los burgueses, poseer es tener, y el saber adorno churrigueresco. A mí lo que me importa es el esfuerzo.

Fajardo.—Ganar el cielo.

Cuartero.—Sí.

Cuartero lucha por tomar en serio cuanto le dice Fajardo y no puede: le queda siempre la duda que entreabre la imaginación de su amigo. Recuerda todas las ocasiones en que el actual militar se ha dejado llevar por su deseo y dado por hecho lo supuesto. Desaparecía luego el tiempo suficiente para suponer olvidada la superchería. Acordábanse los dos de la mentira y se callaban, pero la bernardina pesaba. Alguna vez, Cuartero se lo dijo cara a cara: —Mientes—, y Fajardo inventaba las fábulas más absurdas para mantener incólume su cuento. Ahora se lo encontraba cambiado, hasta de pellejo y, a pesar de la evidente buena fe, del coraje, de la valentía, de la sinceridad de Fajardo, algo cojeaba en el espíritu de Cuartero. El olvido no es cuestión ni de paz ni de guerra, sino de fe, pensaba mirando el muy pulcro capitán. «Si no miente, no vive», decían de él en el Henar. Cuartero se reconvenía: «Ya no es el mismo».

Al llegar a Neptuno se despidieron. Fajardo abordó un camión que iba para la Sierra.

—¡El nuevo concepto del trabajo: el trabajo socialista! El trabajo con fin, el trabajo para todos, el trabajo para mejorar la vida del mañana. ¡Cuernos! ¡A mí qué me importa matarme a trabajar para que no trabajen los gandules de mis tataranietos! Hay más días que longanizas —¡si lo sabré yo!—. Y vamos a repartirlos un poco mejor. Además que trabajar como un burro con el espolín de asegurar el futuro es el concepto más burgués que se pueda mantener. Tus abuelos —y los míos, que no puede haber duda que los tuve, aunque quién sabe quiénes fueron— tenían la misma idea. ¿No eran tenderos? Y abrían la tienda a las siete de la mañana, y la cerraban a las diez de la noche. Puro stajanovismo, compañero, aunque revientes de rabia. —¿Para qué me sirve una vida así? —gritaba Amorín, para vencer el ruido del motor; portugués él, pequeño y delgado, «El Barbitas», como le malnombraban.

Con una voz aguda y en punta:

—¿Para qué la quiero? Estamos de acuerdo: mañana, en la fábrica, en vez de trabajar para don Veremundo Casas y Casas voy a trabajar para el Estado —con mayúscula—, es decir, para mí —con minúscula—. Ya está. ¿Y qué? No os dais cuenta de que los idealistas sois vosotros y no yo. Lo que yo quiero, a lo que yo aspiro es a trabajar menos y a ganar más. Y como yo, miles y miles. Eso no lo queréis ver: lo único que os importa es la teoría. Por eso convencéis ante todo a señoritos. Y nosotros, los anarquistas, tenemos las masas, de las que tanto y en tanto os gargarizáis. Venga: vamos a contar; no el número, que eso ya lo sabéis, y aseguráis que no os importa. No; vamos a contar quiénes son aquí comunistas y quiénes son anarquistas, vamos a ver —joven— quién es el proletariado.

—Todo eso no sirve para nada.

—Te rajas.

No era la paciencia la virtud de Fajardo, y aceptó el juego de Amorín, y preguntó a los demás, en el camión que los llevaba hacia el Guadarrama:

—¿Tú qué eres?

—¿Yo? Linotipista.

—¿Comunista?

—Sí.

—¿Tú?

—Albañil.

—¿Comunista?

—No. A Dios gracias.

De los veinte que se apretujaban allí, tres eran comunistas, cuatro anarquistas y seis socialistas.

—A vosotros no os importa más que la verdad, vuestra pequeña y estrecha verdad, lo demás os tiene sin cuidado. Vais hacia el imperio del bien sin que os importe lo bello. Aristotélicos que sois, confundiendo lo bello y lo bueno.

Amorín era hombre de letras y pintor. Conocía a Fajardo, profesor de literatura, del Instituto de Alcoy, de las tertulias.

Del Estagirita habla Paulino Cuartero, reprendiendo a Villegas, mientras fiscalizan el embarque de tres Tizianos y dos Grecos, mirando, de cuando en cuando, el cielo por mor de los aviones. El cañoneo se oía seguido. De cuando en cuando todo retemblaba, al disparar unas baterías respublicanas que no debían estar emplazadas lejos.

—La felicidad consiste en la acción que dice Aristóteles, y no hay mayor acción que la que lleva a uno hacia la verdad. No hay más que la verdad, y todos vosotros no creéis en ella. Creéis que no creéis en ella. Tú me saldrás diciendo que lo que te importa es la ética. ¡Vamos! Como si fuera posible que un hombre que apoya sus costumbres, sus sentimientos, en principios morales no crea en Dios. Me jurarás cuanto quieras, sin salir de tu intríngulis. El momento en el que aceptas dirigirte por una luz irreal, crees en Dios. Un Dios tuyo y universal, y déjate de dioses masones: El sentimiento de la verdad no los admite. No piensas si esto está bien o no. Pero lo dan hecho. O estás con esos para quienes la moral no cuenta, para quienes lo que importa es el mundo y la oportunidad, sean fascistas o comunistas, o con los otros, ligado a la fuerza del cielo. Más me molesta a mí que a ti esa concusión entre los extremos: Nada tienen que ver entre sí nazis y marxistas como no sea no creer en Dios. Los unos quieren aplastar los hombres, poco a poco con una férula de hierro, sin fin; y los otros, levantarlos al socialismo partiendo de una negación total para llegar poco a poco a su utopía. Pero no importa: importa la verdad, y el mundo anda cada vez más huido de ella. Cada vez le tiene más miedo porque está más lejana. Como un nadador a quien la corriente va venciendo, cada vez más lejos de la costa. Y, bárbaramente, confunden la verdad con la calumnia. Si cualquiera se atreve a levantarse y exclamar: «Voy a decir la verdad», consiste en decir horrores de sus enemigos. El fascismo ha traído una oleada tremenda de cieno, enormes olas de lama. El fascismo es la gran construcción de la mentira; sus fundamentos, la delación; y la delación es la forma más abyecta de la mentira; porque no se atreve a inventar para hacer el mal e interpreta a su modo la realidad. El delator no se venga: cien veces por una no conoce a su víctima ni tiene noción del mal que hace. Porque cree estar en el secreto de la verdad. Y la verdad no tiene secretos. Para ellos lo desconocido existe, está ahí tras la puerta. Delatan por jugar a los dioses. Y luego viven y huyen con el peso de su mentirosa verdad sobre el corazón, metida en el pecho, con lo que bajan la cabeza o la llevan demasiado alta, según les pese delante o detrás el peso de su mentira. Y la delación es la base, el sustento, el alimento diario de las dictaduras. La policía hecha administración, hecha gobierno. No tienen confianza más que en la delación. Viven de delaciones. Todo buen fascista es un delator; si es buen fascista delatará, si no es buen fascista no delatará, y como no delate le delatarán por no delatar. ¿Conoces esa historia de la madre de un aviador burgalés? Diéronle al hijo por muerto. Oyeron unos amigos suyos cómo nuestra radio dio la noticia de estar prisionero el joven; apresuráronse a decirlo a su madre. Ella los delató por escuchas de radios enemigas, los fusilaron. Y ellos lo publican con grandes alabanzas.

«No. Matar, no. Un soldado no mata; sino resiste. ¿Un soldado no mata? ¿Si me matan a mí, no me ha matado nadie?

La guerra no admite venganzas. Se firma la paz, y sanseacabó. ¿Es verdad o no? No lo sé. No me importa. No me debe importar. No deben pasar de aquí. Para que no pasen tengo este fusil. Si se empeñan en pasar, disparo. Si mato, mato. Total: mi convencimiento, mi razón —y la del que quiere pasar—, no entraña crimen alguno. Es la justificación por los hechos y por la fe. Puedo matar en paz, me pueden matar por lo mismo. Una razón valedera sirve para todo, y es respetada. Así estoy más tranquilo. Tampoco es cierto. Como siempre, ¿qué diablos estoy haciendo aquí? Como siempre, el recuerdo de Sganarelle. ¿Es Sganarelle el que dice aquello famoso de la galera? Siempre hago lo que no quiero porque no sé qué hacer. Y me meto en líos por dejarme influir por los demás. Ya debiera estar camino de Barcelona. Pero, en fin, podré darme el gusto de decir que he estado en el frente, que he disparado contra los fascistas, que he matado a alguno. Bastantes he curado en el hospital. ¿Y estos hombres? Están aquí porque les han atacado. De eso no hay duda. Pero hay algo más. Claro que hay algo más. La dignidad, claro. Es curioso: la dignidad de un médico, la dignidad de un empleado del Ministerio de Hacienda, la dignidad de un ferroviario, la dignidad del de mi derecha, la dignidad del de mi izquierda.»

Templado sonríe. No, no le dirá nunca a nadie que ha estado en Usera, un fusil en la mano. Siente que será —si llega a contárselo a sí mismo— un pequeño manantial escondido y personal, para los días lejanos.

«Que la gente se mate así, desde siempre... Entre las civilizaciones que sean, burdas o refinadas, siempre la guerra. Matar, entrematarse, por esto o lo otro. Eso sí, cada vez mejor y más generalmente, a medida que hay más gente. Por el poder. Unicamente por el poder. Que lo llamen como quieran. Por el poder. Por poder hacer lo que uno cree que es debido, lo que le es debido. Sin más ley. Por el poder de la clase obrera, por el poder de los poderosos, por el poder de los portugueses, por el poder de los panaderos, de los militares, por el poder del poder. Por la potencia de hacer algo. Por su mera posibilidad. Hasta más no poder, que es la muerte. "No puedo más", y se hace. De mí para afuera, el poder. El poder infinito. Contra el poder, el milagro: que suele ser la idiotez de los demás. No puedes negar que eres positivista, todavía...»

Les tiraban ahora muy seguido y Templado sentía su hombro deshecho, y dolores por todas las coyunturas, por su mala posición. Pasó su fusil y sus municiones —dos cargadores— a un jovenzuelo que le estaba mirando desde hacía rato.

—Ya disparaste bastante, deja algo a los demás.

—Está en mi poder —le dijo Templado entregándole el arma.

¿Por qué se defiende Madrid? Porque es Madrid. Y porque los obreros, y los empleados, y los estudiantes tienen conciencia de que lo son. Y no quieren que ganen los carcas.

—¿Qué se han creído?

—Ahora verán lo que somos...

No por comunistas, ni por anarquistas, ni por republicanos. No, sino porque los comunistas, los anarquistas, los republicanos son madrileños, aunque no sean de Madrid. Y ellos vienen por el llano, y Madrid está en un cerro, y se pueden apoyar en las paredes de Madrid, y morir con algo detrás, descansando en algo, en algo que es suyo, que han hecho: Castillo famoso. Si quieren, que den la vuelta: pero aquí no entran, por aquí no pasa nadie.

En Carabanchel, Gorov había tomado un fusil, y tras una ventana desportillada, disparaba. Hope se volvía a Madrid, con unos heridos: era la hora de su conferencia telefónica con la agencia periodística que le tenía contratado. Sentado al lado del chófer de la ambulancia cargaba metódicamente su pipa.

—No van a pasar —decía.

El chófer —Mariano Peláez—, de dieciocho años, mecánico de Alcobendas, le miraba extrañado:

—¡Claro que no van a pasar, estaría bueno!

Hope encendió el tabaco con su encendedor Dunhill especial para el campo, y se calló. En la cuneta, un cadáver en aspa. Hope piensa: «Lo grandioso es que hubo un primer hombre que se dio cuenta de que otro había muerto. ¿Qué pasaría? Lo único que vale es lo que vamos dejando: nuestros residuos, nuestras heces, la basura. Y sobre eso se va edificando. Las ideas, idem.» Y el norteamericano va dándole forma a su personaje, Tom Stivell, protagonista de su próximo cuento, que tiene prisa de escribir, porque Mabel necesita dinero, allí en Filadelfia, y le pagan tres mil dólares por inventar una historia. «Empiezo donde me conviene. Las cosas no, sino sus pasos. ¿Qué tiene que ver el origen de las cosas con las cosas mismas cuando hay que lidiar con ellas? Un matador de toros podrá ensuciarse en el padre del Veragua que tiene que matar: Pero torea su bicho, y no al padre... Meter a Tom Stivell en un lío gordo originado por su padre. Como esa historia de Jorge Mustieles que me contaban el otro día. Puedo colocarla en Virginia. Un viejo imbécil que sostenga que lo eterno es el espíritu, y no la carne —él, carcomido de concupiscencia—. "Y de la misma manera que el espíritu ha dado el lenguaje al hombre hará el lenguaje hermoso y digno de memoria." Creo que es de Georges Moore. Le daré la vuelta.»

La que dio vuelta fue la ambulancia, por mor de un obús. Y cayeron revueltos, sin más daño que la muerte de uno de los heridos. Y la pérdida de la conferencia de Hope. Un perro escapaba a campo traviesa, aullando, con una pata menos. Un herido blasfemaba como Dios le daba a entender. Evidentemente, piensa el norteamericano, lo que nos diferencia de los animales no es la inteligencia, ni el dolor, sino la imaginación.

Sonó la alarma y bajaron a los sótanos para ver si todo estaba en orden.

—No se atreverán a bombardear el Museo.

—Porque usted lo dice, Villegas.

Había varios retablos adosados a las paredes

y cuadros apoyados en ellos. Cuartero se quedó mirando a Felipe IV con su perro.

—Trescientos años justos que se pintó eso.

Miraba el paisaje del fondo, el mismo por el que ahora avanzaban los rebeldes hacia Madrid, con fusiles en las manos, no tan distintos del que lleva el monarca. Villegas reavivaba una vieja discusión:

—La diferencia entre la naturaleza y el arte es que el segundo está hecho a la medida del hombre y el mundo no sabemos a cuál. La explicación de los misterios de la vida, que son los que ahora infantilmente le interesan, están expuestos a otra escala, esto es todo. ¿Hay alguna probabilidad de que este ser pintado se anime y empiece a vivir? Si estuviésemos hechos a imagen y semejanza de Dios, ¿por qué no?

—Dios se gana cada día con el sudor frío del alma. No podría vivir si no creyese en Dios. O mejor: creo en la angustia de Dios. Ahora, en las marchas de la madurez, voy descubriendo lo que vale el puerto.

—El mayor mito, Dios.

—Y el hombre, mito de mitos.

—¿No cree en la realidad de su cuerpo?

—No.

—¿Cuál sería para usted el ideal de la humanidad?

—Que cada quien tuviera cierta autonomía moral.

—Eso huele a naftalina.

—La naftalina no es peor que otra cosa.

—Pero, ¿cree en la posibilidad de una humanidad que no crea en Dios?

—¿Por qué no? Si Dios quiere. Pero ¿cómo creer en el progreso si cada día, en cada hombre hay que empezar de nuevo a cero? ¿O es que el semen es comunista o fascista?

—No hay semen, pero sí células comunistas —dijo, con guasa, Villegas.

—Cada muerte, un trallazo de Dios; no para recordar nuestra insignificancia, sino nuestra necedad. Como en esos juegos en que se entretienen mis chicos: la oca, el parchís, en los que una jugada dada obliga a volver a la casilla del empezar.

—Pero, de sus hijos, alguno acaba ganando.

—El ejemplo era malo, pero el hecho evidente. El peso del hombre desequilibra el mundo. Aspiramos a la ecuanimidad, al equilibrio. Creemos conseguirlo y nos damos de nariz, rompiéndonos el alma.

—Con un balancín en la mano, o un paraguas, a lo Chamberlain. Los hay que siempre se inclinan al mismo lado, y quien padece vértigo. Los desequilibrados hablan siempre mal de los que logran alcanzar el puerto, salvando el abismo; para salvarse no hay más remedio que bailar en el alambre.

—Todos somos un poco saltimbanquis.

—O de circo.

—Circo, cerco; círculo: le veo venir.

Lo que no vieron venir fueron las bombas incendiarias, que cayeron en los tejados. Subieron corriendo.

—¿No que no se iban a atrever?

Los regulares volvían a la carga, pero ya sin gritos. El capitán César del Campo le chilla a su alférez.

—Pero, ¿qué pasa? ¡Tómeme ese lago del demonio! ¡Por la tapia! ¡Por la tapia! Le doy media hora.

Bayonetas en ristre avanzan los fornidos mozos bereberes. Ya no se trata de matar a quien sea, a distancia, sino de enfrentarse con el enemigo, cara a cara y hundirle el acero en el vientre.

Madrid está ahí, arriba. El Palacio Real, ¡qué botín y qué descanso! Sólo faltan unos pasos, casi se toca con la mano. Frente a frente.

Saltar el Manzanares, un oued cualquiera, y a olvidarse de todo. ¡Venga! ¡Bayoneta calada, y adelante! En tres filas, a través de los árboles. Desembocan al prado que ya pisaron dos veces. A la tercera va la vencida. ¿Qué vencida? Ahí está el enemigo, en persona. ¡Vamos! ¡Que no se diga!

Hundir el hierro. Ya la guerra vuelve a ser la de verdad, la de las lanzas, la de las espadas, la de la fuerza viril y precisa. ¡Adelante! ¡Adelante! El arma bien sujeta en las manos. A no dejar uno, apretando las mandíbulas hasta el dolor. Como soldados de oficio que son, y de los mejores.

Enfrente no quedan más que doscientos cincuenta peluqueros, los otros, hasta cuatrocientos, ya no se pueden mover. Pero hay doscientos cincuenta en ese espacio de trescientos metros. Y disparan, sin puntería, pero disparan sin cejar. Y caen marroquíes, aunque no sea el que fijan en el punto de mira.

—Es un tiro al negro —dice Sindulfo Zambrano, que tiene el entrenamiento de cien verbenas—. ¡Qué le van a contar a él, nacido en el Paseo de los Melancólicos, frente a la Pradera! Pero los moros avanzan sobre sus muertos.

Santiago Bonifaz apunta con cuidado al alférez, y le da.

—Nunca suena la flauta por casualidad.

Fue lo último que dijo, una bala le entró por la boca y le salió por el occipucio. Con lo que no pudo decir ni: —¡Ay! Ramiro Hinojosa recoge su fusil, y cala la bayoneta. No la necesita. Una ametralladora, salida de no saben dónde, detiene en seco el avance de los regulares. Un respiro.

—Entreacto —dice Fabián Lapena—, lástima que no se pueda salir a tomar una cerveza.

—Vas a ver el tiempo que tarda en volver a empezar la función —dice Carrasco.

Pero están en el mismo sitio en que los pusieron al amanecer. Y son las doce.

En Alcorcón no pueden entender lo que pasa. El porqué no pasan.

—Están locos. Para lo que les va a servir...

El general Varela se muerde el pulgar, sosteniendo su cabeza con los otros dedos, reconcomiéndose los hígados, tragando rejalgar, fijos los ojos en el mapa desplegado sobre una mesa.

Cae un obús en la plaza de Santa Cruz, donde Templado espera un coche del Ministerio de Estado que ha de llevarle a Valencia, con varios empleados de la casa. Habla con Hope, que ha venido a por unos papeles. Ven llegar la ambulancia y cómo dos hombres con batas grises se hacen cargo de los restos de una vieja. Cae otro obús, hacia la calle de Toledo. Uno cada tres minutos.

—Uno menos. Pudo habernos tocado a nosotros.

—La lotería. Ahora un millón de madrileños respira ciento ochenta segundos sin cuidado. No les tocó el gordo.

Quedó una libreta en el suelo. Se agachó Templado a recogerla. Cuentas mal escritas, a lápiz.

—¿La quieres?

—Sí. Estuve aquí en abril. De paso para la feria de Sevilla... ¡Quién había de decir!

A Hope le brilla el Madrid mañanero, por la calle de Alcalá, tan limpio y tan claro, casi sin más colores que el rosa y el rosado de los paisajes de Beruete. Alegre. Un Madrid sin segundas, sin malas intenciones, dicharachero. Madriz, con zeta. Un nada chulo, un casi nada. De caña con tapas. La calle de Arlabán. Una ciudad sana, a ochocientos metros de altura. Orgullosa de la Cibeles más que del Prado; del Real —cuando lo hubo— más que de la Biblioteca Nacional, pongamos por caso. Y ahora...

—La verdad es que la realidad puede con todo.

Templado se lo quedó mirando.

—¿De qué estás hablando?

—De esto.

La casa estaba partida por la mitad, como para el Diablo Cojuelo. Media por los suelos, hecha polvo, y lo demás intacto: con sus lámparas, sus cuadros, y un orinal bajo la cama del dormitorio del segundo piso.

Cuartero se fue a comer con Riquelme.

—¿No entran?

—No.

—¿Qué fue?

—Un milagro.

—No hay milagros. El milagro es que no los hay.

—¿Cómo quieres llamar a algo que fue no debiendo ser, a algo que sucede cuando parece determinar que no debiera ser? ¿Casualidad? No, es minimizarlo. ¿Azar? Estamos en las mismas.

—Entonces, vivimos de milagro.

—Tú lo dices.

—Del encontronazo de los electrones, y no hay Dios que los prevea.

—Pero las líneas generales...

—Mira: no te fíes ni de las líneas, ni de los generales.

—Así que, según tú, no existe nada seguro. ¿Todo se hace y está por hacer?

—No; no me entiendes. Existo, existes, existe, existen, por ejemplo, los fascistas. Todo es relación y gloria, y (si quieres llamarlo así) milagro. Esta bala te da o no te da, por un paso o un pie más o menos. Esta bomba, aquel obús... Cuestión de metros. ¿Quién prevé eso?

—Los profetas.

—Déjate de historias, la gente huyó de los moros, de los aviones alemanes, de las tanquetas italianas, de Algeciras aquí. Y aquí los detienen, dejándose matar. Por la sencilla razón de la sinrazón. De pronto, un hombre dice: ¡Hasta aquí! Y mil le contestan: ¡Hasta aquí! Y la suerte varía.

—Así no hay manera de construir un mundo.

—Pues me parece que de veinte o treinta siglos acá, con todo y todo —que no es poco— se ha adelantado lo suyo.

—¿Entonces?

—¿Por qué no quieres aceptar que se pueda vivir de milagro? Luego los milagros se amontonan y se dan forma. Nadie es capaz de predecir la forma de una estalactita y, sin embargo, es cuestión de una sola gota de agua. Ahora bien, ¿niegas la existencia de las estalactitas?

—Acepto tu ejemplo: pero, ¿no se puede dirigir el camino de las gotas de agua?

—Desde luego, se pueden fabricar. Pero serán artificiales. También la ortopedia fabrica brazos y manos. Es posible que el día de mañana todos tengamos dentaduras postizas.

—¿Por eso comeremos peor?

—No. Pero faltará la sal.

—Es el mismo progreso que defendías.

—Por fuera. Adentro el hombre no varía.

—¡Qué gracioso! ¡Eso lo dices tú que en tu última comunicación asegurabas que las condiciones externas acaban por modificar los sentidos! Sí: tu trabajo acerca de las úlceras.

—¿Y qué? El hombre es un centro tan complicado que jamás podremos prever todas sus reacciones. Alabado sea por eso. Porque si no, no habría progreso posible, dado que daríamos con un límite.

—¿Y no lo hay?

—Más allá de nuestros sentidos, nadie lo puede decir. Pero para nuestras facultades, aun centuplicadas, no; no lo hay.

—Entonces, vivimos en un laberinto mágico.

—Limitados por nuestros cinco sentidos.

—¿Crees en un más allá?

—Creo en un más allá de lo que podemos percibir. Es primario. A medida que pase el tiempo el hombre agranda el mundo. Y lo seguirá agrandando cada día más, gracias a la ciencia. No hacemos más que empezar.

Les sacudió un zambombazo.

—Ahí tienes tu progreso.

—¿Cómo no va a serlo poder matar a distancia?

—Te lo regalo.

—No existe nada sin su contra. Por eso, es. Sin eso, no sería. Hay que estar a las verdes y a las maduras.

—Que son las que te gustan a ti.

—Confieso mi debilidad: no me importan los años, todas tienen algo bueno.

—Te envidio.

Llega una ambulancia; y otra, y otra, que se cruza con otra que vuelve.

—¿Por qué se murió ése y no otro? No hay más razón que la trayectoria de una bala disparada al azar. Es posible que el enemigo apuntara a su vecino. Nada está escrito. Ahora, piensa la variación que esta muerte va a originar: en su mujer, en sus hijos. En los que pudo haber tenido. ¿Cómo se va a controlar eso? ¿Cómo se puede legislar cuando existe la muerte? Hay quien mira la vida como si fuese una obra de teatro, llegan a creer que aquello es verdad, defienden la cuarta pared sin darse cuenta de que todos somos actores y que enfrente de nosotros está esa terrible embocadura que acaba tragándonos —queramos o no—. Ignorarla —como vosotros los católicos— es construir, no en el vacío —en el vacío no construye nadie—, pero sí sin querer abarcar lo que sabemos y lo que no sabemos.

—¿Cómo vamos a saber lo que no sabemos?

—Basta con tenerlo en cuenta.

Tomaban rápidamente café. Cuartero acompañó a Riquelme hacia los lavabos, y mientras el médico se desinfectaba las manos siguieron hablando. Una enfermera esperaba, una bata limpia en las manos.

—¿Tú crees que el hombre es hombre porque cree en Dios?

—Tal vez.

—¿No te avergüenzas? Bien estaba cuando la ciencia no tenía dónde agarrarse.

—¡La ciencia! Todavía el siglo pasado, cuando las matemáticas o la física parecían inatacables, ¡pero hoy! La física parece tan versátil como la filosofía.

—¡Niego!

—Vas a sacar a relucir el ferrocarril y la radio. Pero, ¿qué tienen que ver los colchones con el hombre, con el hombre de adentro, con los adentros del hombre? ¿No te das cuenta que, con tu vago deísmo, te retrotraes a Voltaire y a Rousseau?

—No digas barbaridades.

—O a Unamuno. ¡No quiero morir! Don fulano de tal no quiere morir porque espera que su grito sea inmortal. Es infantil: yo quiero la luna.

—Carbonero...

—No, viejo, sino de vuelta de lo tuyo. Decídete de una vez: cree en Dios y en la virginidad de María y quédate tranquilo.

—¡Quién pudiera!

Seguían:

—No hay más que dos posiciones: o eres materialista, y en justa correspondencia pesimista, o crees en Dios —llámalo H.

—¿Quién me impide ser materialista y optimista?

—Nadie, si le das a la materia las cualidades de Dios.

—Sencillamente, creyendo que la materia es energía y que ésta, por casualidad, ha creado al hombre.

—Eso es lo absolutamente imposible. Te lo demuestra cualquier matemático por el cálculo de probabilidades.

Riquelme seguía en lo suyo:

—El hombre ha sacado su esencia de su existencia. Y los valores morales —para ti y para mí son lo primero— han surgido, existen, son, por obra de la naturaleza. Un perro es fiel; un árbol, hermoso; el hombre, inteligente.

—¿Y el arte?

—Siempre existe lo mejor. El arte no es aparte. Está hecho a la medida del hombre, por el hombre, para el hombre. Lo mejor siempre sorprende. Pero buscarle explicaciones irracionales son ganas de perder el tiempo.

—Doctor, la enferma de la cama cuarenta y seis...

—¿Ya?

—Sí.

—Ahí tienes, catolicón. Tenía veintidós años. Que te lo explique tu Señor. Y vas dado. Si sus designios son ocultos, la muerte de Agripina Pérez...

Pega un puñetazo en la mesa de mármol del centro y suelta la peor blasfemia de su no escaso repertorio. Tiene lágrimas en los ojos.

—Dan ganas de acabar con todo.

Paulino Cuartero le mira con ternura. Suenan las sirenas.

—¡Ahí los tienes, a los defensores de tu Dios! A cuatro mil metros y cagando muerte.

—No, mira, no le busques tres pies al gato, hay un momento en que el pueblo dice que no. Y es que no. Y ahora el pueblo de Madrid ha dicho que no. Y es que no.

En un coche, con otros cuatro, Templado va camino de Valencia. Ocho de noviembre de 1936. ¿Volverá a Madrid alguna vez? El cañoneo. Arganda. De pronto el automóvil se detiene: llega una enorme fila de camiones. En ellos, apretujados, hombres y hombres uniformados. Las caras brillantes al último sol de la tarde, cantando. ¿En qué idioma cantan? No son españoles. ¡No son españoles! ¿De dónde vienen? El chófer grita:

—¡Son franceses! ¡Los franceses! ¡Ya decía yo que Francia no nos podía dejar en la estacada!

Camiones y más camiones.

¿Qué cantan? ¿En qué idioma cantan? En francés, sí. Pero estos otros, no. Estos, en italiano. No hay duda. ¿Pero aquéllos? ¿En ruso, en alemán, en checo? ¡Y éstos, en inglés!

Julián Templado —por primera vez en su vida— tiene que hacer un esfuerzo para contener sus lágrimas. Y abraza a sus compañeros de viaje, a quienes apenas conoce, hasta hacerles daño.

Siente que todo su ser le grita que vamos a ganar. ¡A ganar! Porque el mundo entero se ha dado cuenta de la justicia de nuestra causa. De la suya, de la que lleva en las entrañas y ahora sale por los ojos. La España liberal y trabajadora... Y el puente, y el río, y el campo morado del atardecer, y la carretera son el paisaje más hermoso del mundo.

Los soldados de las Brigadas Internacionales suben hacia Madrid.

Vicente Dalmases está recostado en el terraplén de la vía. Las cintas de acero, desde donde las ve, son enormes y se juntan al llegar al horizonte. Basureros, casuchas pobres. Rosas-pardos, grises, cenizas, morados.

El fusil en la mano, y un puñado de hierbas secas, todavía enhiestas, entre la traviesa y la vía. La vía muerta. Una vía muerta, ahora viva. Allí el cambio, las agujas, el disco de señales, rojo y blanco. Los palos del telégrafo y los hilos. Y, en toda la distancia un solo pájaro, un gorrión, como un punto.

Vicente no puede pensar en nada concreto, las ideas se le van al hilo de las palabras que la vía férrea le proporciona, en todas oye el retumbar de segundas intenciones que la muerte frontera le descubre: traviesa, paso, aguja, rueda, eje, vía muerta, trasbordo, empalme, entronque, viaje, vía muerta, entroncar, cambiar. Estas vías, que llegan al mar. Cádiz —en poder de los rebeldes—. Pero también a Cartagena, a Valencia.

Suenan tiros, retahílas de ametralladoras. El gorrión levanta el vuelo. Ahora los hilos del telégrafo están desnudos.

A sus pies está Asunción. Se vuelve para mirarla.

Inmóvil, con los ojos cerrados y la boca ligeramente entreabierta, descubriendo el extremo de sus lindos dientes superiores, la expresión descansada, los brazos recogidos sobre su cintura, las piernas arqueadas, deteniendo el cuerpo en el plano inclinado del talud, los cabellos ligeramente sueltos en guedejas doradas sobre su cutis sonrosado, dejando aparecer, como tiernas yemas, el lóbulo carnoso de sus orejas. De tan tranquila parecía dormida.

Vicente creyó, unos segundos, que una bala perdida se la había llevado, y la resintió como si le penetrara el pecho. Pero no. Asunción, rendida, respiraba acompasadamente en el más profundo de los sueños. Vicente recogió los cartuchos que se habían derramado por el suelo y se hincó más vivamente en la tierra. De cuando en cuando volvía los ojos hacia su amor.

Y no deseaba amor, sino una vida nueva. La que se alzaba tras la muerte, tras la lucha, tras los disparos. Una vida nueva donde habría un nuevo amor, el mismo, pero distinto. Más puro. Completamente nuevo. Ya no estudiaría lo que estudiaba antes, sino otra cosa. Ya no haría lo que hacía antes, sino otra cosa, nueva. Como era nuevo —siendo el mismo— el nuevo día que surgía por todas partes; de una vez para siempre.

Y apretaba, a más no poder, la culata de su fusil.

México, 1948-1950

Otros títulos de Max Aub
en Punto de Lectura

Campo cerrado

«El laberinto mágico» es el título general que Max
Aub (París, 1903-México, 1972) puso a su enorme
fresco sobre la guerra civil española. Un conjunto de
libros en el que, de modo absolutamente magistral,
y utilizando todos los recursos que prorociona la
narrativa contemporánea, Aub nos dejó una de las
mejores novelas españolas de todos los tiempos.

En *Campo cerrado*, primer título de la serie, el autor se
concentra en los diez años anteriores al estallido de la
guerra. Por sus páginas se entrevera realidad y ficción
—la pequeña y la gran historia— en torno a un conjunto de personajes que, reconocibles o no, permanecerán
para siempre en la memoria del lector.

Campo de sangre

La tercera entrega de «El laberinto mágico», serie con
la que Max Aub compuso su imprescindible visión
de la guerra civil española, comienza la Nochevieja de
1937 y finaliza el día de San José de 1938. Barcelona
y Teruel —la batalla de Teruel— sirven de telón de
fondo. Ciudades en guerra, pobladas por personajes
en guerra para los que la vida ha tomado un cariz
nuevo, apresurado y carente de asideros hacia algún
futuro lejano.

El autor consigue dar cumplida expresión a la an-
gustiosa precariedad de la guerra, ofreciéndonosla
desde un punto de vista literario original y profundo
que hasta entonces no había hecho aparición en la
novelística española.